O Filho de Netuno

RICK RIORDAN

O FILHO DE NETUNO

OS HERÓIS DO OLIMPO – LIVRO DOIS

Tradução de Raquel Zampil

Edição em português negociada por intermédio de Gallt and Zacker Literary Agency LLC
e Sandra Bruna Agencia Literaria, SL.

TÍTULO ORIGINAL
The Son of Neptune

PREPARAÇÃO
Leonardo Alves

REVISÃO
Carolina Rodrigues
Umberto Figueiredo Pinto

DIAGRAMAÇÃO
Editoriarte

ADAPTAÇÃO DE CAPA
Julio Moreira

CIP-BRASIL. CATALOGAÇÃO-NA-FONTE
SINDICATO NACIONAL DOS EDITORES DE LIVROS, RJ

R452f

Riordan, Rick, 1964-
O filho de Netuno / Rick Riordan ; tradução de Raquel Zampil. -
Rio de Janeiro : Intrínseca, 2012.
432p. : 23 cm. (Os heróis do Olimpo ; v.2)

Tradução de: The son of Neptune
ISBN 978-85-8057-180-6

1. Mitologia grega - Literatura infantojuvenil. 2. Literatura infantojuvenil americano. I. Zampil, Raquel. II. Título. III. Série.

11-2154. CDD: 028.5
CDU: 087.5

[2012]

EDITORA INTRÍNSECA LTDA.
Av. das Américas, 500, bloco 12, sala 303
22640-904 – Barra da Tijuca
Rio de Janeiro – RJ
Tel. / Fax.: (21) 3206-7400
www.intrinseca.com.br

Para Becky, com quem partilho meu santuário em Nova Roma.
Nem mesmo Hera poderia me fazer esquecer você.

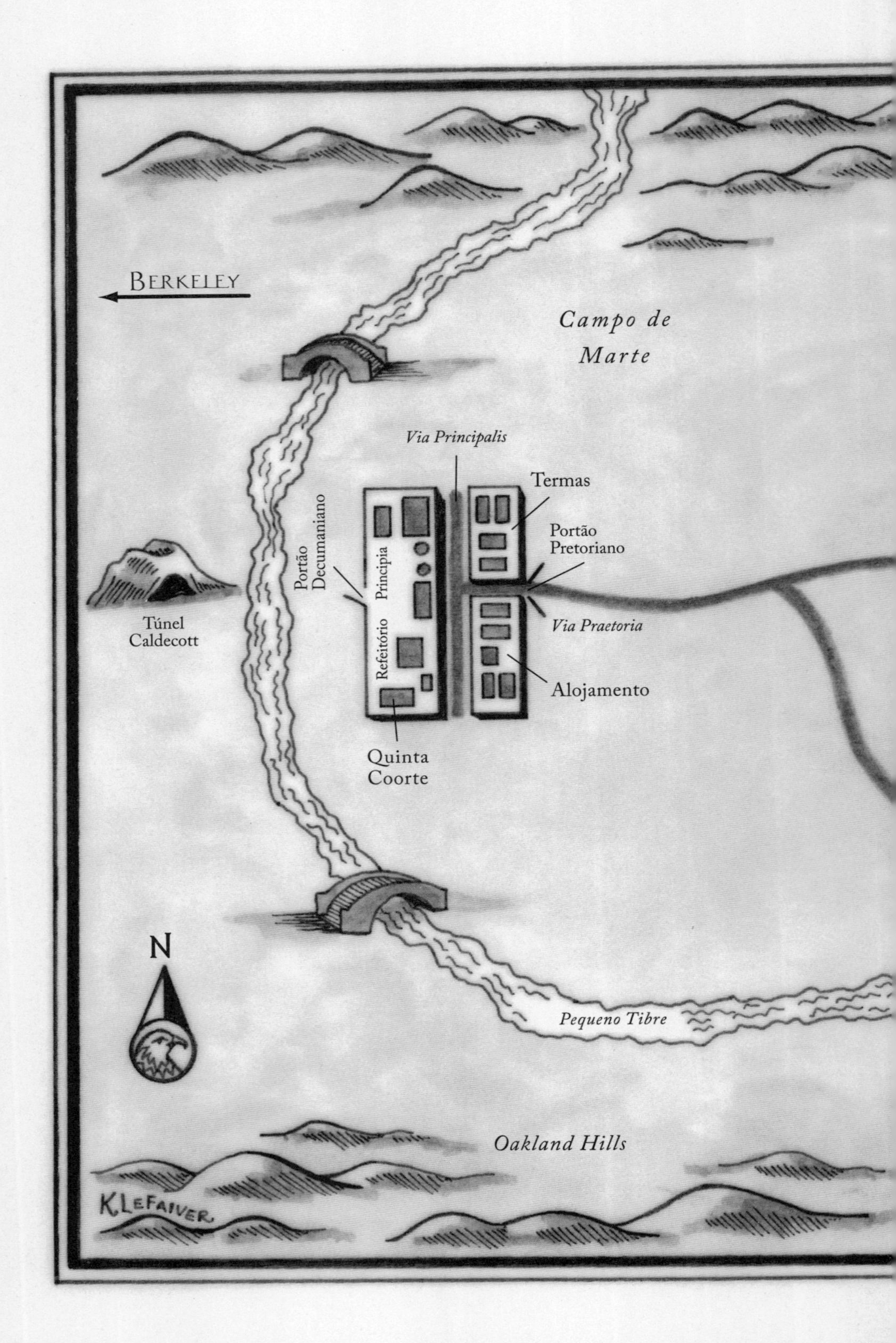

Berkeley
Campo de Marte
Via Principalis
Termas
Portão Pretoriano
Portão Decumaniano
Principia
Refeitório
Via Praetoria
Alojamento
Túnel Caldecott
Quinta Coorte
N
Pequeno Tibre
Oakland Hills
K. Lefaiver

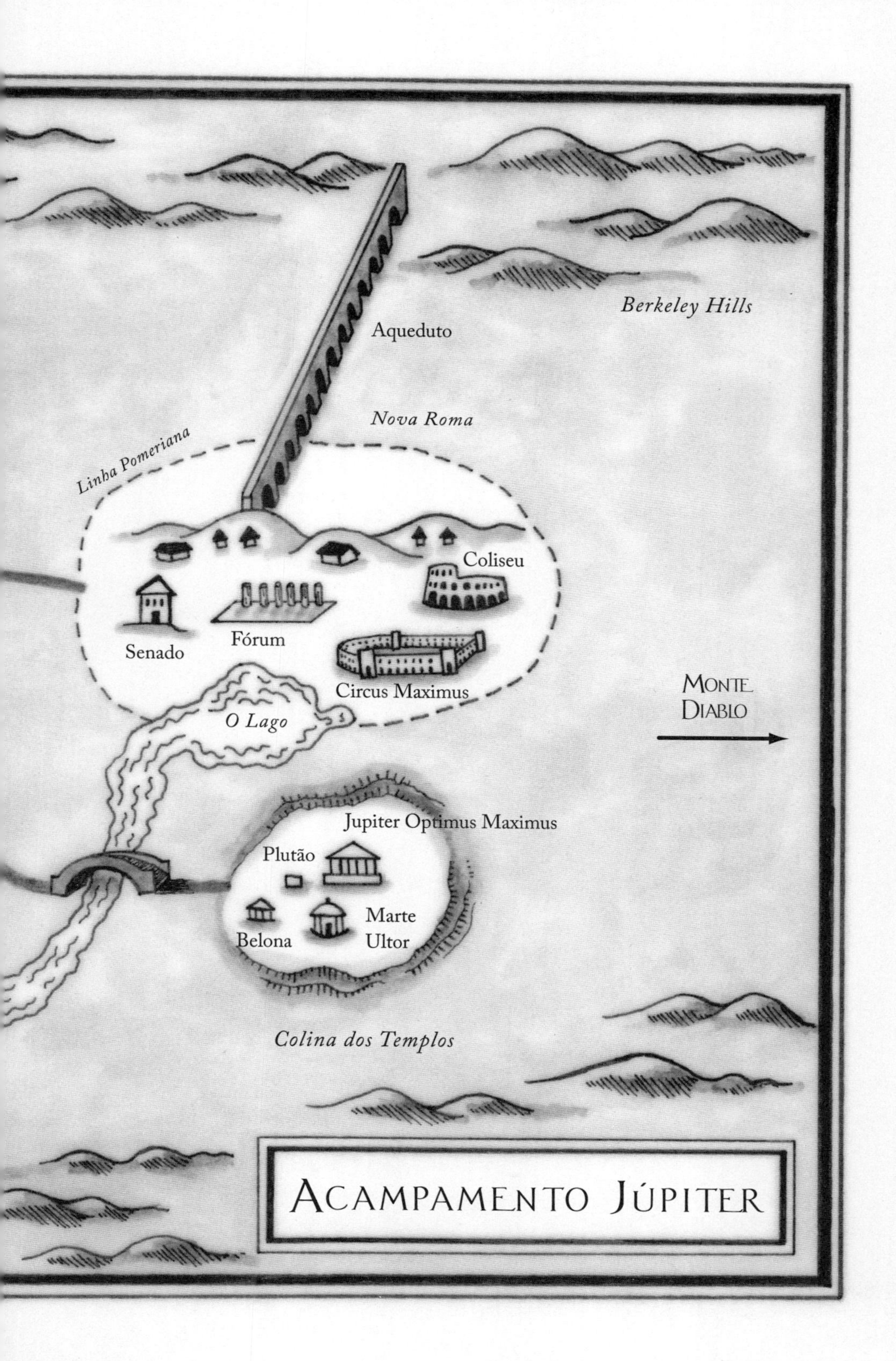
Berkeley Hills
Aqueduto
Nova Roma
Linha Pomeriana
Coliseu
Senado
Fórum
Circus Maximus
O Lago
Monte
Diablo
Jupiter Optimus Maximus
Plutão
Marte
Ultor
Belona
Colina dos Templos
Acampamento Júpiter

I

PERCY

As mulheres com cabelos de cobra estavam começando a irritar Percy.

Deviam ter morrido três dias antes, quando ele derrubou uma caixa de bolas de boliche em cima delas no Napa Bargain Mart. Deviam ter morrido dois dias antes, quando ele as atropelou com um carro da polícia em Martinez. E, *definitivamente*, deviam ter morrido naquela manhã, quando ele lhes cortou a cabeça no Tilden Park.

Não importava quantas vezes Percy as matasse e as visse se transformar em pó: elas continuavam a se reconstituir, como grandes cotões do mal. Aparentemente ele não conseguia nem ser rápido o bastante para escapar delas.

Percy alcançou o topo da colina e parou para recuperar o fôlego. Quanto tempo se passara desde que as matara pela última vez? Talvez duas horas. Parecia que a morte delas nunca durava mais que isso.

Nos últimos dias ele mal dormira. Comera o que conseguia surrupiar — saquinhos de jujuba, pão dormido, até um *burrito* para viagem, atingindo um novo nível de "fundo do poço". Suas roupas estavam rasgadas, queimadas e sujas de gosma de monstro.

Ele só sobrevivera até agora porque as duas mulheres com cabelos de cobra — *górgonas*, como chamavam a si mesmas — também pareciam não conseguir matá-lo. As garras não cortavam sua pele. Os dentes se quebravam sempre que tentavam mordê-lo. Mas Percy não podia continuar por muito mais tempo. Logo ele desabaria de exaustão, e então, por mais difícil que fosse matá-lo, ele tinha certeza de que as górgonas encontrariam uma forma.

Para onde correr?

Ele olhou à sua volta. Em outras circunstâncias, talvez tivesse apreciado a vista. À esquerda, colinas douradas ondulavam continente adentro, marcadas por lagos, bosques e alguns rebanhos de gado. À direita, as planícies de Berkeley e Oakland se estendiam para oeste — um vasto tabuleiro de bairros, com milhões de pessoas que provavelmente não iriam querer que sua manhã fosse interrompida por dois monstros e um semideus imundo.

Mais para oeste, a Baía de São Francisco cintilava sob uma bruma prateada. Para além dela, um muro de neblina havia engolido a maior parte de São Francisco, deixando à vista apenas o topo dos arranha-céus e as torres da ponte Golden Gate.

Uma vaga melancolia comprimia o peito de Percy. Algo lhe dizia que ele já estivera em São Francisco. A cidade tinha alguma conexão com Annabeth — a única pessoa de seu passado de quem ele se recordava. Para sua frustração, a lembrança era obscura. A loba lhe havia prometido que ele voltaria a vê-la e que recuperaria a memória — *se* ele tivesse êxito em sua jornada.

Deveria tentar cruzar a baía?

Era tentador. Ele podia sentir o poder do oceano logo além do horizonte. A água sempre o revigorava. Sobretudo a salgada. Ele havia descoberto isso dois dias antes, ao estrangular um monstro marinho no Estreito de Carquinez. Se conseguisse alcançar a baía, talvez fosse capaz de resistir uma última vez. Talvez até pudesse afogar as górgonas. Mas a praia ficava a pelo menos três quilômetros dali. Ele teria de atravessar uma cidade inteira.

Ainda assim, hesitava por outra razão. A loba Lupa o ensinara a aguçar os sentidos, a confiar nos instintos que o vinham guiando para o sul. Seu radar interno agora zumbia loucamente. O fim de sua jornada estava próximo — quase debaixo de seus pés. Mas como isso seria possível? Não havia nada no topo da colina.

O vento mudou. Percy percebeu o cheiro acre de réptil. Cem metros encosta abaixo, alguma coisa farfalhou no meio do bosque: galhos se quebrando, folhas sendo esmagadas, sibilos.

Górgonas.

Pela milionésima vez Percy desejou que o nariz delas não fosse tão bom. Elas sempre disseram que podiam *farejá-lo* porque ele era um semideus — o filho meio-sangue de algum antigo deus romano. Percy tentara rolar na lama, atravessar riachos e até levar aromatizantes nos bolsos para ficar com cheiro de carro novo; mas, aparentemente, o fedor de um semideus era difícil de disfarçar.

Ele correu para o lado oeste do cume. Era íngreme demais para descer. A encosta despencava uns vinte e cinco metros, direto para cima do telhado de um complexo de apartamentos construído junto à colina. Quinze metros abaixo disso uma estrada emergia do pé da colina e serpenteava na direção de Berkeley.

Ótimo. Não havia outra forma de sair dali. Ele havia se deixado encurralar.

Olhou para o fluxo de carros seguindo para oeste, na direção de São Francisco, e desejou estar em um deles. Então percebeu que a estrada atravessava a colina. Devia haver um túnel... bem debaixo de seus pés.

Seu radar interno enlouqueceu. Ele *estava* no lugar certo, só que alto demais. Tinha que dar uma olhada naquele túnel. Precisava arranjar um jeito de descer até a estrada — e rápido.

Tirou a mochila dos ombros. Conseguira pegar muitos suprimentos no Napa Bargain Mart: um GPS portátil, fita adesiva, isqueiro, supercola, garrafa d'água, isolante térmico para acampamento, um travesseirinho em formato de panda e um canivete suíço — praticamente todas as ferramentas que um semideus moderno poderia querer. Mas não havia nada que pudesse servir como paraquedas ou trenó.

Isso o deixava com duas opções: saltar mais de vinte metros para a morte ou ficar e lutar. Ambas pareciam péssimas.

Ele praguejou e sacou sua caneta do bolso.

Ela não parecia grande coisa, era apenas uma esferográfica barata comum, mas quando Percy tirou a tampa a caneta cresceu até se tornar uma reluzente espada de bronze. A lâmina era perfeitamente balanceada. O punho de couro ajustava-se à mão de Percy como se tivesse sido feito sob medida. Ao longo da guarda havia uma palavra em grego antigo que, por algum motivo, Percy compreendia: *Anaklusmos* — Contracorrente.

Ele havia acordado com essa espada em sua primeira noite na Casa do Lobo... dois meses antes? Mais? Perdera a noção do tempo. Estava no pátio de uma mansão incendiada no meio da floresta, vestindo short, camiseta laranja e um cordão de couro com um punhado de contas estranhas de argila. Contracorrente estava em sua mão, mas Percy não fazia ideia de como ele chegara lá, e tinha apenas uma vaga noção de quem era. Estava descalço, confuso e sentia muito frio. E então os lobos vieram...

Bem perto dele uma voz familiar o jogou de volta ao presente.

— Aí está você!

Percy se afastou cambaleante da górgona, quase despencando da colina.

Era a sorridente — Beano.

O.k., o nome dela, na verdade, não era Beano. Pelo que Percy podia supor, ele era disléxico, pois as palavras se misturavam quando ele tentava ler. A primeira vez em que vira a górgona, bancando uma recepcionista do Bargain Mart com um grande bóton verde no qual se lia: *Bem-vindo! Meu nome é ESTENO*, ele lera BEANO.

Ela ainda usava o grande colete verde dos empregados do Bargain Mart por cima de um vestido de estampa floral. Ao observar apenas o corpo dela, era possível tomá-la por uma avó velha e atarracada — até que, ao baixar a vista, percebia-se que ela possuía pés de galo. Ou, ao olhar para cima, viam-se presas bronze de javali projetando-se dos cantos de sua boca. Os olhos tinham um brilho vermelho, e os cabelos eram um ninho de inquietas cobras de um tom verde vivo.

O que havia de mais horrível nela? Suas mãos ainda seguravam a grande bandeja de prata de amostras grátis: Enroladinhos Crocantes de Queijo e Salsicha. A bandeja estava amassada por conta das tentativas de Percy de matar a górgona, mas as pequenas amostras pareciam em perfeito estado. Esteno continuava carregando-as por toda a Califórnia para que pudesse oferecer um lanchinho a Percy antes de matá-lo. Ele não sabia por que ela continuava fazendo aquilo, mas, se um dia precisasse de uma armadura, ele a faria com Enroladinhos Crocantes de Queijo e Salsicha. Eram indestrutíveis.

— Quer experimentar? — ofereceu Esteno.

Percy ameaçou-a com a espada.

— Cadê sua irmã?

— Ah, guarde essa espada — repreendeu-o Esteno. — A essa altura você já deve saber que nem o bronze celestial pode nos matar por muito tempo. Coma um Enroladinho de Queijo e Salsicha! Estão em promoção esta semana, e eu detestaria matar você de estômago vazio.

— Esteno! — A segunda górgona surgiu tão depressa à direita de Percy que ele não teve tempo de reagir. Felizmente, ela estava muito ocupada fuzilando a irmã com o olhar para prestar atenção no rapaz. — Eu disse para você se aproximar dele furtivamente e matá-lo!

O sorriso de Esteno vacilou.

— Mas, Euríale... Não posso dar a ele uma provinha primeiro?

— Não, sua imbecil!

Euríale voltou-se para Percy e mostrou-lhe as presas.

Exceto pelos cabelos — um ninho de cobras-corais em vez de víboras verdes —, ela era idêntica à irmã. Seu colete do Bargain Mart, o vestido florido e até mesmo as presas estavam enfeitadas com adesivos de 50% DE DESCONTO. Em seu crachá lia-se: *Olá! Meu nome é MORRA, SEMIDEUS MALDITO!*

— Você nos rendeu uma perseguição e tanto, Percy Jackson — disse Euríale. — Mas agora está encurralado, e teremos nossa vingança!

— Os Enroladinhos custam apenas 2,99 — acrescentou Esteno, prestativa. — Seção de mercearia, corredor três.

Euríale rosnou.

— Esteno, o Bargain Mart era uma *fachada*! Você está se perdendo no personagem! Agora largue essa bandeja ridícula e me ajude a matar esse semideus. Ou já esqueceu que foi ele quem pulverizou a Medusa?

Percy deu um passo para trás. Mais quinze centímetros e ele despencaria.

— Olhem, senhoras, já conversamos sobre isso. Eu nem me *lembro* de ter matado a Medusa. Não me lembro de nada! Não podemos fazer uma trégua e falar sobre as promoções da semana?

Esteno lançou um olhar pidão para a irmã e fez beicinho, o que era bem difícil com presas gigantes de bronze.

— Podemos?

— Não! — Os olhos vermelhos de Euríale cravaram-se em Percy. — Não estou nem aí para o que você lembra ou não, filho do deus dos mares. Posso sentir o cheiro do sangue da Medusa em você. Está fraco, sim, depois de vários anos, mas *você* foi o último a derrotá-la. E ela *ainda* não retornou do Tártaro! A culpa é sua!

Percy não conseguiu mesmo entender aquilo. O conceito de "morrer e então retornar do Tártaro" lhe dava dor de cabeça. Naturalmente, isso também acontecia diante da ideia de que uma caneta esferográfica pudesse se transformar em espada ou que monstros pudessem se disfarçar por causa de uma tal Névoa, ou que Percy era filho de um deus de cinco mil anos incrustado de cracas. Mas ele acreditou, *sim*. Embora sua memória tivesse sido apagada, ele sabia que era um semideus da mesma forma que sabia que seu nome era Percy Jackson. Desde sua primeira conversa com Lupa, a loba, ele havia aceitado que esse mundo louco e confuso de deuses e monstros era sua realidade. O que era bem chato.

— Que tal declararmos um empate? — ele sugeriu. — Eu não posso matar vocês. Vocês não podem me matar. Se são irmãs da Medusa... tipo *a* Medusa, que transformava as pessoas em pedra... eu já não deveria estar petrificado?

— Heróis! — exclamou Euríale com asco. — Eles sempre mencionam isso, exatamente como nossa mãe! "Por que vocês não conseguem transformar as pessoas em pedra? Sua *irmã* consegue." Bem, lamento desapontá-lo, garoto! Essa maldição era apenas da Medusa. *Ela* era a mais hedionda na família. A sorte foi toda para ela!

Esteno parecia magoada.

— Mamãe dizia que *eu* era a mais hedionda.

— Calada! — repreendeu-a Euríale. — Quanto a você, Percy Jackson, é verdade que você possui a marca de Aquiles. Isso faz com que seja um pouco mais difícil matá-lo. Mas não se preocupe. Vamos dar um jeito.

— A marca do quê?

— Aquiles — disse Esteno, alegremente. — Ah, ele era *lindo*! Foi banhado no Rio Estige quando criança, sabe, então tornou-se invulnerável, exceto por um minúsculo ponto no tornozelo. Isso também aconteceu com você, querido. Alguém deve tê-lo jogado no Estige, o que deixou sua pele dura como ferro. Mas não precisa se preocupar. Heróis como você sempre têm um ponto fraco. Só precisamos descobrir qual é, e então poderemos matá-lo. Isso não vai ser ótimo? Pegue um Enroladinho!

Percy tentou pensar. Ele não se lembrava de nenhum mergulho no Estige. Por outro lado, não se lembrava de muita coisa. Sua pele não parecia ser de ferro, mas isso explicaria como ele resistira tanto tempo às górgonas.

Talvez, se ele simplesmente caísse da montanha... Será que sobreviveria? Não queria arriscar — não sem algo para desacelerar a queda, ou um trenó, ou...

Ele olhou para a grande bandeja de prata de Esteno.

Hum...

— Reconsiderando? — perguntou Esteno. — Muito sábio, querido. Acrescentei um pouco de sangue de górgona a estes, portanto, sua morte será rápida e indolor.

A garganta de Percy se fechou.

— Você adicionou seu sangue aos Enroladinhos?

— Só um pouquinho. — Esteno sorriu. — Um corte minúsculo em meu braço, mas é gentileza sua se preocupar. O sangue de nosso lado direito pode curar qualquer coisa, sabe, mas o sangue de nosso lado esquerdo é letal...

— Sua estúpida! — berrou Euríale. — Não é para você contar isso! Ele não vai comer as salsichas se você avisar que estão envenenadas!

Esteno pareceu confusa.

— Não? Mas eu disse que seria rápido e indolor.

— Deixe para lá! — As unhas de Euríale cresceram, transformando-se em garras. — Vamos ter que matá-lo da forma mais difícil... Continue a golpeá-lo até encontrarmos o ponto fraco. Quando derrotarmos Percy Jackson, vamos ser mais famosas que a Medusa! Nossa patrona vai nos recompensar imensamente!

Percy empunhou sua espada. Ele precisaria agir no momento certo — alguns segundos de distração, pegar a bandeja com a mão esquerda...

Faça com que elas continuem falando, ele pensou.

— Antes de fazerem picadinho de mim — disse ele —, quem é essa patrona de quem vocês falaram?

Euríale riu com desdém.

— A deusa Gaia, é claro! Aquela que nos trouxe de volta do esquecimento! Você não viverá o suficiente para conhecê-la, mas seus amigos lá embaixo logo enfrentarão a ira dela. Neste exato momento os exércitos da deusa estão marchando para o sul. No Festival de Fortuna, ela irá acordar e os semideuses serão abatidos como... como...

— Como nossos preços no Bargain Mart! — sugeriu Esteno.

— Ah!

Euríale avançou na direção da irmã. Percy aproveitou a oportunidade. Ele agarrou a bandeja de Esteno, espalhando os Enroladinhos envenenados, e com Contracorrente rasgou a cintura de Euríale, cortando-a ao meio.

Ele ergueu a bandeja, e Esteno se viu encarando o próprio reflexo engordurado.

— Medusa! — gritou ela.

Sua irmã Euríale havia se transformado em pó, mas já estava começando a se refazer, como um boneco de neve que "desderretesse".

— Esteno, sua idiota! — gorgolejou ela enquanto seu rosto semicomposto erguia-se do monte de pó. — Isso é só seu próprio reflexo! Pegue-o!

Percy bateu a bandeja de metal com toda força no alto da cabeça de Esteno, e ela caiu desmaiada.

Então ele pôs a bandeja atrás do traseiro, fez uma prece silenciosa a quem quer que fosse o deus romano que regesse truques estúpidos de trenó e saltou da colina.

II

PERCY

O PROBLEMA DE SE MERGULHAR de uma colina a oitenta quilômetros por hora em cima de uma bandeja de petiscos é que, se na metade da descida você perceber que essa foi uma péssima ideia, já é tarde demais.

Percy escapou por pouco de bater em uma árvore, ricocheteou em uma grande pedra e girou trezentos e sessenta graus enquanto voava rumo à autoestrada. A bandeja idiota não tinha direção hidráulica.

Ele ouviu as irmãs górgonas gritando e viu de relance as cobras-corais dos cabelos de Euríale no alto da colina, mas não teve tempo de se preocupar com isso. O telhado do prédio de apartamentos assomava abaixo dele como a proa de um encouraçado. Colisão frontal em dez, nove, oito...

Ele conseguiu se virar de lado para evitar quebrar as pernas com o impacto. A bandeja deslizou pelo telhado e disparou pelo ar. Ela voou para um lado. Percy foi para o outro.

Enquanto caía na direção da autoestrada, uma imagem horrível cruzou sua mente como um raio: seu corpo se arrebentando contra o para-brisa de um SUV, e o motorista, irritado, tentando livrar-se dele com o limpador de para-brisa. *Adolescente idiota caindo do céu! Eu estou atrasado!*

Por um milagre, uma rajada de vento lançou-o para um lado — o suficiente para desviá-lo da estrada e fazê-lo cair em cima de uns arbustos. Não foi uma aterrissagem suave, mas era melhor que asfalto.

Percy gemeu. Queria ficar ali caído e desmaiar, mas precisava seguir em frente.

Ele se levantou com esforço. Suas mãos estavam arranhadas, mas aparentemente não havia nenhum osso quebrado. Ainda tinha sua mochila. Em algum ponto da descida de trenó Percy havia perdido a espada, mas sabia que ela acabaria reaparecendo em seu bolso, em forma de caneta. Isso era parte da magia.

Ele olhou para a colina. Era difícil não ver as górgonas, com seus cabelos coloridos de cobras e os coletes verdes do Bargain Mart. Elas vinham descendo com cuidado a encosta, mais devagar que Percy, mas com um controle muito maior. Aqueles pés de galinha deviam ser bons para escalar. Percy calculou ter mais ou menos uns cinco minutos antes que elas o alcançassem.

Perto dele, uma grade alta de arame separava a estrada de um bairro de ruas sinuosas, casas aconchegantes e eucaliptos altos. A grade provavelmente estava ali para impedir que as pessoas fossem para a autoestrada e fizessem coisas idiotas — como deslizar para a pista de velocidade sentado em uma bandeja de petiscos —, mas a grade possuía vários buracos grandes. Percy podia entrar facilmente no bairro. Talvez conseguisse encontrar um carro e dirigir para oeste rumo ao oceano. Ele não gostava de roubar carros, mas nas últimas semanas, em situações de vida ou morte, pegara vários "emprestados", inclusive uma viatura policial. Ele tivera a intenção de devolvê-los, mas eles nunca duravam muito.

Percy olhou para leste. Tal como imaginara, a uns cem metros acima, a autoestrada atravessava o pé da colina. As entradas de dois túneis, uma para cada mão do trânsito, fitavam-no como órbitas oculares em um crânio gigante. No meio, onde estaria o nariz, uma parede de cimento se projetava da encosta da colina, com uma porta de metal que parecia a entrada de um *bunker*.

Poderia ter sido um túnel de manutenção. Provavelmente era o que os mortais achavam, se é que percebiam a porta. Mas eles não podiam ver através da Névoa. Percy sabia que a porta era mais do que isso.

Dois garotos de armadura ladeavam a entrada. Usavam uma mistura bizarra de elmo romano emplumado, peitoral, bainha de espada, calça jeans, camiseta roxa e tênis brancos. O guarda da direita parecia uma garota, embora fosse difícil ter certeza por causa da armadura. O da esquerda era um cara robusto com um arco e uma aljava nas costas. Os dois empunhavam longos bastões de madeira com pontas de ferro, como arpões antiquados.

O radar interno de Percy zumbia feito louco. Depois de tantos dias horríveis, ele finalmente havia alcançado sua meta. Seus instintos lhe diziam que, se conseguisse entrar por aquela porta, ele poderia encontrar segurança pela primeira vez desde que os lobos o mandaram para o sul.

Então por que sentia tanto pavor?

Mais acima na colina, as górgonas atravessavam o telhado do complexo de apartamentos. A três minutos de distância, talvez menos.

Uma parte dele queria correr para a porta na encosta. Ele precisaria ir para o meio das duas pistas da autoestrada, mas seria uma corrida rápida. Ele poderia chegar lá antes que as górgonas o alcançassem.

Outra parte dele queria seguir para o oceano a oeste. Era onde ele estaria mais seguro. Onde seu poder seria maior. Aqueles guardas romanos à porta o inquietavam. Alguma coisa lhe dizia: *Aqui não é meu território. Aqui* é perigoso.

— Você tem razão, é claro — disse uma voz a seu lado.

Percy levou um susto. A princípio, pensou que Beano havia conseguido aproximar-se dele sorrateiramente de novo, mas a velha sentada nos arbustos era ainda mais repulsiva que uma górgona. Parecia uma hippie que tinha sido jogada para a beira da estrada uns quarenta anos antes, e desde então vinha reunindo lixo e trapos. Usava um vestido feito de tecido tingido, colchas rasgadas e sacolas plásticas de mercado. Seu chumaço de cabelos crespos era castanho-acinzentado, como espuma de cerveja escura, preso por um elástico com o símbolo da paz. Verrugas e pintas cobriam-lhe o rosto. Quando ela sorria, mostrava exatamente três dentes.

— Não é um túnel de manutenção — confidenciou ela. — É a entrada do acampamento.

Um calafrio percorreu a espinha de Percy. *Acampamento*. Sim, era de um lugar assim que ele vinha. Um acampamento. Talvez aquele fosse seu lar. Talvez Annabeth estivesse perto.

Mas algo parecia errado.

As górgonas ainda estavam no telhado do complexo. Então Esteno deu um grito de prazer e apontou na direção de Percy.

A velha hippie ergueu as sobrancelhas.

— Não há muito tempo, criança. Você precisa decidir.

— Quem é você? — perguntou Percy, embora não tivesse certeza de que queria saber.

A última coisa de que precisava era outra mortal inofensiva que na verdade fosse um monstro.

— Ah, pode me chamar de Juno. — Os olhos da velha cintilaram, como se ela tivesse acabado de fazer uma ótima piada. — *Estamos* em junho, não é? Deram o nome a esse mês em minha homenagem!

— Certo... Olhe, preciso ir. Duas górgonas estão vindo para cá. Não quero que elas a machuquem.

Juno juntou as mãos sobre o coração.

— Que gentil! Mas isso faz parte de sua escolha!

— Minha escolha... — Percy olhou, nervoso, na direção da colina. As górgonas haviam tirado os coletes verdes. Asas brotavam de suas costas, pequenas asas de morcego, que brilhavam como latão.

Desde quando elas tinham *asas*? Talvez fossem só enfeite. Talvez fossem pequenas demais para erguer uma górgona no ar. E, então, as duas irmãs saltaram do edifício e planaram em sua direção.

Ótimo. Simplesmente perfeito.

— Sim, uma escolha — disse Juno, como se não tivesse a menor pressa. — Você pode me deixar aqui, à mercê das górgonas, e ir para o oceano. Chegaria lá em segurança, eu garanto. As górgonas adorarão me atacar e deixá-lo partir. No mar, nenhum monstro vai importuná-lo. Você poderia começar uma vida nova, viver até uma idade avançada e evitar grande parte da dor e do sofrimento que o esperam no futuro.

— Ou? — Percy tinha certeza de que não ia gostar da segunda opção.

— Ou pode fazer uma boa ação para uma velha senhora — disse Juno — e me levar até o acampamento.

— Carregar a senhora? — Percy tinha esperança de que ela estivesse brincando. Então Juno subiu a saia e mostrou-lhe os pés inchados e roxos.

— Não consigo chegar lá sozinha — disse ela. — Carregue-me até o acampamento, do outro lado da estrada, do túnel, do rio.

Percy não sabia a que rio ela se referia, mas parecia que não seria fácil. Juno dava a impressão de ser bem pesada.

As górgonas estavam a apenas cinquenta metros, planando preguiçosamente na direção dele como se soubessem que a caçada chegava ao fim.

Percy olhou para a velha.

— E eu faria isso porque...?

— Porque é uma gentileza! — replicou ela. — E porque, se não fizer, os deuses morrerão, o mundo que conhecemos desaparecerá e todas as pessoas de sua antiga vida serão destruídas. Claro, você não se lembraria delas, então suponho que isso não tenha importância. Você estaria a salvo no fundo do mar...

Percy engoliu em seco. As górgonas gritavam e gargalhavam enquanto se preparavam para a matança.

— Se eu for para o acampamento — disse ele —, vou conseguir recuperar minha memória?

— Com o tempo — respondeu Juno. — Mas saiba que vai sacrificar muita coisa! Você perderá a marca de Aquiles. Sentirá dor, aflição e privação com mais intensidade do que jamais sentira. Mas talvez tenha a chance de salvar seus antigos amigos e sua família, e de reconquistar sua antiga vida.

As górgonas voavam em círculos acima de sua cabeça. Provavelmente estudavam a velha, tentando entender quem era a nova figura antes de atacarem.

— E quanto àqueles guardas na porta? — perguntou Percy.

Juno sorriu.

— Ah, eles vão deixá-lo entrar, querido. Pode confiar naqueles dois. Então, o que me diz? Vai ajudar uma velha indefesa?

Percy duvidava que Juno fosse indefesa. Na pior das hipóteses, aquilo era uma armadilha. Na melhor, era algum tipo de teste.

Percy detestava testes. Desde que perdera a memória, sua vida toda era um grande "preencha as lacunas". Ele era __________, de __________. Sentia-se __________, e se algum monstro o pegasse, ele estaria __________.

Então pensou em Annabeth, a única parte de sua antiga vida da qual ele tinha certeza. *Precisava* encontrá-la.

— Vou carregá-la.

E pegou a mulher no colo.

Ela era mais leve do que ele esperava. Percy tentou ignorar seu hálito azedo e as mãos calosas agarrando-se a seu pescoço. Atravessou a primeira pista do trânsito. Um motorista buzinou. Outro gritou algo, que se perdeu no vento. A maioria apenas desviou e pareceu irritada, como se, aqui em Berkeley, fosse preciso lidar com um monte de adolescentes maltrapilhos atravessando a rodovia carregando hippies idosas.

Uma sombra o cobriu. Esteno gritou alegremente:

— Garoto esperto! Encontrou uma deusa para carregar, é?

Uma deusa?

Juno gargalhou, encantada, e murmurou "Ops!" quando um carro quase os atropelou.

Em algum ponto à esquerda de Percy, Euríale gritou:

— Pegue-os! Dois prêmios são melhores que um!

Percy disparou pelas pistas restantes. De alguma forma conseguiu chegar vivo à faixa entre as duas pistas da autoestrada. Viu as górgonas mergulhando e os carros se desviando dos monstros acima deles. Perguntou-se o que os mortais viam através da Névoa — pelicanos gigantes? Asas-deltas desgovernadas? A loba Lupa lhe dissera que as mentes dos mortais podiam acreditar em praticamente qualquer coisa, exceto na verdade.

Percy correu rumo à porta na encosta. Juno ficava mais pesada a cada passo. O coração de Percy batia forte. Suas costelas doíam.

Um dos guardas gritou. O cara do arco armou uma flecha.

— Espere! — gritou Percy.

Mas o garoto não mirava nele. A flecha passou acima da cabeça de Percy. Uma górgona uivou de dor. O segundo guarda, a garota, preparou a lança, gesticulando freneticamente para que Percy se apressasse.

Quinze metros de distância. Dez metros.

— Peguei! — berrou Euríale.

Percy se virou no momento em que uma flecha acertou a testa dela. Euríale desabou na pista de alta velocidade. Um caminhão chocou-se contra ela e a carregou uns cem metros para trás, mas a górgona simplesmente escalou para ficar acima da cabine, arrancou a flecha da cabeça e voltou a se lançar no ar.

Percy alcançou a porta.

— Obrigado — ele agradeceu aos guardas. — Belo tiro.

— Aquilo devia tê-la matado! — protestou o arqueiro.

— Bem-vindo a meu mundo — murmurou Percy.

— Frank — disse a garota. — Leve-os para dentro, rápido! Aquilo são górgonas.

— Górgonas? — A voz do arqueiro soou aguda. Era difícil saber muito sobre o garoto, oculto sob o elmo, mas ele parecia corpulento como um lutador, talvez com quatorze ou quinze anos. — A porta vai detê-las?

Nos braços de Percy, Juno gargalhou.

— Não, não vai. Adiante, Percy Jackson! Atravesse o túnel, cruze o rio!

— Percy Jackson? — A guarda tinha a pele escura, e cabelos encaracolados saíam pelas laterais do elmo. Parecia mais nova que Frank... devia ter uns treze anos. A bainha de sua espada ia quase até seu tornozelo. Mesmo assim, ela falava como se estivesse no comando. — Certo. Obviamente você é um semideus. Mas quem é a...? — Ela olhou para Juno. — Deixe para lá. Entrem logo. Vou atrasá-las.

— Hazel — disse o garoto. — Não seja louca.

— Vão! — ordenou ela.

Frank xingou em outra língua — seria latim? — e abriu a porta.

— Vamos!

Percy o seguiu, cambaleando por causa do peso da velha, que ficava *definitivamente* mais pesada. Ele não sabia como a tal da Hazel iria segurar as górgonas sozinha, mas estava cansado demais para discutir.

O túnel atravessava a rocha sólida e tinha mais ou menos a altura e a largura do corredor de uma escola. A princípio, parecia um típico túnel de manutenção, com fios de eletricidade, placas de advertência e caixas de disjuntores nas paredes, e lâmpadas em gaiolas de arame ao longo do teto. À medida que eles avançavam morro adentro, o piso de cimento ia dando lugar a um mosaico de placas. As lâmpadas cederam lugar a tochas de bambu, que queimavam, mas não produziam fumaça. Algumas centenas de metros adiante, Percy viu um quadrado de luz do dia.

A velha agora pesava mais que uma pilha de sacos de areia. Os braços de Percy tremiam com o esforço. Juno cantarolava baixinho em latim algo que parecia uma canção de ninar, o que não ajudava a concentração de Percy.

Atrás deles, as vozes das górgonas ecoavam pelo túnel. Hazel gritou. Percy ficou tentado a largar Juno e voltar correndo para ajudá-la, mas então o túnel inteiro sacudiu com o estrondo de pedras caindo. Ouviu-se um grasnido igual ao que as górgonas haviam emitido quando Percy jogara um caixote de bolas de boliche nelas, em Napa. Ele olhou para trás. A extremidade oeste do túnel agora estava cheia de poeira.

— Será que não devíamos dar uma olhada em Hazel? — perguntou Percy.

— Ela vai ficar bem... Espero — disse Frank. — Ela é boa em ambientes subterrâneos. Continue andando! Estamos quase lá.

— Quase onde?

Juno deu uma risadinha.

— Todos os caminhos levam até lá, criança. Você deveria saber disso.

— À punição? — perguntou Percy.

— A Roma, criança — disse a velha. — A Roma.

Percy não tinha certeza de que havia entendido direito. Sim, sua memória havia sumido. E seu cérebro não parecia bem desde que ele despertara na Casa do Lobo. Mas ele tinha uma boa noção de que Roma não ficava na Califórnia.

Continuaram correndo. A luz no fim do túnel ficou mais forte e por fim eles saíram à luz do sol.

Percy ficou paralisado. Diante dele havia um vale côncavo com vários quilômetros de largura. O solo era marcado por pequenas colinas, planícies douradas e áreas de floresta. Um riacho límpido traçava um curso sinuoso a partir de um lago no centro e ao longo do perímetro, como um G maiúsculo.

A geografia podia ser de qualquer parte do norte da Califórnia — carvalhos e eucaliptos verdes, colinas douradas e céu azul. Aquela montanha grande afastada do mar — como era mesmo o nome? Monte Diablo? — erguia-se ao longe, exatamente onde deveria estar.

Mas Percy tinha a sensação de que tinha entrado em um mundo secreto. No centro do vale, aninhada à margem do lago, havia uma pequena cidade de construções em mármore branco com telhados vermelhos. Algumas tinham domos e pórticos sustentados por colunas, como monumentos nacionais. Outras pareciam palácios, com portas douradas e jardins amplos. Ele podia ver uma praça descoberta com colunas independentes, chafarizes e estátuas. Um coliseu romano de cinco andares brilhava ao sol, perto de uma comprida arena oval que parecia uma pista de corrida.

Do outro lado do lago, ao sul, havia outra colina, com construções ainda mais impressionantes — templos, Percy imaginou. Algumas pontes de pedra cruzavam o rio que serpenteava pelo vale, e, ao norte, uma longa fila de arcos de alvenaria estendia-se das colinas até entrar na cidade. Percy pensou que aquilo parecia uma ferrovia elevada. E então se deu conta de que devia ser um aqueduto.

A parte mais estranha do vale ficava bem abaixo do ponto em que Percy se encontrava. A cerca de duzentos metros dali, do outro lado do rio, havia uma espécie de acampamento militar. Tinha mais ou menos dezesseis hectares, com barreiras de pedra nas quatro faces cobertas por espigões pontudos. Do lado de fora dos muros havia um fosso seco, também demarcado com espigões. Torres de vigilância de madeira erguiam-se em cada canto, guarnecidas por sentinelas armadas com bestas enormes montadas nos parapeitos. Estandartes roxos pendiam das torres. Do outro lado do acampamento, um amplo portão aberto estava voltado na direção da cidade. Junto à margem do rio havia um portão mais estreito, fechado. O interior da fortaleza fervilhava de atividade: dezenas de garotos entrando e saindo de alojamentos, carregando armas, lustrando armaduras. Percy ouviu o clangor de martelos em uma forja e sentiu o cheiro de carne cozinhando em uma fogueira.

O lugar lhe parecia muito familiar, mas algo não encaixava.

— Acampamento Júpiter — disse Frank. — Estaremos em segurança assim que...

Passos ecoaram no túnel atrás deles. Hazel emergiu de repente. Estava coberta de poeira e respirava com esforço. Havia perdido o elmo, e agora seus cabelos castanhos encaracolados caíam-lhe sobre os ombros. Sua armadura tinha cortes compridos feitos pelas garras de uma górgona. Um dos monstros havia colado nela um adesivo de 50% DE DESCONTO.

— Eu as atrasei — disse ela. — Mas vão chegar aqui a qualquer instante.

Frank praguejou.

— Precisamos atravessar o rio.

Juno apertou ainda mais o pescoço de Percy.

— Ah, sim, por favor. Não posso molhar meu vestido.

Percy mordeu a língua. Se essa senhora era uma deusa, deve ter sido a dos hippies fedorentos, pesados e inúteis. Mas ele chegara até ali. Era melhor continuar carregando-a.

É uma gentileza, ela dissera. *E, se não fizer isso, os deuses morrerão, o mundo que conhecemos desaparecerá e todas as pessoas de sua antiga vida serão destruídas.*

Se isso era um teste, Percy não podia se dar ao luxo de ser reprovado.

Ele tropeçou algumas vezes enquanto corriam para o rio. Frank e Hazel o ajudaram a se equilibrar.

Chegaram à margem, e Percy parou para recuperar o fôlego. A correnteza era rápida, mas o rio não parecia fundo. A poucos metros de distância erguiam-se os portões do forte.

— Vá, Hazel. — Frank encaixou duas flechas ao mesmo tempo. — Acompanhe Percy para que as sentinelas não atirem nele. É minha vez de retardar as malvadas.

Hazel assentiu com a cabeça e entrou no rio.

Percy começou a segui-la, mas algo o fez hesitar. Em geral ele adorava a água, mas esse rio parecia... poderoso, e não necessariamente amigável.

— O Pequeno Tibre — disse Juno de forma afetuosa. — Ele corre com a força do Tibre original, o rio do império. Esta é sua última chance de recuar, criança. A marca de Aquiles é uma bênção grega. Você não pode conservá-la se entrar em território romano. O Tibre irá tirá-la de você.

Percy estava exausto demais para compreender tudo aquilo, mas captou o ponto principal.

— Se eu o cruzar, não terei mais pele de ferro?

Juno sorriu.

— Então, o que vai ser? A segurança ou um futuro de dor e possibilidades?

Atrás dele, as górgonas guinchavam ao sair voando do túnel. Frank disparou as flechas.

Do meio do rio Hazel gritou:

— Percy, venha!

No alto das torres de vigilância cornetas soaram. As sentinelas gritaram e giraram as bestas na direção das górgonas.

Annabeth, pensou Percy. Ele avançou rio adentro. A água era gelada, muito mais rápida do que ele imaginara, mas isso não o incomodou. Uma força renovada impulsionou seus membros. Seus sentidos formigavam, como se ele tivesse recebido uma injeção de cafeína. Chegou ao outro lado e colocou a velha no chão, enquanto os portões se abriam. Dezenas de garotos de armadura emergiram deles.

Hazel voltou-se para Percy com um sorriso de alívio. Então olhou por cima do ombro dele, e sua expressão transformou-se em horror.

— Frank!

Frank estava na metade do rio quando as górgonas o pegaram. Elas mergulharam do céu e o agarraram pelos braços. Ele gritou de dor quando as garras se enterraram em sua pele.

As sentinelas gritaram, mas Percy sabia que elas não teriam como disparar. Acabariam matando Frank. Os outros garotos sacaram espadas e se prepararam para se lançar na água, mas chegariam tarde demais.

Só havia um jeito.

Percy estendeu as mãos. Ele sentiu uma forte tensão em suas entranhas, e o Tibre obedeceu à sua vontade. O rio se ergueu. De ambos os lados de Frank formaram-se redemoinhos. Mãos gigantes de água ergueram-se da superfície, imitando os movimentos de Percy. Elas agarraram as górgonas, que, surpresas, largaram Frank. E então levantaram as monstras estridentes com a força de um torno líquido.

Percy ouviu os outros garotos gritarem e recuarem, mas permaneceu concentrado em sua tarefa. Ele abaixou os punhos com força, como se esmagasse algo, e as mãos gigantes mergulharam as górgonas no Tibre. As monstras atingiram o fundo e viraram pó. Nuvens brilhantes de essência de górgona se esforçavam para se recompor, mas o rio as desmanchava como um liquidificador. Em pouco tempo, todo e qualquer traço das górgonas foi levado pela correnteza. Os redemoinhos desapareceram, e o rio voltou ao normal.

Percy ficou parado na margem. Suas roupas e sua pele fumegavam, como se as águas do Tibre lhe tivessem dado um banho de ácido. Ele se sentia exposto, fraco... Vulnerável.

No meio do rio, Frank cambaleava, parecendo aturdido, mas, fora isso, perfeitamente bem. Hazel avançou até ele e o ajudou a sair da água. Só então Percy notou o silêncio dos outros garotos.

Todos olhavam para ele. Somente a velha Juno parecia indiferente.

— Bem, foi um passeio delicioso — disse ela. — Obrigada, Percy Jackson, por me trazer ao Acampamento Júpiter.

Uma das garotas emitiu um som engasgado.

— Percy... Jackson?

Ela falou como se reconhecesse o nome. Percy a observou, na esperança de ver um rosto familiar.

Ela era obviamente uma líder. Usava um suntuoso manto roxo sobre a armadura. Seu peito estava decorado com medalhas. Devia ter mais ou menos a mesma idade de Percy, com olhos escuros e penetrantes e longos cabelos negros. Percy não a reconhecia, mas a garota o encarava como se o tivesse visto em seus pesadelos.

Juno riu, encantada.

— Ah, sim. Vocês vão se divertir muito juntos!

E, então, para deixar o dia mais estranho ainda, a velha começou a brilhar e a mudar de forma. Ela cresceu até se tornar uma deusa reluzente de mais de dois metros de altura, usando um vestido azul, com os ombros cobertos por um manto que parecia feito de pele de cabra. Seu rosto era severo e imponente. Em sua mão havia um cajado com uma flor de lótus no topo.

Os campistas ficaram ainda mais perplexos, se é que isso era possível. A garota com o manto roxo se ajoelhou. Os outros a imitaram. Um dos meninos abaixou-se com tanta rapidez que quase se espetou com a própria espada.

Hazel foi a primeira a falar.

— Juno.

Ela e Frank também se ajoelharam, fazendo com que Percy fosse o único de pé. Ele sabia que provavelmente devia se ajoelhar também, mas, depois de carregar a velha até ali, não tinha vontade de lhe mostrar tanta deferência.

— Juno, hein? — disse ele. — Se passei em seu teste, posso ter minha memória e minha vida de volta?

A deusa sorriu.

— A seu tempo, Percy Jackson, se tiver êxito aqui no acampamento. Você se saiu bem hoje, o que é um bom começo. Talvez ainda haja esperança para você.

Ela voltou-se para os outros garotos.

— Romanos, eu lhes apresento o filho de Netuno. Há meses ele está entorpecido, mas agora despertou. O destino dele está em suas mãos. O Festival de

Fortuna se aproxima rapidamente, e a Morte deve ser desencadeada se vocês quiserem ter alguma esperança na batalha. Não me decepcionem!

Juno tremeluziu e desapareceu. Percy olhou para Hazel e Frank, à espera de algum tipo de explicação, mas eles pareciam igualmente confusos. Frank segurava algo que Percy ainda não havia percebido — dois pequenos frascos de argila com rolhas, como poções, um em cada mão. Percy não tinha a menor ideia de onde eles haviam surgido, mas viu Frank guardá-los nos bolsos. Frank lhe lançou um olhar como se dissesse: *Falaremos sobre isso mais tarde.*

A garota do manto roxo deu um passo à frente. Ela observava Percy atentamente, e o menino não conseguia deixar de sentir que ela queria atravessá-lo com a adaga.

— Bem — disse ela com frieza —, um filho de Netuno que vem até nós com a bênção de Juno.

— Olhe — disse ele —, minha memória está um pouquinho confusa. Na verdade, ela *desapareceu*. Eu conheço você?

A garota hesitou.

— Eu sou Reyna, pretora da Décima Segunda Legião. E... Não, eu não conheço você.

Essa última parte era mentira. Percy podia ver em seus olhos. Mas ele também compreendeu que, se discutissem isso ali, na frente dos soldados dela, a garota não ia gostar.

— Hazel — disse Reyna —, traga-o para dentro. Quero interrogá-lo na *principia*. Depois o enviaremos para Octavian. Precisamos consultar os augúrios antes de decidir o que fazer com ele.

— Como assim? — perguntou Percy. — Decidir o que fazer comigo?

A mão de Reyna apertou com mais força o punho da adaga. Ela obviamente não estava acostumada a ter suas ordens questionadas.

— Antes de aceitar qualquer pessoa no acampamento, precisamos interrogá-la e ler os augúrios. Juno disse que seu destino está em nossas mãos. Temos que saber se a deusa nos trouxe um novo recruta...

Reyna olhou Percy como se achasse a ideia duvidosa.

— Ou — disse ela, mais esperançosa — se nos trouxe um inimigo para matar.

III

PERCY

Para a sorte de Percy, ele não tinha medo de fantasmas. Metade das pessoas no acampamento estava morta.

Guerreiros roxos translúcidos postavam-se do lado de fora do arsenal, polindo espadas etéreas. Outros passavam o tempo diante dos alojamentos. Um garoto fantasmagórico perseguia um cachorro fantasmagórico pela rua. E, nos estábulos, um cara grande, vermelho e brilhante, com cabeça de lobo, guardava um rebanho de... Aquilo eram unicórnios?

Nenhum dos campistas dava muita atenção aos fantasmas, mas, à medida que a comitiva de Percy, com Reyna à frente e Frank e Hazel, um de cada lado, passava, todos os espíritos interrompiam o que estavam fazendo e fitavam Percy. Alguns pareciam bravos. O garotinho fantasma gritou algo como "Greggus!" e ficou invisível.

Percy desejou poder ficar invisível também. Depois de semanas sozinho, toda essa atenção o deixava pouco à vontade. Ele permaneceu entre Hazel e Frank e tentou passar despercebido.

— Estou vendo coisas? — perguntou. — Ou aqueles são...

— Fantasmas? — Hazel se virou. Seus olhos eram impressionantes, como ouro quatorze quilates. — Eles são Lares. Deuses da casa.

— Deuses da casa — repetiu Percy. — Tipo menores que deuses de verdade, porém maiores que deuses do apartamento?

— São espíritos ancestrais — explicou Frank.

Ele havia tirado o elmo, revelando um rosto infantil que não combinava com o cabelo em corte militar nem com o corpo robusto. Parecia um bebê que havia tomado esteroides e ingressado no Corpo de Fuzileiros Navais.

— Os Lares são uma espécie de mascote — continuou. — Quase sempre são inofensivos, mas nunca os vi tão agitados.

— Estão me encarando — disse Percy. — Aquele garoto fantasma me chamou de Greggus. Meu nome não é Greg.

— *Graecus* — corrigiu Hazel. — Depois de passar algum tempo aqui, você vai começar a entender latim. Os semideuses têm um talento natural para isso. *Graecus* significa grego.

— Isso é ruim? — perguntou Percy.

Frank pigarreou.

— Talvez não. Você tem essa cor de pele, os cabelos escuros e tal. Talvez eles achem que você é grego de verdade. Sua família é de lá?

— Não sei. Como eu disse, perdi a memória.

— Ou talvez... — Frank hesitou.

— O que foi? — perguntou Percy.

— Provavelmente nada — disse Frank. — Romanos e gregos têm uma antiga rivalidade. Às vezes os romanos usam o termo *graecus* como insulto para alguém de fora... Um inimigo. Eu não me preocuparia com isso.

Mas ele parecia bastante preocupado.

O grupo parou no centro do acampamento, onde duas largas estradas de paralelepípedos se encontravam, formando um T.

Uma placa de rua identificava a estrada que levava aos portões principais como VIA PRAETORIA. A outra estrada, que atravessava o meio do acampamento, era identificada como VIA PRINCIPALIS. Embaixo dessas placas havia outras, pintadas à mão: BERKELEY 8 KM, NOVA ROMA 1,6 KM, ROMA ANTIGA 11.716 KM, HADES 3.717 KM (apontando diretamente para baixo), RENO 334 KM e MORTE CERTA: VOCÊ ESTÁ AQUI!

Para morte certa, o lugar parecia bastante limpo e organizado. As construções estavam recém-caiadas e eram dispostas em uma grade bem simétrica, como se o acampamento tivesse sido projetado por um professor de matemática exigente.

Os alojamentos tinham varandas cobertas, onde campistas descansavam em redes à sombra ou jogavam cartas e bebiam refrigerantes. Cada dormitório apresentava uma coleção diferente de estandartes na fachada, exibindo algarismos romanos e animais variados — águia, urso, lobo, cavalo e um que parecia um hamster.

Ao longo da Via Praetoria, fileiras de lojas anunciavam comida, armadura, armas, café, equipamento de gladiador e aluguel de togas. Uma concessionária de bigas tinha um grande anúncio na frente: CAESAR XLS C/ FREIOS ABS, ZERO DE ENTRADA!

Em uma das esquinas do entroncamento erguia-se o edifício mais impressionante: uma cunha de dois andares, de mármore branco, com um pórtico sustentado por colunas, como um banco antigo. Guardas romanos estavam postados na entrada. Acima da porta pendia um grande estandarte roxo com as letras douradas SPQR bordadas dentro de uma coroa de louros.

— Seu quartel-general? — perguntou Percy.

Reyna se virou para ele, seus olhos ainda eram frios e hostis.

— O nome é *principia*.

Ela esquadrinhou a multidão de campistas curiosos que os havia seguido desde o rio.

— Todos de volta a suas tarefas. Darei mais notícias na hora da inspeção noturna. Lembrem-se: temos jogos de guerra após o jantar.

A ideia de jantar fez o estômago de Percy roncar. Com o cheiro de churrasco vindo do refeitório, sua boca encheu-se de água. A padaria mais adiante na rua também exalava um cheiro delicioso, mas ele duvidava que Reyna o deixaria fazer um pedido para viagem.

A multidão se dispersou com relutância. Alguns murmuravam comentários sobre as chances de Percy.

— Ele está morto — disse um.

— Tinham que ser *aqueles* dois a encontrá-lo — disse outro.

— É — murmurou outro. — Deixe-o entrar para a Quinta Coorte. Gregos e *geeks*.

Vários garotos riram com isso, mas Reyna os repreendeu, e eles se dispersaram.

— Hazel — disse Reyna —, venha conosco. Quero seu relatório sobre o que aconteceu nos portões.

— Eu também? — perguntou Frank. — Percy salvou minha vida. Precisamos deixá-lo...

Reyna lançou um olhar tão duro a Frank que ele recuou.

— Devo lembrá-lo, Frank Zhang — disse ela —, de que você também está em *probatio*. Já causou problemas suficientes por esta semana.

As orelhas de Frank ficaram vermelhas. Seus dedos mexiam em uma chapinha pendurada em um cordão em seu pescoço. Percy não havia prestado muita atenção nela, mas parecia uma placa de identificação feita de chumbo.

— Vá para o arsenal — disse Reyna. — Verifique o inventário. Eu o chamo se precisar.

— Mas... — Frank se conteve. — Sim, Reyna.

E ele se foi, apressado.

Reyna fez sinal para que Hazel e Percy entrassem no quartel-general.

— Agora, Percy Jackson, vamos ver se nós conseguimos melhorar sua memória.

A *principia* era ainda mais impressionante por dentro.

No teto havia um mosaico reluzente de Rômulo e Remo debaixo da loba, sua mãe adotiva (Lupa contara essa história a Percy um milhão de vezes). O piso era de mármore polido. As paredes, cobertas de veludo, davam a sensação de que Percy se encontrava dentro da tenda de acampamento mais cara do mundo. Ao longo da parede dos fundos estavam expostos estandartes e bastões de madeira cravejados com medalhas de bronze — símbolos militares, Percy imaginou. No centro da parede havia um espaço vazio, como se o estandarte principal tivesse sido tirado para limpeza ou algo assim.

Em um canto aos fundos uma escada levava a um piso inferior. Estava bloqueada por barras de ferro, como a porta de uma prisão. Percy se perguntou o que haveria lá embaixo — monstros? Tesouros? Semideuses com amnésia que não tinham caído nas graças de Reyna?

No centro do cômodo havia uma longa mesa de madeira entulhada de rolos de pergaminhos, cadernos, *tablets*, adagas e uma tigela grande cheia de balas delicado que parecia meio estranha ali. Duas estátuas de galgos em tamanho natural — uma de prata, outra de ouro — ladeavam a mesa.

Reyna dirigiu-se para trás da mesa e sentou-se em uma das duas cadeiras de espaldar alto. Percy desejou poder se sentar na outra, mas Hazel permaneceu de pé. Percy teve a impressão de que devia fazer o mesmo.

— Bem... — ele começou a dizer.

As estátuas de cães arreganharam os dentes e rosnaram.

Percy ficou paralisado. Normalmente, ele gostava de cachorros, mas estes o encaravam com olhos de rubi. Suas presas pareciam afiadas como navalhas.

— Calma, garotos — disse Reyna aos galgos.

Eles pararam de rosnar, mas continuaram olhando Percy como se ele fosse o jantar.

— Eles não atacarão — informou Reyna —, a menos que você tente roubar alguma coisa ou que eu lhes dê a ordem. Estes são Argentum e Aurum.

— Prata e Ouro — falou Percy. O significado dos termos em latim surgiu em sua cabeça como Hazel dissera que aconteceria. Ele quase perguntou qual cachorro era qual. Mas então se deu conta de que essa seria uma pergunta estúpida.

Reyna pousou a adaga na mesa. Percy tinha a vaga impressão de que havia visto a garota antes. Seus cabelos eram negros e lustrosos como rocha vulcânica, preso em uma trança única que descia por suas costas. Reyna tinha a postura de um esgrimista: relaxada, porém vigilante, como se estivesse pronta para entrar em ação a qualquer momento. As rugas de preocupação em torno dos olhos a faziam parecer mais velha do que provavelmente era.

— Nós *já* nos conhecemos — ele concluiu. — Não lembro quando. Por favor, se puder me dar qualquer informação...

— Primeiro as prioridades — disse Reyna. — Quero ouvir sua história. Do que você se *lembra*? Como chegou aqui? E não minta. Meus cães não gostam de gente mentirosa.

Argentum e Aurum rosnaram, enfatizando suas palavras.

Percy contou sua história: como acordara na mansão em ruínas na floresta de Sonoma. Descreveu o período que passou com Lupa e seu bando, aprendendo sua linguagem de gestos e expressões, aprendendo a sobreviver e lutar.

Lupa lhe ensinara sobre semideuses, monstros e deuses. Ela havia explicado que era um dos espíritos guardiães da Roma Antiga. Semideuses como Percy ainda eram responsáveis por dar continuidade a tradições romanas nos tempos modernos — enfrentar monstros, servir aos deuses, proteger os mortais e preservar a memória do império. Ela o havia treinado durante semanas até ele ficar tão forte, resistente e feroz quanto um lobo. Quando se deu por satisfeita com as habilidades de Percy, ela o havia mandado para o sul, dizendo-lhe que, se sobrevivesse à jornada, ele talvez encontrasse um novo lar e recuperasse a memória.

Nada disso pareceu surpreender Reyna. Na verdade, ela pareceu achar a história bastante comum — com exceção de um detalhe.

— Nenhuma lembrança? — perguntou ela. — Você *ainda* não se lembra de nada?

— Fragmentos vagos e confusos.

Percy olhou para os galgos. Ele não queria mencionar Annabeth. Parecia algo muito íntimo, e ele ainda estava confuso em relação a onde encontrá-la. Tinha certeza de que haviam se conhecido em um acampamento — mas aquele ali não parecia ser o lugar certo.

Além disso, ele não estava disposto a partilhar sua única lembrança clara: o rosto de Annabeth, os cabelos louros e os olhos cinzentos, a maneira como ela ria, abraçava-o e o beijava sempre que ele fazia algo idiota.

Ela deve ter me beijado muito, pensou Percy.

Ele temia que, se falasse daquela lembrança para alguém, ela evaporaria como um sonho. Não podia correr o risco.

Reyna girou sua adaga.

— A maior parte do que está descrevendo é normal para semideuses. Em certa idade, de uma forma ou de outra, encontramos o caminho da Casa dos Lobos. Somos testados e treinados. Se Lupa achar que temos mérito, ela nos manda para o sul, para ingressar na legião. Mas nunca ouvi falar de alguém que tenha perdido a memória. Como foi que você encontrou o Acampamento Júpiter?

Percy contou-lhe sobre os últimos três dias — as górgonas que não morriam, a velha que acabou se revelando uma deusa e, finalmente, o encontro com Hazel e Frank no túnel da colina.

A partir daí, Hazel assumiu a narrativa. Ela descreveu Percy como bravo e heroico, o que o deixou constrangido. Tudo que ele fizera fora carregar uma mendiga *hippie*.

Reyna o estudou.

— Você é velho para ser um recruta. Tem o quê, dezesseis anos?

— Acho que sim — respondeu Percy.

— Se passou todos esses anos sozinho, sem treinamento nem ajuda, deveria estar morto. Um filho de Netuno? Teria uma aura poderosa que atrairia todo tipo de monstro.

— É — disse Percy. — Já me falaram que eu cheiro mal.

Reyna quase abriu um sorriso, o que deu esperança a Percy. Talvez ela fosse humana, afinal.

— Você deve ter vindo de algum lugar antes da Casa dos Lobos — disse ela.

Percy deu de ombros. Juno falara algo sobre ele ter ficado entorpecido, e ele de fato tinha a vaga sensação de que estivera adormecido — talvez por muito tempo. Mas isso não fazia sentido.

Reyna suspirou.

— Bem, os cães não comeram você, então suponho que esteja falando a verdade.

— Ótimo — disse Percy. — Da próxima vez, posso passar por um polígrafo?

Reyna se levantou. Ela ficou andando de um lado para o outro diante dos estandartes. Seus cães metálicos a observavam.

— Mesmo que eu considere que não é um inimigo — disse ela —, você não é um recruta típico. A Rainha do Olimpo simplesmente não aparece em um acampamento anunciando a chegada de um novo semideus. A última vez que um deus importante nos visitou em pessoa assim... — Ela sacudiu a cabeça. — Só ouvi lendas desse tipo de acontecimento. E um filho de Netuno... Isso não é um bom augúrio. Especialmente agora.

— O que tem de errado com Netuno? — perguntou Percy. — E o que você quer dizer com "especialmente agora"?

Hazel lançou-lhe um olhar de advertência.

Reyna continuou andando.

— Você lutou contra as irmãs de Medusa, que não eram vistas há milhares de anos. Inquietou nossos Lares, que o estão chamando de *graecus*. E usa símbolos estranhos... essa camisa, as contas em seu cordão. O que elas significam?

Percy baixou os olhos para sua camiseta laranja surrada. Ela devia ter tido palavras estampadas em algum momento, mas agora estava desbotada demais para que fossem legíveis. Ele devia ter jogado aquela camiseta fora havia semanas. Estava toda esfarrapada, mas ele não suportava a ideia de descartá-la. Continuava a lavá-la em riachos e chafarizes da melhor maneira possível e voltava a vesti-la.

Quanto ao cordão, cada uma das quatro contas de argila eram decoradas com um símbolo diferente. Uma mostrava um tridente. Outra exibia uma miniatura do Velocino de Ouro. A terceira estava gravada com o traçado de um labirinto e a última trazia a imagem de um edifício — seria o Empire State? — com nomes que Percy não reconhecia gravados ao redor. Ele tinha a impressão de que as contas eram importantes, como fotos em um álbum de família, mas não conseguia se lembrar do que significavam.

— Não sei — disse ele.

— E sua espada? — perguntou Reyna.

Percy verificou o bolso. A caneta havia reaparecido, como sempre. Ele a sacou, mas então percebeu que não havia mostrado a espada a Reyna. Hazel e Frank tampouco a tinham visto. Como Reyna sabia dela?

Tarde demais para fingir que ela não existia... Ele tirou a tampa da caneta. Contracorrente apresentou-se em sua verdadeira forma. Hazel arquejou. Os galgos latiram, apreensivos.

— O que é isso? — perguntou Hazel. — Nunca vi uma espada assim.

— Eu já — disse Reyna, em um tom sombrio. — É muito antiga... Uma criação grega. Costumávamos ter algumas dessas no depósito de armas... — Ela se interrompeu. — O metal é chamado de bronze celestial. É mortal para monstros, como o ouro imperial, só que ainda mais raro.

— Ouro imperial? — perguntou Percy.

Reyna desembainhou sua adaga. Com toda a certeza, a lâmina era de ouro.

— O metal foi consagrado nos tempos antigos, no Panteão de Roma. Sua existência era um segredo muito bem-guardado dos imperadores... Uma forma de seus paladinos matarem monstros que ameaçavam o império. Costumávamos ter mais armas assim, mas agora... Bem, quase não temos. Eu uso esta adaga. Hazel tem uma espata, uma espada de cavalaria. A maioria dos legionários usa uma espada mais curta chamada gládio. Mas essa sua arma não tem nada de romano. É outro sinal de que você não é um semideus típico. E seu braço...

— O que tem ele? — perguntou Percy.

Reyna ergueu o próprio antebraço. Percy não havia notado antes, mas havia uma tatuagem na parte interna: as letras SPQR, uma espada e uma tocha entrecruzadas e, debaixo delas, quatro linhas paralelas, como um registro de pontuação.

Percy olhou para Hazel.

— Todos nós temos uma dessa — confirmou ela, erguendo o braço. — Todos os membros efetivos da legião.

A tatuagem de Hazel também tinha as letras SPQR, só que havia apenas uma marca de pontuação, e seu emblema era diferente: um glifo negro que parecia uma cruz com braços curvos e uma cabeça.

Percy olhou para os próprios braços. Alguns arranhões, um pouco de lama e uma migalha de Enroladinho Crocante de Queijo e Salsicha, mas nada de tatuagem.

— Então você nunca foi membro da legião — afirmou Reyna. — Estas marcas não podem ser removidas. Pensei que talvez... — Ela sacudiu a cabeça, como se rejeitasse uma ideia.

Hazel inclinou-se para a frente.

— Se ele sobreviveu sozinho esse tempo todo, talvez tenha visto Jason. — Ela voltou-se para Percy. — Você já encontrou um semideus como nós antes? Um garoto de camisa roxa, com marcas no braço...

— Hazel. — A voz de Reyna endureceu. — Percy já tem muito com que se preocupar.

Percy tocou a ponta de sua espada e Contracorrente se encolheu, voltando à forma de caneta.

— Nunca vi ninguém como vocês. Quem é Jason?

Reyna dirigiu um olhar irritado a Hazel.

— Ele é... Ele *era* meu colega. — Ela apontou a segunda cadeira vazia. — A legião normalmente tem dois pretores eleitos. Jason Grace, filho de Júpiter, era nosso outro pretor, até desaparecer em outubro.

Percy tentou calcular. Ele não havia prestado muita atenção ao calendário enquanto esteve ao relento, mas Juno mencionara que agora estavam em junho.

— Quer dizer que ele está desaparecido há oito meses e vocês não o substituíram?

— Ele pode não estar morto — disse Hazel. — Não desistimos ainda.

Reyna fez uma careta. Percy teve a impressão de que esse Jason devia ser mais que um simples colega para ela.

— Eleições só acontecem de duas maneiras — disse Reyna. — Ou a legião ergue alguém em um escudo após um grande sucesso no campo de batalha... e não tivemos nenhuma batalha importante recentemente... ou fazemos uma votação na noite de 24 de junho, no Festival de Fortuna. Daqui a cinco dias.

Percy franziu a testa.

— Fortona?

— *Fortuna* — corrigiu Hazel. — É a deusa da sorte. O que quer que aconteça no dia de seu festival pode afetar todo o restante do ano. Ela pode conceder boa sorte ao acampamento... Ou *muito* azar.

Tanto Reyna quanto Hazel olharam para o espaço vazio junto à parede, como se pensassem no que faltava.

Um arrepio percorreu a espinha de Percy.

— O Festival de Fortuna... As górgonas o mencionaram. Juno também. Elas disseram que o acampamento seria atacado nesse dia, algo a ver com uma deusa grande e má chamada Gaia, e um exército, e a Morte sendo desencadeada. Vocês estão me dizendo que esse dia será nesta *semana*?

Os dedos de Reyna apertaram o cabo de sua adaga.

— Você não falará nada sobre isso fora desta sala — ordenou. — Não vou permitir que espalhe mais pânico no acampamento.

— Então é verdade — disse Percy. — Você sabe o que vai acontecer? Podemos impedir?

Percy havia acabado de conhecer essas pessoas. Ele nem tinha certeza de que gostava de Reyna. Mas queria ajudar. Eram semideuses, como ele. Tinham os mesmos inimigos. Além disso, Percy se lembrava do que Juno lhe dissera: não era só este acampamento que corria perigo. Sua vida antiga, os deuses e o mundo inteiro poderiam ser destruídos. O que quer que estivesse a caminho, era grande.

— Já conversamos o suficiente por ora — disse Reyna. — Hazel, leve-o para a Colina dos Templos. Encontre Octavian. No caminho, você pode responder às perguntas de Percy. Fale da legião.

— Sim, Reyna.

Percy ainda tinha tantas dúvidas que parecia que seu cérebro ia derreter. Mas Reyna deixou claro que a audiência havia chegado ao fim. Ela embainhou a adaga. Os cães metálicos se levantaram e rosnaram, aproximando-se de Percy.

— Boa sorte com o augúrio, Percy Jackson — disse ela. — Se Octavian permitir que você viva, talvez possamos trocar ideias... sobre seu passado.

IV

PERCY

Na saída do acampamento, Hazel comprou para ele um *espresso* e um *muffin* de cereja de Bombilo, o mercador de café de duas cabeças.

Percy aspirou o aroma do *muffin*. O café estava excelente. Agora, pensou ele, se pudesse tomar um banho, mudar de roupa e dormir um pouco, ficaria radiante. Talvez até mesmo radiante como ouro imperial.

Ele observou um grupo de garotos com roupas de banho e toalhas entrar em um edifício onde uma série de chaminés soltava vapor. Risos e barulhos de água vinham do interior, como se aquilo fosse uma piscina coberta — o tipo de lugar que agradava a Percy.

— Termas — disse Hazel. — Vamos levá-lo até lá antes do jantar, espero. Você não viveu de fato até ter tomado um banho romano.

Percy suspirou, com expectativa.

À medida que se aproximavam do portão principal, os alojamentos foram ficando maiores e mais bonitos. Até os fantasmas tinham uma aparência melhor: com armaduras mais elegantes e auras mais brilhantes. Percy tentou decifrar os estandartes e símbolos que pendiam da fachada das construções.

— Vocês se distribuem em alojamentos diferentes? — perguntou.

— Mais ou menos. — Hazel se abaixou quando um garoto montado em uma águia gigante passou voando por cima deles. — Temos cinco coortes com cerca de quarenta pessoas em cada uma. Uma coorte se divide em alojamentos de dez. Tipo colegas de quarto.

Percy nunca fora muito bom em matemática, mas tentou multiplicar.

— Está me dizendo que são duzentas pessoas no acampamento?

— Por aí.

— E *todos* são filhos de deuses? Os deuses estiveram bem ocupados.

Hazel riu.

— Nem todos são filhos dos deuses *mais* importantes. Existem centenas de deuses romanos menores. Além disso, muitos dos campistas são legados, isto é, a segunda ou a terceira geração. Talvez seus pais tenham sido semideuses. Ou seus avós.

Percy piscou.

— Filhos de semideuses?

— Por quê? Isso o surpreende?

Percy não tinha certeza. Passara as últimas semanas muito preocupado em sobreviver cada dia. A ideia de viver o bastante para se tornar adulto e ter filhos... Isso parecia um sonho impossível.

— Esses Legos...

— Legados — corrigiu Hazel.

— Eles têm poderes como os semideuses?

— Às vezes sim. Às vezes não. Mas podem ser treinados. Todos os grandes generais e imperadores romanos... Sabe, todos alegavam ser descendentes de deuses. Na maioria das vezes, diziam a verdade. O áugure do acampamento que vamos ver agora, Octavian, é um legado, descendente de Apolo. Ele supostamente tem o dom da profecia.

— Supostamente?

Hazel fez uma expressão amarga.

— Você vai ver.

Percy não achou muito animador que seu destino estivesse nas mãos desse tal Octavian.

— Então as divisões — perguntou ele —, as coortes, o que seja... Vocês se dividem de acordo com quem é seu antepassado divino?

Hazel o fitou.

— Que ideia horrível! Não, os oficiais decidem para onde designar os recrutas. Se fôssemos divididos segundo os deuses, as coortes ficariam todas desiguais. Eu ficaria sozinha.

Percy sentiu uma pontada de tristeza, como se tivesse passado por essa situação.

— Por quê? Quem é seu antepassado?

Antes que Hazel pudesse responder, alguém atrás deles gritou:

— Esperem!

Um fantasma corria em sua direção — um velho com uma enorme barriga redonda e uma toga tão comprida que o fazia tropeçar a todo instante. Ele os alcançou, ofegante, sua aura roxa tremeluzia a seu redor.

— É esse aí? — arquejou o fantasma. — Um novo recruta para a Quinta, talvez?

— Vitellius — disse Hazel —, estamos com um pouco de pressa.

O fantasma lançou um olhar carrancudo para Percy e andou em volta dele, inspecionando-o como se ele fosse um carro usado.

— Não sei — resmungou. — Precisamos apenas do melhor para a coorte. Ele tem todos os dentes? Sabe lutar? Limpa estábulos?

— Sim, sim e não — respondeu Percy. — Quem é você?

— Percy, esse é Vitellius. — A expressão de Hazel dizia: *Apenas sorria e acene.* — É um de nossos Lares; ele se interessa por novos recrutas.

Em um pórtico perto deles, outros fantasmas riam com escárnio enquanto Vitellius andava de um lado para outro, tropeçando na toga e ajeitando o cinto da espada.

— Sim — ia dizendo Vitellius —, nos tempos de César... De *Júlio* César, veja bem... a Quinta Coorte era extraordinária! Décima Segunda Legião Fulminata, orgulho de Roma! Mas hoje em dia? É vergonhosa a situação a que chegamos. Veja Hazel aqui, usando uma espata. Arma ridícula para uma legionária romana... Isso é para a cavalaria! E você, garoto... Você fede como um esgoto grego. Não tomou banho?

— Tenho andado um pouco ocupado combatendo górgonas — disse Percy.

— Vitellius — interrompeu Hazel —, precisamos obter o augúrio de Percy antes que ele possa se unir a nós. Por que não vai dar uma olhada em Frank? Ele está no arsenal, fazendo o inventário. Você *sabe* o quanto ele aprecia sua ajuda.

O fantasma ergueu suas densas sobrancelhas roxas.

— Marte Todo-poderoso! Deixaram o *probatio* verificar as armaduras? Estaremos arruinados!

Ele foi embora tropeçando pela rua, parando a cada poucos metros para pegar a espada ou arrumar a toga.

— Tuuudo bem — disse Percy.

— Desculpe — falou Hazel. — Ele é excêntrico, mas é um dos Lares mais antigos. Está aqui desde que a legião foi fundada.

— Ele chamou a legião de... *Fulminata*? — perguntou Percy.

— "Armada com Raios" — traduziu Hazel. — É nosso lema. A Décima Segunda Legião existiu durante todo o Império Romano. Quando Roma caiu, muitas legiões simplesmente desapareceram. Nós nos escondemos, seguindo as ordens secretas do próprio Júpiter: permanecer vivos, recrutar semideuses e seus filhos, levar Roma adiante. Viemos fazendo isso desde então, indo para onde a influência de Roma estiver mais forte. Pelos últimos séculos temos ficado na América.

Por mais bizarro que parecesse, Percy não teve dificuldade em acreditar. Na verdade, aquilo lhe soava familiar, como algo que ele sempre soubera.

— E você está na Quinta Coorte — supôs ele —, que não deve ser a mais popular?

Hazel franziu a testa.

— É. Alistei-me em setembro.

— Então... Apenas algumas semanas antes que o tal Jason desaparecesse.

Percy percebeu que tinha atingido um ponto sensível. Hazel baixou os olhos. Ficou em silêncio por tempo suficiente para contar cada pedra do calçamento.

— Vamos — disse ela, por fim. — Vou lhe mostrar minha vista favorita.

Pararam do lado de fora dos portões principais. O forte ficava no ponto mais alto do vale, de modo que dali podiam ver praticamente tudo.

A estrada levava até o rio e então se dividia. Um caminho seguia para o sul, atravessando uma ponte e subindo a colina com os templos. O outro ia para o norte, até a cidade, uma versão reduzida da Roma Antiga. Diferentemente do acampamento militar, a cidade parecia caótica e colorida, com prédios amontoados em ângulos variados. Mesmo de tão longe, Percy podia ver pessoas reunidas na praça, compradores perambulando por um mercado ao ar livre, pais brincando com os filhos nos parques.

— Vocês têm famílias aqui? — perguntou ele.

— Na cidade, com certeza — respondeu Hazel. — Quando você é aceito na legião, presta dez anos de serviço. Depois disso, pode pedir baixa quando quiser. A maior parte dos semideuses vai para o mundo dos mortais. Mas para alguns... Bem, é muito perigoso lá fora. Este vale é um santuário. Você pode fazer faculdade na cidade, se casar, ter filhos, aposentar-se quando ficar velho. É o único lugar seguro na Terra para gente como nós. Então, sim, um monte de veteranos se estabelece ali, sob a proteção da legião.

Semideuses adultos. Semideuses que podiam viver sem medo, se casar, constituir família. Percy não conseguia assimilar a ideia. Aquilo parecia bom demais para ser verdade.

— Mas e se este vale for atacado?

Hazel contraiu os lábios.

— Temos defesas. As fronteiras são mágicas. No entanto, nossa força não é mais a mesma. Ultimamente, os ataques de monstros vêm aumentando. Aquilo que você disse sobre as górgonas não morrerem... Percebemos isso também, com outros monstros.

— Você sabe qual é a causa?

Hazel desviou os olhos. Percy percebeu que ela omitia algo — algo que não devia dizer.

— É... é complicado — disse ela. — Meu irmão diz que a Morte não...

Ela foi interrompida por um elefante.

Alguém atrás deles gritou:

— Abram caminho!

Hazel puxou Percy para fora da estrada enquanto um semideus passava montado em um paquiderme adulto coberto com uma armadura preta de Kevlar. A palavra ELEFANTE estava impressa na lateral de sua armadura, o que pareceu um tanto óbvio a Percy.

O elefante seguiu ruidosamente pela estrada e virou para o norte, indo na direção de um grande campo aberto onde havia algumas fortificações em construção.

Percy cuspiu a poeira de sua boca.

— Quê...?

— Elefante — explicou Hazel.

— Sim, eu li a placa. Para que vocês têm um elefante vestido com um colete à prova de balas?

— Jogos de guerra hoje à noite — disse Hazel. — Aquele é Hannibal. Se não o incluíssemos, ele ficaria chateado.

— Não podemos com isso.

Hazel riu. Era difícil acreditar que ela parecia tão melancólica um momento atrás. Percy se perguntou o que ela estivera prestes a dizer. Hazel tinha um irmão. No entanto, afirmara que estaria sozinha se o acampamento a tivesse alocado de acordo com seu ascendente divino.

Percy não conseguia entendê-la. Hazel parecia legal e simpática, madura para alguém que não devia ter mais de treze anos. Mas também parecia esconder uma profunda tristeza, como se ela se sentisse culpada por algo.

Hazel apontou para o outro lado do rio, ao sul. Nuvens escuras se acumulavam sobre a Colina dos Templos. Relâmpagos vermelhos cobriam os monumentos com uma luz cor de sangue.

— Octavian está ocupado — disse Hazel. — É melhor irmos até lá.

No caminho, eles passaram por uns caras com pernas de bode à toa na beira da estrada.

— Hazel! — gritou um deles.

Ele se aproximou trotando com um amplo sorriso no rosto. Usava uma camisa havaiana desbotada e, em vez das calças, nada além de uma pelugem marrom densa de bode. Seus cabelos imensos em estilo afro balançavam. Os olhos estavam ocultos atrás de pequenos óculos redondos com lentes de arco-íris. Ele segurava uma placa de papelão em que se lia: VOU ~~TRABALHAR CANTAR CONVERSAR~~ EMBORA POR DENÁRIOS.

— Oi, Don — disse Hazel. — Desculpe, mas não temos tempo...

— Ah, tranquilo! Tranquilo! — Don trotou junto deles. — Ei, esse cara é novo! — Ele sorriu para Percy. — Você tem três denários para o ônibus? Porque deixei minha carteira em casa e preciso ir para o trabalho, e...

— Don — disse Hazel, repreendendo-o —, faunos não têm carteira. Nem empregos. Nem casa. E nós não temos ônibus.

— Certo — disse ele alegremente —, mas vocês têm denários?

— Seu nome é Don, o Fauno? — perguntou Percy.

— Sim. E daí?

— Nada. — Percy tentou manter o rosto sério. — Por que faunos não têm empregos? Eles não deviam trabalhar para o acampamento?

Don baliu.

— Faunos! Trabalhar para o acampamento! Hilário!

— Os faunos são, hum, espíritos livres — explicou Hazel. — Eles ficam matando o tempo por aqui porque, bem, este é um lugar seguro para matar o tempo e mendigar. Nós os toleramos, mas...

— Ah, Hazel é incrível — disse Don. — Ela é tão legal! Todos os outros campistas ficam falando: "Dê o fora, Don." Mas ela diz: "Por favor, dê o fora, Don." Eu a amo!

O fauno parecia inofensivo, mas Percy ainda assim o achou perturbador. Não conseguia se livrar da sensação de que os faunos deviam ser mais do que simples mendigos pedindo denários.

Don olhou para o chão diante deles e arquejou.

— Beleza!

Ele estendeu a mão para baixo, mas Hazel gritou:

— Don, não!

Ela o empurrou e pegou um pequeno objeto cintilante. Percy o viu de relance antes que Hazel o guardasse rapidamente no bolso. Ele seria capaz de jurar que era um diamante.

— Poxa, Hazel — queixou-se Don. — Eu poderia comprar *donuts* durante um ano inteiro com isso!

— Don, por favor — disse Hazel. — Dê o fora.

Ela parecia abalada, como se tivesse acabado de salvar Don de ser atropelado por um elefante à prova de balas.

O fauno suspirou.

— Ah, não consigo ficar zangado com você. Mas, juro, parece que você dá sorte. Sempre que você passa...

— Tchau, Don — disse Hazel rapidamente. — Vamos, Percy.

Ela começou a correr. Percy precisou se esforçar para alcançá-la.

— O que foi aquilo? — perguntou Percy. — Aquele diamante na estrada...

— Por favor — pediu ela. — Não pergunte.

Eles caminharam em um silêncio incômodo pelo restante do trajeto até a Colina dos Templos. Uma via tortuosa de pedras passava por uma sequência maluca de minúsculos altares e imensas câmaras abobadadas. Estátuas de deuses pareciam seguir Percy com os olhos.

Hazel apontou o Templo de Belona.

— Deusa da guerra — ela explicou. — É a mãe de Reyna.

Em seguida passaram por uma imensa cripta vermelha decorada com caveiras humanas cravadas em espigões de ferro.

— Por favor, diga que não vamos entrar ali — disse Percy.

Hazel sacudiu a cabeça.

— Aquele é o Templo de Marte Ultor.

— Marte... Ares, o deus da guerra?

— Esse é o nome grego dele — disse Hazel. — Mas, sim, é o mesmo cara. Ultor significa "o Vingador". Ele é o segundo deus mais importante de Roma.

Percy não ficou nem um pouco animado com isso. Por algum motivo, sentia raiva só de olhar a construção vermelha e feia.

Apontou na direção do cume. Nuvens giravam acima do templo maior, um pavilhão redondo com um anel de colunas brancas que suportavam um domo.

— Imagino que aquele seja o de Zeus... Hum, quer dizer, Júpiter. É para lá que estamos indo?

— É. — Hazel parecia irritada. — Octavian lê augúrios lá, no Templo de Jupiter Optimus Maximus.

Percy precisou pensar um pouco, mas logo compreendeu o sentido das palavras latinas.

— Júpiter... O melhor e o maior?

— Isso.

— Qual é o título de Netuno? — perguntou Percy. — O mais legal e mais incrível?

— Hum, não exatamente.

Hazel apontou para uma pequena construção azul do tamanho de um barraco de ferramentas. Um tridente coberto por teias de aranha estava fixado acima da porta.

Percy deu uma olhada no interior. Em um pequeno altar repousava uma tigela com três maçãs murchas mofadas.

Ele sentiu o coração apertar.

— Lugar popular.

— Sinto muito, Percy — disse Hazel. — É que... os romanos sempre tiveram medo do mar. Só usavam navios se fosse *necessário*. Mesmo nos tempos modernos, ter um filho de Netuno por perto é mau presságio. A última vez que um ingressou na legião... bem, foi em 1906, quando o Acampamento Júpiter ficava do outro lado da baía, em São Francisco. Houve um terremoto gigantesco...

— Você está me dizendo que ele foi provocado por um filho de Netuno?

— É o que dizem. — A expressão de Hazel era de remorso. — Enfim... Os romanos temem Netuno, mas não o amam muito.

Percy olhou as teias de aranha no tridente.

Maravilha, pensou. Mesmo que ele ingressasse no acampamento, nunca seria amado. Na melhor das hipóteses, seria temido por seus novos colegas. Talvez, se ele se desse muito bem, ganharia algumas maçãs mofadas.

Mesmo assim... Enquanto estava ali no templo de Netuno, ele sentiu algo se agitando dentro de si, como ondas se formando em suas veias.

Ele remexeu na mochila e tirou a última porção de comida de sua viagem — um pão dormido. Não era grande coisa, mas ainda assim Percy o colocou no altar.

— Ei... hum, pai. — Ele se sentia bastante idiota falando com uma tigela de frutas. — Se puder me ouvir, me ajude, o.k.? Restitua minha memória. Diga-me... Diga-me o que fazer.

Sua voz falhou. Ele não queria ter soado sentimental, mas estava exausto e assustado, e ficara perdido por tanto tempo que teria dado tudo por alguma orientação. Queria ter alguma certeza sobre sua vida, sem precisar ficar se esforçando para resgatar lembranças perdidas.

Hazel pôs a mão em seu ombro.

— Vai ficar tudo bem. Você está aqui agora. Você é um de nós.

Ele se sentiu pouco à vontade sendo consolado por uma garota do oitavo ano que ele mal conhecia, mas estava contente por ela estar ali.

Acima deles, um trovão rugiu. Relâmpagos vermelhos iluminaram a colina.

— Octavian está quase acabando — disse Hazel. — Vamos lá.

Comparado ao barraco de Netuno, o templo de Júpiter era, definitivamente, optimus e maximus.

O piso de mármore era coberto com elaborados mosaicos e inscrições latinas. Quase vinte metros acima, o domo do teto reluzia com ouro. O templo todo era aberto ao vento.

No centro erguia-se um altar de mármore, onde um garoto de toga realizava algum tipo de ritual diante de uma imensa estátua dourada do próprio figurão: Júpiter, o deus do céu, usando uma toga de seda roxa tamanho XXXG, segurando um raio.

— Ele não é assim — murmurou Percy.

— O quê? — perguntou Hazel.

— O raio-mestre — disse Percy.

— Do que você está *falando*?

— Eu... — Percy franziu a testa. Por um segundo pensara ter se recordado de algo. Mas a lembrança agora tinha sumido. — Nada, eu acho.

O garoto no altar ergueu as mãos. Mais relâmpagos vermelhos riscaram o céu, sacudindo o templo. Então ele baixou as mãos, e os estrondos cessaram. As nuvens passaram de cinza a branco e se desfizeram.

Um truque bem impressionante, levando-se em conta que o garoto não parecia grande coisa. Era alto e magricela, com cabelos cor de palha, jeans um pouco grande demais, camiseta larga e uma toga frouxa. Parecia um espantalho vestido com um lençol.

— O que ele está fazendo? — murmurou Percy.

O cara da toga se virou. Tinha um sorriso torto e uma expressão ligeiramente maluca nos olhos, como se tivesse acabado de jogar videogame intensamente. Em uma das mãos ele segurava uma faca. Na outra, algo que parecia um animal morto. Isso não o fazia parecer menos maluco.

— Percy — disse Hazel —, esse é Octavian.

— O *graecus*! — anunciou Octavian. — Que interessante.

— Hã, oi — disse Percy. — Você está matando animaizinhos?

Octavian olhou o negócio penugento em sua mão e riu.

— Não, não. Antigamente, sim. Costumávamos ler a vontade dos deuses examinando tripas de animais: galinhas, bodes, esse tipo de coisa. Hoje em dia usamos isto.

Ele jogou o negócio penugento para Percy. Tratava-se de um ursinho de pelúcia estripado. Então Percy percebeu que havia um monte de bichinhos de pelúcia mutilados aos pés da estátua de Júpiter.

— Sério? — perguntou Percy.

Octavian desceu do estrado. Tinha provavelmente uns dezoito anos, mas era tão magro e doentiamente pálido que poderia passar por mais novo. A princípio parecia inofensivo, mas, à medida que ele se aproximava, Percy já não tinha tanta certeza. Os olhos de Octavian cintilavam com uma curiosidade feroz, como se pudesse estripar Percy tão facilmente quanto um ursinho de pelúcia se achasse que poderia aprender algo com isso.

Octavian estreitou os olhos.

— Você parece nervoso.

— Você me lembra alguém — disse Percy. — Mas não consigo lembrar quem.

— É possível que seja o meu xará: Octavian... Augusto César. Todos dizem que somos incrivelmente parecidos.

Percy não achava que fosse isso, mas não conseguia identificar essa lembrança.

— Por que me chamou de "o grego"?

— Vi nos augúrios. — Octavian apontou com a faca o monte de enchimentos no altar. — A mensagem dizia: *O grego chegou*. Ou talvez: *O prego quebrou*. Acho que a primeira interpretação é a correta. Você pretende ingressar na legião?

Hazel falou por Percy. Contou a Octavian tudo que acontecera desde que se encontraram no túnel: as górgonas, a luta no rio, o aparecimento de Juno, a conversa com Reyna.

Quando ela mencionou Juno, Octavian pareceu surpreso.

— Juno — ponderou ele. — Nós a chamamos de Juno Moneta. Juno, a Que Avisa. Ela aparece em tempos de crise, para aconselhar Roma em relação a grandes ameaças.

Ele olhou para Percy, como se dissesse: *tipo gregos misteriosos, por exemplo.*

— Eu soube que o Festival de Fortuna é esta semana — observou Percy. — As górgonas disseram que haveria uma invasão nesse dia. Você viu isso em seus enchimentos?

— Infelizmente, não. — Octavian suspirou. — A vontade dos deuses é difícil de discernir. E, ultimamente, minha visão tem estado ainda mais escura.

— Você não tem... sei lá — disse Percy —, um oráculo ou algo assim?

— Um oráculo! — Octavian sorriu. — Que ideia perspicaz. Não, receio que oráculos estejam em falta. Agora, se tivéssemos saído à procura dos livros sibilinos, como recomendei...

— Sibi o quê? — perguntou Percy.

— Livros de profecia — explicou Hazel —, pelos quais Octavian é *obcecado*. Os romanos costumavam consultá-los quando aconteciam desastres. A maioria das pessoas acredita que eles foram queimados durante a queda de Roma.

— *Algumas* pessoas acreditam nisso — corrigiu Octavian. — Infelizmente, nossa liderança atual não autoriza uma missão para procurá-los...

— Porque Reyna não é idiota — afirmou Hazel.

— ...então restam-nos apenas alguns pequenos fragmentos dos livros — continuou Octavian. — Algumas previsões misteriosas, como estas.

Com um gesto de cabeça, ele indicou as inscrições no piso de mármore. Percy olhou as sequências de palavras sem esperar de fato compreendê-las. Ele quase engasgou.

— Aquela ali. — Ele apontou, traduzindo à medida que lia em voz alta: — "*Sete meios-sangues responderão ao chamado. Em tempestade ou fogo, o mundo terá acabado...*"

— Isso, isso. — Octavian a completou sem nem mesmo olhá-la: — "*Um juramento a manter com um alento final, e inimigos com armas às Portas da Morte, afinal.*"

— Eu... eu conheço essa. — Percy achou que um trovão sacudia o templo outra vez. Mas então percebeu que era seu corpo inteiro que tremia. — Isso é *importante*.

Octavian arqueou uma sobrancelha.

— É claro que é importante. Nós a chamamos de a Profecia dos Sete, mas ela tem milhares de anos. Não sabemos o que significa. Sempre que alguém tenta interpretá-la... Bem, Hazel pode lhe contar. Coisas ruins acontecem.

Hazel lançou-lhe um olhar feroz.

— Apenas leia o augúrio para Percy. Ele pode entrar na legião ou não?

Percy quase podia ver a mente de Octavian trabalhando, calculando se Percy seria útil. Então estendeu a mão para a mochila dele.

— Esse é um belo espécime. Posso?

Percy não entendeu o que ele queria dizer, mas Octavian pegou o travesseiro em forma de panda que estava visível no alto da mochila. Era só um brinquedo de pelúcia bobo, mas Percy o havia carregado por um longo caminho. Tinha meio que se afeiçoado a ele. Octavian se virou para o altar e ergueu a faca.

— Ei! — protestou Percy.

Octavian rasgou a barriga do panda e despejou seu enchimento sobre o altar. Então atirou a carcaça para o lado, murmurou algumas palavras sobre o estofo e virou-se com um grande sorriso no rosto.

— Boas notícias! — disse. — Percy pode ingressar na legião. Vamos designar uma coorte para ele na inspeção noturna. Diga a Reyna que eu aprovo.

Os ombros de Hazel relaxaram.

— Hum... Ótimo. Venha, Percy.

— Ah, e Hazel — disse Octavian —, fico feliz em receber Percy na legião. Mas, quando chegar a hora da eleição para pretor, espero que você se lembre...

— Jason *não* está morto — cortou-o Hazel. — Você é o áugure. Devia estar procurando por ele!

— Ah, eu estou! — Octavian apontou o monte de bichinhos de pelúcia estripados. — Consulto os deuses todos os dias! Infelizmente, depois de oito meses, ainda não encontrei nada. É claro que continuo procurando. Mas, se Jason não voltar para o Festival de Fortuna, teremos que agir. Não podemos ter um vácuo de poder por mais tempo. Espero que você me apoie para pretor. Significaria muito para mim.

Hazel cerrou os punhos.

— Eu. Apoiar. Você?

Octavian tirou a toga, deixando-a junto com a faca no altar. Percy notou sete linhas no braço do rapaz: sete anos de acampamento, imaginou Percy. A marca de Octavian era uma harpa, o símbolo de Apolo.

— Afinal — disse Octavian —, talvez eu possa ajudá-la. Seria uma pena se aqueles rumores horríveis sobre você continuassem a circular... Ou, que os deuses não permitam, se eles se provassem verdadeiros.

Percy enfiou a mão no bolso e agarrou a caneta. Esse cara estava chantageando Hazel. Isso era óbvio. Um sinal dela e Percy estava pronto para sacar Contracorrente e ver o que Octavian achava de estar do outro lado de uma lâmina.

Hazel respirou fundo. Os nós de seus dedos estavam brancos.

— Vou pensar.

— Excelente — disse Octavian. — A propósito, seu irmão está aqui.

Hazel ficou tensa.

— Meu irmão? Por quê?

Octavian deu de ombros.

— Por que seu irmão faz *qualquer coisa*? Ele está esperando você no templo de seu pai. Só... ah, não o convide para ficar muito tempo. Ele exerce um efeito perturbador sobre os outros. Agora, se me dão licença, preciso continuar procurando nosso pobre amigo desaparecido, Jason. Prazer em conhecê-lo, Percy.

Hazel saiu do pavilhão pisando duro, e Percy foi atrás. Ele tinha certeza de que nunca em sua vida se sentira tão feliz em deixar um templo.

Hazel desceu a colina, marchando e praguejando em latim. Percy não entendeu tudo, mas captou *filho de górgona*, *cobra gananciosa* e algumas outras sugestões sobre onde Octavian podia enfiar sua faca.

— Eu *odeio* aquele cara — murmurou ela. — Se dependesse de mim...

— Ele não vai ser eleito pretor, vai? — perguntou Percy.

— Quem me dera ter certeza disso. Octavian tem muitos amigos, e a maioria é *comprada*. Os outros campistas têm medo dele.

— Medo daquele cara magricela?

— Não o subestime. Reyna não é tão ruim sozinha, mas se Octavian dividir o poder com ela... — Hazel estremeceu. — Vamos ver meu irmão. Ele vai querer conhecer você.

Percy não discutiu. Ele queria conhecer esse irmão misterioso, talvez descobrir algo sobre o passado de Hazel — quem era seu pai, que segredo ela escondia. Percy não acreditava que ela tivesse feito algo condenável. Ela parecia legal demais. Mas Octavian agira como se soubesse algum podre dela em primeira mão.

Hazel levou Percy a uma cripta negra construída na encosta da colina. Diante dela estava um adolescente de jeans preto e jaqueta de aviador.

— Ei — Hazel chamou. — Eu trouxe um amigo.

O garoto se virou. Percy teve outro daqueles lampejos estranhos: como se o garoto fosse alguém que ele devesse conhecer. Era quase tão pálido quanto Octavian, mas tinha olhos escuros e cabelos negros bagunçados. Não se parecia em nada com Hazel. Usava um anel com uma caveira de prata, uma corrente fazendo as vezes de cinto e uma camiseta preta com estampa de caveira. Junto a seu corpo pendia uma espada totalmente negra.

Por um microssegundo, ao ver Percy, o garoto pareceu chocado — até mesmo em pânico, como se tivesse sido apanhado por um holofote.

— Este é Percy Jackson — disse Hazel. — É um cara legal. Percy, este é meu irmão, o filho de Plutão.

O garoto se recompôs e estendeu a mão.

— Prazer em conhecê-lo — disse ele. — Eu sou Nico di Angelo.

V

HAZEL

Hazel teve a sensação de que havia acabado de apresentar duas bombas nucleares. Agora ela esperava para ver qual explodiria primeiro.

Até aquela manhã, seu irmão Nico era o semideus mais poderoso que ela conhecia. Os outros no Acampamento Júpiter o viam como um esquisitão de passagem, tão inofensivo quanto os faunos. Hazel sabia que não era bem assim. Ela não havia crescido com Nico, fazia pouco tempo que o conhecia, mas sabia que era mais perigoso que Reyna, Octavian ou mesmo Jason.

Até ela conhecer Percy.

A princípio, quando o vira cambaleando pela estrada, carregando a velha nos braços, Hazel pensara que ele pudesse ser um deus disfarçado. Embora estivesse estropiado, sujo e curvado de exaustão, ele tinha uma aura de poder. Era belo como um deus romano, com olhos verdes da cor do mar e cabelos negros despenteados.

Ela ordenara a Frank que não atirasse nele, pensando que os dois podiam estar sendo testados pelos deuses. Ela ouvira mitos como aquele: um garoto e uma velha pedem abrigo, e, quando os rudes mortais recusam… *bum*, são transformados em lesmas.

Depois Percy controlou o rio e destruiu as górgonas. Transformou uma caneta em uma espada de bronze. E agitou o acampamento inteiro com comentários sobre o *graecus*.

Um filho do deus dos mares...

Havia muito tempo Hazel ouvira que um descendente de Netuno a salvaria. Mas Percy poderia de fato acabar com sua maldição? Isso seria pedir demais.

Percy e Nico trocaram um aperto de mãos. Eles se estudaram com cautela, e Hazel precisou reprimir um impulso de sair correndo. Se esses dois sacassem suas espadas mágicas, a situação podia ficar feia.

Nico não parecia assustador. Era magricela e desleixado em suas roupas pretas amarrotadas. Os cabelos, como sempre, davam a impressão de que ele tinha acabado de sair da cama.

Hazel lembrou-se de quando o conhecera. Na primeira vez que o vira puxar aquela espada negra, ela quase rira. A maneira como ele se referia à espada como "ferro estígio", todo sério — ele parecera ridículo. Esse garotinho branco não era nenhum grande lutador. Ela com certeza não tinha acreditado que eles eram parentes.

Mas mudara de ideia em pouco tempo.

Percy franziu a testa.

— Eu... eu conheço você.

Nico ergueu as sobrancelhas.

— Conhece? — respondeu ele, e olhou para Hazel em busca de uma explicação.

Ela hesitou. Havia algo na reação de seu irmão que não se encaixava. Nico estava se esforçando muito para parecer casual, mas, quando ele vira Percy, ela percebera sua expressão momentânea de pânico. Seu irmão já conhecia Percy. Hazel tinha certeza disso. Por que ele fingia que não?

Ela obrigou-se a falar.

— Hum... Percy perdeu a memória.

Contou em seguida o que acontecera desde a chegada de Percy aos portões.

— Então, Nico... — continuou ela, com cuidado —, pensei... você sabe, você viaja por toda parte. Talvez tenha conhecido semideuses como Percy antes, ou...

A expressão de Nico ficou tão sombria quanto o Tártaro. Hazel não entendeu o motivo, mas compreendeu a mensagem: *Esqueça esse assunto.*

— Essa história sobre o exército de Gaia — disse Nico. — Você avisou Reyna?

Percy assentiu.

— Mas quem é Gaia, afinal?

A boca de Hazel ficou seca. Só de ouvir aquele nome... Ela precisou se controlar muito para manter os joelhos firmes. Lembrou-se da voz suave e sonolenta de uma mulher, uma caverna iluminada e de sentir seus pulmões se enchendo de óleo negro.

— É a deusa da terra. — Nico olhou para o chão como se pudesse ouvi-lo. — A deusa mais antiga de todas. Ela está em um sono profundo na maior parte do tempo, mas odeia os deuses e seus filhos.

— A Mãe Terra... é má? — indagou Percy.

— Muito — disse Nico com gravidade. — Ela convenceu o filho, o titã Cronos... hum, quer dizer, Saturno... a matar o pai, Urano, e dominar o mundo. Os titãs governaram por muito tempo. Até que os filhos deles, os deuses olimpianos, os derrotaram.

— Essa história me parece familiar. — Percy parecia surpreso, como se uma antiga lembrança tivesse emergido parcialmente. — Mas acho que ainda não ouvi a parte sobre Gaia.

Nico deu de ombros.

— Ela ficou furiosa quando os deuses assumiram o controle. Então casou-se de novo, com Tártaro, o espírito do abismo, e deu à luz uma raça de gigantes. Eles tentaram destruir o Monte Olimpo, mas os deuses finalmente os venceram. Pelo menos, da primeira vez.

— Da primeira vez? — repetiu Percy.

Nico olhou para Hazel. Ele provavelmente não teve a intenção de fazê-la se sentir culpada, mas ela não pôde evitar. Se Percy soubesse a verdade sobre ela, e as coisas horríveis que tinha feito...

— No verão passado — continuou Nico —, Saturno tentou retornar. Houve uma segunda guerra dos titãs. Os romanos do Acampamento Júpiter atacaram seu quartel-general no Monte Otris, do outro lado da baía, e destruíram seu trono. Saturno desapareceu...

Ele hesitou, analisando o rosto de Percy. Hazel teve a sensação de que seu irmão estava nervoso com a possibilidade de que Percy se lembrasse de algo mais.

— Hum, enfim — prosseguiu Nico —, Saturno provavelmente voltou para o abismo. Todos nós pensamos que a guerra tivesse terminado. Agora parece que a derrota dos titãs agitou Gaia. Ela está começando a acordar. Ouvi relatos sobre o renascimento de gigantes. Se eles tiverem a intenção de desafiar os deuses de novo, provavelmente vão começar destruindo os semideuses...

— Você contou isso a Reyna? — perguntou Percy.

— É claro. — Nico retesou o maxilar. — Mas os romanos não confiam em mim. Por isso espero que ela ouça você. Os filhos de Plutão... Bem, sem ofensa, mas somos considerados ainda piores que os filhos de Netuno. Damos azar.

— Eles deixaram Hazel ficar aqui — observou Percy.

— Isso é diferente — disse Nico.

— Por quê?

— Percy — interrompeu Hazel —, olhe, os gigantes não são o maior dos problemas. Nem... nem mesmo *Gaia*. Aquilo que você percebeu nas górgonas, o fato de elas não morrerem, *essa* é nossa maior preocupação.

Ela olhou para Nico. Agora estava chegando perigosamente perto de seu próprio segredo, mas por alguma razão Hazel confiava em Percy. Talvez porque ele também fosse um forasteiro, talvez porque havia salvado Frank no rio. Ele merecia saber o que estavam enfrentando.

— Nico e eu — disse ela com cuidado —, nós acreditamos que o que está acontecendo é que... a Morte não está...

Antes que ela pudesse terminar, ouviu-se um grito ao pé da colina.

Frank vinha correndo na direção deles, usando a camiseta roxa do acampamento e calça e jaqueta jeans. Suas mãos estavam cobertas de graxa de ter limpado armas.

Como acontecia sempre que via Frank, o coração de Hazel fazia um pequeno número de sapateado, e isso a irritava *de verdade*. Claro, ele era um bom amigo, uma das poucas pessoas no acampamento que não a tratavam como se ela tivesse uma doença contagiosa. Mas Hazel não gostava dele *daquela* maneira.

Ele era três anos mais velho que ela, e não era exatamente um Príncipe Encantado, com aquela estranha combinação de rosto de bebê e corpo musculoso de lutador de vale-tudo. Ele parecia um coala fofinho cheio de músculos. O fato de que todo mundo vivia tentando juntá-los — *os dois maiores fracassados do acampamento! Vocês são perfeitos um para o outro* — deixava Hazel ainda mais determinada a não gostar dele.

Mas seu coração não seguia o planejado. E ficava maluco sempre que Frank estava por perto. Ela não se sentia assim desde... Bem, desde Sammy.

Pare com isso, pensou ela. Você está aqui por uma razão — e não é para arranjar um novo namorado.

Além disso, Frank não conhecia seu segredo. Se conhecesse, não seria tão legal com ela.

Ele alcançou o altar.

— Oi, Nico...

— Frank.

Nico sorriu. Ele parecia achar o garoto divertido, talvez porque Frank fosse o único no acampamento que não se sentia pouco à vontade na presença dos filhos de Plutão.

— Reyna me mandou vir buscar Percy — informou Frank. — Octavian aceitou você?

— Sim — disse Percy. — Ele sacrificou meu panda.

— Ele... Ah! O augúrio? É, os ursinhos de pelúcia devem ter pesadelos com aquele cara. Mas você está dentro! Precisamos levá-lo para se arrumar antes da inspeção noturna.

Hazel percebeu que o sol estava baixando acima das colinas. Como o dia tinha passado tão rápido?

— Você tem razão — disse ela. — É melhor nós...

— Frank — interrompeu-a Nico —, por que você não desce com Percy? Hazel e eu iremos em seguida.

Oh-oh, pensou Hazel, tentando não parecer ansiosa.

— É... é uma boa ideia — conseguiu dizer. — Vão na frente, meninos. Depois alcançamos vocês.

Percy olhou para Nico mais uma vez, como se ainda tentasse resgatar uma lembrança.

— Eu gostaria de conversar um pouco mais com você. Não consigo me livrar da sensação...

— Claro — concordou Nico. — Mais tarde. Vou passar a noite aqui.

— Vai? — Hazel deixou escapar.

Os campistas iam adorar essa notícia: o filho de Netuno e o filho de Plutão chegando no mesmo dia. Agora tudo o que faltava era alguns gatos pretos e espelhos quebrados.

— Vá, Percy — disse Nico. — Acomode-se. — Ele se virou para Hazel, e a menina teve a impressão de que a pior parte de seu dia ainda estava por vir. — Minha irmã e eu precisamos conversar.

— Você o conhece, não é? — perguntou Hazel.

Eles sentaram-se no telhado do templo de Plutão, que era coberto de ossos e diamantes. Pelo que Hazel sabia, os ossos sempre estiveram ali. Os diamantes eram sua culpa. Se ela passasse muito tempo sentada em algum lugar, ou se simplesmente ficasse ansiosa, eles começavam a surgir à sua volta como cogumelos depois de uma chuva. Pedras no valor de vários milhões de dólares reluziam no telhado, mas felizmente os outros campistas não tocavam nelas. Eles sabiam que não deviam roubar dos templos — especialmente do de Plutão —, e os faunos nunca subiam até ali.

Hazel estremeceu, lembrando-se de que naquela tarde, com Don, fora por um triz. Se não tivesse sido rápida e apanhado aquele diamante do chão... Ela sequer queria pensar no assunto. Não precisava de outra morte em sua consciência.

Nico balançava os pés como um garotinho. Sua espada de ferro estígio estava a seu lado, perto da espata de Hazel. Ele olhou para o outro lado do vale, onde equipes trabalhavam no Campo de Marte construindo fortificações para os jogos daquela noite.

— Percy Jackson — ele disse o nome como se fosse uma fórmula mágica. — Hazel, tenho que tomar cuidado com o que falo. Há coisas importantes em jogo aqui. Alguns segredos devem permanecer ocultos. Você, mais que qualquer um... você devia compreender isso.

Hazel sentiu o rosto esquentar.

— Mas ele não é como... como eu?

— Não — disse Nico. — Lamento não poder lhe contar mais. Não posso interferir. Percy tem que encontrar seu próprio caminho neste acampamento.

— Ele é perigoso? — perguntou ela.

Nico deu um sorriso seco.

— Muito. Para os inimigos dele. Mas não é uma ameaça para o Acampamento Júpiter. Pode confiar nele.

— Como confio em você — disse Hazel, com amargura.

Nico girou o anel de caveira no dedo. Ao redor do garoto, os ossos começaram a tremer, como se estivessem tentando formar um novo esqueleto. Sempre que ficava de mau humor, Nico exercia esse efeito nos mortos, mais ou menos como a maldição de Hazel. Os dois representavam as duas esferas de controle de Plutão: morte e riquezas. Às vezes Hazel pensava que Nico ficara com a melhor parte.

— Olhe, sei que é difícil — disse Nico. — Mas você tem uma segunda chance. Pode fazer com que tudo fique bem.

— Nada disso está bem — replicou Hazel. — Se descobrirem a verdade sobre mim...

— Não vão — prometeu Nico. — Logo vão organizar uma missão. Terão que fazer isso. Você vai me deixar orgulhoso. Confie em mim, Bi...

Ele se conteve, mas Hazel sabia como ele quase a havia chamado: *Bianca*. A irmã *verdadeira* de Nico — aquela com quem ele crescera. Nico podia até gostar de Hazel, mas ela nunca seria Bianca. Hazel era apenas a melhor alternativa que Nico podia ter: um prêmio de consolação do Mundo Inferior.

— Desculpe — disse ele.

Hazel sentiu um gosto de metal na boca, como se pepitas de ouro estivessem surgindo embaixo de sua língua.

— Então é verdade sobre a Morte? A culpa é de Alcioneu?

— Acho que sim — respondeu Nico. — A situação está ficando feia no Mundo Inferior. Papai está enlouquecendo, tentando manter tudo sob controle. Pelo que Percy falou sobre górgonas, as coisas estão piorando aqui em cima também. Mas, olhe, é por isso que você está aqui. Toda aquela história sobre seu passado... Você pode tirar algo de *bom* daquilo. Seu lugar é no Acampamento Júpiter.

Aquilo soava tão ridículo que Hazel quase riu. Ela não devia estar ali. Não devia estar nem neste século.

Ela devia saber que não podia pensar no passado, mas lembrou-se do dia em que sua antiga vida fora destruída. O blecaute a atingiu tão subitamente que ela não teve tempo nem de dizer *Oh-oh*. Hazel voltou no tempo. Não era um sonho ou uma visão. A lembrança lhe veio com uma clareza tão absoluta que ela teve a sensação de estar lá de fato.

Seu aniversário mais recente. Ela havia acabado de completar treze anos. Mas não fora em dezembro *passado* — fora em 17 de dezembro de 1941, o último dia que ela viveu em Nova Orleans.

VI

HAZEL

Hazel voltava a pé, sozinha, do clube hípico para casa. Apesar da noite fria, ela sentia bastante calor. Sammy tinha acabado de lhe dar um beijo no rosto.

O dia fora cheio de altos e baixos. As crianças na escola haviam implicado com ela por causa de sua mãe, chamando-a de bruxa e de muitos outros nomes. Isso acontecia havia muito tempo, é claro, mas vinha piorando. Boatos sobre a maldição de Hazel se espalhavam. A escola era a Academia St. Agnes para Crianças de Cor e Indígenas, um nome que se mantinha inalterado havia cem anos. Assim como o nome, o lugar encobria uma imensa dose de crueldade sob um fino véu de benevolência.

Hazel não compreendia como outras crianças negras podiam ser tão más. Elas deviam ser mais conscientes, pois também tinham que aturar xingamentos o tempo todo. Mas gritavam com ela e roubavam sua merenda, sempre pedindo as famosas joias: “Cadê os malditos diamantes, garota? Dá alguns, senão machuco você!” Empurravam-na no chafariz e lhe atiravam pedras se Hazel tentasse falar com elas no pátio.

Por mais horríveis que fossem, ela nunca lhes dava diamantes ou ouro. Não odiava ninguém *tanto* assim. E também tinha um amigo — Sammy —, e isso lhe bastava.

Sammy gostava de brincar que era o perfeito aluno da St. Agnes. Tinha ascendência mexicana, então se considerava de cor *e* indígena.

— Eles deviam me dar uma bolsa de estudos *dupla* — dizia ele.

Ele não era grande nem forte, mas tinha um sorriso louco e fazia Hazel rir.

Naquela tarde, Sammy a havia levado aos estábulos, onde ele trabalhava como cavalariço. Era em um clube de equitação "apenas para brancos", claro, mas ficava fechado durante a semana, e, com a guerra acontecendo, corria o boato de que o clube talvez tivesse que fechar completamente até os japoneses serem arrebentados e os soldados voltarem para casa. Sammy normalmente conseguia levar Hazel às escondidas para ajudar a cuidar dos cavalos. De vez em quando eles cavalgavam.

Hazel adorava cavalos. Eles pareciam ser os únicos seres vivos que não tinham medo dela. As pessoas a odiavam. Gatos chiavam quando a viam. Cachorros rosnavam. Até mesmo o hamster idiota da aula da srta. Finley guinchava aterrorizado quando a menina lhe dava uma cenoura. Mas os cavalos não se importavam. Quando ela estava na sela, podia cavalgar tão rápido que não havia a menor chance de fazer pedras preciosas brotarem pelo caminho. Ela chegava a quase se sentir livre da maldição.

Naquela tarde, ela havia pegado um garanhão ruão pardo com uma crina negra deslumbrante. Galopou para os campos com tanta velocidade que deixou Sammy para trás. Quando o menino a alcançou, tanto ele quanto seu cavalo estavam sem fôlego.

— Do que você está fugindo? — Ele riu. — Eu não sou *tão* feio assim, sou?

Estava frio demais para um piquenique, mas eles fizeram um mesmo assim, sentados sob uma magnólia e com os cavalos amarrados em uma cerca de madeira. Sammy trouxera para Hazel um bolinho com uma vela de aniversário, que ficara esmagado por causa do galope, mas ainda assim era a coisa mais fofa que a menina já vira. Eles o partiram ao meio e o dividiram.

Sammy falou da guerra. Queria ter idade suficiente para lutar. Perguntou se Hazel lhe escreveria cartas se ele fosse um soldado enviado para o exterior.

— É claro, seu bobo — disse ela.

Ele sorriu. Então, como se movido por um súbito impulso, inclinou-se para a frente e lhe deu um beijo na bochecha.

— Feliz aniversário, Hazel.

Não era nada de mais. Apenas um beijo, nem tinha sido nos lábios. Mas Hazel sentia-se como se flutuasse. Ela mal se lembrava da volta aos estábulos, ou de se despedir de Sammy. Ele disse: "Até amanhã", como sempre. Mas Hazel nunca mais o veria.

Quando ela chegou ao French Quarter, já estava escurecendo. Ao se aproximar de casa, sua sensação de calor desapareceu e foi substituída por pavor.

Hazel e a mãe — Queen Marie, como gostava de ser chamada — moravam em um velho apartamento em cima de um clube de jazz. Apesar do começo da guerra, havia um clima festivo no ar. Novos recrutas perambulavam pelas ruas, rindo e falando sobre enfrentar os japoneses. Eles faziam tatuagens nos salões ou propunham casamento às namoradas bem na calçada. Alguns iam se consultar com a mãe de Hazel para ter sua sorte lida ou comprar amuletos de Marie Levesque, a famosa rainha dos talismãs africanos.

— Você ouviu? — alguém dizia. — Vinte e cinco centavos por este amuleto da sorte. Eu o levei para um sujeito que conheço, e ele diz que é uma pepita de prata de verdade. Vale vinte dólares! Aquela mulher vodu é maluca!

Durante um tempo esse tipo de conversa rendeu muitos negócios para Queen Marie. A maldição de Hazel havia começado lentamente. A princípio, parecia uma bênção. As pedras preciosas e o ouro só apareciam de vez em quando, nunca em grande quantidade. Queen Marie pagava suas contas. Elas comiam carne no jantar uma vez por semana. Hazel até ganhou um vestido novo. Mas então as histórias começaram a se espalhar. Os moradores da região começaram a perceber as desgraças horríveis que aconteciam às pessoas que compravam aqueles amuletos ou que eram pagas com o tesouro de Queen Marie. Charlie Gasceaux perdeu o braço em uma ceifeira quando usava uma pulseira de ouro. O sr. Henry, da mercearia, caiu morto de ataque cardíaco depois que Queen Marie pagou a conta com um rubi.

As pessoas começaram a cochichar sobre Hazel — como ela conseguia encontrar joias amaldiçoadas ao andar pela rua. Ultimamente, apenas forasteiros vinham consultar sua mãe, e estes também não eram muito numerosos. A mãe de Hazel tornou-se irritadiça. E lançava olhares ressentidos para a filha.

Hazel subiu os degraus o mais silenciosamente possível, para o caso de a mãe estar com um cliente. No clube no térreo, a banda afinava os instrumentos. A padaria ao lado tinha começado a fazer pães doces para a manhã seguinte, enchendo o poço da escada com o cheiro de manteiga derretida.

Quando chegou ao fim da escada, Hazel pensou ter ouvido duas vozes no apartamento. Mas, quando espiou o salão, a mãe estava sentada sozinha na mesa de consulta, com os olhos fechados, como se estivesse em transe.

Hazel a tinha visto assim muitas vezes, fingindo falar com espíritos para os clientes — mas nunca quando estava sozinha. Queen Marie sempre dizia a Hazel que seus amuletos eram "pura bobagem". Não acreditava de verdade em amuletos, adivinhação ou fantasmas. Ela só representava, como uma atriz ou cantora, oferecendo um espetáculo por dinheiro.

Mas Hazel sabia que a mãe *acreditava* um pouco em magia. A maldição de Hazel não era bobagem. Queen Marie só não queria achar que fosse culpa sua, que de alguma forma ela deixara Hazel daquela maneira.

— Foi o desgraçado de seu pai — resmungava Queen Marie em seus piores dias. — Vindo aqui com seu elegante terno prateado e preto. A única vez em que eu *de fato* evoco um espírito, e o que acontece? Ele realiza meu desejo e arruína minha vida. Eu devia ter sido uma rainha *de verdade*. É culpa *dele* você ter ficado assim.

Ela nunca explicava o que queria dizer, e Hazel aprendera a não fazer perguntas sobre o pai. Isso só servia para deixar a mãe mais furiosa.

Enquanto Hazel observava, Queen Marie murmurou algo para si mesma. Seu rosto estava calmo e relaxado. Hazel ficou surpresa com a beleza dela, sem a expressão carrancuda e as rugas na testa. Seus cabelos exuberantes eram castanho-dourados, iguais aos de Hazel, e tinha o mesmo tom escuro de pele, marrom como um grão de café tostado. Ela não usava a túnica vistosa cor de açafrão nem as pulseiras de ouro que punha para impressionar os clientes — apenas um vestido branco simples. Ainda assim, tinha um ar majestoso, sentada ereta e nobre em sua cadeira dourada como se fosse mesmo uma rainha.

— Você estará em segurança lá — ela murmurou. — Longe dos deuses.

Hazel reprimiu um grito. A voz que saía da boca de sua mãe não era a *dela*. Parecia a voz de uma mulher mais velha. O tom era suave e tranquilizador, mas também autoritário — como um hipnotizador dando ordens.

Queen Marie ficou tensa. Ela fez uma careta em seu transe, e então falou com a voz normal:

— É longe demais. Frio demais. Perigoso demais. Ele me disse para não ir.

— O que ele já fez por você? — respondeu a voz. — Ele lhe deu uma criança envenenada! Mas podemos usar o dom dela para o bem. Podemos contra-atacar os deuses. Você vai ficar sob minha guarda no norte, longe do domínio dos deuses. Vou fazer de meu filho seu protetor. Você finalmente vai viver como uma rainha.

Queen Marie encolheu-se.

— Mas e quanto a Hazel...

Então seu rosto se contorceu em uma careta de desprezo. E as vozes falaram em uníssono, como se estivessem de acordo em um ponto:

— Uma criança envenenada.

Hazel desceu correndo a escada, o coração em disparada.

No pé da escada, deu um encontrão em um homem de terno escuro. Ele a segurou pelos ombros com dedos fortes e frios.

— Calma, criança — disse o homem.

Hazel notou o anel com uma caveira de prata e em seguida o estranho tecido de seu terno. Nas sombras, a lã negra pesada parecia se agitar e estremecer, formando imagens de rostos em agonia, como se almas perdidas estivessem tentando escapar das dobras de sua roupa.

Sua gravata era negra com listras platinadas. A camisa era cinza do mesmo tom de uma lápide. O rosto dele... O coração de Hazel quase saiu pela garganta. De tão branca, a pele dele parecia azulada, como leite frio. Ele tinha cabelos lambidos pretos e oleosos. O sorriso até era gentil, mas os olhos eram abrasadores e furiosos, cheios de um poder insano. Hazel tinha visto aquele olhar nos cinejornais. Esse homem parecia aquele horrível Adolf Hitler. Não tinha bigode, mas, fora isso, podia ser o irmão gêmeo — ou o pai — dele.

Hazel tentou se afastar. Mesmo quando o homem a soltou, ela não conseguiu se mover. Os olhos dele a imobilizaram.

— Hazel Levesque — disse ele em um tom melancólico. — Você cresceu.

Hazel começou a tremer. Ao pé da escada, o piso de cimento rachou sob os pés do homem. Uma pedra reluzente pulou do concreto como se a terra tivesse cuspido uma semente de melancia. O homem a olhou, sem nenhuma surpresa. Ele se abaixou.

— Não! — gritou Hazel. — Ela é amaldiçoada!

Ele apanhou a pedra: uma esmeralda perfeita.

— É sim. Mas não para mim. Tão bonita... Vale mais que este prédio, imagino. — Ele enfiou a pedra no bolso. — Sinto muito por seu destino, criança. Imagino que você me odeie.

Hazel não compreendia. O homem parecia triste, como se ele mesmo fosse o culpado pela vida dela. Então se deu conta da verdade: um espírito vestido em preto e prata, que havia realizado os desejos de sua mãe e arruinado sua vida.

Ela arregalou os olhos.

— Você? Você é meu...

Ele segurou o queixo dela.

— Eu sou Plutão. A vida nunca é fácil para meus filhos, mas você tem um fardo especial. Agora que fez treze anos, precisamos tomar providências...

Ela afastou a mão dele.

— Você *fez* isso comigo? — questionou Hazel. — Você amaldiçoou a mim e a minha mãe? Você nos deixou sozinhas?

Sentiu as lágrimas queimando em seus olhos. Aquele homem branco, rico e de terno elegante era seu *pai*? Agora que ela tinha treze anos ele aparecia pela primeira vez e dizia que lamentava?

— Você é mau! — gritou ela. — Arruinou nossa vida!

Os olhos de Plutão se estreitaram.

— O que sua mãe lhe contou, Hazel? Ela nunca explicou o pedido que fez? Nem lhe disse por que você nasceu com uma maldição?

Hazel estava furiosa demais para falar, mas Plutão pareceu ler as respostas em seu rosto.

— Não... — Ele suspirou. — Acho que ela não contaria. Muito mais fácil me culpar.

— O que você quer dizer?

Plutão suspirou.

— Pobre criança. Nasceu cedo demais. Não posso ver seu futuro com clareza, mas algum dia você vai encontrar seu lugar. Um descendente de Netuno irá acabar com sua maldição e lhe dar paz. Temo, porém, que isso demore ainda muitos anos...

Hazel não compreendeu nada daquilo. Antes que pudesse responder, Plutão ergueu a mão. Um bloco de desenho e uma caixa de lápis de cor surgiram em sua palma.

— Soube que você gosta de arte e de cavalgar — disse ele. — Estes são para sua arte. Quanto ao cavalo... — Seus olhos brilharam. — Esse você vai ter que arranjar sozinha. Agora preciso falar com sua mãe. Feliz aniversário, Hazel.

Ele se virou e subiu os degraus — assim sem mais, como se tivesse ticado o nome de Hazel em sua lista de tarefas e já a houvesse esquecido. *Feliz aniversário. Vá fazer um desenho. Vejo você daqui a mais treze anos.*

Ela estava tão perplexa, tão furiosa, tão confusa que ficou ali paralisada ao pé da escada. Queria jogar os lápis no chão e pisoteá-los. Queria ir atrás de Plutão e chutá-lo. Queria fugir, encontrar Sammy, roubar um cavalo, ir embora daquela cidade e nunca mais voltar. Mas não fez nada disso.

Acima dela, a porta do apartamento se abriu e Plutão entrou.

Hazel ainda tremia por causa do toque frio do homem, mas subiu silenciosamente para ver o que ele faria. O que diria a Queen Marie? Quem responderia? A mãe de Hazel ou aquela voz horrível?

Quando alcançou a porta, Hazel escutou uma discussão. Ela espiou dentro do apartamento. Sua mãe parecia ter voltado ao normal — gritando, furiosa, atirando objetos pela sala enquanto Plutão tentava argumentar com ela.

— Marie, isto é loucura — disse ele. — Você vai estar muito além de meu poder para que eu possa protegê-la.

— Você me protege? — gritou Queen Marie. — *Quando* foi que você me protegeu?

O terno escuro de Plutão tremeluziu, como se as almas aprisionadas no tecido estivessem ficando agitadas.

— Você não faz ideia — disse ele. — Eu as mantive vivas, você e a criança. Meus inimigos estão por toda parte, entre os deuses e os homens. Agora, com a guerra, a situação só vai piorar. Você *precisa* ficar onde eu possa...

— A polícia acha que eu sou uma assassina! — gritou Queen Marie. — Meus clientes querem me enforcar por bruxaria! E Hazel... a maldição dela está se agravando. Sua *proteção* está nos matando.

Plutão abriu as mãos em um gesto de súplica.

— Marie, por favor...

— Não! — Queen Marie virou-se para o armário, tirou uma valise de couro e a jogou na mesa. — Nós vamos embora — anunciou ela. — Você pode ficar com sua proteção. Nós vamos para o norte.

— Marie, isso é uma armadilha — advertiu Plutão. — Quem quer que esteja sussurrando em seu ouvido, quem quer que esteja jogando você contra mim...

— *Você* me jogou contra você!

Ela atirou um vaso de porcelana nele. O vaso se estilhaçou no chão, e pedras preciosas espalharam-se por todos os lados... Esmeraldas, rubis, diamantes. Toda a coleção de Hazel.

— Vocês não vão sobreviver — disse Plutão. — Se forem para o norte, as duas vão morrer. Posso antever isso claramente.

— Saia daqui! — gritou ela.

Hazel queria que Plutão ficasse e argumentasse. O que quer que fosse aquilo a que sua mãe se referia, não parecia bom. Mas seu pai deslizou a mão pelo ar e dissolveu-se nas sombras... Como se de fato *fosse* um espírito.

Queen Marie fechou os olhos. E respirou fundo. Hazel temia que a estranha voz a possuísse de novo. Mas, quando falou, era ela mesma.

— Hazel — disse, com rispidez —, saia de trás dessa porta.

Tremendo, Hazel obedeceu. Ela apertava o bloco de desenho e os lápis de cor junto ao peito.

A mãe a observou como se a menina fosse uma amarga decepção. *Uma criança envenenada*, as vozes tinham dito.

— Arrume uma bolsa — ela ordenou. — Vamos embora daqui.

— P-para onde? — disse Hazel.

— Alasca — respondeu Queen Marie. — Você vai fazer algo de útil. Vamos começar uma vida nova.

Da maneira como a mãe falou, parecia que elas iam criar uma "vida nova" para alguém — ou alguma *coisa*.

— O que Plutão queria dizer? — perguntou Hazel. — Ele é mesmo meu pai? Ele disse que você fez um pedido...

— Vá para seu quarto! — gritou a mãe. — Arrume suas coisas!

Hazel saiu correndo, e de repente foi arrancada do passado.

Nico a sacudia pelos ombros.

— Você fez aquilo de novo.

Hazel piscou. Eles ainda estavam sentados no telhado do templo de Plutão. O sol estava mais baixo no céu. Mais diamantes haviam aparecido à volta dela, e seus olhos ardiam de tanto chorar.

— D-desculpe — murmurou ela.

— Não se desculpe — disse Nico. — Onde você estava?

— No apartamento de minha mãe. No dia em que nos mudamos.

Nico assentiu com a cabeça. Ele compreendia a história dela melhor do que a maioria das pessoas seria capaz. Ele também era um garoto da década de 1940. Tinha nascido só alguns anos depois de Hazel, e fora trancado em um hotel mágico durante décadas. Mas o passado dela era muito pior que o de Nico. Ela havia causado tanto estrago e sofrimento...

— Você precisa trabalhar para controlar essas lembranças — avisou Nico. — Se um *flashback* desses acontecer quando você estiver em combate...

— Eu sei — respondeu. — Estou tentando.

Nico apertou a mão dela.

— Está tudo bem. Acho que é um efeito colateral do... sabe, do tempo que você passou no Mundo Inferior. Com sorte, vai melhorar.

Hazel não tinha tanta certeza assim. Depois de oito meses os blecautes pareciam estar piorando, como se a alma dela estivesse tentando viver em duas épocas diferentes. Ninguém jamais havia voltado dos mortos antes — pelo menos não da forma como *ela* voltara. Nico tentava tranquilizá-la, mas nenhum dos dois sabia o que iria acontecer.

— Não posso ir ao norte outra vez — disse Hazel. — Nico, se eu tiver que voltar aonde tudo aconteceu...

— Você vai ficar bem — prometeu ele. — Desta vez você vai ter amigos. Percy Jackson, ele tem um papel a desempenhar nesta história. Você pode pressentir, não é? Ele é uma boa pessoa para você ter a seu lado.

Hazel lembrou-se do que Plutão lhe dissera muito tempo antes: *Um descendente de Netuno irá acabar com sua maldição e lhe dar paz.*

Seria Percy essa pessoa? Talvez, mas Hazel pressentia que não seria assim tão fácil. Ela não sabia nem se Percy poderia sobreviver ao que os aguardava no norte.

— De onde ele veio? — perguntou ela. — Por que os fantasmas o chamam de grego?

Antes que Nico pudesse responder, cornetas soaram do outro lado do rio. Os legionários estavam se reunindo para a inspeção noturna.

— É melhor descermos — disse Nico. — Tenho a sensação de que os jogos de guerra de hoje serão muito interessantes.

VII

HAZEL

No caminho de volta, Hazel tropeçou em uma barra de ouro.

Ela devia saber que não podia correr tanto, mas temia se atrasar para a inspeção. A Quinta Coorte tinha os centuriões mais legais do acampamento. No entanto, até *eles* teriam que puni-la se chegasse atrasada. As punições romanas eram severas: esfregar as ruas com uma escova de dentes, limpar os touris do coliseu, ser preso em um saco cheio de doninhas furiosas e jogado no Pequeno Tibre... As opções não eram boas.

A barra de ouro brotou do chão bem a tempo de ser atingida por seu pé. Nico tentou segurá-la, mas Hazel levou um tombo e arranhou as mãos.

— Você está bem?

Nico ajoelhou-se ao lado dela e estendeu a mão para pegar a barra de ouro.

— Não! — advertiu Hazel.

Nico parou.

— Certo. Desculpe. É só que... Caramba. Essa coisa é *imensa.* — Ele tirou um frasco de néctar da jaqueta de aviador e despejou um pouco nas mãos de Hazel. Imediatamente os cortes começaram a cicatrizar. — Consegue ficar de pé?

Ele a ajudou a se levantar. Ambos fitaram o ouro. Era do tamanho de uma baguete, marcado com um número de série e as palavras TESOURO DOS ESTADOS UNIDOS.

Nico sacudiu a cabeça.

— Pelo Tártaro, como...?

— Não sei — disse Hazel, infeliz. — Pode ter sido enterrado aí por ladrões ou caído de uma carroça há cem anos. Talvez tenha migrado do cofre do banco mais próximo. O que quer que esteja no chão, em qualquer lugar perto de mim... simplesmente pula para a superfície. E quanto mais valioso...

— Mais perigoso é. — Nico franziu a testa. — Devemos cobri-la? Se os faunos a encontrarem...

Hazel imaginou uma nuvem em forma de cogumelo elevando-se na rua, faunos carbonizados voando para todas as direções. Era horrível demais para pensar.

— Ela *deve* acabar afundando de novo no solo depois que eu sair daqui, depois de algum tempo, mas só para garantir...

Ela vinha praticando esse truque, mas nunca com algo tão denso e pesado. Apontou para a barra de ouro e tentou se concentrar.

O ouro levitou. Ela canalizou sua raiva, o que não era difícil — odiava aquele ouro, odiava sua maldição, odiava pensar em seu passado e em todos os seus fracassos. Seus dedos formigaram. A barra de ouro esquentou e reluziu.

Nico engoliu em seco.

— Hum, Hazel, tem certeza...?

Ela cerrou o punho. O ouro se amassou como massa de vidraceiro. Hazel forçou-o a se retorcer em um anel gigante e irregular. Em seguida, moveu a mão na direção do chão. Sua rosca de um milhão de dólares bateu no chão. Ela se enterrou tão profundamente que não restou nada além de uma cicatriz de terra fresca.

Nico arregalou os olhos.

— Isso foi... apavorante.

Hazel não achava que era assim tão impressionante em comparação com os poderes de um cara que podia reanimar esqueletos e trazer alguém de volta dos mortos, mas era bom surpreendê-*lo*, para variar.

Dentro do acampamento, as cornetas tornaram a soar. As coortes a essa altura estariam começando a chamada, e Hazel não tinha a menor vontade de ser enfiada dentro de um saco de doninhas.

— Depressa! — disse ela a Nico, e correram até os portões.

* * *

Na primeira vez que Hazel vira a legião reunida, ela se sentira tão intimidada que quase escapulira de volta ao alojamento para se esconder. Mesmo depois de nove meses no acampamento, ela ainda achava a imagem impressionante.

As primeiras quatro coortes, cada uma com quarenta membros, formavam filas diante de seus alojamentos nos dois lados da Via Praetoria. A Quinta Coorte reunia-se no fim, diante da *principia*, pois seu alojamento ficava escondido no canto nos fundos do acampamento, perto dos estábulos e das latrinas. Hazel precisou passar correndo pelo meio da legião para chegar a seu lugar.

Os campistas estavam vestidos para a guerra. Cotas de malha e grevas polidas reluziam sobre camisetas roxas e jeans. Desenhos de espadas e caveiras decoravam seus elmos. Até mesmo os coturnos pareciam ameaçadores com suas cunhas de ferro, ótimos para marchar na lama ou para pisar em cabeças.

Diante dos legionários, como uma fila de peças gigantes de dominó, estavam seus escudos vermelhos e dourados, que eram do tamanho de uma porta de geladeira. Cada legionário carregava uma lança chamada pilo — semelhante a um arpão —, um gládio, uma adaga e mais uns cinquenta quilos de equipamento. Ao entrar para a legião, quem estava fora de forma não ficava assim por muito tempo. O simples ato de andar com a armadura era um exercício para o corpo inteiro.

Hazel e Nico atravessaram a rua correndo enquanto todos ficavam em posição de sentido, por isso a entrada deles foi *realmente* óbvia. Seus passos ecoaram nas pedras. Hazel tentou evitar o contato visual, mas viu que Octavian, liderando a Primeira Coorte, dava um sorriso malicioso, todo convencido em seu elmo emplumado de centurião, com uma dúzia de medalhas presas ao peito.

Hazel ainda fervia de raiva com as ameaças de chantagem que ele fizera mais cedo. Áugure idiota e seu dom da profecia — de todas as pessoas no acampamento que podiam descobrir os segredos dela, por que tinha que ter sido *ele*? Hazel tinha certeza de que Octavian já a teria denunciado semanas antes, mas ele sabia que os segredos tinham mais valor como poder de influência. Ela desejou ter guardado aquela barra de ouro para poder acertar na cara dele.

Ela passou correndo por Reyna, que galopava para cima e para baixo em seu pégaso Cipião — ou Skippy, como era chamado. Os cães de metal Aurum e Argentum caminhavam ao lado dela. A capa roxa de oficial ondulava atrás dela.

— Hazel Levesque — chamou ela —, fico muito feliz que você tenha se juntado a nós.

Hazel sabia que era melhor não responder. Faltava-lhe a maior parte do equipamento, mas ela se apressou em ocupar seu lugar na fila, ao lado de Frank, e ficou em posição de sentido. Seu centurião líder, Dakota, um grandalhão de dezessete anos, estava justamente chamando o nome dela — o último na lista.

— Presente! — gritou ela.

Graças aos deuses. Tecnicamente, não estava atrasada.

Nico foi para perto de Percy Jackson, que se encontrava à parte, junto de uns dois guardas. Os cabelos de Percy estavam molhados por causa do banho. Ele tinha vestido roupas limpas, mas ainda parecia pouco à vontade. Hazel não podia culpá-lo. Ele estava prestes a ser apresentado a duzentas pessoas fortemente armadas.

Os Lares foram os últimos a entrar na formação. Suas figuras roxas tremeluziam enquanto eles disputavam seus lugares. Tinham o hábito irritante de ficar parcialmente dentro de pessoas vivas, de modo que as fileiras pareciam uma fotografia desfocada, mas enfim os centuriões conseguiram organizá-los.

— Estandartes! — gritou Octavian.

Os porta-estandartes deram um passo à frente. Usavam capas de pele de leão e seguravam bastões decorados com os emblemas das respectivas coortes. O último a apresentar seu estandarte foi Jacob, o condutor da águia da legião. Ele segurava um longo bastão com absolutamente nada no topo. A função de porta-estandarte supostamente era uma grande honra, mas era evidente que Jacob a detestava. Embora Reyna insistisse em seguir a tradição, sempre que o bastão sem águia era erguido Hazel podia sentir o constrangimento se espalhando pela legião.

Reyna fez seu pégaso parar.

— Romanos! — anunciou ela. — Vocês provavelmente ouviram falar da incursão de hoje. Duas górgonas foram arrastadas para o rio por este recém-chegado, Percy Jackson. A própria Juno o guiou até aqui e o proclamou filho de Netuno.

Os garotos nas últimas fileiras esticaram o pescoço para ver Percy. Ele levantou a mão e disse:

— Oi.

— Ele deseja se juntar à legião — prosseguiu Reyna. — O que dizem os augúrios?

— Eu li as entranhas! — anunciou Octavian, como se tivesse matado um leão com as próprias mãos e não rasgado um travesseiro em formato de panda. — Os augúrios são favoráveis. Ele está qualificado a servir!

— *Ave!* — gritaram os campistas.

Salve!

Frank atrasou-se um pouquinho em seu "*ave*", que saiu como um eco agudo. Os outros legionários riram com deboche.

Reyna fez sinal para que os oficiais seniores avançassem — um de cada coorte. Octavian, como o centurião de patente mais alta, voltou-se para Percy.

— Recruta — disse —, você tem credenciais? Cartas de referência?

Hazel lembrou-se de quando chegara. Vários garotos traziam cartas de semideuses mais velhos do mundo exterior, adultos que eram veteranos do acampamento. Alguns recrutas tinham patronos ricos e famosos. Outros eram campistas de terceira ou quarta geração. Uma boa carta podia resultar em uma posição nas melhores coortes, às vezes até em funções especiais, como mensageiro da legião, o que isentava um campista do trabalho pesado, como cavar trincheiras ou conjugar verbos em latim.

Percy remexeu-se.

— Cartas? Hum, não.

Octavian franziu o nariz.

Injustiça!, Hazel queria gritar. Percy havia carregado uma deusa para dentro do acampamento. Que melhor recomendação alguém poderia querer? Mas a família de Octavian vinha mandando garotos para o acampamento por mais de um século. Ele adorava lembrar aos recrutas que todos eram menos importantes que ele.

— Nenhuma carta — disse Octavian, pesaroso. — Algum legionário irá apadrinhá-lo?

— Eu! — Frank deu um passo à frente. — Ele salvou minha vida!

Imediatamente ouviram-se gritos de protesto vindos das outras coortes. Reyna ergueu a mão pedindo silêncio e encarou Frank.

— Frank Zhang — ela disse —, pela segunda vez hoje vou lembrá-lo de que você está em *probatio*. Seu pai ou mãe divino ainda nem sequer o reclamou. Você não é elegível para apadrinhar outro campista até que conquiste sua primeira divisa.

Parecia que Frank ia morrer de vergonha.

Hazel não podia deixá-lo naquela situação. Ela saiu da fila e disse:

— O que Frank quer dizer é que Percy salvou a vida de *nós dois*. Sou membro efetivo da legião. Eu apadrinharei Percy Jackson.

Frank olhou para ela, agradecido, mas os outros campistas começaram a murmurar. Hazel mal era elegível. Ela havia conquistado sua divisa apenas algumas semanas antes, e o "ato de coragem" que a fez chegar lá tinha sido praticamente um acidente. Além disso, ela era filha de Plutão e membro da desonrada Quinta Coorte. Ela não estava fazendo nenhum favor a Percy oferecendo-lhe seu apoio.

Reyna franziu o nariz, mas voltou-se para Octavian. O áugure sorriu e deu de ombros, como se a ideia o divertisse.

Por que não?, pensou Hazel. Designar Percy para a Quinta fazia com que ele não fosse uma grande ameaça, e Octavian gostava de manter seus inimigos em um só lugar.

— Muito bem — anunciou Reyna. — Hazel Levesque, você pode apadrinhar o recruta. Sua coorte o aceita?

As outras coortes começaram a tossir, tentando não rir. Hazel sabia o que eles estavam pensando: *Mais um fracassado para a Quinta.*

Frank bateu o escudo no chão. Os outros membros da Quinta o imitaram, embora não parecessem muito animados. Seus centuriões, Dakota e Gwen, trocaram olhares sofridos, como se dissessem: *Lá vamos nós de novo.*

— Minha coorte se pronunciou — disse Dakota. — Nós aceitamos o recruta.

Reyna olhou para Percy com pena.

— Parabéns, Percy Jackson. Você se encontra agora em *probatio*. Vai receber uma placa com seu nome e coorte. Daqui a um ano, ou assim que realizar um ato de coragem, você se tornará membro efetivo da Décima Segunda Legião Fulminata. Sirva a Roma, obedeça às regras da legião e defenda o acampamento com honra. *Senatus Populusque Romanus!*

Toda a legião ecoou a aclamação.

Reyna se afastou de Percy com seu pégaso, como se estivesse feliz por encerrar seu assunto com ele. Skippy abriu as lindas asas. Hazel não pôde evitar sentir uma pontada de inveja. Ela daria tudo por um cavalo como aquele, mas jamais teria um. Cavalos eram apenas para oficiais, ou para a cavalaria bárbara, não para legionários romanos.

— Centuriões — disse Reyna —, vocês e suas tropas têm uma hora para jantar. Depois nos encontraremos no Campo de Marte. A Primeira e a Segunda Coortes defenderão. A Terceira, a Quarta e a Quinta atacarão. Sejam afortunados!

Um grande viva soou — pelos jogos de guerra e pelo jantar. As coortes saíram de formação e correram para o refeitório.

Hazel acenou para Percy, e ele e Nico abriram caminho em meio à multidão até alcançá-la. Para surpresa de Hazel, Nico sorria para ela, radiante.

— Bom trabalho, mana — ele disse. — Era preciso coragem para apadrinhá-lo.

Ele nunca tinha chamado Hazel de *mana*. Ela se perguntou se era assim que ele chamava Bianca.

Um dos guardas entregara a Percy sua placa de identificação de *probatio*. Ele a prendeu em seu colar de couro com as contas estranhas.

— Obrigado, Hazel — disse. — Hum, o que exatamente isso significa... você me apadrinhar?

— Eu garanto seu bom comportamento — explicou Hazel. — Ensino as regras a você, respondo suas perguntas, cuido para que você não desonre a legião.

— E... se eu fizer algo errado?

— Então eu sou executada com você — respondeu Hazel. — Está com fome? Vamos comer.

VIII

HAZEL

Pelo menos a comida do acampamento era boa. Espíritos invisíveis do vento — as *aurae* — serviam os campistas e pareciam saber exatamente o que cada um queria. Elas sopravam pratos e xícaras de um lado para o outro com tanta velocidade que o refeitório parecia um delicioso furacão. Se alguém se levantasse muito rápido, corria um grande risco de ser atingido por feijões ou carne assada.

Hazel comeu *gumbo* de camarão — seu prato preferido para momentos difíceis. Ele a fazia lembrar-se de quando era uma garotinha em Nova Orleans, antes de a maldição começar e sua mãe ficar tão amargurada. Percy comeu cheeseburger e um refrigerante de aspecto estranho, com um tom intenso de azul. Hazel não entendeu, mas Percy experimentou e sorriu.

— Isso me deixa feliz — disse ele. — Não sei por quê... mas deixa.

Por um breve instante, uma das *aurae* tornou-se visível — uma garota delicada com um vestido de seda branco. Ela deu uma risadinha ao encher o copo de Percy e então desapareceu em uma rajada de vento.

O refeitório parecia especialmente barulhento esta noite. Risadas ecoavam nas paredes. Estandartes de guerra pendurados nas vigas de cedro do teto farfalhavam enquanto as *aurae* sopravam de um lado para o outro, mantendo o prato de todo mundo cheio. Os campistas comiam no estilo romano, sentados em sofás em torno de mesas baixas. Eles se levantavam e trocavam de lugar constantemente, fofocando sobre quem gostava de quem e outros assuntos.

Como de costume, a Quinta Coorte acomodou-se no lugar *menos* nobre. Suas mesas ficavam nos fundos do refeitório, perto da cozinha. A de Hazel era sempre a menos concorrida. Esta noite, eram ela e Frank, como sempre, com Percy, Nico e seu centurião Dakota, que havia se sentado ali, deduziu Hazel, porque se sentia obrigado a dar as boas-vindas ao novo recruta.

Dakota estava recostado no sofá com uma expressão de desânimo, colocando açúcar em sua bebida e dando grandes goles. Era um sujeito musculoso de cabelos pretos encaracolados e olhos que não pareciam muito bem-alinhados, por isso, sempre que Hazel olhava para ele, tinha a sensação de que o mundo estava inclinado. O fato de Dakota estar bebendo tanto e tão cedo não era um bom sinal.

— Então. — Ele arrotou, agitando o cálice no ar. — Bem-vindo à Percy, festa. — Ele franziu o cenho. — Festa, Percy. Tanto faz.

— Hum, obrigado — disse Percy, mas sua atenção estava voltada para Nico. — Eu estava pensando se poderíamos conversar, sabe... sobre onde posso ter visto você antes.

— Claro — respondeu Nico, um tanto rápido demais. — O problema é que passo a maior parte do tempo no Mundo Inferior. Portanto, a menos que eu o tenha encontrado lá de alguma forma...

Dakota tornou a arrotar.

— Embaixador de Plutão, é como o chamam. Reyna nunca sabe o que fazer com esse cara quando ele vem nos visitar. Você devia ter visto a expressão dela quando ele apareceu aqui com Hazel, pedindo para Reyna aceitá-la. Hum, sem ofensa.

— Tudo bem. — Nico parecia aliviado com a mudança de assunto. — Dakota foi muito prestativo, apadrinhando Hazel.

Dakota enrubesceu.

— É, bem... Ela parecia uma boa garota. E no fim das contas eu estava certo. Mês passado, quando ela me salvou da, hum, vocês sabem.

— Ah, cara! — Frank tirou os olhos de seu prato de peixe com fritas. — Percy, você devia ter visto! Foi dessa forma que Hazel conseguiu a divisa dela. Os unicórnios resolveram correr em um estouro...

— Não foi nada de mais — disse Hazel.

— Nada? — protestou Frank. — Dakota teria sido pisoteado! Você ficou bem na frente dos animais, espantou-os, salvou a pele dele. Nunca vi nada como aquilo.

Hazel mordeu o lábio. Ela não gostava de falar naquilo e sentia-se constrangida pela maneira com que Frank a fazia parecer uma heroína. Na verdade, ela ficara com medo de que os unicórnios em pânico se machucassem. O chifre deles era de metais preciosos — prata e ouro —, portanto ela conseguira desviá-los simplesmente se concentrando, guiando os animais pelo chifre e levando-os de volta aos estábulos. Aquilo lhe garantira um lugar efetivo na legião, mas também dera início aos rumores sobre seus estranhos poderes — rumores que a faziam se lembrar dos velhos e péssimos tempos.

Percy a observou. Aqueles olhos verde-mar a deixavam perturbada.

— Você e Nico cresceram juntos? — perguntou ele.

— Não — respondeu Nico no lugar dela. — Só recentemente descobri que Hazel era minha irmã. Ela é de Nova Orleans.

Isso era verdade, é claro, mas não a verdade completa. Nico deixava as pessoas acharem que ele havia topado com ela na Nova Orleans moderna e a levado para o acampamento. Era mais fácil que contar a história verdadeira.

Hazel havia tentado se fazer passar por uma garota moderna. Não era fácil. Felizmente, os semideuses não usavam muita tecnologia no acampamento. Seus poderes tendiam a fazer com que os aparelhos eletrônicos enlouquecessem. Mas a primeira vez que ela tirou licença e foi a Berkeley, quase teve um ataque. Televisões, computadores, iPods, internet... Ela ficou feliz de voltar para o mundo dos fantasmas, unicórnios e deuses. Aquilo parecia *muito* menos fantasia do que o século XXI.

Nico ainda falava dos filhos de Plutão.

— Não somos muitos — disse ele —, então precisamos ficar unidos. Quando encontrei Hazel...

— Você tem outras irmãs? — indagou Percy, quase como se soubesse a resposta.

Hazel perguntou-se mais uma vez quando ele e Nico haviam se conhecido, e o que seu irmão estava escondendo.

— Uma — admitiu Nico. — Mas ela morreu. Vi o espírito dela algumas vezes no Mundo Inferior, só que da última vez em que desci até lá...

Para trazê-la de volta, Hazel pensou, mas Nico não disse isso.

— Ela havia ido embora. — A voz de Nico ficou rouca. — Ela costumava ficar no Elísio... tipo o paraíso do Mundo Inferior... mas decidiu renascer em uma vida nova. Agora eu nunca mais a verei. Tive sorte de encontrar Hazel... quer dizer, em Nova Orleans.

Dakota grunhiu.

— A menos que você acredite nos boatos. Não estou dizendo que acredito.

— Boatos? — Percy perguntou.

Do outro lado do salão, Don, o Fauno, gritou:

— Hazel!

Hazel nunca ficara tão feliz em ver o fauno. Ele não tinha permissão para entrar no acampamento, mas é claro que sempre dava um jeito. Ele se encaminhava para a mesa deles, sorrindo para todo mundo, roubando comida dos pratos e apontando para campistas:

— Ei! Ligue para mim!

Uma pizza voadora atingiu-o na cabeça, e ele desapareceu atrás de um sofá. Em seguida se levantou, ainda sorrindo, e se aproximou.

— Minha garota favorita! — Ele tinha cheiro de bode molhado enrolado em queijo velho. Debruçou-se nos sofás e conferiu a comida. — Ei, novato, você vai comer isso?

Percy franziu a testa.

— Faunos não são vegetarianos?

— Não estou falando do cheeseburger, cara! É o prato! — Ele fungou nos cabelos de Percy. — Ei... que cheiro é esse?

— Don! — repreendeu Hazel. — Não seja mal-educado.

— Não, cara, eu só...

Vitellius, o deus da casa deles, surgiu tremeluzente, semienterrado no sofá de Frank.

— Faunos no refeitório! Onde fomos parar? Centurião Dakota, cumpra seu dever!

— Eu estou cumprindo — resmungou Dakota em seu cálice. — Estou jantando!

Don ainda farejava Percy.

— Cara, você tem um elo de empatia com um fauno!

Percy reclinou-se para se afastar dele.

— Um o quê?

— Um elo de empatia! Está muito fraco, como se alguém o houvesse eliminado, mas...

— Já sei! — Nico levantou-se de repente. — Hazel, que tal darmos um tempo para você e Frank ajudarem Percy a se situar? Dakota e eu podemos visitar a mesa do pretor. Don e Vitellius, vocês vêm também. Podemos discutir estratégias para os jogos de guerra.

— Estratégias para perder? — murmurou Dakota.

— O Garoto da Morte tem razão! — afirmou Vitellius. — Esta legião é pior na luta do que nós fomos na Judeia, e aquela foi a *primeira* vez que perdemos nossa águia. Ora, se *eu* estivesse no comando...

— Posso só comer os talheres primeiro? — perguntou Don.

— Vamos!

Nico puxou Don e Vitellius pelas orelhas. Ninguém mais conseguia tocar os Lares. Vitellius protestava indignado enquanto era arrastado para a mesa do pretor.

— Ai! — reclamou Don. — Cara, cuidado com meu cabelo!

— Vamos, Dakota! — chamou Nico sobre o ombro.

O centurião ergueu-se, relutante. Ele limpou a boca — inutilmente, pois estava permanentemente manchada de vermelho.

— Volto logo.

Ele se sacudiu todo, como um cão tentando se secar. E foi embora cambaleando, derramando a bebida do cálice.

— O que foi isso? — perguntou Percy. — E qual é o problema de Dakota?

Frank suspirou.

— Ele está bem. É filho de Baco, o deus do vinho. Tem um problema com bebida.

Percy arregalou os olhos.

— Vocês o deixam beber *vinho*?

— Céus, não! — disse Hazel. — Isso seria um desastre. Ele é viciado em Tang vermelho. Bebe com o triplo da quantidade normal de açúcar, e ele já tem

TDAH... vocês sabem, déficit de atenção/hiperatividade. Um dia desses a cabeça dele vai explodir.

Percy olhou para a mesa do pretor. A maior parte dos oficiais seniores estava concentrada conversando com Reyna. Nico e seus dois cativos, Don e Vitellius, ficaram em volta do grupo. Dakota corria de um lado para o outro ao longo de uma fileira de escudos empilhados, batendo o cálice neles como se fossem um xilofone.

— TDAH — respondeu Percy. — Não diga.

Hazel tentou não rir.

— Bem... A maioria dos semideuses tem. Ou, então, dislexia. O simples fato de sermos semideuses significa que nosso cérebro funciona de forma diferente. Como você... Você disse que tinha problemas para ler.

— Vocês são assim também? — perguntou Percy.

— Não sei — admitiu Hazel. — Talvez. Na minha época, crianças como nós eram chamadas simplesmente de "preguiçosas".

Percy franziu a testa.

— Na *sua* época?

Hazel se xingou.

Por sorte, Frank falou:

— Eu queria ter TDAH ou dislexia. Tudo o que tenho é intolerância a lactose.

Percy riu.

— Sério?

Frank podia ser o semideus mais bobo do mundo, mas Hazel achava que ele era uma gracinha quando ficava chateado. Os ombros dele se curvaram.

— E adoro sorvete também...

Percy riu. Hazel não pôde deixar de fazer o mesmo. Era bom sentar-se à mesa do jantar e sentir de fato que estava entre amigos.

— Certo, então me digam — falou Percy —, por que é ruim estar na Quinta Coorte? Vocês são ótimos.

O elogio fez os dedos dos pés de Hazel formigarem.

— É... complicado. Além de ser filha de Plutão, eu queria cavalgar.

— É por isso que você usa uma espada da cavalaria?

Ela assentiu.

— É bobagem, eu acho. Ilusão. Só existe um pégaso no acampamento, o de Reyna. Os unicórnios são mantidos apenas para fins medicinais, pois as raspas de seus chifres curam envenenamento e outros problemas. De qualquer forma, os romanos só lutam a pé. Cavalaria... eles meio que desprezam isso. Assim, me desprezam também.

— Eles é que saem perdendo — comentou Percy. — E você, Frank?

— Arqueiro — murmurou ele. — Eles não gostam disso também, a menos que você seja filho de Apolo. Então você tem uma desculpa. Espero que meu pai *seja* Apolo, mas não sei. Não sou muito bom com poesia. E não tenho certeza se quero ser parente de Octavian.

— Entendo — disse Percy. — Mas você é excelente com o arco... A maneira como acertou aquelas górgonas! Esqueça o que as outras pessoas pensam.

O rosto de Frank ficou vermelho como o Tang de Dakota.

— Quem me dera. Todo mundo acha que eu deveria lutar com a espada porque sou grande e corpulento. — Ele baixou os olhos para o próprio corpo, como se não pudesse acreditar que era dele. — Dizem que sou troncudo demais para ser arqueiro. Talvez se meu pai me reclamasse...

Eles comeram em silêncio por alguns minutos. Um pai que não o reclamava... Hazel conhecia essa sensação. E tinha a impressão de que Percy também.

— Você perguntou sobre a Quinta — disse ela, afinal. — Por que é a pior coorte. Isso, na verdade, começou muito antes de nós.

Ela apontou para a parede dos fundos, onde os estandartes da legião estavam expostos.

— Está vendo o bastão vazio no meio?

— A águia — disse Percy.

Hazel estava perplexa.

— Como você sabia?

Percy deu de ombros.

— Vitellius falou sobre como a legião perdeu sua águia há muito tempo... a *primeira* vez, ele disse. Ele agiu como se fosse uma grande desgraça. Estou deduzindo que é o que está faltando. E, pela maneira como você e Reyna estavam falando mais cedo, suponho que sua águia tenha se perdido uma segunda vez, mais recentemente, e que isso teve algo a ver com a Quinta Coorte.

Hazel fez uma anotação mental para não subestimar Percy de novo. Quando ele chegara, a menina havia pensado que ele era um pouco pateta por causa das perguntas que fizera — como aquela sobre o Festival da Fortona —, mas estava claro que Percy era mais esperto do que deixava parecer.

— Você tem razão — confirmou ela. — Foi exatamente o que aconteceu.

— E o que é essa águia, afinal? Por que é tão importante?

Frank olhou ao redor para ter certeza de que ninguém estava escutando.

— É o símbolo do acampamento todo... Uma águia grande feita de ouro. Em tese, ela nos protege na batalha e amedronta nossos inimigos. A águia de cada legião dava todo tipo de poderes a ela, e a nossa veio do próprio Júpiter. Supostamente, Júlio César apelidou nossa legião de "Fulminata", armada de raios, por causa do que a águia podia fazer.

— Eu não gosto de raios — declarou Percy.

— É, bem — disse Hazel —, ela não nos tornou invencíveis. A Décima Segunda perdeu a águia pela primeira vez ainda nos tempos antigos, durante a Grande Revolta Judaica.

— Acho que vi um filme sobre isso — disse Percy.

Hazel deu de ombros.

— Pode ser. Há muitos livros e filmes sobre legiões que perderam suas águias. Infelizmente, isso aconteceu várias vezes. A águia era tão importante... Bem, os arqueólogos *nunca* recuperaram uma só águia da Roma antiga. Cada legião guardava a sua até o último homem, pois ela continha o poder dos deuses. Eles preferiam escondê-la ou derretê-la a entregá-la ao inimigo. A Décima Segunda teve sorte da primeira vez. Recuperamos nossa águia. Mas na segunda vez...

— Vocês estavam lá? — perguntou Percy.

Ambos sacudiram a cabeça.

— Sou quase tão novo aqui quanto você. — Frank deu um tapinha em sua placa de *probatio*. — Cheguei só no mês passado. Mas todo mundo ouviu a história. Dá azar até mesmo falar sobre isso. Foi feita uma imensa expedição ao Alasca nos anos 1980...

— Aquela profecia que você percebeu no templo — continuou Hazel —, a que fala dos sete semideuses e das Portas da Morte? Nosso pretor sênior na ocasião era Michael Varus, da Quinta Coorte. Naquela época, a Quinta era a melhor do acampamento. Ele achou que traria glória à legião se conseguisse decifrar a profecia e transformá-la em realidade: salvar o mundo da tempestade, do fogo e de todo o restante. Então ele falou com o áugure, que disse que a resposta estava no Alasca. Mas ele também advertiu Michael de que a hora ainda não havia chegado. A profecia não era para ele.

— Mas ele foi assim mesmo — adivinhou Percy. — O que aconteceu?

Frank baixou a voz.

— Uma história longa e sangrenta. Quase toda a Quinta Coorte foi dizimada. A maior parte das armas de ouro imperial da legião se perdeu, assim como a águia. Os sobreviventes ou enlouqueceram ou se recusaram a falar sobre o que os havia atacado.

Eu sei, pensou Hazel, séria. Mas permaneceu em silêncio.

— Desde que a águia foi perdida — continuou Frank — o acampamento vem enfraquecendo. As missões são mais perigosas. Os monstros atacam nossas fronteiras com mais frequência. O moral está mais baixo. Mais ou menos desde o último mês a situação tem ficado muito pior, muito mais rápido.

— E a Quinta Coorte levou a culpa — deduziu Percy. — Então agora todos pensam que somos amaldiçoados.

Hazel percebeu que seu *gumbo* estava frio. Ela tomou uma colherada, mas o prato para os momentos difíceis não tinha mais um sabor tão consolador.

— Somos os párias da legião desde... Bem, desde o desastre do Alasca. Nossa reputação melhorou quando Jason se tornou pretor...

— O garoto desaparecido? — perguntou Percy.

— É — respondeu Frank. — Eu não o conheci. Foi antes de minha chegada. Mas ouvi falar que era um bom líder. Ele praticamente cresceu na Quinta Coorte. Não ligava para o que as pessoas pensavam de nós. Começou a reconstruir nossa reputação. E então desapareceu.

— O que nos levou de volta à estaca zero — disse Hazel com amargura. — Fez com que parecêssemos amaldiçoados de novo. Sinto muito, Percy. Agora você sabe em que se meteu.

Percy tomou um gole de seu refrigerante azul e passou os olhos pelo refeitório, pensativo.

— Não sei nem de onde vim... Mas tenho a sensação de que esta não é minha primeira vez que faço parte da ralé. — Ele olhou para Hazel e abriu um sorriso. — Além disso, entrar para a legião é melhor que ser perseguido por monstros mundo afora. Arranjei alguns amigos novos. Talvez juntos possamos mudar a situação da Quinta Coorte, hein?

Uma corneta soou do outro lado do refeitório. Os oficiais na mesa do pretor se levantaram — inclusive Dakota, com a boca vermelha como a de um vampiro por causa do Tang.

— Os jogos vão começar! — anunciou Reyna.

Os campistas deram vivas e saíram correndo para pegar seus equipamentos empilhados ao longo das paredes.

— Então somos do time de ataque? — perguntou Percy acima do barulho. — Isso é bom?

Hazel deu de ombros.

— A parte boa é que ficamos com o elefante. A ruim...

— Deixe que eu adivinho — disse Percy. — É que a Quinta Coorte perde sempre.

Frank deu um tapa no ombro de Percy.

— Eu adoro esse cara! Venha, amigo novo. Vamos lá obter minha décima terceira derrota seguida!

IX

FRANK

Enquanto marchava para os jogos de guerra, Frank repassou o dia em sua mente. Não acreditava no quanto chegara perto da morte.

Quando estavam no posto de sentinela naquela manhã, antes de Percy aparecer, Frank quase contara seu segredo para Hazel. Os dois estavam de pé havia horas na névoa gelada, observando o trânsito rotineiro da rodovia 24. Hazel estivera se queixando do frio.

— Eu daria qualquer coisa para ficar aquecida — disse ela, rangendo os dentes. — Queria que tivéssemos uma fogueira.

Mesmo usando armadura, ela estava linda. Frank gostava da maneira como seus cabelos cor de canela ficavam encaracolados em torno das bordas do elmo e de como sempre aparecia uma covinha quando ela franzia o rosto. Ela era miúda em comparação a ele, o que o fazia sentir-se como um touro grande e desajeitado. Ele queria abraçá-la para aquecê-la, mas nunca faria isso. Ela provavelmente lhe daria um soco, e ele perderia a única amiga que tinha no acampamento.

Eu podia fazer uma fogueira bem impressionante, ele pensou. Mas, é claro, ela queimaria só por alguns minutos, e então eu morreria...

Era assustador que ele sequer considerasse a ideia. Hazel produzia esse efeito nele. Sempre que ela queria algo, Frank sentia uma necessidade irracional de satisfazê-la. Queria ser um cavaleiro à moda antiga, indo resgatá-la, o que era uma idiotice, pois ela era muito mais capaz que ele em *tudo*.

Ele imaginou o que sua avó diria: *Frank Zhang cavalgando para resgatar alguém? Ha! Ele cairia do cavalo e quebraria o pescoço.*

Difícil acreditar que haviam se passado apenas seis semanas desde que ele saíra da casa da avó — seis semanas desde o enterro de sua mãe.

Tudo acontecera a partir de então: a chegada dos lobos à porta da casa da avó, a viagem até o Acampamento Júpiter, as semanas que ele passara na Quinta Coorte tentando não ser um fracasso completo. O tempo todo ele guardara o pedaço de lenha parcialmente queimada embrulhado em um tecido no bolso de seu casaco.

Guarde-o consigo, advertira a avó. *Enquanto isso estiver seguro, você estará seguro.*

O problema era que aquilo queimava com muita facilidade. Ele se lembrou da viagem ao sul saindo de Vancouver. Quando a temperatura ficara abaixo de congelante, perto de Mount Hood, Frank havia segurado o pedaço de madeira, imaginando como seria bom ter uma fogueira. Imediatamente, a extremidade carbonizada inflamou-se com uma chama ardente amarela. Ela iluminou a noite e aqueceu Frank até os ossos, mas o menino podia sentir sua vida esvair-se, como se *ele* estivesse sendo consumido, não a madeira. Frank enfiou a chama em um monte de neve. Por um momento de pavor ela continuou a arder. Quando finalmente se extinguiu, Frank controlou o pânico. Então enrolou o pedaço de madeira e o colocou de volta no bolso do casaco, determinado a não pegá-lo de novo. Mas não conseguia se esquecer dele.

Era como se alguém tivesse dito: "O que quer que aconteça, não pense naquele pedaço de madeira pegando fogo!"

Então, é claro, era só nisso que ele pensava.

De sentinela com Hazel, ele tentava tirar aquilo da cabeça. Adorava ficar na companhia dela. Perguntou como tinha sido crescer em Nova Orleans, mas Hazel ficou irritada com o assunto, então eles falaram trivialidades. De brincadeira, tentavam conversar em francês. Hazel tinha um pouco de sangue *créole* por parte da mãe. Frank estudara francês na escola. Nenhum dos dois era muito fluente, e o francês da Louisiana era tão diferente do canadense que era quase impossível se entenderem. Quando Frank perguntou a Hazel como ela estava passando e ela respondeu que o sapato dele estava verde, concluíram que era melhor desistir.

Então Percy Jackson chegara.

Sim, Frank já havia visto garotos enfrentarem monstros antes. Ele mesmo enfrentara muitos em sua jornada desde Vancouver. Mas Frank nunca tinha visto górgonas. Nunca tinha visto uma deusa pessoalmente. E a maneira como Percy havia controlado o Pequeno Tibre... uau! Quem dera Frank tivesse poderes assim.

Ele ainda podia sentir as garras das górgonas cravando-se em seus braços e o cheiro de seu hálito de cobra — uma mistura de ratos mortos e veneno. Não fosse por Percy, aquelas bruxas grotescas o teriam levado embora. A essa altura ele seria um monte de ossos nos fundos de uma loja do Bargain Mart.

Após o incidente no rio, Reyna havia mandado Frank para o arsenal, o que lhe dera tempo de sobra para pensar. Enquanto polia espadas, ele lembrou-se de Juno advertindo-os para que desencadeassem a Morte.

Infelizmente, Frank tinha uma boa ideia do que a deusa queria dizer. Ele havia tentado esconder o choque quando Juno aparecera, mas a deusa era exatamente como sua avó descrevera — inclusive a capa de couro de cabra.

Há anos ela escolheu o caminho que você vai seguir, a avó lhe dissera. *E não será fácil.*

Frank olhou para seu arco no canto do arsenal. Ele se sentiria melhor se Apolo o reclamasse como filho. Frank tivera *certeza* de que seu pai divino se pronunciaria em seu décimo sexto aniversário, que havia sido duas semanas antes.

Dezesseis anos era um marco importante para os romanos. Fora o primeiro aniversário de Frank no acampamento. Mas nada havia acontecido. Agora ele esperava que seu pai o reclamasse no Festival de Fortuna, embora, pelo que Juno dissera, eles estariam envolvidos em uma batalha de vida ou morte no dia.

Seu pai *tinha* que ser Apolo. Arco e flecha era a única atividade em que Frank era bom. Muitos anos antes sua mãe lhe dissera que o sobrenome deles, *Zhang*, significava "mestre dos arcos" em chinês. Devia ser uma pista sobre seu pai.

Frank pôs de lado o pano que usava para polir. E olhou para o teto.

— Por favor, Apolo, se você é meu pai, me diga. Quero ser um arqueiro como você.

— Não, não quer — resmungou uma voz.

Frank deu um pulo na cadeira. Vitellius, o Lar da Quinta Coorte, tremeluzia atrás dele. Seu nome completo era Gaius Vitellius Reticulus, mas as outras coortes o chamavam de Vitellius, o Ridiculus.

— Hazel Levesque me mandou aqui para ver como você estava — disse Vitellius, ajeitando o cinto da espada. — Foi até bom. Olhe só o estado dessa armadura!

Vitellius não tinha o direito de reclamar do mau estado de nada. Sua toga era folgada, a túnica mal comportava a barriga, e a bainha da espada caía de seu cinto a cada três segundos, mas Frank não se deu o trabalho de apontar esses detalhes.

— Quanto aos arqueiros — disse o fantasma —, eles são uns fracotes! Na minha época, arco e flecha eram trabalho de bárbaros. Um bom romano devia estar no meio da luta, estripando o inimigo com a lança e a espada como um homem civilizado! Foi assim que fizemos nas Guerras Púnicas. Faça como os romanos, garoto!

Frank suspirou.

— Pensei que você fosse do exército de César.

— Eu era!

— Vitellius, César veio centenas de anos após as Guerras Púnicas. Você não poderia ter vivido tanto tempo assim.

— Você está questionando minha honra? — Vitellius parecia tão furioso que sua aura roxa reluzia. Ele sacou seu gládio espectral e gritou: — Tome isto!

E enfiou a espada, quase tão mortal quanto uma caneta *laser*, no peito de Frank algumas vezes.

— Ai — disse Frank, só por educação.

Vitellius pareceu satisfeito e guardou a espada.

— Talvez na próxima vez você pense duas vezes antes de duvidar dos mais velhos! Agora... você completou dezesseis anos recentemente, não foi?

Frank assentiu. Ele não tinha certeza de como Vitellius sabia disso, pois não contara a ninguém além de Hazel, mas os fantasmas tinham seus métodos de descobrir segredos. Espionar enquanto estavam invisíveis provavelmente era um deles.

— Então é por isso que você é um gladiador tão mal-humorado — disse o Lar. — É compreensível. Seu aniversário de dezesseis anos é o dia em que você se transforma em homem! Seu pai divino deveria tê-lo reclamado, sem dúvida, mesmo que fosse apenas com um pequeno sinal. Talvez ele tenha pensado que você é mais novo. Você parece mais novo, sabe, com esse rostinho rechonchudo de bebê.

— Obrigado por me lembrar — murmurou Frank.

— Sim, eu me lembro de meu aniversário de dezesseis anos — comentou Vitellius, feliz. — Um sinal maravilhoso! Uma galinha em minha cueca.

— Como é que é?

Vitellius inchou de orgulho.

— Isso mesmo! Eu estava no rio trocando de roupa para minha Liberália. O rito de passagem para a idade adulta, sabe. Fazíamos tudo do jeito certo naquela época. Eu havia tirado minha toga infantil e estava me lavando para vestir a de adulto. De repente, uma galinha totalmente branca apareceu do nada, correndo, pulou para dentro de minha tanga e fugiu com ela. Eu não estava usando a tanga naquele momento.

— Que bom! — disse Frank. — E, se me permite dizer, é informação demais.

— Hum. — Vitellius não o escutava. — Esse era o sinal de que eu descendia de Esculápio, o deus da medicina. Adotei meu sobrenome, o terceiro, Reticulus, porque ele quer dizer *roupa de baixo*, para me lembrar do dia abençoado em que uma galinha roubou minha tanga.

— Então... seu nome significa Sr. Cueca?

— Os deuses sejam louvados! Eu me tornei cirurgião na legião, e o restante é história. — Ele abriu bem os braços. — Não desista, garoto. Talvez seu pai esteja atrasado. A maioria dos sinais não é tão dramático como uma galinha, claro. Certa vez conheci um camarada cujo sinal foi um besouro...

— Obrigado, Vitellius — disse Frank. — Mas tenho que terminar de lustrar esta armadura...

— E o sangue da górgona?

Frank ficou paralisado. Ele não tinha falado daquilo com ninguém. Até onde sabia, apenas Percy o vira guardando os frascos no bolso quando estavam no rio, e eles não tinham tido chance de conversar ainda.

— Ora — repreendeu-o Vitellius. — Sou um curador. Conheço as lendas sobre sangue de górgona. Mostre-me os frascos.

Com relutância Frank apresentou os dois frascos de cerâmica que tinha recolhido do Pequeno Tibre. Despojos de guerra geralmente eram deixados para trás quando um monstro se dissolvia — às vezes um dente, uma arma, ou mesmo a cabeça inteira do monstro. Frank soubera imediatamente o que eram os dois frascos. Por tradição, eles pertenciam a Percy, que havia matado as górgonas, mas Frank não pôde deixar de pensar: E se eu pudesse usá-los?

— Sim. — Vitellius examinou os frascos, com ar de aprovação. — O sangue tirado do lado direito de uma górgona pode curar qualquer doença, até mesmo trazer os mortos de volta à vida. A deusa Minerva certa vez deu um frasco disso para meu divino antepassado, Esculápio. No entanto, o sangue retirado do lado esquerdo de uma górgona... morte instantânea. Então, qual é qual?

Frank olhou para os frascos.

— Não sei. Eles são idênticos.

— Ha! Mas você tem esperanças de que o frasco certo possa resolver seu problema com a madeira queimada, não é? Quem sabe quebrar a maldição?

Frank estava tão chocado que não conseguia falar.

— Ah, não se preocupe, garoto. — O fantasma deu uma risadinha. — Não vou contar para ninguém. Sou um Lar, um protetor da coorte! Eu não faria nada que o pusesse em perigo.

— Você atravessou meu peito com sua espada.

— Acredite em mim, garoto! Entendo sua situação, carregando a maldição daquele argonauta.

— Daquele... o quê?

Vitellius fez um gesto de indiferença com a mão, mostrando que ignorava a pergunta.

— Não seja modesto. Você tem raízes antigas. Tanto gregas quanto romanas. Não é de admirar que Juno... — Ele inclinou a cabeça, como se ouvisse uma voz vindo de cima. Seu rosto ficou paralisado. Toda a sua aura tremeluziu com um tom verde. — Mas eu já disse o bastante! De qualquer maneira, vou deixar que você resolva quem fica com o sangue da górgona. Suponho que o novato Percy Jackson também possa usá-lo, com seu problema de memória.

Frank ficou imaginando o que Vitellius estivera prestes a dizer e o que o deixara tão assustado, mas teve a sensação de que pela primeira vez Vitellius iria ficar de boca fechada.

Ele olhou para os dois frascos abaixo. Nem tinha lhe ocorrido que Percy poderia precisar deles. Sentiu-se culpado por ter pensado em usar o sangue para si mesmo.

— É. Claro. Ele deveria usá-lo.

— Ah, mas, se quiser meu conselho... — Vitellius lançou outro olhar nervoso para o alto. — Com relação a esse sangue de górgona, vocês dois deviam esperar. Se minhas fontes estiverem certas, vocês vão precisar dele em sua missão.

— Missão?

As portas do arsenal se abriram.

Reyna entrou às pressas com seus galgos de metal. Vitellius desapareceu. Ele podia gostar de galinhas, mas não gostava nem um pouco dos cães da pretora.

— Frank. — Reyna parecia preocupada. — Já chega com essa armadura. Vá procurar Hazel. Traga Percy Jackson para cá. Ele já ficou tempo demais lá em cima. Não quero que Octavian... — Ela hesitou. — Bem, traga Percy para cá.

Então, Frank subira correndo até a Colina dos Templos.

No caminho de volta, Percy fizera um monte de perguntas sobre o irmão de Hazel, Nico, mas Frank não tinha muitas informações.

— Ele é legal — disse Frank. — Não parece com Hazel...

— O que você quer dizer? — perguntou Percy.

— Ah, hum... — Frank tossiu. Ele quis dizer que Hazel era mais bonita e mais simpática, mas resolveu não falar isso. — Nico é meio misterioso. Ele deixa todos os outros nervosos, por ser filho de Plutão e tal.

— Mas você não?

Frank deu de ombros.

— Plutão é bacana. Não é culpa dele que precise governar o Mundo Inferior. Ele só teve azar quando os deuses dividiram o mundo, sabe? Júpiter ficou com o céu, Netuno com o mar e Plutão ficou com o poço.

— A Morte não assusta você?

Frank quase teve vontade de rir. *Nem um pouco! Tem um fósforo aí?*

Em vez disso, respondeu:

— Antigamente, tipo na época dos gregos, quando Plutão era chamado de Hades, ele estava mais para deus da morte. Quando se tornou romano, ficou mais... não sei, respeitável. Virou o deus da riqueza também. Tudo debaixo da terra pertence a ele. Então eu não o acho tão assustador.

Percy coçou a cabeça.

— Como um deus se *torna* romano? Se ele é grego, não continua a ser grego?

Frank deu alguns passos, pensando na pergunta. Vitellius teria feito uma palestra de uma hora sobre o assunto, provavelmente com uma apresentação no PowerPoint, mas Frank tentou explicar da melhor forma possível:

— Na visão dos romanos, eles adotaram o que era grego e aperfeiçoaram tudo.

Percy fez uma careta.

— Aperfeiçoaram? Como se houvesse algo errado?

Frank lembrou-se do que Vitellius dissera: *Você tem raízes antigas. Tanto gregas quanto romanas.* Sua avó havia falado algo semelhante.

— Eu não sei — admitiu. — Roma foi mais bem-sucedida que a Grécia. Eles construíram um império imenso. Os deuses ganharam importância na época dos romanos: mais poderosos e difundidos. É por isso que ainda estão presentes hoje em dia. Muitas civilizações se baseiam em Roma. Os deuses se tornaram romanos porque o centro do poder estava lá. Júpiter era... bem, mais responsável como deus romano do que havia sido quando era Zeus. Marte se tornou muito mais importante e disciplinado.

— E Juno virou uma mendiga hippie — observou Percy. — Então você está dizendo que os deuses gregos antigos... eles simplesmente viraram romanos de vez? Não resta nada dos gregos?

— Hã... — Frank olhou à volta para ter certeza de que não havia campistas ou Lares ali por perto, mas os portões principais ainda estavam a quase cem metros de distância. — Esse assunto é delicado. Algumas pessoas dizem que ainda existe influência grega, como se continuasse fazendo parte da personalidade dos deuses. Já ouvi histórias de alguns semideuses que deixam o Acampamento Júpiter. Eles rejeitam o treinamento romano e tentam seguir o antigo estilo grego... tipo agindo como heróis solitários em vez de trabalhar em equipe como a legião.

Além disso, nos velhos tempos, quando Roma caiu, a metade oriental do império sobreviveu... a metade grega.

Percy o fitou.

— Eu não sabia disso.

— Era chamada Bizâncio. — Frank gostava de dizer aquela palavra. Soava legal. — O império oriental durou mais mil anos, mas sempre foi mais grego que romano. Para aqueles de nós que seguem o modo romano, esse é um tema um tanto sensível. É por isso que, qualquer que seja o país em que nos estabelecemos, o Acampamento Júpiter fica sempre no oeste... a parte *romana* do território. O leste é considerado agourento.

— Hum.

Percy franziu a testa.

Frank não podia culpá-lo por ficar confuso. Essa história de gregos e romanos também lhe dava dor de cabeça.

Eles chegaram aos portões.

— Vou levá-lo às termas para que você se lave — informou Frank. — Mas primeiro... sobre aqueles frascos que encontrei no rio.

— Sangue de górgona — respondeu Percy. — Um dos frascos cura. O outro é um veneno mortal.

Frank arregalou os olhos.

— Você *sabe* disso? Ouça, eu não ia ficar com eles. Eu só...

— Eu sei por que você os pegou, Frank.

— Sabe?

— Sei. — Percy sorriu. — Se eu tivesse entrado no acampamento carregando um frasco de veneno, ia pegar mal. Você estava tentando me proteger.

— Ah... é. — Frank enxugou o suor da palma das mãos. — Mas, se pudéssemos descobrir qual frasco contém o quê, talvez curasse sua memória.

O sorriso de Percy se apagou. Ele olhou na direção das colinas.

— Talvez... eu acho. Mas você devia guardar os frascos por enquanto. Temos uma batalha pela frente. Talvez precisemos deles para salvar vidas.

Frank o encarou, um tanto admirado. Percy tinha uma chance de recuperar a memória e estava disposto a esperar para o caso de alguém precisar mais do frasco que ele? Os romanos supostamente eram altruístas e ajudavam seus companheiros, mas Frank não tinha certeza se alguma outra pessoa no acampamento teria feito essa escolha.

— Então você não se lembra de nada? — perguntou Frank. — Família, amigos?

Percy manuseou as contas de argila em seu pescoço.

— Apenas vislumbres. Imagens confusas. Uma namorada... Pensei que ela estaria no acampamento. — Ele lançou um olhar cuidadoso para Frank, como se tomasse uma decisão. — O nome dela era Annabeth. Você não a conhece, não é?

Frank sacudiu a cabeça.

— Conheço todo mundo no acampamento, não há nenhuma Annabeth. E quanto à sua família? Sua mãe é mortal?

— Acho que sim... Ela deve estar morrendo de preocupação. Você vê sua mãe com frequência?

Frank parou na entrada das termas e pegou umas toalhas no armário.

— Ela morreu.

Percy franziu as sobrancelhas.

— Como?

Normalmente Frank mentiria. Diria *um acidente* e poria fim à conversa. Caso contrário, suas emoções sairiam do controle. Ele não podia chorar no Acampamento Júpiter. Não podia mostrar fraqueza. Mas, com Percy, Frank tinha mais facilidade para falar.

— Ela morreu na guerra — disse ele. — Afeganistão.

— Ela era militar?

— Canadense. Sim.

— Canadá? Eu não sabia...

— A maioria dos americanos não sabe. — Frank suspirou. — Mas, sim, o Canadá tem tropas lá. Minha mãe era capitã. Foi uma das primeiras mulheres a morrer em combate. Salvou alguns soldados que estavam sob fogo inimigo. Ela... ela não conseguiu se salvar. O enterro foi pouco antes de eu vir para cá.

Percy assentiu. Não pediu mais detalhes, e Frank sentiu-se grato. Não falou que lamentava nem fez nenhum dos comentários bem-intencionados que Frank odiava: *Ah, coitado. Isso deve ser muito difícil para você. Meus pêsames.*

Era como se Percy já tivesse enfrentado a morte antes, como se soubesse o que era luto. O importante era ouvir. Não era necessário dizer que lamentava. Só o que ajudava era continuar — seguir em frente.

— Que tal você me mostrar as termas agora? — sugeriu Percy. — Estou imundo.

Frank conseguiu abrir um sorriso.

— É. Está mesmo.

Ao entrarem na sala de vapor, Frank pensava na avó, na mãe e em sua infância amaldiçoada graças a Juno e seu pedaço de lenha. Ele quase desejou que pudesse esquecer o passado, como acontecera com Percy.

X

FRANK

Frank não se lembrava muito bem do funeral propriamente dito. Mas se lembrava das horas que o antecederam — sua avó saindo no quintal e vendo-o disparar flechas em sua coleção de porcelana.

A casa de sua avó era uma mansão grande e desengonçada de pedra cinzenta em um terreno de cinco hectares em North Vancouver. O quintal dava direto no Lynn Canyon Park.

A manhã estava fria e chuviscava, mas Frank não sentia frio. Ele usava um terno de lã preto e um sobretudo também preto, que fora de seu avô. Frank ficara surpreso e chateado ao descobrir que cabiam nele perfeitamente. As roupas cheiravam a jasmim e naftalina. O tecido pinicava, mas era quente. Com seu arco e sua aljava, ele provavelmente parecia um mordomo muito perigoso.

Ele havia arrumado parte da porcelana da avó em um carrinho de puxar e o levara para o quintal, onde armou alvos em velhos mourões da cerca que contornava o terreno. Tinha passado tanto tempo atirando que os dedos começavam a perder a sensibilidade. A cada flecha, ele imaginava que estava abatendo seus problemas.

Atiradores de elite no Afeganistão. *Crash*. Um bule de chá explodiu atravessado por uma flecha no meio.

A medalha do sacrifício, um disco de prata preso a uma fita vermelha e preta, concedida por morte no cumprimento do dever, oferecida a Frank como se fosse algo muito importante, algo capaz de fazer com que tudo ficasse bem. *Clac*. Uma xícara saiu voando para o bosque.

O oficial que veio lhe dizer: "Sua mãe é uma heroína. A capitã Emily Zhang morreu tentando salvar seus companheiros." *Crec*. Uma travessa branca e azul se despedaçou.

A reprimenda de sua avó: *Homens não choram. Principalmente os Zhang. Você vai resistir, Fai.*

Ninguém além da avó o chamava de Fai.

Que tipo de nome é Frank?, ela costumava criticar. *Isso não é um nome chinês.*

Eu não sou chinês, Frank pensava, mas não se atrevia a dizer nada. Sua mãe o advertira anos antes: *Com sua avó, não tem discussão. Isso só fará você sofrer mais.* Ela estava certa. E agora Frank não tinha ninguém além da avó.

Tum. Uma quarta flecha atingiu o mourão da cerca e ficou presa, vibrando.

— Fai — disse a avó.

Frank virou-se.

Ela segurava um baú de mogno do tamanho de uma caixa de sapatos que Frank nunca havia visto. Com o vestido preto de gola alta e o severo coque grisalho, ela parecia uma professora do século XIX.

Ela examinou o massacre: sua porcelana no carrinho, os cacos de seus conjuntos de chá favoritos espalhados pelo gramado, as flechas de Frank cravadas no chão, nas árvores, nos mourões da cerca e na cabeça de um sorridente gnomo de jardim.

Frank pensou que ela fosse gritar ou bater nele com a caixa. Ele nunca fizera nada tão ruim assim antes. Nunca sentira tanta raiva.

O rosto da avó mostrava amargura e censura. Não se parecia em nada com a mãe de Frank. Ele se perguntou como sua mãe se tornara tão amável — sempre rindo, sempre gentil. Frank não conseguia imaginar a mãe crescendo com a avó dele, assim como não conseguia imaginá-la no campo de batalha — embora as duas situações provavelmente não fossem assim tão diferentes.

Ele esperou que a avó explodisse. Talvez ele ficasse de castigo e não tivesse que ir ao enterro. Ele queria magoá-la por ser tão má o tempo todo, por ter deixado sua mãe ir para a guerra, por repreendê-lo e mandá-lo superar a dor. Ela só se importava com sua coleção idiota.

— Pare com esse comportamento ridículo — ordenou a avó. Ela não parecia muito irritada. — Você está acima disso.

Para espanto de Frank, ela chutou para o lado uma de suas xícaras favoritas.

— O carro vai chegar logo — informou ela. — Precisamos conversar.

Frank estava aturdido. Olhou com mais atenção a caixa de mogno. Por um momento horrível, pensou que ali estivessem as cinzas de sua mãe, mas isso seria impossível. Sua avó lhe dissera que haveria um funeral militar. Então, por que ela segurava a caixa com tanto cuidado, como se seu conteúdo a afligisse?

— Vamos entrar — disse ela.

Sem esperar para ver se ele a seguiria, deu meia-volta e marchou para dentro da casa.

Na sala de visitas, Frank sentou-se em um sofá de veludo, cercado por fotos antigas da família, vasos de porcelana grandes demais para o carrinho dele e galhardetes vermelhos com ideogramas chineses cujo significado Frank desconhecia. Nunca tivera muito interesse em aprender. Também não conhecia a maior parte das pessoas nas fotografias.

Sempre que sua avó começava um discurso sobre seus ancestrais — como eles tinham vindo da China e prosperado no negócio de importação e exportação, tornando-se, com o tempo, uma das famílias chinesas mais ricas de Vancouver —, bem, ele ficava entediado. Frank era da quarta geração de canadenses da família. Não ligava para a China nem para todas essas antiguidades bolorentas. Os únicos caracteres chineses que reconhecia eram os do nome de sua família: Zhang. *Mestre dos arcos*. Isso era legal.

A avó sentou-se a seu lado, a postura rígida, as mãos dobradas sobre a caixa.

— Sua mãe queria que você ficasse com isto — disse, com relutância. — Ela guardou esta caixa desde que você era um bebê. Quando partiu para a guerra, confiou-a a mim. Mas agora ela se foi. E logo você também irá embora.

O estômago de Frank se agitou.

— Ir embora? Para onde?

— Eu estou velha — disse a avó, como se isso fosse um anúncio surpreendente. — Logo terei meu próprio encontro com a Morte. Não posso lhe ensinar as habilidades de que você precisará e não posso guardar este fardo. Se algo acontecesse a isto, eu jamais me perdoaria. Você morreria.

Frank não sabia se tinha escutado direito. Ela parecia estar dizendo que a vida dele dependia daquela caixa. Ele se perguntou por que nunca a tinha visto antes. A avó devia mantê-la trancada no sótão, o único cômodo que Frank era proibido de explorar. Ela sempre dizia que lá em cima ficavam guardados seus tesouros mais valiosos.

Ela entregou a caixa a Frank, que abriu a tampa com dedos trêmulos. Dentro, acomodado no forro de veludo, havia um aterrorizante, transformador, incrivelmente importante... pedaço de madeira.

Parecia um pedaço de madeira — duro e liso, esculpido em um formato ondulado. Era mais ou menos do tamanho de um controle remoto de tevê. A ponta estava queimada. Frank tocou aquela extremidade. Ainda estava quente. As cinzas deixaram uma mancha negra em seu dedo.

— É um toco de madeira — disse. Não conseguia entender por que sua avó estava tão tensa e séria com aquilo.

Os olhos dela brilhavam.

— Fai, você sabe algo sobre profecias? Sobre os deuses?

As perguntas o incomodaram. Frank pensou nas estátuas bobas douradas que a avó tinha de chineses imortais, nas superstições dela em relação ao posicionamento da mobília e aos números desfavoráveis que deviam ser evitados. Profecias faziam-no pensar em biscoitos da sorte, que sequer eram chineses — não de verdade —, mas na escola zombavam dele com coisas estúpidas como: *Confúcio diz...* e todas essas bobagens. Frank nunca fora à China. Não tinha nenhum interesse naquilo. Mas, naturalmente, a avó não queria ouvir isso.

— Um pouco, vó — respondeu ele. — Não muito.

— A maioria das pessoas teria ridicularizado a história de sua mãe — disse ela. — Mas eu não. Sei de profecias e deuses. Gregos, romanos, chineses... Eles se entrelaçam em nossa família. Então não duvidei do que ela me contou sobre seu pai.

— Espere aí... O quê?

— Seu pai era um deus — disse ela simplesmente.

Se sua avó tivesse senso de humor, Frank teria pensado que ela estava brincando. Mas ela nunca fazia piada. Será que ela estava ficando senil?

— Pare de me encarar com essa boca aberta! — reclamou ela. — Minha mente não está se deteriorando. Você nunca se perguntou por que seu pai nunca voltou?

— Ele era... — Frank hesitou. Perder a mãe já era doloroso demais. Ele não queria pensar no pai também. — Ele era do exército, como mamãe. Desaparecido em missão. No Iraque.

— *Nah!* Ele era um deus. Apaixonou-se por sua mãe porque ela era uma guerreira nata. Ela era como eu... forte, valente, boa, bonita.

Forte e valente, Frank podia acreditar. Imaginar a avó como boa ou bonita era mais difícil.

Ele ainda suspeitava que ela talvez estivesse perdendo o juízo, mas perguntou:

— Que tipo de deus?

— Romano. Não sei mais do que isso. Sua mãe não queria falar, ou talvez ela mesma não soubesse. Não é surpreendente que um deus se apaixonasse por ela, considerando nossa família. Ele devia saber que sua mãe tinha sangue antigo.

— Espere... Nós somos chineses. Por que deuses romanos iam querer namorar sino-canadenses?

As narinas da avó se dilataram.

— Se você se desse o trabalho de aprender a história da família, Fai, talvez soubesse. Roma e China não são tão diferentes nem tão separadas quanto você talvez acredite. Nossa família é da província Gansu, de uma cidade chamada Li-Jien. E antes disso... como eu disse, sangue antigo. O sangue de príncipes e heróis.

Frank ficou simplesmente olhando para a avó.

Ela suspirou, exasperada.

— Estou desperdiçando minhas palavras com este pequeno brutamontes! Você vai descobrir a verdade quando for para o acampamento. Talvez seu pai o reclame. Mas, por enquanto, preciso explicar este pedaço de lenha.

Ela apontou para a grande lareira de pedra.

— Pouco depois de você nascer, uma visitante apareceu ali dentro. Sua mãe e eu estávamos sentadas aqui no sofá, exatamente onde você e eu estamos agora.

Você era uma coisinha minúscula, enrolado em um cobertor azul, e ela o embalava nos braços.

Parecia uma doce lembrança, mas a avó falara em um tom amargo, como se soubesse, já naquele momento, que Frank acabaria se tornando um bobalhão grande e desajeitado.

— Uma mulher apareceu na lareira — prosseguiu ela. — Era branca, uma *gwai poh*, vestida em seda azul, com um manto estranho que parecia feito de pele de cabra.

— De cabra — disse Frank, entorpecido.

A avó o repreendeu.

— Sim, limpe os ouvidos, Fai Zhang! Estou velha demais para contar as histórias duas vezes! A mulher com a pele de cabra era uma deusa. Sempre reconheço esse tipo de situação. Ela sorriu para o bebê... para você... e disse à sua mãe, e em mandarim perfeito: "Ele fechará o círculo. Levará sua família de volta a suas raízes e lhes trará grande honra!"

A avó riu com desdém.

— Eu não discuto com deusas, mas talvez essa não visse o futuro com muita clareza. De qualquer modo, ela disse: "Ele irá para o acampamento e restaurará sua reputação ali. Libertará Tânatos de suas gélidas correntes..."

— Espere aí, quem?

— Tânatos — respondeu a avó, impaciente. — O nome grego para Morte. Agora posso continuar sem interrupções? A deusa disse: "O sangue de Pilos é forte nesta criança, por parte de mãe. Ele terá o dom da família Zhang, mas também terá os poderes de seu pai."

De repente, a história da família de Frank não parecia tão entediante. Ele queria desesperadamente perguntar o que tudo aquilo significava — poderes, dons, sangue de Pilos. O que era esse acampamento e quem era seu pai? Mas ele não queria interromper a avó de novo. Queria que ela continuasse falando.

— Todo poder tem seu preço, Fai — disse ela. — Antes de desaparecer, a deusa apontou para o fogo e disse: "Ele será o mais forte de seu clã, e o mais notável. Mas as Parcas decretaram que ele também será o mais vulnerável. Sua vida queimará intensa e brevemente. Assim que aquele pedaço de madeira for consumido, aquele toco à margem do fogo, seu filho está destinado a morrer."

Frank mal conseguia respirar. Ele olhou para a caixa em seu colo e a mancha de cinza em seu dedo. A história soava ridícula, mas de repente o pedaço de madeira parecia mais sinistro, frio e pesado.

— Este... este...

— Sim, meu brutamontes cabeçudo — disse a avó. — Este pedaço de madeira mesmo. A deusa desapareceu e eu o tirei do fogo imediatamente. Desde então nós o guardamos.

— Se ele queimar, eu morro?

— Não é assim tão estranho — disse a avó. — Romanos, chineses... O destino dos homens frequentemente pode ser previsto, e às vezes evitado, pelo menos por algum tempo. O pedaço de lenha agora está em seu poder. Mantenha-o com você. Enquanto ele estiver seguro, você estará seguro.

Frank sacudiu a cabeça. Ele queria protestar, dizer que isso era uma lenda estúpida. Talvez a avó estivesse tentando assustá-lo como vingança por ele ter quebrado sua porcelana.

Mas os olhos dela eram provocadores. Ela parecia estar desafiando Frank: *Se você não acredita, queime-o.*

Frank fechou a caixa.

— Se é tão perigoso, por que não embrulhar esta madeira em algo que não queime, como plástico ou aço? Por que não colocá-la em um cofre?

— O que aconteceria — perguntou a avó — se cobríssemos o pedaço de madeira com outra substância? Você também sufocaria? Eu não sei. Sua mãe não correria o risco. Ela não suportava a ideia de se separar dele, com medo de que algo desse errado. Bancos podem ser roubados. Edifícios podem pegar fogo. Acontecimentos estranhos conspiram quando se tenta enganar o destino. Sua mãe acreditava que a madeira só estaria segura consigo, até ela ir para a guerra. Então a deixou comigo.

A avó suspirou, desolada.

— Emily foi uma tola ao ir para a guerra, mas acho que eu sempre soube que era esse seu destino. Ela tinha esperança de reencontrar seu pai.

— Ela pensou... Ela pensou que ele estaria no Afeganistão?

A avó abriu as mãos, como se isso estivesse além de sua compreensão.

— Ela foi. Morreu bravamente. Pensou que o dom da família fosse protegê-la. Sem dúvida foi assim que ela salvou aqueles soldados. Mas o dom nunca protegeu nossa família. Não ajudou meu pai, nem o pai *dele*. Não me ajudou. E agora você se tornou um homem. Deve seguir o caminho.

— Mas... que caminho? Qual é nosso dom... Arco e flecha?

— Você e seu arco e flecha! Garoto ingênuo. Logo você vai descobrir. Hoje à noite, após o enterro, você deve ir para o sul. Sua mãe disse que, se ela não voltasse da guerra, Lupa enviaria mensageiros. Eles irão escoltá-lo para um lugar onde os filhos dos deuses podem ser treinados para seu destino.

Frank tinha a sensação de que estava sendo atingido por flechas, seu coração despedaçando-se em cacos de porcelana. Ele não entendeu a maior parte do que a avó dissera, mas uma coisa estava clara: ela o estava pondo para fora de casa.

— Você simplesmente vai me deixar partir? — perguntou ele. — Seu único parente?

A boca da avó estremeceu. Seus olhos pareciam úmidos. Frank ficou chocado ao perceber que ela estava à beira das lágrimas. Ela perdera o marido havia anos, depois a filha, e agora estava prestes a se afastar do único neto. No entanto, ela ergueu-se do sofá e empertigou-se, a postura rígida e correta de sempre.

— Quando chegar ao acampamento — instruiu ela —, você deve ter uma conversa em particular com a pretora. Diga-lhe que seu bisavô era Shen Lun. Já se passaram muitos anos desde o incidente em São Francisco. Espero que eles não matem você pelo que ele fez, mas talvez seja bom pedir perdão pelos atos dele.

— Está ficando cada vez melhor — murmurou Frank.

— A deusa disse que você fechará o círculo para nossa família. — A voz da avó não tinha o menor traço de compaixão. — Ela escolheu seu caminho há muitos anos, e não será fácil. Mas agora é hora do enterro. Temos obrigações. Venha. O carro deve estar esperando.

A cerimônia era um borrão: rostos solenes, o tamborilar da chuva no toldo junto ao túmulo, a salva de tiros da guarda de honra, o caixão mergulhando na terra.

Naquela noite, os lobos vieram e uivaram na varanda da frente. Frank saiu para ir ao encontro deles. Pegou a mala de viagem, com suas roupas mais quentes, o arco e a aljava. A medalha de sacrifício da mãe estava enfiada ali também. O pedaço de madeira chamuscado estava embrulhado cuidadosamente em três camadas de tecido no bolso de seu casaco, perto do coração.

Sua jornada para o sul começou — para a Casa dos Lobos em Sonoma, depois para o Acampamento Júpiter, onde ele teve uma conversa em particular com Reyna, como sua avó instruíra. Pediu perdão pelo bisavô, de quem ele nada sabia. Reyna permitiu que Frank se juntasse à legião. Ela nunca lhe disse o que seu bisavô fizera, mas obviamente ela sabia. Frank podia ver que era algo ruim.

— Eu julgo as pessoas pelos próprios méritos — dissera Reyna. — Mas não mencione o nome Shen Lun para mais ninguém. Esse deve ser um segredo nosso, caso contrário você será maltratado.

Infelizmente, Frank não tinha muitos méritos. Passou seu primeiro mês no acampamento derrubando pilhas de armas, quebrando bigas e fazendo coortes inteiras tropeçarem durante marchas. Seu trabalho favorito era cuidar de Aníbal, o elefante, mas até isso ele conseguira estragar, fazendo o animal ter indigestão ao lhe dar amendoins. Quem diria que elefantes podem ter intolerância a amendoim? Frank achava que Reyna já estava arrependida de ter decidido aceitá-lo.

Todos os dias ele acordava se perguntando se, de alguma forma, o pedaço de madeira iria pegar fogo e queimar, pondo fim à sua existência.

Tudo isso passou pela cabeça de Frank quando ele se dirigia com Hazel e Percy para os jogos de guerra. Ele pensou no graveto embrulhado no bolso de seu casaco e no que significava o fato de Juno ter aparecido no acampamento. Será que ele estava prestes a morrer? Esperava que não. Ainda não trouxera nenhuma honra à sua família — com certeza. Talvez Apolo o reclamasse hoje e explicasse seus poderes e dons.

Assim que saiu do acampamento, a Quinta Coorte formou duas fileiras atrás de seus centuriões, Dakota e Gwen. Então marchou para o norte, contornando a cidade, e seguiu para o Campo de Marte, a parte mais ampla e plana do vale. O gramado estava baixo, aparado por todos os unicórnios, touros e faunos sem-teto que pastavam ali. A terra era cheia de crateras resultantes de explosões e de trincheiras cavadas em jogos anteriores. Na extremidade norte do campo estava o alvo da coorte. Os engenheiros haviam construído uma fortaleza de pedra com uma porta levadiça de ferro, torres de vigilância, balistas do tipo escorpião, canhões de água e, sem dúvida, muitas outras surpresas desagradáveis para uso dos defensores.

— Fizeram um bom trabalho hoje — observou Hazel. — Isso é ruim para nós.

— Espere — disse Percy. — Você está me dizendo que aquela fortaleza foi construída *hoje*?

Hazel sorriu.

— Os legionários são treinados para construir. Se fosse preciso, poderíamos desmontar o acampamento inteiro e reconstruí-lo em outro lugar. Levaria três ou quatro dias, mas poderíamos fazer isso.

— Acho melhor não — disse Percy. — Então vocês atacam um forte diferente todas as noites?

— Todas as noites, não — respondeu Frank. — Temos diversos exercícios de treinamento. Às vezes é *deathball*... hum, que é uma espécie de *paintball*, só que... com veneno, ácido e bolas de fogo. Às vezes fazemos competições de bigas e gladiadores, às vezes jogos de guerra.

Hazel apontou para o forte.

— Em algum lugar lá dentro a Primeira e a Segunda Coortes estão com seus estandartes. Nossa missão é entrar e capturá-los sem sermos massacrados. Se fizermos isso, ganhamos.

Os olhos de Percy se iluminaram.

— É como a captura da bandeira. Acho que gosto desse jogo.

Frank riu.

— É, bem... é mais difícil do que parece. Precisamos passar por aquelas balistas e canhões de água nas muralhas, invadir a fortaleza, encontrar os estandartes e derrotar os guardas, tudo isso enquanto protegemos nossos próprios estandartes e tropas. E *nossa* coorte está competindo com as outras duas atacantes. Nós meio que trabalhamos juntos, mas não totalmente. A coorte que captura os estandartes fica com toda a glória.

Percy tropeçou, tentando acompanhar o ritmo de marcha esquerda-direita. Frank compreendeu. Ele havia passado as duas primeiras semanas levando tombos.

— E por que mesmo praticamos isso? — perguntou Percy. — Vocês passam muito tempo sitiando cidades fortificadas?

— Trabalho de equipe — respondeu Hazel. — Raciocínio rápido. Tática. Habilidades de batalha. Você ficaria surpreso com o que se pode aprender nos jogos de guerra.

— Como quem vai apunhalar você pelas costas — afirmou Frank.

— Principalmente isso — concordou Hazel.

Eles marcharam para o centro do Campo de Marte e formaram fileiras. A Terceira e a Quarta Coortes haviam se reunido o mais longe possível da Quinta. Os centuriões do lado atacante se juntaram para uma conferência. No céu, Reyna circulava em seu pégaso, Cipião, pronta para desempenhar o papel de árbitro. Algumas águias gigantes voavam em formação atrás dela, preparadas para realizar remoções aéreas de feridos se necessário. A única pessoa a não participar dos jogos era Nico di Angelo, o "embaixador de Plutão", que subira em uma torre de observação a cerca de cem metros do forte e assistiria a tudo de binóculo.

Frank apoiou seu pilo no escudo e verificou a armadura de Percy. Todas as correias estavam corretas. Todas as peças da armadura estavam devidamente ajustadas.

— Você fez tudo certo — disse ele, surpreso. — Percy, você deve ter participado de jogos de guerra antes.

— Não sei. Talvez.

O único item que não fazia parte do padrão era a reluzente espada de bronze de Percy — não era ouro imperial, nem era um gládio. A lâmina tinha formato de folha e a inscrição no punho era em grego. Frank sentiu-se pouco à vontade ao olhar para ela.

Percy franziu a testa.

— *Podemos* usar armas de verdade, não é?

— Sim — concordou Frank. — Claro. Só que eu nunca vi uma espada como essa.

— E se eu machucar alguém?

— Nós curamos a pessoa — disse Frank. — Ou tentamos. Os médicos da legião são muito bons com ambrosia, néctar e purgante de unicórnio.

— Ninguém morre — afirmou Hazel. — Bem, não normalmente. E, se alguém morrer...

Frank imitou a voz de Vitellius:

— É porque é um fracote! Nos velhos tempos, morríamos o tempo todo, e gostávamos!

Hazel riu.

— Apenas fique conosco, Percy. Provavelmente vamos receber a pior tarefa e acabaremos eliminados no começo. Eles vão nos mandar para as muralhas na frente, para amaciarmos as defesas. Depois a Terceira e a Quarta Coortes avançarão e ficarão com as honras *se* conseguirem invadir o forte.

Cornetas soaram. Dakota e Gwen voltaram da conferência dos oficiais com uma expressão sombria.

— Muito bem, o plano é o seguinte! — Dakota tomou um gole do Tang em seu cantil. — Eles vão nos mandar para as muralhas na frente, para amaciar as defesas.

Toda a coorte gemeu.

— Eu sei, eu sei — disse Gwen. — Mas quem sabe desta vez não damos sorte?

Ser otimista era com Gwen mesmo. Todo mundo gostava da centuriã porque ela cuidava de seu pessoal e tentava manter o moral elevado. Ela conseguia controlar até Dakota durante os ataques de hiperatividade pós-suco dele. Ainda assim, os campistas resmungaram e se queixaram. Ninguém acreditava em sorte para a Quinta.

— Primeira fileira com Dakota — comandou Gwen. — Travem os escudos e avancem em formação de tartaruga para os portões principais. Tentem permanecer inteiros. Atraiam o fogo deles. Segunda fileira... — Gwen voltou-se para a de Frank sem muito entusiasmo. — Os dezessete a partir de Bobby, assumam o elefante e as escadas de assalto. Tentem flanqueá-los pela muralha oeste. Talvez possamos dispersar a defesa. Frank, Hazel, Percy... Bem, façam qualquer coisa. Mostrem as cordas a Percy. Tentem mantê-lo vivo. — Ela voltou-se para a coorte inteira: — Se alguém transpuser a muralha primeiro, vou garantir que a pessoa receba a Coroa Mural. Vitória para a Quinta!

A coorte deu vivas desanimados e saiu de formação.

Percy franziu a testa.

— "Façam qualquer coisa"?

— É. — Hazel suspirou. — Grande voto de confiança.

— O que é a Coroa Mural? — perguntou ele.

— Medalha militar — respondeu Frank. Ele tinha sido obrigado a decorar todos os prêmios possíveis. — Uma grande honra para o primeiro soldado a invadir um forte inimigo. Você vai perceber que ninguém na Quinta tem uma. Em geral nem conseguimos entrar no forte, pois ficamos pelo caminho queimando, nos afogando ou...

Sua voz falhou, e ele olhou para Percy.

— Canhões de água.

— O quê? — perguntou Percy.

— Os canhões nas muralhas — disse Frank —, eles recebem água do aqueduto. Há um sistema de bombeamento... poxa, não sei como funcionam, mas a água tem muita pressão. Se você pudesse controlá-los como controlou o rio...

— Frank! — Hazel sorriu, radiante. — Isso é genial!

Percy não parecia tão confiante.

— Não sei como fiz aquilo no rio. Não sei se posso controlar os canhões a essa distância.

— Vamos levar você até mais perto. — Frank apontou para a muralha leste do forte, onde a Quinta Coorte não atacaria. — É lá que a defesa vai estar mais fraca. Eles nunca vão levar três pessoas a sério. Acho que podemos nos aproximar bastante antes que nos vejam.

— Como vamos nos aproximar? — perguntou Percy.

Frank voltou-se para Hazel.

— Pode fazer aquilo de novo?

Ela deu um soco no peito dele.

— Você disse que não contaria para ninguém!

Imediatamente Frank sentiu-se péssimo. Ficara tão entusiasmado com a ideia...

— Deixe para lá — murmurou Hazel baixinho. — Está tudo bem. Percy, ele está falando das trincheiras. O Campo de Marte é repleto de túneis, criados ao longo dos anos. Alguns ruíram ou são bastante profundos, mas muitos ainda são aproveitáveis. Sou boa em encontrá-los e usá-los. Posso até fazê-los ruir se for preciso.

— Como você fez com as górgonas — disse Percy —, para atrasá-las.

Frank assentiu, aprovando.

— Eu falei que Plutão era legal. Ele é o deus de tudo que está debaixo da terra. Hazel pode encontrar cavernas, túneis, alçapões...

— E esse era *nosso* segredo — resmungou ela.

Frank sentiu o rosto corar.

— É, desculpe. Mas se pudermos nos aproximar...

— E se eu puder inutilizar os canhões de água... — Percy assentiu, como se estivesse se animando com a ideia. — O que fazemos então?

Frank verificou sua aljava. Ele sempre se abastecia com flechas especiais. Nunca chegara a usá-las antes, mas talvez este fosse o momento. Talvez ele finalmente conseguisse fazer algo bom o bastante para chamar a atenção de Apolo.

— O restante é comigo — disse ele. — Vamos lá.

XI

FRANK

Frank nunca tivera tanta certeza de algo, e isso o deixava nervoso. Nada que ele planejava dava certo. Ele sempre conseguia quebrar, arruinar, queimar, derrubar ou sentar-se em cima de algo importante. Mas ele *sabia* que essa estratégia funcionaria.

Hazel não teve dificuldade em encontrar um túnel para eles. Na verdade, Frank tinha uma leve suspeita de que ela não só *encontrava* túneis. Era como se os túneis se formassem para atender às necessidades dela. Passagens obstruídas anos antes de repente se abriam, mudando de direção para levar Hazel aonde ela queria ir.

Eles seguiram devagar, guiando-se pela luz de Contracorrente, a espada reluzente de Percy. Na superfície, ouviam-se os sons da batalha: garotos gritando, o elefante Aníbal berrando de alegria, dardos explodindo e canhões de água disparando. O túnel estremeceu e um pouco de terra caiu sobre eles.

Frank deslizou a mão para dentro da armadura. O pedaço de madeira ainda estava em segurança no bolso de seu casaco, embora um disparo certeiro de uma balista pudesse atear fogo a essa sua boia salva-vidas...

Não, Frank, repreendeu-se ele. *Fogo* é uma palavra proibida. Não pense nela.

— Tem uma abertura logo à frente — anunciou Hazel. — Vamos sair a três metros da muralha leste.

— Como você sabe? — perguntou Percy.

— Nem imagino — disse ela. — Mas tenho certeza.

— Podemos fazer um túnel por baixo da muralha? — perguntou Frank.

— Não — respondeu Hazel. — Os engenheiros foram espertos. Construíram as muralhas sobre fundações antigas que descem até o leito rochoso. E não me pergunte como sei disso. Eu apenas sei.

Frank tropeçou em algo e praguejou. Percy aproximou a espada para iluminar melhor. Era um objeto prateado reluzente.

Ele se abaixou.

— Não toque nisso! — disse Hazel.

A mão de Frank parou a alguns centímetros do pedaço de metal. Parecia um bombom gigante, do tamanho do pulso dele.

— É enorme — disse ele. — Prata?

— Platina. — Hazel parecia apavorada. — Vai desaparecer em um segundo. Por favor, não toque. É perigoso.

Frank não compreendia como um pedaço de metal podia ser perigoso, mas levou Hazel a sério. Enquanto observavam, a massa de platina afundou no chão.

Ele fitou Hazel.

— Como você sabia?

À luz da espada de Percy, Hazel parecia tão fantasmagórica quanto um Lar.

— Depois eu explico — prometeu ela.

Outra explosão fez o túnel estremecer, mas eles seguiram em frente.

Saíram de um buraco justamente onde Hazel havia previsto. Diante deles erguia-se a muralha leste do forte. À esquerda, Frank podia ver a fileira principal da Quinta Coorte avançando em formação de tartaruga, criando uma concha com os escudos sobre a cabeça e o corpo deles. Tentavam chegar aos portões principais, mas os defensores em cima da muralha os bombardeavam com pedras e disparavam dardos flamejantes com as balistas, abrindo crateras aos pés deles. Um canhão de água soltou uma descarga com um *THRUM* de fazer tremer o queixo, e um jato cavou uma fenda na terra bem diante da coorte.

Percy assoviou.

— É muita pressão mesmo.

A Terceira e a Quarta Coortes não estavam nem avançando. Eles ficaram para trás e riam, observando seus "aliados" levarem uma surra. Os defensores se agruparam na muralha acima dos portões, gritando insultos para a formação em tartaruga que cambaleava para a frente e para trás. Os jogos de guerra haviam se tornado um "acabe com a Quinta".

A visão de Frank ficou vermelha de raiva.

— Vamos dar uma sacudida nas coisas.

Ele levou a mão à aljava e puxou uma flecha mais pesada que as outras. A ponta de ferro tinha o formato cônico de um nariz de foguete. Uma corda de ouro ultrafina estava presa junto às penas. Para dispará-la com precisão muralha acima seria preciso mais força e habilidade do que a maioria dos arqueiros tinha, mas Frank contava com braços fortes e boa pontaria.

Talvez Apolo esteja assistindo, ele pensou, esperançoso.

— O que isso faz? — perguntou Percy. — É um gancho?

— É chamado de flecha hidra — explicou Frank. — Você consegue inutilizar os canhões de água?

Um defensor surgiu na muralha acima deles.

— Ei! — gritou ele para os companheiros. — Olhem só! Mais vítimas!

— Percy — disse Frank —, agora seria bom.

Mais garotos vieram aos parapeitos da fortaleza para rir deles. Alguns correram até o canhão de água mais próximo e giraram o cano na direção de Frank.

Percy fechou os olhos e ergueu a mão.

No alto da muralha alguém gritou:

— Abram bem, manés!

CA-BUM!

O canhão explodiu em uma confusão de azul, verde e branco. Os defensores gritaram quando uma onda molhada de choque os lançou contra os parapeitos. Garotos despencaram das muralhas, mas foram apanhados por águias gigantes e levados para um lugar seguro. Então a muralha leste inteira estremeceu quando a explosão se espalhou pelos canos. Um após outro, os canhões de água nos parapeitos explodiram. O fogo nas balistas foi apagado. Defensores dispersaram-se no meio da confusão ou foram atirados ao ar, dando um baita trabalho às águias de resgate. Nos portões principais, a Quinta Coorte esqueceu a formação. Aturdidos, baixaram os escudos e ficaram olhando o caos.

Frank disparou sua flecha. Ela subiu como um raio, levando a corda cintilante. Quando chegou ao topo, a ponta de metal se dividiu em uma dúzia de linhas que se enroscaram no que encontraram pela frente — partes da muralha, uma balista, um canhão de água quebrado e uns dois campistas defensores, que gritaram ao se verem puxados contra o parapeito e presos como ganchos. Da corda principal suportes dispostos a intervalos de sessenta centímetros formavam uma escada.

— Vá! — disse Frank.

Percy sorriu.

— Você primeiro, Frank. Esta festa é sua.

Frank hesitou. Então pendurou o arco nas costas e começou a subir. Estava na metade do caminho quando os defensores se recuperaram o bastante para fazer soar o alarme.

Frank olhou para trás, para o grupo principal da Quinta Coorte. Eles o fitavam atônitos.

— Então? — gritou Frank. — Ataquem!

Gwen foi a primeira a se mexer. Ela sorriu e repetiu a ordem. Um grito soou no campo de batalha. Aníbal, o elefante, berrou de alegria, mas Frank não podia se dar ao luxo de ficar assistindo. Ele escalou até o topo da muralha, onde três defensores tentavam cortar sua escada de corda.

Uma coisa boa de ser grande, desajeitado e coberto de metal: Frank era como uma bola de boliche fortemente blindada. Ele se lançou contra os defensores, que tombaram como pinos. Frank se pôs de pé e assumiu o comando no parapeito, agitando seu pilo de um lado para o outro e derrubando defensores. Alguns disparavam flechas. Outros tentavam acertá-lo com a espada, mas Frank se sentia invencível. Então Hazel surgiu a seu lado, brandindo sua grande espada de cavalaria como se tivesse nascido para a batalha.

Percy saltou para a muralha e ergueu Contracorrente.

— Legal — disse ele.

Juntos, eles eliminaram os defensores das muralhas. Abaixo deles os portões se romperam. Aníbal entrou à toda no forte, flechas e pedras ricocheteando inutilmente em sua armadura de Kevlar.

A Quinta Coorte veio atrás do elefante, e a batalha passou a ser travada mão a mão.

Finalmente, da periferia do Campo de Marte um grito de guerra se elevou. A Terceira e a Quarta Coortes correram para se juntar à luta.

— Um pouquinho tarde — grunhiu Hazel.

— Não podemos deixá-los pegar os estandartes — disse Frank.

— Não — concordou Percy. — Eles são nossos.

Não foi necessário falar mais nada. Os três se moviam como uma equipe, como se trabalhassem juntos havia anos. Desceram correndo os degraus internos e entraram na base do inimigo.

XII

FRANK

Depois disso, a batalha virou um caos.

Frank, Percy e Hazel atravessaram as linhas inimigas derrubando quem estivesse no caminho. A Primeira e a Segunda Coortes — orgulhos do Acampamento Júpiter, máquinas de guerra eficientes e extremamente disciplinadas — sucumbiram ao ataque e à absoluta surpresa de serem o lado perdedor.

Parte do problema deles era Percy. Ele lutava como um demônio, rodopiando em meio às fileiras de defensores de um jeito nada convencional, girando sob seus pés, desferindo golpes em arco com a espada em vez de apunhalá-los à moda dos romanos, batendo nos campistas com a parte plana da lâmina e, de modo geral, causando pânico em massa. Octavian dava gritos esganiçados — talvez ordenando que a Primeira Coorte resistisse, talvez tentando cantar feito soprano —, mas Percy pôs um fim a isso. Deu um salto mortal por cima de uma fila de escudos e acertou o cabo da espada no elmo do centurião, que desmoronou tal qual um fantoche de meia.

Frank disparou flechas até esvaziar a aljava, utilizando projéteis de ponta arredondada que não matavam, mas deixavam sérios hematomas. Ele quebrou o pilo na cabeça de um defensor, e então, com relutância, desembainhou o gládio.

Enquanto isso, Hazel montou em Aníbal e avançou para o centro do forte, sorrindo para os amigos.

— Vamos, seus molengas!

Pelos deuses do Olimpo, ela é linda, Frank pensou.

Eles correram para o centro da base. O torreão interno estava praticamente desprotegido. Era óbvio que os defensores jamais imaginaram que qualquer ataque chegaria tão longe. Aníbal arrebentou os portões gigantescos. Lá dentro, os protetores dos estandartes da Primeira e da Segunda Coortes estavam sentados a uma mesa jogando Mitomagia com cartas e estatuetas. Os estandartes encontravam-se escorados negligentemente em uma das paredes.

Hazel e Aníbal invadiram o cômodo, e os protetores dos estandartes caíram das cadeiras. O elefante pisou na mesa, e as peças do jogo se espalharam.

Quando o restante da coorte os alcançou, Percy e Frank já haviam desarmado os inimigos, pego os estandartes e subido no lombo de Aníbal, reunindo-se a Hazel. Eles saíram do torreão em marcha, triunfantes, ostentando as cores do inimigo.

A Quinta Coorte formou fileiras em volta deles. Juntos, deixaram o forte em um desfile, passando por inimigos aturdidos e filas de aliados igualmente perplexos.

Reyna voava baixo em círculos com seu pégaso acima deles.

— O jogo tem um vencedor! — falou ela, e soava como se estivesse tentando conter o riso. — Reúnam-se para receber as honras!

Aos poucos, os campistas se reorganizaram no Campo de Marte. Frank viu vários ferimentos leves — algumas queimaduras, ossos quebrados, olhos roxos, arranhões e cortes, além de muitos penteados interessantes criados por fogo e jatos dos canhões de água —, mas nada que não pudesse ser remediado.

Ele desceu do elefante. Seus companheiros o cercaram, dando tapinhas em suas costas e elogiando-o. Frank se perguntou se estaria sonhando. Era a melhor noite de sua vida — até ele avistar Gwen.

— Socorro! — alguém gritou.

Dois campistas saíram correndo da fortaleza, carregando uma garota em uma maca. Eles a colocaram no chão, e outras pessoas começaram a correr até eles. Mesmo a distância, Frank pôde ver que era Gwen. Ela parecia mal. Estava deitada de lado na maca com um pilo cravado em sua armadura — quase como se o estivesse segurando entre o tórax e o braço, mas havia sangue demais.

Frank balançou a cabeça, incrédulo.

— Não, não, não... — murmurava enquanto corria até ela.

Os paramédicos gritaram para que todos se afastassem e a deixassem respirar. A legião inteira ficou em silêncio enquanto os curadores trabalhavam, tentando aplicar gaze e pó de chifre de unicórnio sob a armadura de Gwen para estancar a hemorragia, tentando fazê-la beber um pouco de néctar. Gwen não se mexia. Seu rosto estava cinzento.

Enfim, um dos paramédicos olhou para Reyna e sacudiu a cabeça.

Por um momento não se ouvia ruído algum além do barulho da água dos canhões destruídos escorrendo pelas muralhas do forte. Aníbal acariciou os cabelos de Gwen com a tromba.

De seu pégaso, Reyna inspecionou os campistas. A expressão em seu rosto era tão dura e sombria quanto ferro.

— Será feita uma investigação. Quem quer que tenha feito isso privou a legião de uma oficial de valor. Uma morte honrosa é uma coisa, mas *isso*...

Frank não sabia o que ela queria dizer com aquilo. Então reparou que havia uma gravação na haste de madeira do *pilum*: CRT I LEGIO XII F. A arma pertencia à Primeira Coorte, e a ponta se projetava da frente da armadura. Gwen fora atingida por trás — possivelmente *depois* de o jogo ter terminado.

Frank correu os olhos pela multidão à procura de Octavian. O centurião assistia à cena com mais interesse que preocupação, como se estivesse examinando um de seus ursos de pelúcia idiotas eviscerados. Ele não tinha nenhum pilo nas mãos.

Frank sentiu o sangue ferver. Teve vontade de estrangular Octavian, mas naquele exato instante Gwen arquejou.

Todo mundo deu um passo atrás. Gwen abriu os olhos. A cor voltou a seu rosto.

— O q-que foi? — Ela piscou. — O que todo mundo está olhando?

Gwen parecia não ter percebido o arpão de dois metros de comprimento enfiado em seu tórax.

Atrás de Frank um paramédico murmurou:

— Não pode ser. Ela estava morta. Ela *tem* que estar morta.

Gwen tentou se sentar, mas não conseguiu.

— Havia um rio, e um homem pedindo... uma moeda? Eu me virei e vi que a porta da saída estava aberta. Então simplesmente... saí. Não entendo. O que aconteceu?

Todos a encaravam, horrorizados. Ninguém tentou ajudá-la.

— Gwen. — Frank ajoelhou-se ao lado dela. — Não tente se levantar. Só fique de olhos fechados por um instante, está bem?

— Por quê? O que...

— Confie em mim.

Gwen fez o que ele pediu.

Frank segurou o cabo do pilo logo abaixo da ponta, mas suas mãos tremiam. A madeira estava escorregadia.

— Percy, Hazel, me ajudem.

Um dos paramédicos se deu conta do que ele pretendia fazer.

— Não! — gritou. — Você pode...

— O quê? — vociferou Hazel. — Piorar as coisas?

Frank respirou fundo.

— Segurem bem firme. Um, dois, três!

Ele retirou o pilo pela frente. Gwen nem fez careta. O sangue estancou rapidamente.

Hazel abaixou-se para examinar o ferimento.

— Está cicatrizando sozinho — ela falou. — Não sei como, mas...

— Estou me sentindo ótima — protestou Gwen. — Por que todo mundo está tão preocupado?

Com o auxílio de Frank e de Percy, ela se pôs de pé. Frank lançou um olhar furioso para Octavian, mas o rosto do centurião era uma máscara de apreensão diplomática.

Depois, pensou Frank. *Vou cuidar dele depois*.

— Gwen — disse Hazel, delicadamente —, não existe um jeito fácil de dizer isto. Você estava morta. De alguma forma, você voltou.

— Eu... o quê? — Ela cambaleou e se apoiou em Frank. Sua mão comprimiu o buraco irregular na armadura. — Como... como?

— Boa pergunta. — Reyna virou-se para Nico, que assistia a tudo com uma expressão sombria na margem da aglomeração. — Este é algum poder de Plutão?

Nico fez que não com a cabeça.

— Plutão nunca permite que os mortos voltem à vida.

Ele olhou de relance para Hazel, como que a advertindo a ficar calada. Frank se perguntou por que ele havia feito isso, mas não teve tempo de pensar no assunto.

Uma voz estrondosa fez-se ouvir pelo campo: *A Morte está perdendo sua força. Isso é apenas o começo.*

Os campistas sacaram as armas. Aníbal bramiu, nervoso. Cipião empinou-se, quase derrubando Reyna.

— Eu conheço essa voz — disse Percy. Ele não parecia muito feliz.

Do meio da legião uma coluna de fogo disparou para o céu. O calor chamuscou os cílios de Frank. Os campistas encharcados pelos canhões perceberam que a água de suas roupas evaporara instantaneamente. Todos recuaram quando um soldado enorme surgiu do meio da explosão.

Frank não possuía muito cabelo, mas o que *tinha* se arrepiou. O soldado tinha três metros de altura e usava um uniforme das Forças Canadenses para camuflagem no deserto. Ele irradiava confiança e poder. Os cabelos negros tinham um corte reto, como o de Frank. Seu rosto era anguloso e cruel, marcado por antigas cicatrizes de ferimentos a faca. Os olhos estavam escondidos por trás de óculos de visão infravermelha que brilhavam por dentro. Usava um cinto com uma arma no coldre, uma bainha de faca e várias granadas. Em suas mãos um fuzil M16 gigantesco.

O pior de tudo foi que Frank se sentiu *atraído* até ele. Enquanto todo mundo se afastava, Frank avançou. Ele percebeu que o soldado o obrigava a se aproximar, mesmo sem dizer nada.

Frank estava desesperado para fugir e se esconder, mas não conseguiu. Deu mais três passos. E então se abaixou apoiando-se em um dos joelhos.

Os demais campistas seguiram o exemplo e se ajoelharam. Até Reyna desmontou do pégaso.

— Muito bem — disse o soldado. — Ajoelhar é bom. Faz muito tempo que não visito o Acampamento Júpiter.

Frank reparou que uma pessoa não estava ajoelhada. Percy Jackson, com a espada ainda em punho, lançava um olhar furioso ao soldado gigante.

— Você é Ares — disse Percy. — O que quer?

Duzentos campistas mais um elefante tiveram um sobressalto ao mesmo tempo. Frank quis dizer algo que livrasse a barra de Percy e aplacasse a ira do deus, mas não soube o que falar. Tinha medo de que o deus da guerra fosse explodir seu novo amigo pelos ares com aquele megafuzil M16.

Em vez disso, o deus mostrou dentes brilhantes de tão brancos.

— Você tem fibra, semideus — disse. — Ares é minha forma grega. Mas para estes seguidores, para os filhos de Roma, sou Marte, patrono do império, pai divino de Rômulo e Remo.

— Nós já nos conhecemos — falou Percy. — Nós... nós lutamos...

O deus coçou o queixo, como se tentasse se lembrar.

— Eu luto com muitas pessoas. Mas posso garantir que você nunca me enfrentou como Marte. Se tivesse lutado, você estaria morto. Agora, ajoelhe-se, como convém a um filho de Roma, antes que eu perca a paciência.

O chão ferveu sob um círculo de fogo ao redor dos pés de Marte.

— Percy — chamou Frank. — Por favor.

Estava evidente que Percy não gostava daquilo, mas se ajoelhou também.

Marte olhou para a multidão.

— Romanos, prestem atenção!

Ele riu — uma gargalhada estrondosa, tão contagiante que quase fez Frank sorrir, embora ele continuasse tremendo de medo.

— Sempre quis dizer essa frase. Venho do Olimpo com um recado. Júpiter não gosta que falemos diretamente com mortais, ainda mais nos dias de hoje, mas abriu uma exceção, porque vocês romanos sempre foram um povo especial para mim. Só me foi permitido falar por alguns minutos, então ouçam com atenção.

Ele apontou para Gwen.

— Essa aí deveria estar morta, mas não está. Os monstros que vocês combatem não voltam mais ao Tártaro quando são abatidos. Alguns humanos que morreram há muito tempo caminham de novo pela Terra.

Era imaginação de Frank ou o deus lançou um olhar irritado para Nico di Angelo?

— Tânatos foi acorrentado — anunciou Marte. — As Portas da Morte foram arrombadas, e não há ninguém tomando conta... pelo menos não *imparcialmente*. Gaia permite que nossos inimigos invadam o mundo dos mortais. Os gigantes, filhos dela, estão reunindo exércitos para enfrentar vocês, exércitos que vocês não conseguirão matar. A menos que a Morte seja desencadeada e volte a exercer suas funções, vocês serão derrotados. É preciso encontrar Tânatos e libertá-lo dos gigantes. Apenas *ele* pode reverter esse cenário.

Marte olhou em volta e viu que todos ainda estavam de joelhos, em silêncio.

— Ah, vocês já podem ficar de pé. Alguma pergunta?

Reyna levantou-se, apreensiva. Aproximou-se do deus, seguida por Octavian, que fazia reverências exageradas como um excelente bajulador.

— Lorde Marte — disse Reyna —, estamos honrados.

— *Mais* que honrados — continuou Octavian. — Muito além de honrados...

— E então? — interrompeu Marte.

— Bem — disse Reyna. — Tânatos é o deus da morte, lugar-tenente de Plutão?

— Certo — respondeu o deus.

— E você está dizendo que ele foi capturado por gigantes.

— Certo.

— E com isso as pessoas vão parar de morrer?

— Não todas ao mesmo tempo — respondeu Marte. — Mas as barreiras entre a vida e a morte continuarão enfraquecendo. Os que sabem como tirar proveito disso vão explorar a situação. Já está mais difícil liquidar os monstros. Em breve será completamente impossível matá-los. Alguns semideuses também conseguirão achar o caminho de volta do Mundo Inferior... como seu amigo, o centurião Shish Kebab.

— O centurião Shish Kebab? — repetiu Gwen, fazendo uma careta.

— Se nada for feito — continuou Marte —, até para os mortais será impossível morrer. Dá para imaginar um mundo em que ninguém morre... *nunca*?

Octavian levantou a mão.

— Mas, ah, Lorde Marte todo-poderoso, se não pudéssemos morrer, isso não seria bom? Se conseguíssemos viver eternamente...

— Não seja tolo, garoto! — retumbou Marte. — Carnificinas infindáveis sem desenlace? Massacres sem propósito? Inimigos que se põem de pé repetidas vezes e que não podem ser aniquilados nunca? É isso o que você quer?

— Você é o deus da guerra — manifestou-se Percy. — Não quer massacres sem fim?

O brilho nos óculos de visão infravermelha de Marte aumentou de intensidade.

— Insolente, hein? Talvez eu *tenha* lutado com você mesmo. Posso entender por que sentiria vontade de matá-lo. Sou o deus de Roma, criança. Sou o deus do poderio militar utilizado em causas justas. Protejo as legiões. Fico feliz em esmagar inimigos sob meus pés, mas não luto sem motivo. Não desejo guerras sem fim. Você descobrirá isso. Você servirá a mim.

— Pouco provável — rebateu Percy.

Mais uma vez, Frank esperou que Marte destruísse o garoto, mas o deus apenas abriu um sorriso, como se os dois fossem velhos amigos e estivessem apenas implicando um com o outro.

— Ordeno uma missão! — anunciou o deus. — Vocês seguirão para o norte e procurarão Tânatos nas terras que ficam além do alcance dos deuses. Vocês o libertarão e frustrarão os planos dos gigantes. Tenham cuidado com Gaia! Tenham cuidado com o filho dela, o gigante mais velho!

Ao lado de Frank, Hazel disse com a voz esganiçada:

— As terras que ficam além do alcance dos deuses?

Marte a encarou, segurando com mais força o M16.

— Isso mesmo, Hazel Levesque. Você sabe do que estou falando. Todo mundo aqui se lembra das terras onde a legião perdeu a honra! Talvez, se a missão for bem-sucedida, e se vocês voltarem antes do Festival de Fortuna... Talvez então sua honra seja restaurada. Se fracassarem, não haverá acampamento para o qual retornar. Roma será derrotada, e seu legado se perderá para sempre. Por isso, meu conselho é: não falhem.

Octavian conseguiu de alguma forma fazer uma reverência ainda mais curvada.

— Hum, Lorde Marte, só uma coisinha. Missões requerem uma profecia, um poema místico que nos guie! Costumávamos obtê-las nos livros sibilinos, mas agora é o áugure quem precisa sondar a vontade dos deuses. Assim, se eu puder me ausentar rapidamente para buscar uns setenta bichos de pelúcia e talvez uma faca...

— Você é o áugure? — interrompeu o deus.

— S-sim, meu senhor.

Marte puxou um rolo de pergaminho do cinto.

— Alguém aí tem uma caneta?

Os legionários ficaram olhando para ele.

Marte suspirou.

— Duzentos romanos e *ninguém* tem uma caneta? Deixem para lá.

Ele jogou o M16 nas costas e pegou uma granada. Vários romanos gritaram. Então a granada se transformou em uma caneta esferográfica, e Marte começou a escrever.

De olhos arregalados, Frank virou-se para Percy e perguntou, movendo os lábios sem produzir som: *Sua espada consegue virar uma granada?*

Percy respondeu, também sem emitir som algum: *Não. Cale a boca.*

— Pronto! — Marte acabou de escrever e jogou o pergaminho para Octavian. — Uma profecia. Você pode incluí-la em seus livros, escrevê-la no chão, tanto faz.

Octavian leu:

— Aqui diz: "Sigam até o Alasca. Encontrem Tânatos e o libertem. Voltem até o pôr do sol do dia vinte e quatro de junho ou morram."

— Isso — confirmou Marte. — Não está clara o suficiente?

— Bem, meu senhor... Normalmente as profecias são *pouco claras*. Repletas de enigmas. Elas rimam e...

Marte tirou outra granada do cinto, como quem não quer nada.

— Sim?

— A profecia está clara! — anunciou Octavian. — Uma missão!

— Boa resposta. — Marte deu uma batidinha com a granada no queixo. — E, agora, o que mais? Tinha mais uma coisa... Ah, sim.

Virou-se para Frank.

— Chegue aqui, garoto.

Não, pensou Frank. O toco queimado no bolso de seu casaco parecia mais pesado. Suas pernas bambearam. Uma sensação de pavor tomou conta dele, mais terrível ainda que no dia em que o militar batera à sua porta.

Ele sabia o que estava por vir, mas não podia evitar. Deu um passo à frente, contra sua vontade.

Marte abriu um sorriso.

— Bom trabalho no assalto àquela muralha, garoto. Quem foi o juiz do jogo?

Reyna levantou a mão.

— Você viu o lance, juíza? — perguntou Marte. — Aquele era *meu* garoto. O primeiro a transpor a muralha, ganhou o jogo para o time dele. Só não vê que aquela foi uma jogada de mestre quem é cego. Você não é cega, certo?

Parecia que Reyna tentava engolir um rato.

— Não, Lorde Marte.

— Então não se esqueça de lhe dar a Coroa Mural — exigiu o deus. — Meu garoto, aqui! — gritou ele para a legião, caso alguém não tivesse escutado. Frank quis virar pó e desaparecer. — Filho de Emily Zhang — continuou Marte. — Ela foi um bom soldado. Uma boa mulher. Este garoto Frank mostrou seu valor hoje. Feliz aniversário atrasado, garoto. É hora de você ganhar uma arma digna de um homem *de verdade*.

Ele lançou o M16 para Frank. Por uma fração de segundo Frank achou que ia ser esmagado pelo peso do imenso fuzil automático, mas a arma mudou em pleno ar, ficando menor e mais fina. Quando o garoto a segurou, ela havia virado uma lança. A vara era feita de ouro imperial e tinha uma ponta estranha que parecia um osso branco cintilando com um brilho fantasmagórico.

— A ponta é um dente de dragão — disse Marte. — Você ainda não aprendeu a usar as habilidades de sua mãe, não é? Bem... essa lança vai lhe dar uma folga até você aprender. Ela tem três cargas, então use-a com sabedoria.

Frank não entendeu, mas Marte agiu como se o assunto estivesse encerrado.

— Bem, o meu garoto Frank Zhang aqui vai liderar a missão para libertar Tânatos, a menos que alguém se oponha.

Obviamente, ninguém abriu a boca. Mas muitos dos campistas encararam Frank com inveja, ciúme, raiva, ressentimento.

— Você pode levar dois companheiros — informou Marte. — Essas são as regras. Um deles tem que ser esse aí.

E apontou para Percy.

— Ele vai aprender a respeitar Marte nessa viagem ou vai morrer tentando. Quanto ao segundo, não estou nem aí. Escolha quem quiser. Faça um daqueles debates no Senado. Vocês são ótimos nisso.

A imagem do deus tremulou. Relâmpagos cruzaram o céu.

— É minha deixa — disse Marte. — Até a próxima, romanos. Não me decepcionem!

O deus irrompeu em chamas e, em seguida, desapareceu.

Reyna virou-se para Frank. A expressão em seu rosto era metade espanto, metade mal-estar, como se tivesse finalmente conseguido engolir aquele rato. Ela levantou o braço em uma saudação romana.

— *Ave*, Frank Zhang, filho de Marte.

A legião inteira imitou o gesto, mas Frank não queria mais ser o centro das atenções. Sua noite perfeita havia sido arruinada.

Marte era seu pai. O deus da guerra o estava mandando para o Alasca. Frank ganhara mais que uma lança de presente de aniversário. Ganhara uma sentença de morte.

XIII

PERCY

Percy dormiu como uma vítima da Medusa: ou seja, como uma pedra.

Não dormia em uma cama confortável e segura desde... não conseguia sequer lembrar. Apesar daquele dia insano e dos milhões de pensamentos que invadiam sua mente, o corpo assumiu o controle e decidiu: *Você vai dormir agora*.

Ele sonhou, é claro. Sempre sonhava, mas seus sonhos eram como imagens borradas vistas pela janela de um trem. Viu um fauno maltrapilho de cabelos encaracolados correndo para alcançá-lo.

— Não tenho trocado — gritou Percy.

— O quê? — perguntou o fauno. — Não, Percy. Sou eu, Grover! Fique onde está! Estamos indo encontrá-lo. Tyson está perto... pelo menos nós *achamos* que ele é o que está mais perto. Estamos tentando determinar sua localização.

— O quê? — gritou Percy, mas o fauno desapareceu na neblina.

Então Annabeth surgiu correndo a seu lado, com o braço estendido.

— Graças aos deuses! — exclamou ela. — Há meses não conseguimos vê-lo! Você está bem?

Percy se lembrou do que Juno dissera: *Há meses ele está entorpecido, mas agora despertou*. A deusa o mantivera escondido de propósito, mas por quê?

— Você é de verdade? — perguntou ele.

Ele queria tanto acreditar naquilo que teve a sensação de que o elefante Aníbal pisava em seu peito. Mas o rosto dela começou a se dissolver.

— Fique onde está! Assim vai ser mais fácil para Tyson encontrá-lo! Não saia daí! — gritou ela.

E então desapareceu. As imagens se aceleraram. Ele viu um navio enorme num dique seco, trabalhadores empenhados em terminar o casco, um cara com um maçarico soldando a figura de proa na forma de um dragão de bronze. Viu o deus da guerra aproximando-se dele, vindo das ondas, segurando uma espada.

A cena mudou. Percy estava no Campo de Marte, olhando Berkeley Hills acima. O capim dourado movia-se ondulante, e no meio da paisagem surgiu um rosto: uma mulher adormecida, seus traços formados pelas sombras e dobras no terreno. Os olhos permaneciam fechados, mas sua voz falou na mente de Percy:

Então este é o semideus que destruiu meu filho, Cronos. Você não parece grande coisa, Percy Jackson, mas é valioso para mim. Venha para o norte. Encontre Alcioneu. Juno pode fazer seus joguinhos com gregos e romanos, mas, no fim das contas, você será meu peão. Você será a chave para a derrota dos deuses.

A visão de Percy escureceu. Ele estava dentro de uma versão aumentada do quartel-general do acampamento — uma *principia* com paredes de gelo e uma névoa muito fria pairando no ar. Por todo o chão havia esqueletos com armaduras romanas e armas feitas de ouro imperial cobertas com cristais de gelo. No fundo do cômodo um ser enorme e sombrio estava sentado. Sua pele emitia reflexos dourados e prateados, como se ele fosse um autômato semelhante aos cães de Reyna. Atrás dele havia vários brasões destruídos, estandartes esfarrapados e uma grande águia dourada num cajado de ferro.

A voz do gigante ecoou pela câmara ampla:

— Isso vai ser divertido, filho de Netuno. Já faz uma eternidade desde a última vez que acabei com um semideus de seu calibre. Espero você no gelo.

Percy acordou tremendo. Por um instante, não sabia onde estava. E então se lembrou: Acampamento Júpiter, alojamento da Quinta Coorte. Ficou deitado no beliche, olhando para o teto e tentando desacelerar o coração disparado.

Um gigante dourado esperava para acabar com ele. Que maravilha! Mas o que mais o incomodava era o rosto da mulher adormecida na colina. *Você será meu peão*. Percy não jogava xadrez, mas tinha certeza de que ser peão não era boa coisa. Muitos deles morriam.

Até os trechos menos hostis do sonho eram perturbadores. Um fauno chamado Grover estava à sua procura. Talvez tenha sido por isso que Don havia detectado um — como foi mesmo que ele disse? — um elo de empatia. Alguém chamado Tyson também tentava encontrá-lo, e Annabeth tinha avisado que Percy precisava ficar onde estava.

Ele se sentou no beliche. Os companheiros de alojamento andavam de um lado para outro, vestindo-se e escovando os dentes. Dakota estava se enrolando em um pedaço comprido de tecido manchado de vermelho, uma toga. Um dos Lares o orientava sobre que partes deveriam ser dobradas e colocadas para dentro.

— Hora do café? — perguntou Percy, esperançoso.

A cabeça de Frank surgiu da cama de baixo. Ele tinha olheiras, como se não tivesse dormido bem.

— Um café da manhã rápido. E depois vamos à sessão no Senado.

Dakota estava com a cabeça presa dentro da toga. Ele cambaleava de um lado para outro, parecendo um fantasma sujo de Tang.

— Hum — disse Percy —, será que tenho que vestir meu lençol?

Frank bufou.

— Isso é só para os senadores. Eles são dez, eleitos anualmente. É preciso estar no acampamento há cinco anos para poder se candidatar.

— Então por que nos convidaram para a sessão?

— Por causa... você sabe, da missão. — Frank pareceu preocupado, como se tivesse medo de que Percy fosse desistir. — Temos que participar das discussões. Você, eu, Hazel. Quer dizer, se vocês estiverem dispostos...

Frank provavelmente não falou com a intenção de fazê-lo se sentir culpado, mas Percy teve a impressão de que seu coração se contraía como uma mola. Ele entendia Frank. Ser reclamado pelo deus da guerra na frente de todo o acampamento — que pesadelo. Além disso, como Percy poderia dizer não para aquela expressão pidona de bebê? Frank recebera uma tarefa grandiosa com muitas chances de levá-lo à morte. Ele estava assustado. Precisava da ajuda de Percy.

E os três *tinham* trabalhado muito bem juntos na noite anterior. Hazel e Frank eram pessoas perfeitamente confiáveis. Acolheram Percy como a um parente. Mesmo assim, Percy não gostava da ideia daquela missão, principalmente porque fora dada por Marte, e, sobretudo, por causa de seus sonhos.

— Eu, hum... Melhor eu me arrumar...

Percy pulou da cama e se vestiu. Ficou o tempo todo pensando em Annabeth. A ajuda estava a caminho. Ele poderia ter sua antiga vida de volta. Tudo o que precisava fazer era não sair do lugar.

No café da manhã, Percy percebeu que todos olhavam para ele. Eles cochichavam a respeito da noite anterior:

— Dois deuses em um só dia...

— Uma luta nada romana...

— Canhões de água no nariz...

Percy estava faminto demais para se importar com aquilo. Ele se encheu de panquecas, ovos, *bacon*, *waffles*, maçãs e vários copos de suco de laranja. Com certeza teria comido mais, porém Reyna anunciou que o Senado iria se reunir na cidade naquele momento, e todo mundo que estava de toga se levantou para deixar o refeitório.

— Lá vamos nós — disse Hazel, brincando com uma pedra que parecia um rubi de dois quilates.

O fantasma Vitellius apareceu ao lado deles em meio a um brilho arroxeado.

— *Bona fortuna* para vocês três! Ah, as sessões do Senado. Lembro-me daquela em que Júlio César foi assassinado. Nossa, o tanto de sangue que havia na toga dele...

— Obrigado, Vitellius — interrompeu Frank. — Precisamos ir.

Reyna e Octavian encabeçavam a procissão de senadores que deixava o acampamento, com os galgos metálicos de Reyna correndo de um lado para outro ao longo do caminho. Hazel, Frank e Percy seguiam logo atrás. Percy viu Nico di Angelo no grupo, vestido com uma toga preta e conversando com Gwen, que parecia um tanto pálida, mas surpreendentemente bem, considerando o fato de que estivera morta na noite anterior. Nico acenou para Percy e retomou a conversa com Gwen, e o menino ficou mais convencido do que nunca de que o irmão de Hazel tentava evitá-lo.

Dakota vinha tropeçando na túnica manchada de vermelho. Muitos outros senadores também pareciam ter problemas com a toga — levantando a barra, tentando evitar que o tecido escorregasse dos ombros. Percy estava feliz por usar uma camiseta roxa comum e calças jeans.

— Como os romanos conseguiam andar com essas roupas?

— Elas só eram usadas em ocasiões formais — explicou Hazel. — Como um *smoking*. Aposto que as pessoas da Roma antiga odiavam togas tanto quanto nós. A propósito, você não trouxe nenhuma arma, certo?

A mão de Percy foi direto para o bolso, onde sua caneta sempre ficava.

— Por quê? É proibido?

— Não se permite que nenhuma arma entre na Linha Pomeriana — respondeu ela.

— A Linha *o quê*?

— Pomeriana — repetiu Frank. — Os limites da cidade. O interior é uma "zona de segurança" sagrada. As legiões não podem atravessá-la. Nenhuma arma é permitida. Para que não haja derramamento de sangue nas sessões do Senado.

— Como o assassinato de Júlio César? — perguntou Percy.

Frank fez que sim com a cabeça.

— Não se preocupe. Faz meses que nada desse tipo acontece.

Percy torceu para que ele estivesse brincando.

Conforme se aproximavam da cidade, Percy pôde apreciar sua beleza. Cúpulas douradas e telhados brilhando ao sol. Jardins cheios de rosas e madressilvas. A praça central pavimentada de pedras brancas e cinzentas e ornamentada com colunas douradas, estátuas e fontes. À sua volta, ruas de pedras eram margeadas por casas recém-pintadas, lojas, cafés e parques. A distância erguiam-se o Coliseu e a arena para corrida de cavalos.

Percy só reparou que já haviam alcançado a fronteira da cidade quando os senadores à frente diminuíram o passo.

À margem da estrada havia uma estátua de mármore branco: um homem musculoso em tamanho natural sem braços, com cabelos cacheados e uma expressão irritada. Devia estar mal-humorado porque fora esculpido só da cintura para cima. Para baixo, era apenas um grande bloco de mármore.

— Façam fila indiana, por favor! — pediu a estátua. — Tenham a identidade à mão.

Percy olhou para a esquerda e para a direita. Ele não havia percebido antes, mas uma fileira de estátuas idênticas àquela circundava a cidade a intervalos de mais ou menos cem metros.

Os senadores passaram com facilidade. A estátua conferiu as tatuagens em seus antebraços e chamou cada um pelo nome.

— Gwendolyn, senadora, Quinta Coorte, certo. Nico di Angelo, embaixador de Plutão... muito bem. Reyna, pretora, claro. Hank, senador, Terceira Coorte... ei, gostei dos sapatos, Hank! Ah, quem temos aqui?

Hazel, Frank e Percy eram os últimos.

— Término — disse Hazel —, este é Percy Jackson. Percy, este é Término, deus das fronteiras.

— Um novato, hein? — falou o deus. — Sim, a placa de *probatio*. Muito bem. Ah, uma arma no bolso? Tire-a! Tire-a!

Percy não fazia ideia de como Término podia saber, mas tirou a caneta do bolso.

— Muito perigosa — disse Término. — Coloque-a na bandeja. Espere, onde está minha assistente? Julia!

Uma garotinha de uns seis anos espiou de trás da base da estátua. Seus cabelos estavam divididos em duas trancinhas, e ela usava um vestido rosa e tinha um sorriso travesso, faltando dois dentes.

— Julia? — Término olhou para trás, e Julia correu para o outro lado. — Aonde foi aquela menina?

Término olhou para o outro lado e avistou Julia antes que ela conseguisse se esconder. A menina deu um gritinho de alegria.

— Ah, aí está você — disse a estátua. — Dê um passo à frente. Traga a bandeja.

Julia saltitou à frente e ajeitou o vestido. Pegou uma bandeja e a estendeu para Percy. Nela havia várias faquinhas, um saca-rolhas, um pote grande de filtro solar e uma garrafa d'água.

— Você pode pegar sua arma na saída — explicou Término. — Julia vai tomar conta dela direitinho. É uma profissional qualificada.

A garotinha concordou com a cabeça.

— Pro-fis-sio-nal — ela mastigou cada sílaba, como se viesse praticando.

Percy olhou para Hazel e Frank, que não pareciam achar aquilo nada estranho. Mesmo assim, ele não estava muito feliz com a ideia de entregar uma arma letal para uma criança.

— O problema — disse ele — é que a caneta volta para meu bolso automaticamente, portanto, mesmo que eu a deixe aqui...

— Não se preocupe — Término o tranquilizou. — Vamos cuidar para que ela não saia perambulando por aí. Não vamos, Julia?

— Sim, sr. Término.

Relutante, Percy botou a caneta na bandeja.

— Agora, algumas regras, já que você é novo — disse Término. — Você está entrando nos limites da cidade. Mantenha a paz no interior da linha. Dê preferência ao tráfego de bigas quando estiver caminhando em vias públicas. Ao chegar ao Senado, sente-se à esquerda. E ali... vê para onde estou apontando?

— Hum — disse Percy —, você não tem mãos.

Pelo jeito, aquele era um assunto delicado para Término. O rosto de mármore assumiu um tom cinza-escuro.

— Um sabichão, hein? Bem, sr. Burla-Regras, logo ali no fórum... Julia, aponte por mim, por favor...

Julia prontamente colocou a bandeja de segurança no chão e apontou para a praça principal.

— A loja com o toldo azul — continuou Término —, aquela é a mercearia. Eles vendem fitas métricas lá. Compre uma! Quero essas calças exatos dois centímetros e meio acima do tornozelo e esses cabelos cortados de acordo com o regulamento. E bote a camisa para dentro.

— Obrigada, Término. Precisamos ir — falou Hazel.

— Está bem, está bem, vocês podem passar — disse o deus, de mau humor. — Mas fiquem do lado direito da rua! E aquela pedra logo ali... Não, Hazel, olhe para onde estou apontando. Aquela pedra está perto demais da árvore. Mude-a de lugar, cinco centímetros para a esquerda.

Hazel fez o que lhe foi pedido, e eles seguiram caminho, Término ainda gritando ordens enquanto Julia dava estrelas no gramado.

— Ele é sempre assim? — perguntou Percy.

— Não — admitiu Hazel. — Hoje ele estava tranquilo. Em geral é mais obsessivo-compulsivo.

— Ele habita cada rocha que demarca a fronteira em torno da cidade — disse Frank. — É meio que nossa última linha de defesa caso a cidade seja atacada.

— Término não é tão ruim — acrescentou Hazel. — É só não deixá-lo irritado ou ele vai fazer você medir cada folha de grama do vale.

Percy guardou aquela informação.

— E a menina? Julia?

Hazel abriu um sorriso.

— É, ela é uma fofa. Os pais dela moram na cidade. Vamos. Melhor alcançarmos os senadores.

Quando chegaram perto do fórum, Percy ficou espantado com a quantidade de gente. Um grupo de jovens matava o tempo perto da fonte. Vários acenaram quando os senadores passaram. Um cara com vinte e muitos anos estava encostado no balcão de uma padaria, paquerando uma jovem que comprava café. Um casal mais velho olhava um menininho usando fraldas e uma blusinha do Acampamento Júpiter cambaleando atrás de gaivotas. Comerciantes abriam suas lojas, armando placas que anunciavam produtos de cerâmica, joias e ingressos com desconto para o Hipódromo.

— *Todas* essas pessoas são semideuses? — perguntou Percy.

— Ou descendentes — respondeu Hazel. — Como eu disse, este é um bom lugar para se fazer faculdade ou constituir família sem se preocupar com ataques de monstros todos os dias. Acho que aqui moram umas duzentas, trezentas pessoas. Os veteranos atuam como uma espécie de conselheiro e reservista, se necessário, mas em geral são apenas cidadãos tocando suas vidas.

Percy ficou pensando como seria isso: arranjar um apartamento naquela réplica minúscula de Roma, protegida pela legião e por Término, o deus fronteiriço com TOC. Imaginou-se de mãos dadas com Annabeth em um café. Quando fossem mais velhos, talvez, vendo os filhos correrem atrás de gaivotas pelo fórum...

Ele sacudiu a cabeça para afastar a ideia. Não podia se dar ao luxo de alimentar aquele tipo de pensamento. A maior parte de suas memórias tinha sumido, mas Percy sabia que aquele não era seu lar. Ele pertencia a outro lugar, com seus outros amigos.

Além do mais, o Acampamento Júpiter corria perigo. Se Juno estivesse certa, haveria um ataque em menos de cinco dias. Percy imaginou o rosto daquela mulher adormecida — o rosto de Gaia — se formando nas colinas acima do acampamento. Imaginou hordas de monstros descendo para o vale.

Se fracassarem, Marte havia advertido, *não haverá acampamento para o qual retornar. Roma será derrotada, e seu legado se perderá para sempre.*

Ele pensou na menininha Julia, nas famílias com crianças, em seus novos amigos da Quinta Coorte e até naqueles faunos bobos. Não queria nem imaginar o que poderia acontecer com eles se este lugar fosse destruído.

Os senadores se encaminharam para um edifício grande com uma cúpula branca no lado oeste do fórum. Percy parou na porta de entrada, tentando não pensar em Júlio César sendo morto a golpes de espada em uma sessão. Então respirou fundo e entrou atrás de Hazel e Frank.

XIV

PERCY

O INTERIOR DO SENADO PARECIA um auditório de escola. Fileiras de assentos estavam dispostas em semicírculo em frente a um estrado no qual havia um pódio e duas cadeiras. As cadeiras estavam desocupadas, mas no assento de uma delas havia um pequeno pacote de veludo.

Percy, Hazel e Frank se sentaram do lado esquerdo do semicírculo. Os dez senadores e Nico di Angelo ocupavam o restante da primeira fileira. As superiores foram ocupadas por dezenas de fantasmas e alguns veteranos da cidade, todos usando togas formais. Octavian estava de pé à frente segurando uma faca e um leãozinho de pelúcia, só para o caso de alguém precisar consultar o deus dos objetos melosos colecionáveis. Reyna foi até o pódio e ergueu a mão para pedir a atenção de todos.

— Certo, esta é uma sessão emergencial — começou ela. — Não nos prenderemos a formalidades.

— Eu adoro formalidades! — queixou-se um fantasma.

Reyna lançou um olhar mal-humorado para ele.

— Para começar — continuou ela —, não estamos aqui para votar contra ou a favor da missão propriamente dita. Ela já foi determinada por Marte Ultor, patrono de Roma. Vamos atender seu desejo. Também não estamos aqui para debater sobre quem serão os acompanhantes de Frank Zhang.

— Todos os três da Quinta Coorte? — gritou Hank, da Terceira. — Isso não é justo.

— E nada inteligente — emendou o garoto que estava ao lado dele. — Nós *sabemos* que a Quinta vai estragar tudo. Eles deveriam levar alguém *bom*.

Dakota se levantou tão rápido que derramou Tang de sua garrafa.

— Fomos muito bons ontem à noite quando acabamos com seu *generi*, Larry!

— Chega, Dakota — disse Reyna. — Vamos deixar o *genus* de Larry fora disso. Como líder da missão, Frank tem o direito de escolher seus acompanhantes. Ele escolheu Percy Jackson e Hazel Levesque.

Um fantasma na segunda fileira gritou:

— *Absurdus!* Frank Zhang não é sequer um integrante efetivo da legião! Ele está em *probatio*. Missões têm que ser lideradas por alguém com patente de centurião ou maior. Isso é totalmente...

— Cato — interrompeu Reyna —, devemos atender os desejos de Marte Ultor. Isso implica certos... ajustes.

Reyna bateu palmas e Octavian deu um passo à frente. Ele pousou no chão a faca e o bicho de pelúcia e pegou o pacote de veludo na cadeira.

— Frank Zhang — chamou —, aproxime-se.

Frank olhou nervoso para Percy. Então ficou de pé e se aproximou do áugure.

— É meu... prazer — disse Octavian, fazendo um grande esforço para dizer a última palavra — conceder-lhe a Coroa Mural por ter sido o primeiro a transpor a muralha durante um cerco militar. — Octavian entregou-lhe uma medalha em formato de coroa de louros. — E, também, por ordem da pretora Reyna, promovê-lo à categoria de centurião.

Ele entregou outra medalha a Frank, um crescente de bronze, e o Senado explodiu em protestos.

— Ele ainda é um probinho! — gritou um.

— Impossível! — disse outro.

— Canhões de água no nariz! — exclamou um terceiro.

— Silêncio! — Octavian soou muito mais autoritário que na noite anterior, no campo de batalha. — Nossa pretora reconhece o fato de que ninguém abaixo da patente de centurião pode liderar missões. Para o bem ou para o mal, Frank deve liderar esta... Portanto, nossa pretora decretou que Frank Zhang precisa se tornar centurião.

De repente, Percy compreendeu que Octavian era muito hábil como orador. Seu discurso soava sensato e parecia defender a decisão da pretora, mas em seu rosto havia uma expressão sofrida. Ele escolhia cuidadosamente as palavras para colocar toda a responsabilidade em Reyna. Era como se dissesse: *Isso foi ideia dela.*

Se algo desse errado, a culpa seria de Reyna. Se Octavian fosse o chefe sozinho, as coisas teriam sido feitas de um jeito mais razoável. Mas, infelizmente, ele não tinha outra opção senão apoiar Reyna, já que era um soldado romano leal.

Octavian foi capaz de transmitir tudo isso sem dizer mais nada, ao mesmo tempo tranquilizando o Senado e demostrando sua compreensão. Pela primeira vez Percy se deu conta de que aquele garoto magricela esquisito que parecia um espantalho poderia ser um inimigo perigoso.

Reyna deve ter percebido isso também. Um ar de irritação passou por seu rosto.

— Abriu uma vaga para centurião — disse ela. — Uma de nossas oficiais, também senadora, decidiu se afastar. Após dez anos na legião, ela se fixará na cidade e frequentará a faculdade. Gwen da Quinta Coorte, somos gratos por seus serviços.

Todos se viraram para Gwen, que conseguiu abrir um sorriso corajoso. Ela parecia cansada em decorrência da provação da noite anterior, mas também aliviada. Percy não podia culpá-la. Comparada a ser atravessada por um pilo, uma faculdade parecia ótima ideia.

— Como pretora — continuou Reyna —, tenho o direito de substituir oficiais. Admito que é incomum que um campista em *probatio* ascenda diretamente à patente de centurião, mas acho que podemos concordar... a noite de ontem foi bastante incomum. Frank Zhang, sua identificação, por favor.

Frank tirou a placa de chumbo do pescoço e a entregou a Octavian.

— Seu braço — disse Octavian.

Frank levantou o antebraço. Octavian ergueu as mãos para o céu.

— Nós aceitamos Frank Zhang, Filho de Marte, na Décima Segunda Legião Fulminata para seu primeiro ano de serviço. Você jura dedicar sua vida ao Senado e ao povo de Roma?

Frank murmurou algo que soou como "Zurro". Então limpou a garganta e conseguiu dizer:

— Juro.

— *Senatus Populusque Romanus!* — gritaram os senadores.

Fogo irrompeu no braço de Frank. Por um instante, seus olhos se encheram de terror, e Percy achou que o amigo fosse desmaiar. Então a fumaça e a chama sumiram, e novas marcas se formaram na pele de Frank: SPQR, um desenho de lanças cruzadas e uma divisa, representando o primeiro ano de serviço.

— Você pode se sentar agora.

Octavian olhou para a plateia como se dissesse: *Isso não foi ideia minha, pessoal.*

— Agora — continuou Reyna —, precisamos discutir a missão.

Os senadores se mexeram nos assentos e resmungaram enquanto Frank voltava para sua cadeira.

— Doeu? — sussurrou Percy.

Frank olhou para o antebraço, que ainda fumegava.

— Sim. Muito.

Ele parecia estar hipnotizado pelas medalhas em sua mão — a marca dos centuriões e a Coroa Mural — como se não tivesse ideia do que fazer com elas.

— Aqui. — Os olhos de Hazel brilhavam de orgulho. — Permita-me.

Ela prendeu as medalhas na camisa de Frank.

Percy sorriu. Conhecia Frank havia apenas um dia, mas também sentia orgulho dele.

— Você merece, cara — disse ele. — O que fez ontem à noite... Você é um líder nato.

Frank fez uma careta.

— Mas *centurião*...

— Centurião Zhang — chamou Octavian. — Você ouviu a pergunta?

Frank piscou.

— Hã... perdão. O quê?

Octavian virou-se para o Senado e sorriu de um jeito afetado, como se falasse: *O que foi que eu disse?*

— Eu estava *perguntando* — disse Octavian, como se estivesse se dirigindo a uma criança de três anos — se você possui um plano para a missão. Pelo menos sabe para onde estão indo?

— Hum...

Hazel pôs a mão no ombro de Frank e ficou de pé.

— *Você* não ouviu ontem à noite, Octavian? Marte foi bastante claro. Vamos para as terras que ficam além do alcance dos deuses. O Alasca.

Os senadores se encolheram nas togas. Alguns dos fantasmas tremeluziram e desapareceram. Até os cães de metal de Reyna se deitaram de costas e ganiram.

Por fim, o senador Larry se levantou.

— Ouvi o que Marte disse, mas é loucura. O Alasca é um lugar amaldiçoado! Existe um motivo para ser chamado de terra além do alcance dos deuses. É tão ao norte que os deuses romanos não têm poderes lá. O lugar está infestado de monstros. Nenhum semideus voltou de lá vivo desde...

— Desde que vocês perderam sua águia — completou Percy.

Larry ficou tão surpreso que caiu para trás.

— Olhem — continuou Percy —, sei que sou novo aqui. Sei que não gostam de falar do massacre nos anos 1980...

— Ele falou! — queixou-se um dos fantasmas.

— ...mas vocês não entendem? — prosseguiu Percy. — A Quinta Coorte liderou aquela expedição. Nós falhamos e precisamos ser os responsáveis por acertar as contas. É por isso que Marte está nos enviando. Esse gigante, o filho de Gaia, foi quem derrotou as forças de vocês há trinta anos. Tenho certeza. Agora ele está lá em cima, no Alasca, segurando o deus da morte e todos os seus antigos armamentos. Está reunindo exércitos e mandando-os para o sul a fim de atacar este acampamento.

— Sério? — falou Octavian. — Você parece saber muito sobre os planos de nosso inimigo, Percy Jackson.

Percy era capaz de ignorar a maioria dos insultos — como ser chamado de fraco, burro ou o que fosse. Mas ele se deu conta de que Octavian o estava chamando de espião — de traidor. Aquela era uma noção tão estranha para Percy, tão *nada* do que ele era, que ele demorou a processar a indireta. Mas, quando o fez, seus ombros ficaram tensos. Ele sentiu vontade de acertar a cabeça de

Octavian de novo, mas percebeu que ele o provocava, tentando fazê-lo parecer instável.

Percy respirou fundo.

— Vamos enfrentar esse filho de Gaia — continuou, conseguindo manter a compostura. — Vamos recuperar sua águia e libertar esse deus... — Olhou para Hazel. — Tânatos, certo?

Ela concordou com a cabeça.

— Seu nome romano é Letus. Mas os gregos antigos o chamavam de Tânatos. Quando se trata de Morte... não temos nenhum problema em deixar que ele mantenha a identidade grega.

Octavian suspirou, exasperado.

— Bem, *tanto faz* o nome dele... como vocês esperam fazer tudo isso e voltar até o Festival de Fortuna? Vai ser na noite do dia vinte e quatro. Hoje são vinte. Vocês sabem ao menos onde procurar? Têm alguma ideia de quem é esse filho de Gaia?

— Sim — falou Hazel, com tanta certeza que até Percy ficou surpreso. — Não sei *exatamente* onde procurar, mas tenho uma boa noção. O nome do gigante é Alcioneu.

Aquele nome pareceu baixar a temperatura do ambiente em trinta graus. Os senadores se arrepiaram.

Reyna segurou o pódio com força.

— Como você sabe disso, Hazel? Porque é filha de Plutão?

Nico di Angelo tinha ficado tão quieto que Percy quase se esquecera de que ele estava ali. Mas, nessa hora, ele se levantou com sua toga preta.

— Pretora, se me permite — disse Nico. — Hazel e eu... aprendemos um pouco sobre os gigantes com nosso pai. Cada gigante foi criado especificamente para se opor a um dos doze deuses olimpianos, para usurpar o domínio desse deus. O rei dos gigantes era Porfírio, o anti-Júpiter. Mas o *mais velho* era Alcioneu. Ele nasceu para se opor a Plutão. É por isso que sabemos dele em especial.

Reyna franziu o cenho.

— É mesmo? Você parece *bastante* familiarizado com ele.

Nico mexeu na barra da toga.

— Enfim... era difícil matar os gigantes. De acordo com a profecia, eles só poderiam ser derrotados por deuses e semideuses trabalhando juntos.

Dakota arrotou.

— Perdão, você disse deuses e semideuses... tipo lutando lado a lado? Isso jamais poderia acontecer!

— *Já* aconteceu — disse Nico. — Na primeira guerra com os gigantes, os deuses convocaram heróis para se juntar a eles e saíram vitoriosos. Se poderia acontecer de novo, não sei. Mas com Alcioneu... *ele* era diferente. Era completamente imortal, impossível de ser aniquilado por deus ou semideus, desde que permanecesse em seu território natal, no lugar onde ele nasceu.

Nico fez uma pausa para que a informação fosse assimilada.

— E se Alcioneu renasceu no Alasca...

— Então ele não pode ser derrotado lá — concluiu Hazel. — Nunca. De forma alguma. E é por isso que nossa expedição dos anos 1980 estava fadada ao fracasso.

Outra rodada de discussões e gritos explodiu.

— É uma missão impossível — gritou um senador.

— Estamos condenados! — chorou um fantasma.

— Mais Tang! — exclamou Dakota.

— Silêncio! — ordenou Reyna. — Senadores, precisamos agir como romanos. Marte nos deu esta missão, e temos que acreditar que ela é possível. Esses três semideuses devem viajar para o Alasca. Devem libertar Tânatos e voltar antes do Festival de Fortuna. Se conseguirem recuperar a águia no meio do processo, ótimo. Tudo o que podemos fazer é aconselhá-los e nos certificar de que tenham um plano.

Reyna olhou para Percy sem muitas esperanças.

— Vocês têm um plano?

Percy quis dar um passo à frente corajosamente e dizer: *Não, não tenho!* Era a verdade, mas ao olhar todos aqueles rostos angustiados ele soube que não poderia dizer aquilo.

— Primeiro preciso entender uma coisa. — Virou-se para Nico. — Eu achava que Plutão era o deus dos mortos. Agora descubro que existem esse outro cara, Tânatos, e as Portas da Morte naquela profecia, a Profecia dos Sete. O que significa isso tudo?

Nico respirou fundo.

— Muito bem. Plutão é o deus do Mundo Inferior, mas o deus da morte mesmo, o responsável por garantir que as almas vão para o pós-vida e fiquem por lá, é o lugar-tenente de Plutão, Tânatos. Ele é como... Bem, imagine que Vida e Morte são dois países diferentes. Todo mundo preferiria estar em Vida, certo? Então há uma fronteira vigiada para evitar que as pessoas cruzem de volta sem permissão. Mas é uma fronteira *grande*, com muitos buracos na cerca. Plutão tenta lacrar essas brechas, mas outras, novas, vivem aparecendo. E é por isso que ele depende de Tânatos, que é tipo a patrulha de fronteira, a polícia.

— Tânatos captura almas — concluiu Percy — e as deporta para o Mundo Inferior.

— Exato — anuiu Nico. — Mas agora Tânatos foi capturado, acorrentado.

Frank levantou o braço.

— Hum... como é que se acorrenta a Morte?

— Isso já foi feito antes — afirmou Nico. — No passado, um cara chamado Sísifo enganou a Morte e a amarrou. Em outra ocasião, Hércules engalfinhou-se com ela pelo chão.

— E agora um gigante a capturou — disse Percy. — Então, se conseguíssemos libertar Tânatos, os mortos continuariam mortos? — Olhou para Gwen. — Hum... sem ofensa.

— É mais complicado que isso — falou Nico.

Octavian revirou os olhos.

— Por que *isso* não me surpreende?

— Você se refere às Portas da Morte — disse Reyna, ignorando Octavian. — Elas são mencionadas na Profecia dos Sete, que motivou a primeira expedição ao Alasca...

Cato, o fantasma, bufou.

— Todos sabemos como aquilo acabou! Nós, os Lares, lembramos bem!

Os demais fantasmas resmungaram, concordando.

Nico encostou o dedo nos lábios. De repente, todos os Lares ficaram em silêncio. Alguns pareciam alarmados, como se suas bocas tivessem sido coladas. Percy desejou ter esse poder sobre determinados seres vivos... Como Octavian, por exemplo.

— Tânatos é apenas parte da solução — explicou Nico. — As Portas da Morte... Bem, esse é um conceito que nem eu compreendo totalmente. Há vários caminhos que levam ao Mundo Inferior, como o Rio Estige e a Porta de Orfeu, além de rotas de escape menores que se abrem de tempos em tempos. Com Tânatos aprisionado, ficará mais fácil usar todas essas saídas. Isso poderá funcionar a nosso favor, deixando uma alma do bem voltar, como Gwen aqui. Com maior frequência, isso irá beneficiar almas malignas e monstros, os furtivos que estão querendo escapar. Agora, as Portas da Morte são as portas privativas de Tânatos, a via expressa dele entre a Vida e a Morte. Só Tânatos deve saber onde ficam, e sua localização muda com o passar dos anos. Se entendi corretamente, as Portas da Morte foram arrombadas. Os lacaios de Gaia assumiram o controle delas...

— O que significa que Gaia comanda quem pode voltar ao mundo dos vivos — concluiu Percy.

Nico confirmou com a cabeça.

— Ela pode definir quem vai sair: os piores monstros, as almas mais malignas. Se resgatarmos Tânatos, isso significa que pelo menos ele poderá recapturar almas e enviá-las para baixo. Os monstros vão morrer quando os matarmos, como costumava acontecer, e nós teremos um pouco de espaço. Mas, a menos que consigamos reconquistar as Portas da Morte, nossos inimigos não permanecerão abatidos por muito tempo. Vão poder voltar para o mundo dos vivos com facilidade.

— Ou seja, nós podemos capturá-los e deportá-los — resumiu Percy —, mas eles vão continuar voltando.

— Em poucas palavras deprimentes, é isso mesmo — falou Nico.

Frank coçou a cabeça.

— Mas Tânatos sabe onde ficam as portas, certo? Se o libertarmos, ele poderá reconquistá-las.

— Acho que não — disse Nico. — Não sozinho. Ele não é páreo para Gaia. Isso exigiria uma missão enorme... Um exército dos melhores semideuses.

— *"E inimigos com armas às Portas da Morte, afinal"* — disse Reyna. — Essa é a Profecia dos Sete... — Ela olhou para Percy, e por apenas um segundo ele pôde ver o quanto a pretora estava assustada. Ela conseguia disfarçar bem, mas Percy se perguntou se ela também tivera pesadelos com Gaia, visões do que aconteceria quando o acampamento fosse invadido por monstros que não podiam ser mortos. — Se isso é o início da profecia antiga, não temos recursos para enviar um exército para essas Portas da Morte *e* proteger o acampamento. Não consigo nem pensar na possibilidade de abrir mão de sete semideuses...

— Uma coisa de cada vez. — Percy tentou transmitir confiança, ainda que sentisse o nível de pânico aumentando no Senado. — Não sei quem são os sete ou o que essa velha profecia quer dizer exatamente. Mas primeiro temos que libertar Tânatos. Marte nos disse que só precisaríamos de três pessoas para ir ao Alasca. Vamos nos concentrar no sucesso dessa missão e em voltar antes do Festival de Fortuna. Aí poderemos nos preocupar com as Portas da Morte.

— É — concordou Frank, baixinho. — Isso provavelmente é o bastante para uma semana.

— Então vocês *têm* um plano? — perguntou Octavian, cético.

Percy olhou para os companheiros de equipe.

— Vamos para o Alasca o mais rápido possível...

— E improvisaremos — falou Hazel.

— Muito — acrescentou Frank.

Reyna analisou-os. Parecia estar escrevendo mentalmente o próprio obituário.

— Muito bem — disse. — Nada mais nos resta senão votar sobre que tipo de apoio podemos dar para a missão: transporte, dinheiro, magia, armas.

— Pretora, se me permite — disse Octavian.

— Ah, que ótimo — murmurou Percy. — Lá vem.

— O acampamento está correndo um grande perigo — disse Octavian. — *Dois* deuses nos avisaram que seremos atacados daqui a quatro dias. Não devemos esgotar nossos recursos, especialmente para financiar projetos que têm uma chance de sucesso ínfima.

Octavian olhou para os três com pena, como se dissesse: *Coitadinhos*.

— Marte claramente escolheu os candidatos menos adequados para esta missão. Talvez porque os considere os mais dispensáveis. Talvez Marte esteja apostando em uma zebra. Qualquer que seja o caso, ele sabiamente *não* ordenou uma expedição enorme, nem pediu que financiássemos a aventura deles. Sugiro que usemos nossos recursos aqui e defendamos o acampamento. É onde a batalha será perdida ou vencida. Se esses três forem bem-sucedidos, maravilha! Mas devem fazer isso por seu próprio engenho.

Um murmúrio apreensivo perpassou a multidão. Frank ficou de pé num pulo. Mas antes que ele pudesse começar uma briga, Percy disse:

— Está bem! Sem problemas. Mas pelo menos nos deem transporte. Gaia é a deusa da terra, certo? Ir por vias terrestres... Imagino que deveríamos evitar isso. Além do mais, iríamos muito devagar.

Octavian riu.

— Você gostaria que fretássemos um avião para vocês?

Percy ficou nauseado só de pensar naquilo.

— Não. Ir pelo ar... Tenho a sensação de que isso também seria ruim. Mas um barco. Vocês podem pelo menos nos dar um barco?

Hazel grunhiu. Percy olhou para ela.

A menina balançou a cabeça e disse, movendo os lábios sem emitir sons: *Tudo bem. Está tudo bem.*

— Um barco! — Octavian virou-se para os senadores. — O filho de Netuno quer um barco. Viajar por mar nunca foi do feitio dos romanos, mas ele não é muito romano!

— Octavian — disse Reyna, séria —, querer um barco não é pedir muito. E não dar qualquer outro auxílio parece bastante...

— Tradicional! — exclamou Octavian. — É bastante tradicional. Vejamos se esses aventureiros terão forças para sobreviver sem ajuda, como verdadeiros romanos!

Mais murmúrios tomaram o salão. Os olhares dos senadores se alternavam entre Octavian e Reyna, assistindo à disputa de vontades.

Reyna empertigou-se na cadeira.

— Muito bem — disse ela, asperamente. — Coloquemos em votação. Senadores, a proposta é a seguinte: a missão deve ir até o Alasca. O Senado deve fornecer acesso irrestrito à esquadra romana ancorada em Alameda. Não haverá qualquer outro auxílio em vista. Os três aventureiros vão sobreviver ou fracassar por seus próprios méritos. Todos a favor?

Cada um dos senadores levantou a mão.

— A proposta foi aceita. — Reyna virou-se para Frank. — Centurião, seu grupo está dispensado. O Senado tem outros assuntos a tratar. E, Octavian, podemos conversar em particular?

Percy ficou incrivelmente feliz ao ver a luz do sol. Naquele salão escuro, sob todos aqueles olhares, ele havia sentido como se carregasse o mundo nas costas — e tinha quase certeza de já ter passado por aquilo antes.

Encheu o pulmão de ar puro.

Hazel pegou uma grande esmeralda que havia no caminho e a enfiou no bolso.

— Então... basicamente estamos ferrados.

Frank assentiu, desconsolado.

— Eu entenderia se qualquer um de vocês quiser desistir.

— Está brincando? — disse Hazel. — E ficar de sentinela o restante da semana?

Frank conseguiu dar um sorriso. E virou-se para Percy.

O garoto contemplava o fórum. *Fique onde está*, dissera Annabeth no sonho. Mas, se ele ficasse onde estava, o acampamento seria destruído. Percy olhou para as colinas e imaginou o rosto de Gaia sorrindo nas sombras e fendas do relevo. Ela parecia dizer: *Você não pode vencer, pequeno semideus. Sirva-me ficando ou sirva-me indo.*

Percy fez uma promessa silenciosa: depois do Festival de Fortuna, encontraria Annabeth. Mas, agora, ele tinha de agir. Não poderia deixar Gaia vencer.

— Estou com você — respondeu. — Além do mais, quero dar uma olhada na esquadra romana.

Eles só haviam percorrido metade do caminho até o fórum quando alguém chamou:

— Jackson!

Percy virou-se e viu Octavian correndo na direção deles.

— O que você quer? — perguntou Percy.

Octavian sorriu.

— Já resolveu que sou seu inimigo? Essa é uma decisão precipitada, Percy. Sou um romano leal.

Frank rosnou.

— Seu traíra nojento... — Percy e Hazel precisaram se unir para contê-lo.

— Ah, céus! — disse Octavian. — Nem de perto o comportamento adequado a um novo centurião. Jackson, só vim atrás de você porque Reyna me incumbiu de lhe dar um recado. Ela quer que você se dirija à *principia* sem seus dois, hum, criados aqui. Reyna o encontrará lá depois que o Senado entrar em recesso. Ela gostaria de ter uma conversa em particular antes de vocês saírem para a missão.

— Sobre o quê? — perguntou Percy.

— Juro que não sei. — Octavian abriu um sorriso malicioso. — A última pessoa com a qual ela teve uma conversa em particular foi Jason Grace. E aquela foi a última vez em que o vi. Boa sorte e adeus, Percy Jackson.

XV

PERCY

Percy ficou feliz por ter Contracorrente de volta no bolso. A julgar pela expressão no rosto de Reyna, ele pensou que talvez precisasse se defender.

Ela entrou na *principia* pisando duro, o manto roxo se agitando, e era seguida de perto pelos galgos. Percy estava sentado em uma das cadeiras dos pretores que ele puxara para o lado dos visitantes, o que talvez não tenha sido o gesto mais adequado. Ele começou a se levantar.

— Fique sentado — grunhiu Reyna. — Vocês vão partir após o almoço. Temos muito a discutir.

Ela bateu a adaga com tanta violência na mesa que a vasilha de jujubas tremeu. Aurum e Argentum assumiram seus postos à direita e à esquerda de Reyna e fixaram os olhos de rubi em Percy.

— O que foi que eu fiz? — perguntou Percy. — Se é por causa da cadeira...

— Não é nada com você. — Reyna fez uma careta. — Eu *odeio* as sessões do Senado. Quando Octavian começa a falar...

Percy concordou.

— Você é uma guerreira. Octavian é um orador. É só colocá-lo diante dos senadores e então *ele* se torna o poderoso.

Ela estreitou os olhos.

— Você é mais inteligente do que parece.

— Nossa, obrigado. Soube que Octavian pode vir a ser eleito pretor, partindo do princípio de que o acampamento vai sobreviver.

— O que nos leva ao assunto do fim do mundo e de como você pode ajudar a evitá-lo. Mas, antes que eu ponha o destino do Acampamento Júpiter em suas mãos, precisamos esclarecer algumas questões.

Reyna se sentou e colocou um anel na mesa — uma aliança de prata gravada com o desenho de uma espada e uma tocha, tal qual sua tatuagem.

— Você sabe o que é isto?

— O símbolo de sua mãe — respondeu Percy. — A... hã, deusa da guerra.

Ele tentou se lembrar do nome dela, mas não queria falar errado. Era algo como bolonha. Ou seria salame?

— Sim, Belona. — Reyna observou Percy cuidadosamente. — Você não se lembra de onde viu este anel antes? Não se lembra nem mesmo de mim ou de minha irmã, Hylla?

Percy fez que não com a cabeça.

— Sinto muito.

— Foi há uns quatro anos.

— Logo antes de você vir para o acampamento.

Reyna franziu a testa.

— Como você...?

— Há quatro divisas em sua tatuagem. Quatro anos.

Reyna olhou para o antebraço.

— Claro. Parece que faz tanto tempo. Acho que você não se lembraria de mim nem se *tivesse* memória. Eu era apenas uma menininha, uma atendente entre tantas no spa. Mas você falou com minha irmã, um pouco antes de você e aquela outra, Annabeth, destruírem nossa casa.

Percy tentou se lembrar. Tentou mesmo. Por algum motivo, Annabeth e ele tinham visitado um spa e decidido destruí-lo. Percy não conseguia imaginar o porquê. Talvez não tivessem gostado da massagem? Ou talvez a manicure tenha sido péssima?

— Branco total — disse ele. — Como seus cães não estão me atacando, espero que você acredite em mim. Estou falando a verdade.

Aurum e Argentum rosnaram. Percy teve a sensação de que estavam pensando: *Minta, por favor. Minta, por favor.*

Reyna deu uma batidinha no anel de prata.

— Creio que esteja sendo sincero — disse ela. — Mas nem todos no acampamento acreditam. Octavian pensa que você é um espião. Acha que você foi enviado por Gaia para descobrir nossas fraquezas e nos distrair. Ele acredita nas antigas lendas sobre os gregos.

— Antigas lendas?

A mão de Reyna estava entre o punhal e as jujubas. Percy tinha a impressão de que, se ela fizesse um movimento repentino, não seria para pegar o doce.

— Alguns acreditam que ainda existam semideuses gregos — prosseguiu ela —, heróis que seguem as formas antigas dos deuses. Há lendas de batalhas relativamente recentes entre heróis romanos e gregos, como a Guerra Civil Americana, por exemplo. Não tenho como provar, e, se nossos Lares sabem de algo, recusam-se a falar. Mas Octavian acredita que os gregos ainda estejam por aí, arquitetando nossa ruína, trabalhando com as forças de Gaia. Ele pensa que você é um deles.

— E você acredita nisso?

— Acredito que você veio de *algum lugar* — respondeu ela. — Você é importante e perigoso. Dois deuses demonstraram interesse especial em você desde que chegou, então não acho que faria algo contra o Olimpo... ou Roma. — Ela deu de ombros. — Mas é claro que posso estar errada. Talvez os deuses o tenham enviado para testar minha capacidade de julgamento. Mas acho... acho que você foi enviado aqui para compensar a perda de Jason.

Jason... Percy não conseguia ir muito longe nesse acampamento sem ouvir aquele nome.

— Do jeito como você fala dele... — disse Percy. — Vocês eram namorados?

Reyna fulminou-o com o olhar, o olhar de um lobo faminto. Percy vira um número suficiente de lobos famintos para reconhecê-lo.

— Poderíamos ter sido — disse Reyna — se tivéssemos tido tempo. Pretores trabalham muito próximos. É comum desenvolverem um relacionamento romântico. Mas Jason só foi pretor durante alguns meses antes de desaparecer. E desde então Octavian vem me atormentando, tentando articular novas eleições. Tenho resistido. Preciso de um parceiro no poder... mas preferiria alguém como Jason. Um guerreiro, não um maquinador.

Ela esperou. Percy se deu conta de que Reyna estava lhe fazendo um convite silencioso.

Sua garganta ficou seca.

— Ah... você quer dizer... ah!

— Acredito que os deuses o tenham enviado para me ajudar. Não sei de onde você veio, assim como não sabia há quatro anos. Mas acho que sua chegada é algum tipo de ressarcimento. Você destruiu minha casa uma vez. Agora foi enviado para salvá-la. Não guardo rancor por conta do passado, Percy. Minha irmã ainda o odeia, é verdade, mas o Destino me trouxe para o Acampamento Júpiter. Eu me saí bem. Tudo o que peço é que você trabalhe comigo para termos um futuro. Pretendo salvar este acampamento.

Os cães de metal olhavam fixamente para ele, as bocas semiabertas, rosnando. Percy achava muito mais difícil sustentar o olhar de Reyna.

— Olhe, eu vou ajudar — prometeu ele. — Mas sou novo aqui. Há muitas pessoas boas que conhecem o acampamento melhor que eu. Se tivermos sucesso nesta missão, Hazel e Frank serão heróis. Você poderia pedir a um deles...

— Por favor — interrompeu Reyna. — Ninguém vai seguir uma filha de Plutão. Há algo naquela garota... Boatos sobre o lugar de onde ela veio... Não, ela não serve. E quanto a Frank Zhang, ele tem bom coração, mas é terrivelmente ingênuo e inexperiente. Além disso, se os outros descobrirem sobre a história de sua família neste acampamento...

— História da família?

— A questão, Percy, é que *você* é a verdadeira força desta missão. *Você* é um veterano experiente. Já vi o que é capaz de fazer. Um filho de Netuno não seria minha primeira opção, mas, se você for bem-sucedido e retornar da missão, a legião poderá ser salva. A pretoria estará à sua disposição. Juntos, você e eu poderíamos expandir o poder de Roma. Poderíamos formar um exército e achar as Portas da Morte, esmagar as forças de Gaia de uma vez por todas. Você veria que sou uma... amiga... muito útil.

Ela pronunciou a palavra "amiga" como se pudesse ter vários significados, e ele poderia escolher qualquer um.

Percy começou a bater os pés no chão, ansioso para sair dali.

— Reyna... Eu me sinto honrado e tal. E sério. Mas tenho namorada. E não quero poder ou uma pretoria.

Percy ficou com medo de deixá-la brava. Mas, em vez disso, ela só arqueou as sobrancelhas.

— Um homem que recusa poder? — disse ela. — Isso não é muito romano de sua parte. Pense a respeito. Tenho que tomar uma decisão em quatro dias. Se quisermos impedir uma invasão, *precisamos* ter dois pretores poderosos. Eu preferiria você, mas, se a missão for um fracasso, ou se você não retornar, ou se rejeitar minha oferta... Bem, trabalharei com Octavian. Quero salvar este acampamento, Percy Jackson. A situação é pior do que você imagina.

Percy se lembrou do que Frank dissera sobre os ataques dos monstros estarem mais frequentes.

— Quão ruim?

Reyna arranhou a mesa.

— Nem os senadores sabem de toda a verdade. Pedi a Octavian que não compartilhasse seus augúrios, senão haveria pânico em massa. Ele viu um grande exército marchando para o sul, tão grande que não podemos derrotá-lo. Eles são liderados por um gigante...

— Alcioneu?

— Acho que não. Se ele é realmente invulnerável no Alasca, seria tolice vir aqui em pessoa. Deve ser um de seus irmãos.

— Ótimo — disse Percy. — Então agora temos dois gigantes com os quais nos preocupar.

A pretora fez que sim com a cabeça.

— Lupa e seus lobos estão tentando atrasá-los, mas essa força é demais até para eles. O inimigo chegará logo, no máximo até o Festival de Fortuna.

Percy sentiu um calafrio. Ele vira Lupa em ação. Sabia tudo sobre a deusa-loba e sua matilha. Se esse inimigo era poderoso demais para Lupa, o Acampamento Júpiter não teria a menor chance.

Reyna entendeu sua reação.

— É, é ruim, mas ainda há esperança. Se vocês conseguirem trazer nossa águia de volta, se libertarem o deus da morte para que possamos de fato *matar* nossos inimigos, então teremos alguma chance. E ainda há mais uma possibilidade...

Reyna deslizou o anel de prata pela mesa.

— Não posso ajudá-lo muito, mas a viagem os levará até perto de Seattle. Vou lhe pedir um favor que talvez o ajude também. Encontre minha irmã, Hylla.

— Sua irmã... a que me odeia?

— Ah, sim — concordou Reyna. — Ela adoraria matá-lo. Mas mostre este anel para ela como um símbolo meu, e talvez ela resolva ajudá-lo.

— *Talvez?*

— Não posso falar por ela. Na verdade... — Reyna franziu a testa. — Na verdade não falo com ela há semanas. Ela não deu mais notícias. Com esses exércitos percorrendo...

— Você quer que eu dê uma olhada nela — deduziu Percy. — Para ter certeza de que ela está bem.

— Em parte, sim. Não imagino que tenha sido derrotada. Minha irmã tem uma força poderosa. Seu território está bem-guardado. Mas, se você conseguir encontrá-la, ela poderia lhe oferecer uma ajuda valiosa. Isso poderia significar a diferença entre o sucesso e o fracasso de sua missão. E, se você contar para ela o que está acontecendo aqui...

— Ela poderia enviar ajuda? — perguntou Percy.

Reyna não respondeu, mas Percy pôde ver o desespero em seus olhos. Ela estava apavorada, tentando se agarrar a *qualquer coisa* que pudesse salvar o acampamento. Não era à toa que queria a ajuda de Percy. Reyna era a única pretora. Toda a responsabilidade pela defesa do acampamento recaía em seus ombros.

Percy pegou o anel.

— Vou encontrá-la. Onde devo procurar? Que tipo de força ela tem?

— Não se preocupe. Apenas vá a Seattle. Elas o acharão.

Aquilo não pareceu muito encorajador, mas Percy colocou o anel no colar de couro com suas contas e a placa de *probatio*.

— Deseje-me sorte.

— Lute bem, Percy Jackson — falou Reyna. — E obrigada.

Ele percebeu que aquele era o fim da audiência. Reyna estava tendo dificuldades em se controlar, manter a imagem da comandante confiante. Precisava de algum tempo sozinha.

Mas, ao chegar à porta da *principia*, Percy não resistiu e se virou.

— Como foi que destruímos sua casa, o spa onde vocês moravam?

Os galgos de metal rosnaram. Reyna estalou os dedos para silenciá-los.

— Vocês destruíram o poder de nossa mestra — contou ela. — Libertaram alguns prisioneiros que se vingaram de todas nós que vivíamos na ilha. Minha irmã e eu... bem, nós sobrevivemos. Foi difícil. Mas no fim das contas acho que estamos melhor longe daquele lugar.

— De qualquer forma, sinto muito — disse Percy. — Perdoe-me se lhe causei algum sofrimento.

Reyna encarou-o por um bom tempo, como se tentasse interpretar aquelas palavras.

— Um pedido de desculpas? Uma atitude nada romana, Percy Jackson. Você daria um pretor interessante. Espero que considere minha oferta.

XVI

PERCY

O ALMOÇO PARECIA UM FUNERAL. Todos comiam. As pessoas conversavam em voz baixa. Ninguém parecia particularmente feliz. Os outros campistas ficavam lançando olhares para Percy como se ele fosse o cadáver sendo honrado.

Reyna fez um breve discurso desejando-lhes sorte. Octavian rasgou um bicho de pelúcia e anunciou augúrios sombrios e tempos difíceis pela frente, mas previu que o acampamento seria salvo por um herói inesperado (cujas iniciais provavelmente eram OCTAVIAN). Então os outros campistas seguiram para as aulas do turno da tarde: luta de gladiadores, aulas de latim, *paintball* com fantasmas, treinamento de águias e várias outras atividades que pareciam melhores que uma missão suicida. Percy seguiu Hazel e Frank até o alojamento para arrumar a mala.

Percy não possuía muita coisa. Havia esvaziado a mochila que trouxera do norte e ficara com a maioria dos itens do Bargain Mart. Tinha um jeans novo e uma camiseta roxa extra fornecida pelo intendente do acampamento, além de um pouco de néctar, ambrosia, biscoitos, algum dinheiro de mortais e suprimentos do acampamento. Durante o almoço, Reyna lhe entregara um pergaminho de apresentação assinado pela pretora e pelos senadores do acampamento. Em princípio, quaisquer legionários aposentados que eles encontrassem pelo caminho os ajudariam quando vissem aquela carta. Ele também conservou o colar de couro com as contas, o anel de prata e a placa de *probatio*, e, claro, Contracorrente estava em seu bolso. Ele dobrou a camiseta surrada laranja e deixou-a no beliche.

— Vou voltar — disse ele. Sentiu-se muito idiota por estar falando com uma camiseta, mas na verdade pensava em Annabeth e em sua antiga vida. — Não estou indo para sempre. Mas tenho que ajudar esses caras. Eles me acolheram. Merecem sobreviver.

A camiseta não respondeu, felizmente.

Um dos companheiros de alojamento deles, Bobby, deu-lhes uma carona até o limite do vale nas costas do elefante Aníbal. Do topo da colina, Percy pôde avistar tudo o que havia no local. O Pequeno Tibre serpenteava por campos dourados onde pastavam os unicórnios. Os templos e o fórum de Nova Roma brilhavam sob o sol. No Campo de Marte, engenheiros trabalhavam arduamente, desmontando os destroços da fortaleza da noite anterior e preparando barricadas para um jogo de *deathball*. Um dia normal no Acampamento Júpiter, mas, ao norte, nuvens de tempestade se formavam no horizonte. Sombras se moviam pelas montanhas, e Percy imaginou o rosto de Gaia aproximando-se cada vez mais.

Trabalhe comigo para termos um futuro, dissera Reyna. *Pretendo salvar este acampamento.*

Olhando para o vale, Percy entendeu por que ela se importava tanto. Mesmo sendo novo no Acampamento Júpiter, sentia um desejo intenso de proteger o lugar. Um refúgio seguro onde semideuses podiam construir suas vidas — ele queria fazer parte daquele futuro. Talvez não da forma como Reyna imaginava, mas se pudesse compartilhar este lugar com Annabeth...

Eles desmontaram do elefante. Bobby desejou-lhes boa viagem. Aníbal abraçou os três aventureiros com a tromba. E então o serviço de elefante-táxi voltou para o vale.

Percy suspirou. Virou-se para Hazel e Frank e tentou pensar em algo animador para dizer.

Uma voz conhecida pediu:

— Identidades, por favor.

Uma estátua de Término apareceu no topo da colina. O deus franziu a testa de mármore, irritado.

— E então? Vamos logo!

— Você de novo? — perguntou Percy. — Achei que só protegia a fronteira da cidade.

Término bufou.

— Bom ver você também, sr. Burla-Regras. Sim, normalmente protejo a fronteira da cidade, mas gosto de prover segurança extra nas fronteiras do acampamento quando se trata de viagens internacionais. Vocês realmente deveriam ter chegado duas horas antes do momento pretendido para a partida, sabem. Mas vamos precisar dar um jeito agora. Venham aqui para que eu possa revistá-los.

— Mas você não tem... — Percy se interrompeu. — Ah, está bem.

Ele parou ao lado da estátua sem braços. Término realizou uma rigorosa revista mental.

— Você parece estar limpo — declarou Término. — Tem algo a declarar?

— Tenho — respondeu Percy. — Eu declaro que isso é idiota.

— Humpf! Placa de *probatio*: Percy Jackson, Quinta Coorte, filho de Netuno. Certo, pode passar. Hazel Levesque, filha de Plutão. Muito bem. Alguma moeda estrangeira ou, aham, metais preciosos a declarar?

— Não — murmurou ela.

— Tem certeza? — perguntou Término. — Porque da última vez...

— Não!

— Que bando mais mal-humorado — comentou o deus. — Viajantes em missão! Sempre com pressa. Agora, vejamos... Frank Zhang. Ah! Centurião? Muito bem, Frank. E o corte de cabelo está perfeito. Aprovado! Pode seguir então, Centurião Zhang. Precisa de orientações hoje?

— Não. Não, acho que não.

— Sigam direto para a estação de metrô — disse Término mesmo assim. — Troque de trem na rua 12 em Oakland. Vocês precisam saltar na estação Fruitvale. De lá, podem ir andando ou pegar o ônibus para Alameda.

— Vocês não têm um trem mágico ou algo do tipo? — perguntou Percy.

— Trens mágicos! — zombou Término. — Daqui a pouco vocês vão querer uma via de acesso exclusivo e uma credencial para a sala VIP. Viajem com segurança e tomem cuidado com Polibotes. Falando de arruaceiros... ah! Eu queria poder esganá-lo com minhas próprias mãos.

— Espere... quem? — perguntou Percy.

Término fez cara de quem fazia força, como se estivesse flexionando seus bíceps inexistentes.

— Ah, bem. Tomem cuidado com ele, só isso. Imagino que ele possa sentir o cheiro de um filho de Netuno a um quilômetro de distância. Podem ir agora. Boa sorte!

Uma força invisível chutou-os para fora da fronteira. Quando Percy olhou para trás, Término havia sumido. Na verdade, o vale inteiro tinha desaparecido. Berkeley Hills parecia não abrigar nenhum acampamento romano.

Percy olhou para os amigos.

— Alguma ideia do que Término quis dizer? Cuidado com o... Poli-sei-lá--o-quê?

— Po-li-bo-tes? — Hazel pronunciou o nome devagar. — Nunca ouvi falar dele.

— Parece grego — disse Frank.

— Isso ajuda muito. — Percy suspirou. — Bem, provavelmente acabamos de aparecer no radar olfativo de todos os monstros num raio de dez quilômetros. Melhor irmos andando.

Eles levaram duas horas para chegar às docas em Alameda. Em comparação com os últimos meses de Percy, a viagem foi fácil. Nenhum ataque de monstro. Ninguém olhou para Percy como se ele fosse um pivete sem-teto.

Frank havia guardado a lança, o arco e a aljava em uma bolsa comprida própria para esquis. A espada de cavalaria de Hazel estava enrolada em um saco de dormir que ela carregava nas costas. Juntos os três pareciam adolescentes normais indo acampar. Andaram até a estação Rockridge, compraram as passagens com dinheiro de mortais e embarcaram no trem.

Saltaram em Oakland. Precisaram caminhar por alguns bairros barra-pesada, mas ninguém mexeu com eles. Sempre que integrantes de alguma gangue chegavam bem perto para olhar Percy nos olhos acabavam se afastando rapidamente. Ele havia aperfeiçoado seu olhar de lobo nos últimos meses, um olhar que dizia: *Por mais que você se ache mau, eu sou pior*. Depois de estrangular monstros marinhos e atropelar górgonas com um carro de polícia, Percy não tinha medo de gangues. Quase nada no mundo dos mortais o assustava mais.

No fim da tarde, os três chegaram às docas em Alameda. Percy olhou para a Baía de São Francisco, respirou fundo e sentiu cheiro de maresia. Sentiu-se melhor no mesmo instante. Aquele era o domínio de seu pai. O que fossem enfrentar, ele levaria vantagem se estivessem no mar.

Havia dezenas de barcos atracados nas docas: de iates de cinquenta pés até barquinhos pesqueiros de dez. Ele correu os olhos pelo píer à procura de algum tipo de embarcação mágica — uma trirreme, talvez, ou um navio de guerra com um dragão na proa, como vira em seu sonho.

— Hum... Vocês sabem o que estamos procurando?

Hazel e Frank balançaram a cabeça.

— Eu nem sabia que *tínhamos* uma esquadra. — Pelo tom de Hazel, parecia que ela desejava que não existisse uma.

— Ah... — Frank apontou. — Vocês não acham que...?

No fim das docas havia um barco minúsculo, que parecia um bote, coberto com uma lona roxa. Na lona, estava bordado *s.p.q.r.* em um dourado desbotado.

A confiança de Percy fraquejou.

— Não pode ser.

Ele descobriu o barco, desfazendo os nós com as mãos como se tivesse feito aquilo a vida toda. Embaixo da lona havia um velho barco a remo de aço, sem os remos. Ele fora pintado de azul-escuro em algum momento do passado, mas o casco estava tão incrustado com piche e sal que parecia um enorme hematoma náutico.

Na proa ainda se podia ler o nome *Pax* escrito em letras douradas. Olhos pintados pareciam tristes, caídos ao nível da água, como se o barco estivesse prestes a cair no sono. A bordo havia dois bancos, um pouco de lã de aço, um *cooler* velho e uma corda esfiapada amontoada e com uma das pontas amarrada ao ancoradouro. No fundo do barco, um saco plástico e duas latas vazias de Coca-Cola boiavam em vários centímetros de água espumosa.

— Contemplem — disse Frank. — A poderosa esquadra romana.

— Deve haver algum engano — falou Hazel. — Isso aí é um pedaço de sucata.

Percy imaginou Octavian rindo deles, mas decidiu não se deixar abater por aquilo. O *Pax* ainda era um barco. Percy pulou para dentro, e o casco rangeu sob seus pés, reagindo à sua presença. Ele juntou todo o lixo no *cooler* e o colocou no píer. Ordenou que a água espumosa fluísse para fora do barco. E então apontou para a lã de aço, e ela voou pelo assoalho, esfregando e polindo tão rápido que começou a sair fumaça do aço. Quando tudo terminou, o barco estava limpo. Percy apontou para a corda, e ela se desamarrou do píer.

Não havia remos, mas isso não tinha importância. Percy sabia que o barco estava pronto para navegar, só aguardando seu comando.

— Isso vai servir — disse ele. — Entrem.

Hazel e Frank pareciam um pouco atordoados, mas embarcaram. Hazel parecia estar bastante nervosa. Depois que se acomodaram nos bancos, Percy se concentrou e o barco começou a se afastar do píer.

Juno tinha razão, sabe. A voz sonolenta de Gaia sussurrou na mente de Percy, assustando-o de tal forma que o barco sacudiu. *Você poderia ter escolhido uma nova vida no mar. Estaria a salvo de mim aí. Agora é tarde demais. Você preferiu a dor e o sofrimento. Agora faz parte de meu plano — meu importante peãozinho.*

— Saia do meu barco — rosnou Percy.

— Hã, o quê? — perguntou Frank.

Percy esperou, mas a voz de Gaia silenciou.

— Nada — respondeu. — Vejamos o que esta canoa pode fazer.

Ele virou o barco para o norte, e em pouco tempo navegavam a quinze nós na direção da ponte Golden Gate.

XVII

HAZEL

Hazel odiava barcos.

Ficava enjoada com tanta facilidade que mais parecia uma praga marítima. Ela não mencionara isso a Percy. Não queria estragar a missão, mas se lembrava de como sua vida havia sido horrível quando ela e a mãe se mudaram para o Alasca — sem estradas. Aonde quer que fossem, tinham que pegar um trem ou um barco.

Hazel tinha esperanças de que seu problema tivesse melhorado desde seu retorno do mundo dos mortos. Obviamente, não tinha. E esse barquinho, o *Pax*, parecia muito com aquele outro que ela e a mãe tinham no Alasca. Trazia lembranças ruins...

Assim que se afastaram do atracadouro, o estômago de Hazel começou a embrulhar. Quando o barco estava passando pelos píeres ao longo da Bay Area de São Francisco, ela já se sentia tão tonta que achou que estava tendo alucinações. Passaram por um bando de leões-marinhos se espreguiçando nas docas, e ela jurou ter visto um velho sem-teto sentado no meio dos animais. O sujeito apontou um dedo magro para Percy e mexeu os lábios dizendo algo como: *Nem pense nisso*.

— Vocês viram aquilo? — perguntou Hazel.

O rosto de Percy estava avermelhado pelo pôr do sol.

— Sim. Já vim aqui. Eu... eu não sei. Acho que estava procurando minha namorada.

— Annabeth — disse Frank. — Quer dizer, quando você estava indo para o Acampamento Júpiter?

Percy franziu o cenho.

— Não. Antes disso.

Ele ficou olhando a cidade como se ainda procurasse Annabeth até passarem debaixo da ponte Golden Gate e virarem para o norte.

Hazel tentou acalmar o estômago pensando em coisas agradáveis: a euforia que sentira na noite anterior quando eles ganharam os jogos de guerra, invadir a fortificação inimiga em cima de Aníbal, a transformação repentina de Frank em líder. Ele parecia uma pessoa completamente diferente ao escalar a muralha, convocando a Quinta Coorte ao ataque. O modo como ele havia varrido os defensores do alto das ameias... Hazel nunca o vira daquele jeito. Ficara muito orgulhosa ao colocar a medalha de centurião na camisa dele.

Então seus pensamentos se voltaram para Nico. Antes de partirem, o irmão a puxara até um canto para lhe desejar boa sorte. Hazel tinha esperança de que Nico fosse ficar no Acampamento Júpiter para ajudar a defendê-lo, mas ele disse que partiria naquele dia de volta ao Mundo Inferior.

— Papai precisa de toda a ajuda possível — falou. — Os Campos da Punição parecem o cenário de uma rebelião carcerária. As Fúrias quase não estão conseguindo manter a ordem. Além disso... vou tentar rastrear algumas das almas fugitivas. Talvez eu consiga achar as Portas da Morte pelo outro lado.

— Tenha cuidado — disse Hazel. — Se Gaia está guardando aquelas portas...

— Não se preocupe. — Nico abriu um sorriso. — Sei como ficar escondido. Apenas cuide de si mesma. Quanto mais perto do Alasca chegar... não sei se isso vai melhorar ou piorar os blecautes.

Cuidar-me, pensou Hazel amargurada. Como se houvesse alguma possibilidade de a missão acabar bem para ela.

— Se libertarmos Tânatos — Hazel disse a Nico —, pode ser que eu não o veja nunca mais. Tânatos vai me mandar de volta para o Mundo Inferior...

Nico pegou a mão dela. Os dedos dele eram tão pálidos que ficava difícil acreditar que os dois eram filhos do mesmo pai divino.

— Eu quis lhe dar uma chance no Elísio — disse ele. — Foi o melhor que pude fazer por você. Mas agora gostaria que houvesse outro jeito. Não quero perder minha irmã.

Nico não falou as palavras *de novo*, mas Hazel sabia que era o que ele pensava. Pela primeira vez ela não sentiu ciúmes de Bianca di Angelo. Só gostaria de ter mais tempo com Nico e os amigos no acampamento. Não queria morrer uma segunda vez.

— Boa sorte, Hazel — desejou Nico.

Ele então se misturou às sombras, exatamente como seu pai fizera setenta anos antes.

O barco deu uma sacudida, trazendo Hazel de volta ao presente. Eles alcançaram as correntes do Pacífico e começaram a margear o litoral rochoso de Marin County.

Frank tinha a bolsa de esqui no colo. Ela passava em cima dos joelhos de Hazel como a barra de segurança de um brinquedo em um parque de diversões, o que a fez pensar na vez em que Sammy a levara a uma festa de rua durante o Mardi Gras, carnaval de Nova Orleans... Ela logo afastou aquela lembrança. Não podia correr o risco de ter um blecaute.

— Está tudo bem? — perguntou Frank. — Você parece enjoada.

— É por causa do mar — confessou ela. — Não achei que fosse ser tão ruim assim.

A expressão de Frank era de culpa, como se de alguma forma aquilo estivesse acontecendo por sua causa. Começou a procurar algo na bolsa.

— Tenho um pouco de néctar. E alguns *cream-crackers*. Hum, minha avó diz que gengibre ajuda... Não tenho gengibre, mas...

— Está tudo bem. — Hazel sorriu. — De qualquer forma, é muito gentil de sua parte.

Frank pegou um biscoito, que se quebrou em seus dedos enormes. Voaram pedaços para todo lado.

Hazel riu.

— Pelos deuses, Frank... Desculpe. Eu não deveria rir.

— Ah, não tem problema — disse ele, timidamente. — Acho que você não vai querer esse aí.

Percy não prestava muita atenção. Mantinha o olhar fixo no litoral. Quando passaram por Stinson Beach, ele apontou para o continente, onde uma montanha isolada se destacava acima das colinas verdejantes.

— Aquilo me parece familiar — disse ele.

— Monte Tam — falou Frank. — Os garotos no acampamento vivem falando dele. Uma grande batalha aconteceu lá no topo, na antiga base dos titãs.

Percy franziu o cenho.

— Algum de vocês estava lá?

— Não — respondeu Hazel. — Isso aconteceu em agosto, antes que eu... hum... antes que eu chegasse ao acampamento. Jason me contou. A legião destruiu o palácio do inimigo e mais ou menos um milhão de monstros. Jason teve que enfrentar Crios... Uma luta mão a mão com um titã, se é que dá para imaginar algo assim.

— Dá para imaginar sim — murmurou Percy.

Hazel não sabia o que aquele comentário queria dizer, mas Percy a *fazia* lembrar-se de Jason, mesmo que os dois não se parecessem em nada. Eles possuíam a mesma aura de poder silencioso, além de um tipo de tristeza, como se tivessem visto o futuro e soubessem que era apenas questão de tempo até encontrarem um monstro que não fossem capazes de derrotar.

Hazel compreendia aquele sentimento. Ela observava o sol se pôr no oceano, sabendo que tinha menos de uma semana de vida. Sendo a missão bem-sucedida ou não, sua jornada chegaria ao fim até o Festival de Fortuna.

Ela pensou em sua primeira morte, e nos meses que a antecederam: sua casa em Seward, os seis meses que passara no Alasca, levando aquele barquinho até a Baía Resurrection à noite, visitando aquela ilha maldita.

Hazel percebeu seu erro tarde demais. A visão escureceu, e ela recuou no tempo.

A casa alugada delas era um barraco de ripas de madeira suspenso por estacas acima da baía. Quando o trem vindo de Anchorage passava por ali, toda a mobília balançava e os quadros trepidavam nas paredes. À noite, Hazel adormecia ao som da água gelada do mar lambendo as pedras sob o piso de madeira. O vento fazia a casa ranger e gemer.

Havia só um cômodo, e a cozinha se limitava a uma chapa elétrica e uma caixa de isopor. Um canto da casa era isolado por uma cortina para Hazel, onde ficavam seu colchão e um baú. Ela havia prendido com tachinhas nas paredes seus desenhos e fotos antigas de Nova Orleans, mas aquilo só ajudara a piorar sua saudade.

A mãe quase nunca estava em casa. Não era mais conhecida como Queen Marie. Era só Marie, a empregada. Cozinhava e faxinava o dia todo no restaurante da Terceira Avenida para pescadores, funcionários da ferrovia e uma ou outra tripulação de marinheiros. E voltava para casa no fim do dia cheirando a desinfetante e peixe frito.

À noite, Marie Levesque se transformava. A Voz assumia o controle, dando ordens a Hazel, colocando-a para trabalhar no projeto horrível delas.

No inverno era pior. A Voz ficava mais tempo por causa da escuridão constante. O frio era tão intenso que Hazel achava que nunca mais sentiria calor.

Quando chegava o verão, Hazel não se cansava do sol. Todos os dias das férias de verão ela passava longe de casa o máximo que podia, mas não tinha permissão para ficar passeando pela cidade. Era uma comunidade pequena. As outras crianças espalhavam boatos a seu respeito — a filha da bruxa que morava na cabana velha lá nas docas. Se Hazel chegasse muito perto, as crianças zombavam dela ou lhe atiravam garrafas e pedras. Os adultos não eram muito melhores.

Hazel poderia ter feito da vida deles um inferno. Poderia ter distribuído diamantes, pérolas e ouro. Lá no Alasca, ouro era fácil de achar. Havia uma quantidade tão grande nas colinas que Hazel poderia ter soterrado a cidade sem precisar fazer muito esforço. Mas ela não odiava os moradores por eles a quererem longe, mantê-la a distância. Não podia culpá-los.

A menina passava os dias andando pelas colinas. Ela atraía corvos. Eles grasnavam das árvores e ficavam esperando pelas coisas brilhantes que sempre apareciam nas pegadas de Hazel. A maldição não parecia incomodá-los. Havia ursos-pardos também, mas esses mantinham distância. Quando Hazel ficava com sede, procurava uma cascata de neve derretida e bebia aquela água gelada e fresca até a garganta doer. Ela subia o mais alto possível e deixava os raios de sol lhe aquecerem o rosto.

Não era um jeito ruim de passar o tempo, mas ela sabia que em algum momento teria que voltar para casa.

Às vezes, Hazel pensava no pai — aquele homem pálido, estranho, de terno preto e prateado. Hazel queria que ele voltasse e a protegesse da mãe, talvez usasse seus poderes para dar um fim naquela Voz horrível. Se ele era um deus, deveria ser capaz de fazer isso.

Ela olhava para os corvos e ficava imaginando que eram seus mensageiros. Os olhos dos pássaros eram negros e maníacos, como os dele. A menina se perguntava se eles relatariam seus movimentos para o pai.

Mas Plutão alertara sua mãe a respeito do Alasca. Era uma terra além do alcance dos deuses. Ele não poderia protegê-las ali. Se observava Hazel, não falava com ela. Muitas vezes ela se perguntava se não tinha imaginado o pai. Sua vida antiga parecia tão distante quanto os programas de rádio que ouvia, ou o presidente Roosevelt falando da guerra. De vez em quando os outros moradores falavam dos japoneses e de alguma luta nas ilhas mais afastadas do Alasca, mas até isso parecia distante — nem de longe tão assustadoras quanto o problema de Hazel.

Certo dia, no meio do verão, ela ficou fora de casa até mais tarde que o normal, perseguindo um cavalo.

Ela o havia visto pela primeira vez depois de ouvir um barulho de mastigação atrás de si. Hazel virou-se e viu um lindo garanhão ruão pardo com uma crina negra — igualzinho àquele que ela cavalgara no último dia em Nova Orleans, quando Sammy a levara aos estábulos. Poderia ser o mesmo cavalo, embora isso fosse impossível. Ele comia algo do chão, e por um segundo Hazel teve a impressão maluca de que o animal mastigava uma das pepitas de ouro que sempre apareciam em seu rastro.

— Ei, amigão — cumprimentou.

O cavalo olhou para ela, desconfiado.

Hazel presumiu que ele pertencia a alguém. Era muito bem-cuidado, o pelo muito lustroso para um cavalo selvagem. Se conseguisse chegar mais perto... O quê? Ela poderia encontrar o dono? Devolvê-lo?

Não, pensou. Só quero cavalgar de novo.

Quando chegou a três metros dele, o cavalo saiu em disparada. Hazel passou o restante da tarde tentando capturá-lo — chegando incrivelmente perto e vendo-o fugir de novo.

Ela perdeu a noção do tempo, o que era fácil de acontecer com tantas horas de sol durante o verão. Por fim, Hazel parou num riacho para beber água e olhou para o céu, achando que deviam ser umas três da tarde. Mas então ouviu o apito de um trem no vale. Percebeu que devia ser a linha noturna para Anchorage, o que significava que eram dez da noite.

Hazel olhou fixamente para o cavalo, que pastava tranquilo do outro lado do riacho.

— Você está tentando me meter em encrenca?

O cavalo relinchou. E então... Hazel deve ter imaginado. O cavalo saiu em disparada num borrão preto e castanho, mais rápido que um raio — quase rápido demais para que os olhos dela registrassem. Hazel não entendia como, mas o cavalo *definitivamente* havia sumido.

Ela fitou o ponto onde o cavalo estivera. Um pequeno fiapo espiralado de fumaça subia do chão.

O apito do trem ecoou pelas colinas mais uma vez, e Hazel se deu conta do tamanho de seu problema. Voltou correndo para casa.

A mãe não estava lá. Por um segundo Hazel sentiu alívio. Talvez ela tivesse precisado trabalhar até mais tarde. Talvez naquela noite as duas não tivessem que fazer a viagem.

E então Hazel viu o estrago. Sua cortina estava caída no chão. O baú havia sido aberto, e suas poucas roupas, espalhadas pelo piso. O colchão fora retalhado como se tivesse sido atacado por um leão. O pior de tudo: seu bloco de desenho estava rasgado em mil pedacinhos. Os lápis de cor, todos quebrados. O presente de aniversário dado por Plutão, o único luxo de Hazel, fora destruído. Preso à parede com uma tachinha, o último pedaço de papel do bloco, tinha um recado escrito em vermelho com uma caligrafia que não era a da mãe: *Menina má. Estou à sua espera na ilha. Não me decepcione*. Hazel chorava, desesperada. Teve vontade de ignorar o chamado. Quis fugir, mas não tinha para onde ir. Além do mais, sua mãe tinha sido aprisionada. A Voz havia prometido que elas estavam quase terminando a tarefa. Se Hazel continuasse ajudando, a mãe seria libertada. Hazel não confiava na Voz, mas não via alternativa.

Pegou o barquinho a remo — um esquife pequeno que a mãe trocara por algumas pepitas de ouro com um pescador, que sofreu um trágico acidente com a rede de pesca no dia seguinte. Elas só tinham um barco, mas às vezes a mãe de Hazel parecia ser capaz de chegar à ilha sem utilizar qualquer meio de transporte. Hazel aprendera a não fazer perguntas sobre isso.

Mesmo sendo o meio do verão, pedaços de gelo boiavam na Baía Resurrection. Focas nadavam junto ao barco, olhando esperançosas para Hazel, tentando farejar sobras de peixe. No meio da baía, o dorso reluzente de uma baleia rompeu a superfície da água.

Como sempre, o balanço do barco embrulhou o estômago de Hazel. Ela parou uma vez e vomitou do lado de fora do barco. O sol estava finalmente descendo atrás das montanhas, pintando o céu de vermelho-sangue.

Hazel remou em direção à entrada da baía. Após vários minutos, virou-se e olhou adiante. Bem à sua frente, em meio à neblina, a ilha se materializou: meio hectare de terreno coberto com pinheiros, pedregulhos, neve e uma praia de areias negras.

Se a ilha tinha nome, Hazel não sabia. Certa vez ela cometera o erro de perguntar aos moradores da cidade, mas eles a encararam como se a menina fosse louca.

— Não tem ilha nenhuma ali — disse um velho pescador —, senão meu barco teria batido nela milhares de vezes.

Hazel estava a menos de cinquenta metros da praia quando um corvo pousou na popa do barco. Era um pássaro preto lustroso quase do tamanho de uma águia, com um bico chanfrado parecendo uma faca de obsidiana.

Seus olhos brilhavam com inteligência, então Hazel não se surpreendeu quando ele falou.

— Esta noite — crocitou ele. — A última noite.

Hazel parou de remar. Tentou decidir se o corvo a alertava, dando um conselho ou fazendo uma promessa.

— Você foi enviado por meu pai? — perguntou ela.

O corvo inclinou a cabeça.

— A última noite. Esta noite.

Então bicou a proa do barco e voou em direção à ilha.

A última noite, Hazel disse a si mesma. Resolveu entender aquilo como uma promessa. *Não importa o que ela me diga, vou* fazer *com que esta seja a última noite.*

Aquilo lhe deu força suficiente para continuar remando. O barco deslizou até a praia, rachando uma camada fina de gelo e limo negro.

Nos últimos meses, Hazel e a mãe tinham aberto um caminho da praia à mata. Ela caminhou para o interior da ilha, tomando cuidado para não sair da trilha. A ilha era cheia de perigos, tanto naturais quanto mágicos. Ursos se moviam em meio à vegetação. Espíritos brancos luminosos, vagamente humanos, se movimentavam pelas árvores. Hazel não sabia o que eles eram, mas tinha consciência de que a observavam, na esperança de que ela se perdesse e caísse em suas garras.

No meio da ilha, dois pedregulhos negros enormes formavam a boca de um túnel. Hazel entrou na caverna que ela chamava de Coração da Terra.

Aquele era o único lugar verdadeiramente aquecido que Hazel encontrara desde a mudança para o Alasca. O ar tinha cheiro de terra recém-revirada. O calor doce e úmido deixava Hazel sonolenta, mas ela se esforçou para permanecer acordada. Imaginou que se dormisse ali seu corpo afundaria na terra e viraria adubo.

A caverna era tão grande quanto o altar de uma igreja, como a Catedral de São Luís na Jackson Square, em Nova Orleans. As paredes da caverna brilhavam com musgos luminosos — tons de verde, vermelho e roxo. A câmara inteira vibrava com uma energia, um *bum*, *bum*, *bum* ressonante que lembrava a Hazel um batimento cardíaco. Talvez fossem apenas as ondas do mar açoitando a ilha, mas a menina achava que não. Aquele lugar tinha vida. A terra estava adormecida, mas pulsava com poder. Seus sonhos eram tão malignos, tão inquietos, que Hazel sentiu que estava perdendo o contato com a realidade.

Gaia queria consumir sua identidade, assim como havia dominado Marie. Queria consumir todos os seres humanos, deuses e semideuses que ousavam andar por sua superfície.

Todos vocês me pertencem, Gaia murmurava, como uma canção de ninar. *Rendam-se. Voltem para a terra.*

Não, pensou Hazel. *Eu sou Hazel Levesque. Você não pode me ter.*

Marie Levesque estava de pé na borda do poço. Em seis meses seu cabelo ficara totalmente grisalho. Ela emagrecera. As mãos estavam calejadas de tanto trabalhar. Ela usava botas para a neve e uma camisa branca manchada do restaurante. Jamais teria sido tomada por uma rainha.

— É tarde demais. — A voz fraca da mãe ecoou pela caverna. Hazel percebeu, chocada, que a voz era a *dela*, não a de Gaia.

— Mãe?

Marie virou-se, de olhos abertos. Estava acordada e consciente. Aquilo deveria ter deixado Hazel aliviada, mas ela ficou nervosa. A Voz nunca abrira mão de seu controle enquanto as duas estavam na ilha.

— O que foi que eu fiz? — perguntou a mãe, desconsolada. — Ah, Hazel, o que fiz com você?

Hazel olhou horrorizada para aquela coisa dentro do poço.

Durante meses as duas tinham ido até ali, quatro ou cinco noites por semana, como a Voz exigia. Hazel havia chorado, desmaiado de exaustão, suplicado, cedido ao desespero. Mas a Voz que controlava sua mãe a fizera continuar implacavelmente. *Traga-me riquezas da terra. Use seus poderes, criança. Traga para mim meu bem mais valioso.*

No começo, os esforços de Hazel eram recebidos com desprezo. A fenda na terra se enchera de ouro e pedras preciosas, borbulhando numa sopa espessa de petróleo. Parecia o tesouro de um dragão despejado em um poço de piche. E então, aos poucos, um cone rochoso começou a crescer, como um bulbo gigantesco de tulipa. Ele se erguia de forma tão gradual, noite após noite, que Hazel tinha dificuldade em avaliar seu progresso. Muitas vezes ela passava a noite toda concentrada na tarefa de fazê-lo crescer, até mente e alma ficarem exaustas, mas não notava diferença alguma. No entanto, o cone *crescia*.

Agora Hazel podia ver o quanto havia realizado. A coisa era tão alta quanto um prédio de dois andares, com filamentos rochosos projetando-se como a ponta espiralada de uma lança saindo do charco oleoso. No interior, algo quente brilhava. Hazel não conseguia ver direito, mas sabia o que acontecia. Um corpo ia sendo formado de prata e ouro, com sangue de petróleo e coração de diamantes brutos. Hazel estava ressuscitando o filho de Gaia. Ele estava quase pronto para despertar.

Sua mãe caiu de joelhos e chorou.

— Eu sinto muito, Hazel. Sinto tanto.

Ela parecia desolada e abandonada, terrivelmente triste. Hazel deveria ter ficado furiosa. *Sente muito?* Ela passara anos com medo da mãe. Fora repreendida e culpada pela vida infeliz dela. Fora tratada como uma aberração, arrancada de sua casa em Nova Orleans, levada para aquela selva gelada e trabalhara como escrava para uma deusa maligna impiedosa. *Sentir muito* não era o suficiente. Hazel deveria ter desprezado a mãe.

Mas não conseguia sentir raiva.

Hazel ajoelhou-se e abraçou a mãe. Já não sobrara quase nada dela, só pele, osso e um uniforme manchado. Mesmo dentro da caverna aquecida, ela tremia.

— O que podemos fazer? — perguntou Hazel. — Diga o que preciso fazer para impedir isso.

A mãe balançou a cabeça.

— Ela me libertou. Sabe que é tarde demais. Não há nada que possamos fazer.

— Ela... a Voz? — Hazel tinha medo de criar expectativas, mas, se sua mãe estava realmente livre, então nada mais importava. Elas poderiam ir embora dali. Poderiam fugir, voltar para Nova Orleans. — Ela foi embora?

A mãe olhou temerosa pela caverna.

— Não, ela está aqui. Só quer mais uma coisa de mim. E para isso precisa de meu livre-arbítrio.

Hazel não gostou do tom daquilo.

— Vamos embora daqui — implorou ela. — Aquela coisa na rocha... vai nascer.

— Logo — concordou a mãe.

Ela olhou para Hazel com tanta ternura... Hazel não conseguia se lembrar da última vez que vira aquele tipo de afeição nos olhos da mãe. Sentiu um soluço crescendo no peito.

— Plutão me alertou — disse a mãe. — Ele me disse que meu desejo era perigoso demais.

— Seu... seu desejo?

— Todas as riquezas sob a terra. Ele as controlava. Eu as queria. Estava tão cansada de ser pobre, Hazel. Tão cansada. Primeiro eu o invoquei... Só para ver se conseguia. Nunca pensei que o antigo feitiço africano fosse funcionar com um deus. Mas ele me cortejou, disse que eu era corajosa e bonita... — Ela olhava fixamente para as mãos deformadas e calejadas. — Quando você nasceu, ele ficou muito feliz e orgulhoso. Prometeu que me daria qualquer coisa. Jurou pelo Rio Estige. Então pedi que me desse todas as riquezas que ele possuía. Plutão me alertou dizendo que os desejos mais gananciosos traziam os maiores infortúnios. Mas eu insisti. Imaginei uma vida de rainha para mim... A mulher de um deus! E você... você foi amaldiçoada.

Hazel se sentiu expandindo, quase a ponto de explodir, como aquele cone no poço. Sua angústia logo se tornaria grande demais para ser contida, e sua pele iria se despedaçar.

— É por isso que eu consigo achar coisas sob a terra?

— E é por isso que elas só trazem sofrimento. — A mulher apontou languidamente para a caverna. — E foi assim que *ela* me encontrou e foi capaz de me controlar. Eu tinha raiva de seu pai. Culpei-o por meus problemas. Culpei você. Estava tão amargurada que dei ouvidos à voz de Gaia. Fui uma tola.

— Deve haver algo que possamos fazer — rebateu Hazel. — Diga como posso detê-la.

O chão tremeu. A voz desencarnada de Gaia ecoou pela caverna.

Meu primogênito se levanta, disse ela, *a coisa mais preciosa na terra — e você o trouxe das profundezas, Hazel Levesque. Você o renovou. O despertar dele não pode ser impedido. Agora só falta uma coisa.*

Hazel cerrou os punhos. Sentia-se apavorada, mas, agora que sua mãe estava livre, achava que finalmente poderia confrontar sua inimiga. Essa criatura, essa deusa do mal, arruinara a vida delas. Hazel não iria deixá-la vencer.

— Não vou mais ajudar você — gritou.

Não preciso mais de sua ajuda, garota. Só a trouxe aqui por um motivo. Sua mãe precisava de... incentivo.

Hazel sentiu um aperto na garganta.

— Mãe?

— Sinto muito, Hazel. Se puder me perdoar, por favor... Saiba que só fiz isso porque amo você. Ela prometeu deixá-la viver se...

— Se *você* se sacrificar — completou Hazel, percebendo a verdade. — Ela precisa que você se entregue espontaneamente para dar vida àquela... àquela *coisa*.

Alcioneu, disse Gaia. *O mais velho dos gigantes. Ele deve se erguer primeiro, e aqui será sua nova terra — longe dos deuses. Ele andará por estas montanhas e florestas geladas. Ele reunirá um exército de monstros. Enquanto os deuses estão divididos, lutando uns contra os outros nesta Guerra Mundial dos mortais, ele enviará seus exércitos para destruir o Olimpo.*

Os sonhos da deusa da terra eram tão poderosos que projetavam sombras pelas paredes da caverna: imagens pavorosas de exércitos nazistas devastando a Europa, aviões japoneses destruindo cidades americanas. Hazel finalmente entendeu. Os deuses do Olimpo tomariam partido na batalha, como sempre faziam nas guerras humanas. E, enquanto os deuses lutavam entre si até uma trégua sangrenta, um exército de monstros surgiria no norte. Alcioneu traria seus irmãos, os gigantes, de volta à vida e os enviaria para conquistar o mundo. Os deuses enfraquecidos cairiam. O conflito dos mortais se estenderia por décadas até que toda a civilização fosse destruída e a deusa da terra despertasse completamente. E então Gaia governaria para sempre.

Tudo isso, ronronou a deusa, *porque sua mãe foi gananciosa e amaldiçoou você com o dom de encontrar riquezas. Em meu estado adormecido, eu teria precisado de várias décadas, talvez séculos, até reunir o poder para ressuscitar Alcioneu sozinha. Mas agora ele vai acordar, e, logo, eu também!*

Com uma certeza assustadora, Hazel sabia o que aconteceria em seguida. A única coisa de que Gaia precisava era um sacrifício espontâneo — uma alma a ser consumida para que Alcioneu acordasse. Sua mãe entraria na fenda e tocaria aquele cone horrível — e seria absorvida.

— Vá, Hazel. — A mãe levantou-se, cambaleante. — Ela deixará você viver, mas é preciso que se apresse.

Hazel acreditou. Aquilo era o mais horrível. Gaia honraria o acordo e a deixaria viver. Hazel sobreviveria para ver o fim do mundo, sabendo que fora a responsável.

— Não. — Hazel tomou uma decisão. — Não vou viver. Não para isso.

Do fundo de sua alma, ela chamou o pai, o Senhor do Mundo Inferior, e invocou todas as riquezas que se estendiam por seu vasto reino. A caverna estremeceu.

Em torno do cone de Alcioneu, o óleo borbulhou, agitou-se e entrou em erupção, como um caldeirão fervente.

Não seja tola, disse Gaia, mas Hazel sentiu a preocupação em seu tom de voz, talvez até medo. *Você destruirá a si mesma para nada! Ainda assim sua mãe morrerá!*

Hazel quase titubeou. Lembrou-se da promessa feita pelo pai: um dia sua maldição seria suspensa; um descendente de Netuno lhe traria paz. Ele até dissera que Hazel poderia encontrar o próprio cavalo. Talvez aquele animal estranho nas colinas estivesse destinado a ela. Mas nada disso aconteceria se Hazel morresse ali. Ela nunca mais veria Sammy nem voltaria a Nova Orleans. Sua vida teria durado treze curtos e penosos anos com um final infeliz.

Seus olhos se encontraram com os da mãe. Pela primeira vez na vida a mulher não parecia triste ou brava. Seus olhos brilhavam de orgulho.

— Você foi meu presente, Hazel — disse ela. — Meu presente mais precioso. Fui tola ao pensar que precisava de algo mais.

Ela deu um beijo na testa de Hazel e a abraçou. O calor de seu corpo deu-lhe coragem para continuar. Elas morreriam, mas não como um sacrifício para Gaia. Instintivamente, Hazel soube que o ato final delas anularia o poder da deusa. Suas almas iriam para o Mundo Inferior, e Alcioneu não nasceria — pelo menos ainda não.

Hazel evocou o que restava de suas forças. O ar ficou extremamente quente. O cone começou a afundar. Joias e blocos de ouro dispararam de dentro da fenda com tanta força que racharam as paredes da caverna e lançaram estilhaços, ferindo a pele de Hazel através de seu casaco.

Pare com isso!, Gaia ordenou. *Você não pode evitar o nascimento dele. O máximo que fará é adiá-lo por algumas décadas. Meio século. Você trocaria a vida de vocês por isso?*

Hazel deu sua resposta.

A última noite, dissera o corvo.

A fenda explodiu. O teto desabou. Hazel afundou nos braços da mãe, para a escuridão, enquanto o óleo enchia seus pulmões e a ilha afundava na baía.

XVIII

HAZEL

— **Hazel! — Frank sacudiu os braços** dela, em pânico. — Vamos, por favor! Acorde!

Ela abriu os olhos. O céu noturno reluzia com as estrelas. O balanço do barco havia cessado. Ela estava deitada em chão firme, com a espada embrulhada e a mochila a seu lado.

Sentou-se, meio grogue, sentindo a cabeça girar. Eles estavam em um penhasco de onde se avistava uma praia. A mais ou menos uns trinta metros de distância, o mar cintilava à luz da lua. A água banhava delicadamente a popa do barco na areia. À direita de Hazel, na beira do penhasco, havia uma construção que parecia uma pequena igreja com um holofote na torre do campanário. Um farol, presumiu Hazel. Atrás deles, campos de grama alta balançavam ao vento.

— Onde estamos? — perguntou ela.

Frank soltou o ar.

— Graças aos deuses você acordou! Estamos em Mendocino, uns duzentos e quarenta quilômetros ao norte da Golden Gate.

— Duzentos e quarenta quilômetros? — gemeu Hazel. — Fiquei fora do ar *tanto* tempo assim?

Percy ajoelhou-se a seu lado, com a brisa marinha soprando seus cabelos. Colocou a mão na testa de Hazel, como se verificasse a temperatura dela.

— Não conseguíamos acordar você. Então decidimos trazê-la para terra firme. Achamos que talvez o enjoo por causa do balanço do mar...

— Não foi enjoo. — Ela respirou fundo. Não podia mais esconder a verdade deles. Lembrou-se do que Nico falara: *Se um flashback desses acontecer quando você estiver lutando...* — Eu... eu não tenho sido muito sincera com vocês — disse. — O que aconteceu foi um blecaute. Tenho isso de vez em quando.

— Um blecaute? — Frank pegou a mão de Hazel, o que a surpreendeu... Mas de forma agradável. — É algum problema de saúde? Por que não reparei nisso antes?

— Eu tento esconder — admitiu. — Tenho tido sorte até agora, mas está piorando. Não é um problema de saúde... não exatamente. Nico diz que é um efeito colateral do meu passado, de onde ele me achou.

Os intensos olhos verdes de Percy eram difíceis de decifrar. Hazel não sabia dizer se ele estava preocupado ou desconfiado.

— Onde exatamente Nico achou você? — perguntou Percy.

A língua dela parecia algodão. Hazel tinha medo de começar a falar e deslizar para o passado, mas eles mereciam saber. Se os deixasse na mão, se saísse do ar quando eles mais precisassem de sua ajuda... Ela não podia nem imaginar.

— Vou explicar — prometeu. Vasculhou a mochila. Estupidamente, ela se esquecera de levar uma garrafa d'água. — Tem... tem algo para beber?

— É. — Percy murmurou um palavrão em grego. — Que burrice. Deixei todos os meus suprimentos lá no barco.

Hazel se sentia culpada por pedir que cuidassem dela, mas acordara sedenta e exausta, como se tivesse passado as últimas horas tanto no passado quanto no presente. Colocou a mochila e a espada no ombro.

— Não tem problema. Posso andar...

— Nem pensar — interrompeu Frank. — Não até que você tenha comido e bebido algo. Vou buscar os suprimentos.

— Não, eu vou. — Percy deu uma olhada na mão de Frank na de Hazel. E então observou o horizonte como se farejasse problemas, mas não havia nada ali, só o farol e o campo que se estendia terra adentro. — Fiquem aqui vocês dois. Volto já.

— Tem certeza? — perguntou Hazel debilmente. — Não quero que você...

— Está tudo bem — disse Percy. — Frank, fique de olhos abertos. Tem algo neste lugar... não sei.

— Vou mantê-la segura — prometeu Frank.

Percy saiu correndo.

Assim que ficaram sozinhos, Frank percebeu que ainda segurava a mão de Hazel. Ele pigarreou e a soltou.

— Eu, hum... acho que compreendo seus blecautes. E de onde você vem.

O coração dela perdeu um compasso.

— Compreende?

— Você é tão diferente das outras garotas que já conheci. — Ele piscou e então apressou-se em explicar. — Não de um jeito... *ruim*. É só a forma como você fala. As coisas que surpreendem você: músicas, programas de televisão ou as gírias que as pessoas usam. Você fala de sua vida como se ela tivesse acontecido muito tempo atrás. Você nasceu em outra época, não foi? Veio do Mundo Inferior.

Hazel quis chorar — não porque estivesse triste, mas porque era um alívio imenso ouvir alguém dizendo a verdade. Frank não agia como se estivesse revoltado nem assustado. Não a olhava como se ela fosse um fantasma ou algum zumbi horrível.

— Frank, eu...

— Vamos dar um jeito — prometeu ele. — Você está viva agora. Vamos mantê-la assim.

O mato agitou-se atrás deles. Os olhos de Hazel ardiam por causa do vento frio.

— Não mereço um amigo como você — disse ela. — Você não sabe quem eu sou... O que eu fiz.

— Pare com isso. — Frank fez uma careta. — Você é ótima! Além disso, não é a única aqui com segredos.

Hazel o encarou.

— Não?

Frank começou a dizer algo. E então ficou tenso.

— O que foi? — perguntou Hazel.

— O vento parou.

Ela olhou em volta e percebeu que ele tinha razão. O ar estava completamente parado.

— E daí?

Frank engoliu em seco.

— Então por que o mato ainda está se mexendo?

Pelo canto do olho, Hazel viu vultos negros movendo-se pelo campo.

— Hazel!

Frank tentou segurar a mão dela, mas era tarde demais.

Algo o jogou para trás. E então uma força que parecia um furacão feito de mato envolveu Hazel e a arrastou para o campo.

XIX

HAZEL

HAZEL ERA ESPECIALISTA EM *ESQUISITICES*. Vira a mãe ser possuída por uma deusa da terra. Criara um gigante de ouro. Destruíra uma ilha, morrera e retornara do Mundo Inferior.

Mas ser sequestrada por um campo de mato? Isso era novidade.

Tinha a sensação de que estava presa em uma nuvem afunilada de plantas. Ouvira falar em cantores dos tempos modernos saltando em cima de uma multidão de fãs e sendo carregados por milhares de mãos. Imaginou que aquilo fosse parecido, só que ela se movia mil vezes mais rápido, e as folhas não eram fãs.

Hazel não conseguia se erguer. Não conseguia tocar o chão. Sua espada ainda estava no saco de dormir preso às costas, mas ela não conseguia alcançá-la. As plantas a desequilibravam, arremessando-a de um lado para o outro, cortando-lhe o rosto e os braços. Ela mal conseguia enxergar as estrelas através daquela confusão de verde, amarelo e preto.

O grito de Frank foi sumindo a distância.

Era difícil pensar com clareza, mas uma coisa Hazel sabia: ela se movia muito rápido. Aonde quer que estivesse sendo levada, logo estaria longe demais para que seus amigos a encontrassem.

Fechou os olhos e tentou ignorar as cambalhotas e chacoalhadas. Direcionou seus pensamentos para a terra abaixo. Ouro, prata — ela aceitaria qualquer coisa que pudesse atrapalhar seus sequestradores.

Não sentiu nada. Riquezas sob a terra — zero.

Estava a ponto de entrar em desespero quando sentiu uma área fria imensa passando debaixo dela. Concentrou-se naquilo com todas as forças, lançando uma âncora mental. De repente, o chão ribombou. O turbilhão de plantas a soltou, e ela foi atirada para cima como o projétil de uma catapulta.

Momentaneamente sem peso, ela abriu os olhos e girou o corpo em pleno ar. O solo estava a uns seis metros de distância. E então ela começou a cair. Seu treinamento de combate entrou em ação. Ela já havia praticado quedas de cima de águias gigantes. Encolheu-se toda, transformou o impacto em uma cambalhota e ficou de pé.

Tirou o saco de dormir das costas e sacou a espada. Alguns metros à esquerda, um afloramento de rocha do tamanho de uma garagem projetava-se do mar de mato. Hazel se deu conta de que aquela era sua âncora. Ela *provocara* o surgimento da rocha.

O mato agitou-se ao redor da pedra. Vozes encolerizadas sibilaram em desalento para a enorme massa de pedra que havia interrompido seu progresso. Antes que pudessem se reorganizar, Hazel correu até a rocha e a escalou até o topo.

O mato oscilou e sussurrou à sua volta como os tentáculos de uma anêmona-do-mar gigante. Hazel podia sentir a frustração de seus sequestradores.

— Vocês não conseguem crescer aqui, não é? — gritou ela. — Vão embora, suas ervas daninhas! Deixem-me em paz!

— Xisto — falou uma voz enraivecida vinda do mato.

Hazel arqueou as sobrancelhas.

— Como é que é?

— Xisto! Um baita xisto!

E, então, em volta da ilha de rocha, os sequestradores se materializaram do mato. À primeira vista, pareciam anjinhos: um monte de bebês gorduchos com jeito de Cupido. Quando chegaram mais perto, porém, Hazel percebeu que não eram nem fofinhos nem angelicais.

Eram do tamanho de bebês começando a andar, cheios de dobrinhas, mas a pele tinha uma tonalidade esverdeada estranha, como se corresse clorofila em suas veias. Tinham asas secas e finas como palha e tufos de cabelos brancos do que pareciam fios de milho verde. O rosto era desfigurado, marcado com grãos de cereais. Os olhos eram verde-escuros, e os dentes pareciam presas caninas.

A criatura maior deu um passo à frente. Usava uma fralda de tecido amarela, e seu cabelo era espetado como as cerdas de um ramo de trigo. Ele sibilou para Hazel e bamboleou para a frente e para trás com tanta rapidez que ela teve medo de que a fralda fosse cair.

— Odeio esse xisto! — reclamou a criatura. — O trigo não pode crescer nele!

— O sorgo não pode crescer nele! — disse outro.

— Cevada! — gritou um terceiro. — Cevada não pode crescer nele. Maldito xisto!

Os joelhos de Hazel tremeram. Aquelas criaturas pequenas poderiam até ser engraçadas se não a estivessem cercando, encarando-a com aqueles dentes pontudos e olhos verdes famintos. Pareciam piranhas-cupido.

— V-vocês estão falando da rocha? — Hazel conseguiu dizer. — Ela se chama xisto?

— É! Xisto! Xisto verde! — gritou a primeira criatura. — Rocha desagradável.

Hazel começou a entender como conseguira invocá-la.

— É uma pedra preciosa. É valiosa?

— Nah! — exclamou o monstro de fralda amarela. — Povos nativos idiotas faziam joias com ela, sim. Valiosa? Talvez. Não tanto quanto trigo.

— Ou sorgo!

— Ou cevada!

Os outros engrossaram o coro, mencionando diferentes tipos de cereais. Eles circundavam a rocha, sem fazer o menor esforço para escalá-la — pelo menos por enquanto. Se resolvessem atacar Hazel, ela não teria como se defender de todos.

— Vocês são servos de Gaia — insinuou, só para fazê-los continuar falando.

Talvez Percy e Frank não estivessem muito longe. Talvez conseguissem vê-la, naquela posição tão elevada no campo. Hazel queria que sua espada brilhasse como a de Percy.

O cupido de fralda amarela rosnou.

— Nós somos os *karpoi*, espíritos dos grãos. Filhos da Mãe Terra, sim! Somos servos dela desde sempre. Antes de os seres humanos horríveis nos cultivarem, éramos selvagens. E seremos de novo. O trigo destruirá tudo!

— Não, o sorgo vai governar!

— A cevada irá dominar!

Os outros entraram na discussão, cada *karpos* defendendo a própria variedade.

— Certo. — Hazel disfarçou seu repúdio. — Então você é Trigo... você de... hã... calções amarelos.

— Hummm — disse Trigo. — Desça de seu xisto, semideusa. Precisamos levá-la para o exército de nossa mestra. Eles nos darão uma recompensa. Matarão você lentamente!

— É tentador — respondeu Hazel —, mas, não, obrigada.

— Eu lhe darei trigo! — disse Trigo, como se aquele fosse um pagamento excelente em troca de sua vida. — Muito trigo!

Hazel tentou raciocinar. Até onde havia sido arrastada? Quanto tempo levaria até que seus amigos a encontrassem? Os *karpoi* ficavam mais ousados, aproximando-se da rocha em pares e trios, arranhando o xisto para ver se os machucava.

— Antes que eu desça... — ela falou mais alto, na esperança de que sua voz cruzasse o campo. — Hum, será que poderiam me explicar uma coisa? Se vocês são espíritos dos grãos, não deveriam estar do lado dos deuses? A deusa da agricultura não é Ceres...?

— Nome maligno! — gemeu Cevada.

— Cultivar-nos! — Sorgo cuspiu. — Fazer-nos crescer em fileiras repugnantes. Deixar que seres humanos nos colham. Nah! Quando Gaia for senhora do mundo de novo, nós cresceremos selvagens, sim!

— Sim, naturalmente — disse Hazel. — Então esse exército dela, para onde estão me levando em troca de trigo...

— Ou cevada — ofereceu Cevada.

— É — concordou Hazel. — Onde está esse exército agora?

— Logo ali do outro lado da cordilheira! — Sorgo bateu palmas, animado. — A Mãe Terra, isso mesmo! Ela nos disse: "Procurem a filha de Plutão que vive novamente. Encontrem-na! Tragam-na com vida! Tenho muitas torturas planejadas para ela." O gigante Polibotes nos dará uma recompensa por sua vida! E depois marcharemos para o sul, para destruir os romanos. Não podemos ser mortos, sabe? Mas você pode.

— Que maravilha. — Hazel tentou mostrar entusiasmo. Não era fácil, sabendo que Gaia tinha uma vingança especial planejada para ela. — Então vocês... vocês não podem ser mortos porque Alcioneu capturou o deus da morte, é isso?

— Exatamente! — disse Cevada.

— E ele o está mantendo acorrentado no Alasca — continuou Hazel — no... vejamos, como é mesmo o nome daquele lugar?

Sorgo ia responder quando Trigo pulou para cima dele e o derrubou. Os *karpoi* começaram a brigar, dissolvendo-se em minitornados de grãos. Hazel pensou em tentar fugir correndo. Mas então Trigo se reconstituiu, prendendo Sorgo com uma chave de braço.

— Parem! — ele gritou para os outros. — Brigas entre grãos estão proibidas!

Os *karpoi* se solidificaram em piranhas-cupido gorduchinhas de novo.

Trigo empurrou Sorgo.

— Ah, semideusa esperta — falou ele. — Tentando nos enganar para descobrir segredos. Não, você nunca encontrará o esconderijo de Alcioneu.

— Eu já sei onde fica — disse ela, mostrando-se falsamente confiante. — Ele está na ilha da Baía Resurrection.

— Ha! — zombou Trigo. — Aquele lugar afundou na água há muito tempo. Você deveria saber! Gaia a odeia por isso. Quando você frustrou seus planos, ela foi forçada a dormir de novo. Décadas e décadas! Alcioneu... ele só conseguiu renascer nos tempos sombrios.

— Os anos 1980 — concordou Cevada. — Horríveis! Horríveis!

— Sim — disse Trigo. — E nossa senhora *ainda* dorme. Alcioneu foi forçado a esperar sua hora no norte, aguardando, planejando. Só agora Gaia começa a se mexer. Ah, mas ela se lembra de você, e o filho dela também!

Sorgo estalou de alegria.

— Você nunca encontrará a prisão de Tânatos. A casa do gigante é o Alasca inteiro. O deus da morte pode estar preso em qualquer lugar! Você demoraria anos para encontrá-lo, e seu pobre acampamento só tem alguns dias. Melhor se render. Nós lhe daremos grãos. Muitos grãos.

A espada de Hazel pareceu ficar mais pesada. A menina odiara a ideia de voltar ao Alasca, mas pelo menos tivera um palpite de onde começar a procurar Tânatos. Tinha imaginado que a ilha onde morrera não havia sido completamente destruída, ou que talvez tivesse emergido de novo quando Alcioneu despertou. Sua esperança era de que a base dele fosse lá. Mas, se a ilha realmente não existia mais, Hazel não fazia a menor ideia de como encontrar o gigante. O Alasca era imenso. Eles poderiam procurar durante décadas e nunca encontrá-lo.

— Sim — disse Trigo, sentindo a angústia dela. — Desista.

Hazel segurou sua espada com firmeza.

— Nunca! — falou alto de novo, na esperança de que, de alguma forma, seus amigos a escutassem. — Se eu tiver de destruir todos vocês, farei isso. Sou a filha de Plutão!

Os *karpoi* avançaram. Eles se agarraram à rocha, chiando como se ela estivesse muito quente, mas começaram a escalá-la.

— Agora você vai morrer — prometeu Trigo, rangendo os dentes. — Vai sentir a ira dos grãos!

De repente, ouviu-se um assovio. Trigo parou de rosnar. Ele olhou para baixo, para a flecha dourada que acabara de atravessar seu peito. E então se dissolveu em flocos de cereais matinais.

XX

HAZEL

Por uma fração de segundo Hazel ficou tão aturdida quanto os *karpoi*. Então Frank e Percy apareceram e começaram a massacrar cada fonte de fibra que conseguissem encontrar. Frank disparou uma flecha em Cevada, que se desfez em sementes. Percy atravessou Sorgo com Contracorrente e avançou até Painço e Aveia. Hazel pulou da pedra e juntou-se à luta.

Em minutos os *karpoi* foram reduzidos a montes de sementes e cereais matinais diversos. Trigo começou a se reconstituir, mas Percy pegou um isqueiro na mochila e o acendeu.

— Experimente — advertiu ele —, e ateio fogo neste campo inteiro. Continuem mortos. Fiquem longe de nós, ou o campo sofrerá as consequências!

Frank se encolheu, como se a chama o assustasse. Hazel não entendeu por quê, mas gritou para os montes de grãos mesmo assim:

— Ele vai fazer isso! Ele é louco!

O que restava dos *karpoi* espalhou-se pelo vento. Frank escalou a rocha e observou-os irem embora.

Percy apagou o isqueiro e sorriu para Hazel.

— Obrigado por gritar. Não teríamos encontrado você se não tivesse feito isso. Como conseguiu segurá-los por tanto tempo?

Ela apontou para a rocha.

— Um pedregulho de xisto.

— Pessoal — chamou Frank de cima da pedra. — Vocês precisam ver isso.

Percy e Hazel a escalaram e se juntaram a ele. Hazel arquejou assim que viu para onde Frank olhava.

— Percy, apague a luz! Guarde a espada!

— Droga!

Ele encostou na ponta da espada e Contracorrente voltou à forma de caneta. Abaixo deles um exército se deslocava.

O campo acabava em uma ravina rasa, onde uma estrada rural serpenteava para o norte e para o sul. Do outro lado da estrada, colinas verdejantes se estendiam até o horizonte, desprovidas de sinais de civilização exceto por uma loja de conveniência escura no topo da elevação mais próxima.

Toda a ravina estava infestada de monstros: coluna atrás de coluna marchando para o sul, tantos e tão perto que Hazel ficou pasma por eles não terem ouvido seus gritos.

Frank, Percy e ela acocoraram-se na rocha. Observaram, incrédulos, várias dezenas de humanoides grandes e peludos passando, usando trapos de armaduras e peles de animais. As criaturas tinham seis braços, três de cada lado, parecendo homens das cavernas evoluídos de insetos.

— Gegenes — sussurrou Hazel. — Os nascidos da terra.

— Você já os enfrentou antes? — perguntou Percy.

Ela fez que não com a cabeça.

— Só ouvi falar deles na aula de monstros lá no acampamento.

Ela jamais gostara da aula de monstros, de ler os textos de Plínio, o Velho, e aqueles outros autores bolorentos que descreviam monstros lendários que viviam nas periferias do Império Romano. Hazel acreditava em monstros, mas algumas das descrições eram tão absurdas que achara que deviam ser apenas boatos ridículos.

Mas agora um exército inteiro daqueles boatos marchava à sua frente.

— Os nascidos da terra lutaram contra os argonautas — murmurou ela. — E aquelas coisas atrás deles...

— Centauros — disse Percy. — Mas... isso não está certo. Centauros são do *bem*.

Frank soltou um ruído como se tivesse engasgado.

— Não foi isso o que *nós* aprendemos no acampamento. Centauros são loucos, sempre se embebedando e matando heróis.

Hazel ficou olhando os homens-cavalo trotando. Eram homens da cintura para cima, cavalos palominos da cintura para baixo. Usavam armaduras bárbaras de couro e bronze e estavam armados com lanças e fundas. A princípio, Hazel achou que tinham elmos vikings. Mas depois percebeu que eram chifres de verdade projetando-se do cabelo desgrenhado.

— É normal eles terem chifres de boi? — perguntou.

— Talvez pertençam a uma raça especial — disse Frank. — Só não vamos perguntar isso a eles, está bem?

Percy olhou mais adiante na estrada e ficou de queixo caído.

— Meus deuses... Ciclopes.

De fato, arrastando-se pesadamente atrás dos centauros havia um batalhão de ogros de um olho só, machos e fêmeas, cada um com mais ou menos três metros de altura, usando armaduras compostas de metal de ferro-velho. Seis dos monstros estavam emparelhados como bois, puxando uma torre de cerco da altura de um prédio de dois andares equipada com uma balista gigante.

Percy apertou as têmporas.

— Ciclopes. Centauros. Isso está errado. Está tudo errado.

O exército dos monstros já era suficiente para levar qualquer um ao desespero, mas Hazel percebeu que havia algo mais afetando Percy. Ele parecia pálido e debilitado sob o luar, como se sua memória estivesse tentando voltar, revirando o cérebro dele no processo.

Ela olhou para Frank.

— Precisamos levá-lo de volta para o barco. O mar o fará se sentir melhor.

— Tem razão — concordou Frank. — Há muitos deles. O acampamento... Temos que alertar o acampamento.

— Eles sabem — murmurou Percy. — Reyna sabe.

Hazel sentiu um nó na garganta. Não havia qualquer possibilidade de a legião enfrentar tantos monstros. Se estavam a apenas algumas centenas de quilômetros ao norte do Acampamento Júpiter, a missão dos três já estava condenada ao fracasso. Não conseguiriam chegar ao Alasca e voltar a tempo.

— Vamos — apressou ela. — É melhor...

E foi então que viu o gigante.

Quando ele apareceu acima da cordilheira, Hazel não acreditou nos próprios olhos. Era mais alto que a torre de cerco — uns dez metros, no mínimo — e tinha escamosas pernas reptilianas, como um dragão-de-komodo da cintura para baixo e uma armadura verde-água na parte de cima. No peitoral estavam esculpidas fileiras de monstruosos rostos famintos, com as bocas abertas como se pedissem comida. O rosto do gigante era humano, mas o cabelo era desgrenhado e verde, parecendo um bolo de algas. Quando virava a cabeça de um lado para outro, cobras caíam de seus *dreadlocks*. Caspa de víboras — que nojo!

Ele estava armado com um tridente enorme e uma rede com pesos. A simples visão daquelas armas fez o estômago de Hazel embrulhar. Ela havia encarado aquele tipo de lutador várias vezes nos treinos de gladiadores. Era o estilo de combate mais malicioso, furtivo e maligno que ela conhecia. O gigante era um reciário tamanho família.

— Quem é ele? — A voz de Frank saiu tremida. — Aquele não é...

— Não é Alcioneu — disse Hazel, debilmente. — Deve ser um dos irmãos dele. Aquele que Término mencionou. O espírito dos grãos falou dele também. É Polibotes.

Ela não tinha certeza de como sabia daquilo, mas conseguia sentir a aura de poder do gigante mesmo àquela distância. Lembrava-se daquele sentimento de quando criara Alcioneu no Coração da Terra, como se estivesse perto de um ímã poderoso e todo o ferro em seu sangue estivesse sendo atraído. Esse gigante era outro filho de Gaia, uma criatura da terra tão má e poderosa que irradiava seu próprio campo gravitacional.

Hazel sabia que eles tinham que sair dali. O esconderijo no topo da rocha estaria completamente à vista se uma criatura daquele tamanho resolvesse olhar naquela direção. Mas ela pressentiu que algo importante estava para acontecer. Os três rastejaram um pouco mais para baixo na rocha e continuaram observando.

Enquanto o gigante chegava perto, uma ciclope saiu de formação e voltou correndo para falar com ele. Ela era enorme, gorda e terrivelmente feia, e usava um vestido de cota de malha de estilo havaiano — mas ao lado do gigante parecia uma criança.

Ela apontou para a loja de conveniência fechada no topo da colina mais próxima e murmurou algo a respeito de comida. O gigante retrucou, como se estivesse aborrecido. A ciclope gritou uma ordem para os outros ciclopes, e três deles a seguiram colina acima.

Quando estavam a meio caminho da loja, uma luz fortíssima transformou noite em dia. Hazel ficou ofuscada. Abaixo dela, o exército inimigo se desfez no caos, com monstros gritando de dor e fúria. Hazel estreitou os olhos. Parecia que tinha acabado de sair de um teatro escuro para uma tarde ensolarada.

— Bonito demais! — guincharam os ciclopes. — Queima nosso olho!

A loja na colina estava envolta num arco-íris, mais próximo e luminoso que qualquer outro que Hazel já vira. A luz saía da loja e subia aos céus, banhando o campo com um brilho caleidoscópico estranho.

A ciclope ergueu a clava e investiu contra a loja. Quando atingiu o arco-íris, o corpo dela começou a fumegar. A monstra gemeu de agonia e largou a clava, recuando, coberta de bolhas multicoloridas nos braços e no rosto.

— Deusa terrível! — berrou ela para a loja. — Queremos lanches!

Os outros monstros enlouqueceram, atacando a loja de conveniência e fugindo ao serem queimados pela luz do arco-íris. Alguns atiraram pedras, lanças, espadas e até partes de suas armaduras, mas tudo se queimou em chamas de cores lindas.

O líder gigante finalmente pareceu perceber que sua tropa estava desperdiçando equipamentos perfeitamente aproveitáveis.

— Parem! — berrou ele.

Com alguma dificuldade, gritos, empurrões e socos, ele conseguiu subjugar sua tropa. Depois que todos se aquietaram, o gigante se aproximou da loja blindada pelo arco-íris e contornou os limites da luz.

— Deusa! — gritou ele. — Saia e renda-se!

Nenhuma resposta veio da loja. A luz do arco-íris continuou a tremular.

O gigante ergueu o tridente e a rede.

— Sou Polibotes! Ajoelhe-se diante de mim para que eu a destrua rápido.

Aparentemente, ninguém na loja ficou impressionado com aquilo. Um pequeno objeto escuro saiu voando da janela e caiu aos pés do gigante. Polibotes gritou:

— Granada!

Ele cobriu o rosto. Sua tropa se jogou ao chão.

Como o objeto não explodiu, Polibotes curvou-se cuidadosamente e o pegou.

— Um bolinho de chocolate? — urrou ele, indignado. — Você ousa me insultar com um bolinho de chocolate? — O gigante jogou o bolo de volta para a loja, e ele foi vaporizado na luz.

Os monstros ficaram de pé. Muitos deles murmuraram, famintos:

— Bolinho de chocolate? Onde tem bolinho de chocolate?

— Vamos atacar — gritou a ciclope. — Estou com fome. Meus meninos querem lanchar!

— Não! — disse Polibotes. — Já estamos atrasados. Alcioneu quer que estejamos no acampamento em quatro dias. Vocês, ciclopes, são muito lentos. Não temos tempo a perder com deusas *menores*!

Ele dirigiu aquele último comentário à loja, mas não obteve qualquer reação.

A ciclope rugiu:

— O acampamento, sim. Vingança! Os laranjas e os roxos destruíram minha casa. Agora Ma Gasket vai destruir a casa deles! Está me ouvindo, Leo? Jason? Piper? Estou indo exterminar vocês!

Os outros ciclopes berraram em aprovação. O restante dos monstros engrossou o coro.

Hazel sentiu um arrepio pelo corpo inteiro. Ela olhou para os amigos.

— Jason — sussurrou. — Ela lutou contra Jason. Talvez ele ainda esteja vivo.

Frank concordou com a cabeça.

— Os outros nomes lhe dizem algo?

Hazel fez que não. Não conhecia nenhum Leo ou Piper no acampamento. Percy ainda parecia fraco e atordoado. Se aqueles nomes tinham algum significado para ele, Percy não demonstrou.

Hazel ponderou sobre o que a ciclope dissera: *Os laranjas e os roxos.* Roxo — obviamente a cor do Acampamento Júpiter. Mas laranja... Percy chegara usando uma camisa laranja surrada. Aquilo não podia ser coincidência.

Abaixo deles, o exército recomeçou a marchar para o sul, mas o gigante Polibotes ficou parado, franzindo o cenho e farejando o ar.

— Deus dos mares — murmurou ele. Para desespero de Hazel, o gigante virou-se na direção deles. — Sinto cheiro do deus dos mares.

Percy tremia. Hazel colocou a mão no ombro dele e tentou pressioná-lo na rocha.

A ciclope Ma Gasket rosnou.

— É claro que você está sentindo cheiro do deus dos mares. O mar está logo ali!

— É mais que isso — insistiu Polibotes. — Nasci para destruir Netuno. Posso sentir... — Ele franziu a testa, virando a cabeça e deixando cair mais algumas cobras.

— Vamos marchar ou ficar farejando o ar? — resmungou Ma Gasket. — Se eu não posso ter bolinhos de chocolate, você não vai ter deus dos mares!

Polibotes rosnou.

— Muito bem. Marchem! Marchem! — Ele deu uma última olhada na loja cercada de arco-íris e então passou os dedos no cabelo. Tirou três cobras que pareciam maiores que as outras, com marcas brancas logo abaixo da cabeça. — Um presente, deusa! Meu nome, Polibotes, significa "Muitos-para-Alimentar"! Aqui estão algumas bocas famintas para você. Vejamos se sua loja receberá muitos clientes com estas sentinelas do lado de fora.

Ele deu uma gargalhada maligna e jogou as cobras no mato alto da colina.

E então marchou para o sul, fazendo a terra tremer com suas enormes pernas de dragão-de-komodo. Pouco a pouco a última coluna de monstros transpôs as colinas e desapareceu na escuridão da noite.

Assim que foram embora, o arco-íris ofuscante apagou-se como um holofote sendo desligado.

Hazel, Frank e Percy ficaram sozinhos no escuro, olhando fixamente para a loja de conveniência fechada do outro lado da estrada.

— Isso foi incomum — murmurou Frank.

Percy tremia violentamente. Hazel sabia que ele precisava de ajuda, ou de descanso, ou de alguma coisa. A visão daquele exército pareceu ter despertado algum tipo de memória nele, deixando-o em estado de choque. Eles precisavam levá-lo de volta ao barco.

Por outro lado, havia uma extensão imensa de pradaria entre eles e a praia. Hazel tinha a impressão de que os *karpoi* não ficariam afastados para sempre. Ela não gostava da ideia de os três voltarem para o barco no meio da noite. E não conseguia se livrar da horrível sensação de que, se não tivesse invocado a rocha, àquela altura seria prisioneira do gigante.

— Vamos para a loja — disse. — Se há uma deusa lá dentro, talvez possa nos ajudar.

— Mas agora há um bando de cobras vigiando a colina — respondeu Frank. — E aquele arco-íris escaldante pode voltar.

Ambos olharam para Percy, que tremia como se estivesse com hipotermia.

— Precisamos tentar — disse Hazel.

Frank concordou, sombrio.

— Bem... qualquer deusa que atira um bolinho num gigante não pode ser de todo ruim. Vamos lá.

XXI

FRANK

Frank odiava bolinhos de chocolate. Odiava cobras. E odiava sua vida. Não necessariamente nessa ordem.

Enquanto subia a colina, desejou poder desmaiar como Hazel: entrar em transe e viver outra época, como a de antes de ser convocado para esta missão insana, antes de descobrir que seu pai era um sargento divino com um problema de ego.

O arco e a lança batiam nas costas dele. Ele odiava a lança também. Assim que a recebeu, fez uma promessa silenciosa de que nunca a usaria. *Uma arma de homem de verdade.* Marte era um idiota.

Talvez tenha havido um engano. Será que não existia algum tipo de teste de DNA para filhos de deuses? Talvez no berçário divino Frank tenha sido trocado acidentalmente por um dos bebezinhos marrentos e fortões de Marte. De jeito nenhum a mãe de Frank teria se envolvido com aquele arrogante deus da guerra.

Ela era uma guerreira nata, argumentou a voz da avó. *Não é surpreendente que um deus se apaixonasse por ela, considerando nossa família. Sangue antigo. O sangue de príncipes e heróis.*

Frank afastou aquele pensamento. Ele não era nem príncipe nem herói. Era um garoto desajeitado com intolerância à lactose que não conseguia nem evitar que sua amiga fosse sequestrada por trigo.

Sentiu o toque frio das novas medalhas em seu peito: o crescente de centurião, a Coroa Mural. Deveria estar orgulhoso delas, mas tinha a sensação de que só as ganhara porque seu pai havia intimidado Reyna.

Frank não entendia como seus amigos aguentavam ficar perto dele. Percy deixara claro que odiava Marte, e Frank não podia culpá-lo. Hazel estava sempre observando Frank pelo canto do olho, como se temesse que ele fosse se transformar em uma aberração musculosa.

Frank deu uma olhada no próprio corpo e suspirou. Correção: em uma aberração ainda *mais* musculosa. Se o Alasca era realmente uma terra além do alcance dos deuses, talvez Frank ficasse por lá. Não sabia se teria algum motivo para retornar.

Pare de choramingar, diria sua avó. *Os homens da família Zhang não choramingam.*

A avó estava certa. Frank tinha uma tarefa a cumprir. Precisava completar esta missão impossível, o que no momento significava chegar vivo à loja de conveniência.

À medida que se aproximavam, Frank teve medo de que a loja fosse irromper em um arco-íris de luz e vaporizá-los, mas o edifício permaneceu escuro. As cobras que Polibotes deixara por lá pareciam ter sumido.

Eles já estavam a uns vinte metros da varanda quando ouviram algo sibilando no mato atrás deles.

— Corram! — gritou Frank.

Percy tropeçou. Enquanto Hazel o ajudava a se levantar, Frank virou-se e armou uma flecha.

Ele atirou-a sem mirar. Achou que havia pegado uma flecha explosiva, mas era apenas um sinal luminoso. Ela saiu deslizando pelo mato, ardendo com uma chama laranja e assoviando: *uuu!*

Pelo menos iluminou o monstro. Repousada em um trecho de mato seco e amarelado havia uma serpente verde-limão tão robusta e curta quanto o braço de Frank. A cabeça dela era rodeada por uma juba de barbatanas pontiagudas brancas. A criatura ficou olhando para a flecha deslizando pelo chão como se pensasse: *Que diabos é isso?*

Em seguida, fixou os olhos grandes e amarelos em Frank. Ela avançou como uma lagarta, arqueando o corpo no meio. Onde quer que encostasse, o mato secava e morria.

Frank ouviu os passos de seus amigos subindo os degraus da escada da loja. Ele não se atrevia a se virar e sair correndo. Ele e a serpente analisaram um ao outro. A serpente sibilava, soltando chamas pela boca.

— Réptil assustador bonitinho — falou Frank, muito consciente da presença do graveto no bolso do casaco. — Réptil venenoso cuspidor de fogo bonitinho.

— Frank! — gritou Hazel atrás dele. — Venha!

A serpente pulou para cima dele. Voou pelo ar tão depressa que não deu tempo de Frank preparar uma flecha. Ele agitou o arco e rebateu a criatura morro abaixo. Ela sumiu de vista, gritando: "*Ihhhhhh!*"

Frank sentiu-se orgulhoso até olhar para o arco, que fumegava no ponto que atingira a serpente. Ele olhou incrédulo enquanto a madeira se desfazia em pó.

Escutou um sibilar revoltado, seguido por outros dois vindos da base da colina.

Frank largou o arco que se desintegrava e correu para a varanda da loja. Percy e Hazel o puxaram para cima dos degraus. Quando Frank se virou, viu os três monstros passeando pelo mato, cuspindo fogo e colorindo a encosta de marrom com seu toque venenoso. Não pareciam capazes ou dispostos a chegar mais perto da loja, mas isso não era um grande consolo para Frank. Ele perdera o arco.

— Nunca sairemos daqui — disse, com tristeza.

— Então é melhor entrarmos — respondeu Hazel, apontando para a placa pintada à mão na porta: PRODUTOS & ESTILOS DE VIDA ORGÂNICOS ARCO-ÍRIS.

Frank não fazia ideia do que aquilo significava, mas parecia uma opção melhor que serpentes venenosas flamejantes. Seguiu os amigos para o interior da loja.

Assim que eles passaram pela porta, as luzes se acenderam. Música de flauta começou a tocar, como se os três tivessem pisado em um palco. Os largos corredores estavam cheios de latas de nozes e frutas secas, cestas de maçãs e araras com camisas *tie-dye* e vestidos de tecidos leves como os da fada Sininho. O teto era coberto de sinos dos ventos. Ao longo das paredes, caixas de vidro exibiam bolas de cristal, geodos, apanhadores de sonhos de *macramé* e um monte de outros itens estranhos. Devia haver um incenso sendo queimado em algum lugar. O lugar cheirava a buquê de rosas em chamas.

— Loja de cartomante? — questionou Frank.

— Espero que não — murmurou Hazel.

Percy apoiou-se nela. Parecia pior do que nunca, como se de repente tivesse pegado uma gripe. Seu rosto brilhava de suor.

— Sentar... — sussurrou ele. — Talvez água.

— É — disse Frank. — Vamos achar um local para você descansar.

O piso rangeu sob os pés deles. Frank passou entre duas fontes com estátuas de Netuno.

Uma garota surgiu de trás das latas de granola.

— Posso ajudar?

Frank deu um pulo para trás e derrubou uma das fontes. Um Netuno de pedra se arrebentou no chão. A cabeça do deus dos mares saiu rolando e água jorrou de seu pescoço, molhando uma arara com bolsas *tie-dye* masculinas.

— Perdão!

Frank se inclinou para arrumar a bagunça. Quase atingiu a garota com a lança.

— Epa! — disse ela. — Pode deixar! Está tudo bem!

Frank endireitou-se devagar, tentando não causar mais estragos. Hazel parecia mortificada. A pele de Percy mudou para um tom doentio de verde ao olhar para a estátua decapitada do pai.

A garota bateu palmas. A fonte se dissolveu em névoa. A água evaporou. Ela virou-se para Frank.

— Sério, não tem problema. Essas fontes de Netuno têm uma aparência tão rabugenta que me deprimem.

Ela lembrava Frank dos jovens universitários que ele às vezes via fazendo trilha no Lynn Canyon Park, atrás da casa de sua avó. Era baixa e musculosa, com botas de cadarço, bermudas *cargo* e uma camiseta bem amarela em que se lia *P.E.V.O.A.I. Produtos & Estilos de Vida Orgânicos Arco-íris.*

Parecia jovem, mas o cabelo era cheio e grisalho, projetando-se das laterais da cabeça como a clara de um ovo frito gigante.

Frank tentou se lembrar de como se falava. Os olhos da garota o distraíam muito. As íris mudavam de cor, do cinza ao preto, ao branco.

— Hã... desculpe-me pela fonte — conseguiu dizer. — Estávamos apenas...

— Ah, eu sei! — falou a garota. — Vocês querem dar uma olhada. Tudo bem. Semideuses são bem-vindos. Fiquem à vontade. Vocês não são como aqueles monstros horríveis. Eles só querem usar o banheiro e nunca compram nada!

Ela bufou. Seus olhos se iluminaram com raios. Frank virou-se para Hazel para ver se tinha imaginado aquilo, mas ela parecia igualmente surpresa.

Do fundo da loja uma voz de mulher chamou:

— Fleecy? Vamos, não assuste os clientes. Pode trazê-los aqui, por favor?

— Seu nome é Fleecy? — perguntou Hazel.

Fleecy deu uma risadinha.

— Bem, na língua das *nebulae*, na verdade é... — Ela fez uma série de ruídos com estalos e sopros que para Frank lembravam uma tempestade de raios dando lugar a uma frente fria amena. — Mas vocês podem me chamar de Fleecy.

— *Nebulae*... — murmurou Percy em meio ao torpor. — Ninfas das nuvens.

Fleecy abriu um sorriso largo.

— Ei, gostei desse aí! Geralmente *ninguém* sabe das ninfas das nuvens. Mas, ó, céus!, ele não parece muito bem. Vamos para os fundos. Minha chefe quer conhecer vocês. Vamos dar um jeito em seu amigo.

Fleecy os guiou pelo corredor das frutas e hortaliças, entre prateleiras de berinjelas, kiwis, romãs e frutos do lótus. Nos fundos da loja, atrás de um balcão com uma caixa registradora antiga, havia uma mulher de meia-idade com pele azeitonada, longos cabelos negros, óculos sem aro e uma camiseta em que se lia: *A deusa está viva!* Ela usava colares de âmbar e anéis de turquesa. Cheirava a pétalas de rosa.

Parecia amistosa, mas algo nela perturbava Frank, como se ele quisesse chorar. Demorou um instante, e então ele entendeu o que era: a maneira como ela sorria apenas com um dos cantos da boca, o terno tom castanho de seus olhos, a inclinação da cabeça, como se ela estivesse pensando em alguma pergunta. A mulher lembrava a mãe de Frank.

— Olá! — Ela se debruçou sobre o balcão, que estava cheio de pequenas estátuas: gatos chineses acenando, Budas meditando, bonequinhos de São Francisco balançando a cabeça e uns brinquedos antigos. — Que bom que estão aqui. Eu sou Íris!

Hazel arregalou os olhos.

— Não *a* Íris... a deusa do arco-íris?

Íris fez uma careta.

— Bem, esse é meu trabalho *oficial*, sim. Mas não me defino por minha identidade corporativa. Nas horas vagas, eu gerencio isto aqui! — Ela fez um gesto indicando à sua volta, cheia de orgulho. — A cooperativa P.E.V.O.A.I: uma cooperativa administrada por funcionários que promove estilos de vida alternativos e alimentos orgânicos saudáveis.

Frank a encarou.

— Mas você joga bolinhos de chocolate em monstros.

Íris reagiu horrorizada.

— Ah, eles não são apenas bolinhos de chocolate. — Ela mexeu embaixo do balcão e tirou um pacote de bolos cobertos de chocolate. — Estas são imitações de *cupcake* sem glúten, sem adição de açúcar, sem soja, enriquecidas com vitaminas, à base de leite de cabra e algas.

— Tudo natural! — acrescentou Fleecy.

— Erro meu — disse Frank, de repente sentindo-se tão enjoado quanto Percy.

Íris sorriu.

— Você deveria experimentar um, Frank. Você tem intolerância à lactose, não é?

— Como você...

— Eu sei essas coisas. Por ser a deusa mensageira... bem, acabo sabendo de muita coisa, ouvindo todas as comunicações dos deuses etc. — Ela jogou os bolos no balcão. — Além disso, aqueles monstros deveriam ficar felizes por receber lanches saudáveis. Eles estão sempre comendo porcaria e heróis. São tão *ignorantes!* De jeito nenhum eu os deixaria entrar em minha loja, arrebentar tudo e desequilibrar nosso *feng shui*.

Percy apoiou-se no balcão. Parecia prestes a vomitar em cima de todo o *feng shui* da deusa.

— Monstros marchando para o sul — disse ele, com dificuldade. — Vão destruir nosso acampamento. Você não poderia detê-los?

— Ah, sou terminantemente contra a violência — respondeu Íris. — Posso agir em legítima defesa, mas não serei arrastada para mais agressões olimpianas, muito obrigada. Tenho lido sobre o budismo. E o taoismo. Ainda não me decidi entre os dois.

— Mas... — Hazel parecia confusa. — Você não é uma deusa grega?

Íris cruzou os braços.

— Não tente colar um rótulo em mim, semideusa! Não sou definida por meu passado.

— Hum, está bem — disse Hazel. — Você poderia pelo menos ajudar nosso amigo aqui? Acho que ele está doente.

Percy estendeu o braço sobre o balcão. Por um instante Frank pensou que ele quisesse os *cupcakes*.

— Mensagem de Íris — falou ele. — Você pode mandar uma?

Frank não sabia se havia ouvido direito.

— Mensagem de Íris?

— É uma... — Percy hesitou. — Vocês não fazem isso?

Íris analisou Percy com mais atenção.

— Interessante. Você é do Acampamento Júpiter e no entanto... Ah, entendi. Juno e seus truques.

— O quê? — perguntou Hazel.

Íris e Fleecy, sua assistente, se encararam. Pareceram travar um diálogo silencioso. E então a deusa puxou um pequeno frasco de detrás do balcão e borrifou um pouco de óleo com aroma de madressilva no rosto de Percy.

— Pronto, isso deve equilibrar seu *chakra*. Quanto a mensagens de Íris... esse é um tipo antigo de comunicação. Os gregos a usavam. Os romanos nunca a adotaram; sempre confiando em suas estradas, águias gigantes e tal. Mas, sim, imagino que... Fleecy, você poderia tentar?

— Claro, chefe!

Íris piscou para Frank.

— Não conte aos outros deuses, mas Fleecy cuida da maior parte de minhas mensagens hoje em dia. Ela é muito boa nisso, na verdade, e não tenho tempo para atender a todas aquelas demandas pessoalmente. Isso acaba com meu *wa*.

— Seu *wa*? — perguntou Frank.

— Hum. Fleecy, por que não leva Percy e Hazel lá para trás? Pode preparar algo para eles comerem enquanto providencia as mensagens. E para Percy... é, doença de memória. Imagino que aquele velho Polibotes... bem, encontrá-lo durante um estado de amnésia *não* pode ser bom para um filho de P... quer dizer, Netuno. Fleecy, dê a ele uma xícara de chá verde com mel orgânico e gérmen de trigo e um pouco de meu pó medicinal número cinco. Isso deve ajudar.

Hazel franziu o cenho.

— E quanto a Frank?

Íris virou-se para ele. Inclinou a cabeça com uma expressão intrigada, exatamente do jeito que a mãe dele costumava fazer — como se Frank fosse a maior interrogação do momento.

— Ah, não se preocupe — respondeu Íris. — Frank e eu temos muito que conversar.

XXII

FRANK

Frank teria preferido ir com os amigos, mesmo que isso significasse suportar chá verde com gérmen de trigo. Mas Íris passou o braço pelo dele e o levou para uma mesinha junto de uma varanda fechada. Frank pousou a lança no chão e sentou-se de frente para a deusa. Na escuridão lá fora, os monstros-serpentes patrulhavam incansavelmente a colina, cuspindo fogo e envenenando a grama.

— Frank, sei como você se sente — disse Íris. — Imagino que esse graveto parcialmente queimado em seu bolso fique mais pesado a cada dia.

Frank não conseguia respirar. Levou a mão instintivamente ao casaco.

— Como você...?

— Eu já disse. Sei das coisas. Fui mensageira de Juno durante séculos. Sei por que ela lhe deu uma moratória.

— Uma moratória?

Frank tirou do bolso o pedaço de lenha e o desembrulhou. Por mais incômoda que fosse a lança de Marte, o pedaço de madeira era pior. Íris tinha razão. Ele o oprimia.

— Juno o salvou por uma razão — disse a deusa. — Ela quer que você sirva a seu plano. Se ela não houvesse aparecido naquele dia, quando você era um bebê, e advertido sua mãe sobre o pedaço de lenha, você teria morrido. Você nasceu com dons demais. Essa quantidade de poder tende a extinguir a vida de um mortal.

— Dons demais? — Frank sentia as orelhas esquentarem de raiva. — Eu não tenho *nenhum* dom!

— Isso não é verdade, Frank. — Íris passou a mão diante de si, como se estivesse limpando um para-brisa. Uma miniatura de arco-íris surgiu. — Pense nisso.

Uma imagem tremeluziu no arco-íris. Frank se viu aos quatro anos, correndo pelo quintal da avó. A mãe se debruçou na janela do sótão, lá no alto, acenando e gritando para chamar sua atenção. Frank não tinha permissão para ficar no quintal sozinho. Ele não sabia por que a mãe estava lá no sótão, mas ela o mandou ficar perto da casa, não se afastar muito. Frank fez exatamente o oposto. Gritou de alegria e correu para a margem do bosque, onde ficou frente a frente com um urso-cinzento.

Até ver a cena no arco-íris, aquela lembrança havia sido tão nebulosa que Frank acreditava que tinha sido um sonho. Agora ele podia avaliar o quanto a experiência fora surreal. O urso olhava o garotinho, e era difícil saber qual dos dois estava mais perplexo. Então a mãe de Frank surgiu a seu lado. Não havia a menor possibilidade de ela descer do sótão tão rápido. Colocou-se entre o urso e Frank e mandou o filho correr para a casa. Dessa vez, Frank obedeceu. Quando se virou, na varanda dos fundos, viu a mãe saindo do bosque. O urso havia sumido. Frank perguntou o que tinha acontecido. A mãe sorriu. *Mamãe Ursa só queria pedir informações*, disse.

A cena no arco-íris mudou. Frank se viu aos seis anos, enroscado no colo da mãe, embora fosse grande demais para isso. Os longos cabelos negros da mãe estavam puxados para trás. Ela o abraçava. Usava seus óculos sem aro, que Frank sempre gostava de surrupiar, e seu pulôver de lã cinza felpuda que cheirava a canela. Ela lhe contava histórias sobre heróis, fazendo de conta que eram todos parentes de Frank: um deles era Xu Fu, que se lançou ao mar em busca do elixir da vida. A imagem do arco-íris não tinha som, mas Frank se lembrava das palavras da mãe: *Ele era seu tatatata...* Ela cutucava a barriga de Frank a cada *ta*, dezenas de vezes, até ele começar a rir incontrolavelmente.

E havia Sung Guo, também chamado Sêneca Graco, que enfrentou doze dragões romanos e dezesseis dragões chineses nos desertos ocidentais da China. *Ele era o dragão mais forte de todos, sabe?*, disse a mãe. *Foi assim que conseguiu derrotá-los!* Frank não sabia o que isso significava, mas parecia divertido.

Então ela cutucou a barriga dele com tantos *tas* que Frank rolou para o chão para fugir das cócegas. *E seu antepassado mais antigo de que temos conhecimento: era o príncipe de Pilos! Hércules lutou contra ele uma vez. Foi uma luta difícil!*

Nós vencemos?, perguntou Frank.

A mãe riu, mas havia tristeza em sua voz.

Não, nosso antepassado perdeu. Mas não foi fácil para Hércules. Imagine só tentar lutar contra um enxame de abelhas. Foi assim que aconteceu. Até mesmo Hércules teve dificuldade!

O comentário não fez o menor sentido para Frank, nem naquele momento nem agora. Seu antepassado tinha sido um apicultor?

Fazia anos que Frank não pensava nessas histórias, mas agora elas lhe voltavam tão claras quanto o rosto de sua mãe. Doía vê-la outra vez. Frank queria retornar àquela época. Queria ser um garotinho e se aconchegar no colo dela novamente.

Na imagem do arco-íris, o pequeno Frank perguntou de onde vinha a família deles. Eram tantos heróis! Eles eram de Pilos, Roma, China ou Canadá?

A mãe sorriu, inclinando a cabeça, como se ponderasse uma resposta.

Li-Jien, ela disse por fim. *Nossa família vem de muitos lugares, mas nossa terra é Li-Jien. Lembre-se sempre, Frank: você tem um dom especial. Você pode ser qualquer coisa.*

O arco-íris se dissolveu, deixando apenas Íris e Frank.

— Eu não entendo. — A voz dele estava rouca.

— Sua mãe explicou — disse Íris. — Você pode ser qualquer coisa.

Essas palavras soavam como uma daquelas frases estúpidas que os pais dizem para aumentar a autoestima dos filhos — uma mensagem batida que podia estar impressa nas camisetas de Íris, junto de *A deusa está viva!* e *Meu outro carro é um tapete mágico!* Mas, da forma como Íris dissera, soava como um desafio.

Frank pressionou a mão no bolso da calça em que havia guardado a medalha de sacrifício da mãe. O medalhão de prata estava frio como gelo.

— Eu *não posso* ser qualquer coisa — insistiu Frank. — Não tenho talento algum.

— O que você já tentou? — perguntou Íris. — Você queria ser um arqueiro. Conseguiu ser um bastante habilidoso. E nem se aprofundou no assunto. Seus amigos Hazel e Percy estão ambos divididos entre dois mundos: grego e romano, o passado e o presente. Mas você está mais dividido que eles. Sua família é antiga:

tem o sangue de Pilos do lado de sua mãe, e seu pai é Marte. Não é de admirar que Juno queira que você seja um dos sete heróis. Ela quer que você combata os gigantes e Gaia. Mas pense nisto: o que *você* quer?

— Eu não tenho escolha — respondeu Frank. — Sou filho do deus idiota da guerra. Tenho que ir nessa missão e...

— *Tenho que* — frisou Íris. — Não *quero*. Eu costumava pensar assim. Até que me cansei de servir a todo mudo. Buscar cálices de vinho para Júpiter. Entregar cartas para Juno. Enviar mensagens de um lado ao outro para qualquer um que tivesse um dracma de ouro.

— O que de ouro?

— Não importa. Mas aprendi a me libertar. Abri a P.E.V.O.A.I., e agora estou livre daquele fardo. Você também pode se libertar. Talvez não possa escapar ao destino. Um dia aquele pedaço de madeira *vai* queimar. Prevejo que você o terá nas mãos quando isso acontecer, e sua vida terminará...

— Obrigado — murmurou Frank.

— ...mas isso só torna sua vida mais preciosa! Você não precisa ser o que seus pais e sua avó esperam. Não precisa seguir as ordens do deus da guerra ou de Juno. Faça o que quer, Frank! Encontre um novo caminho!

Frank pensou naquilo. A ideia era animadora: rejeitar os deuses, seu destino, seu pai. Ele não queria ser filho do deus da guerra. Sua mãe havia *morrido* em uma guerra. Frank perdera tudo por causa de uma guerra. Marte claramente não sabia absolutamente nada sobre ele. Frank não queria ser herói.

— Por que está me dizendo isso? — perguntou. — Você quer que eu abandone a missão, que deixe o Acampamento Júpiter ser destruído? Meus amigos estão contando comigo.

Íris abriu as mãos.

— Não posso lhe dizer o que fazer, Frank. Mas faça o que você *quer*, não o que lhe dizem para fazer. Aonde a obediência me levou? Passei cinco milênios servindo aos outros e nunca descobri minha própria identidade. Qual é meu animal sagrado? Ninguém se deu o trabalho de me dar algum. Onde estão meus templos? Nunca construíram nenhum. Pois bem! Encontrei a paz aqui na cooperativa. Você pode ficar conosco se quiser. Torna-se um COO-PEVOAI.

— Um o quê?

— A questão é que você tem opções. Se continuar nesta missão... o que vai acontecer quando vocês libertarem Tânatos? Isso vai ser bom para sua família? Seus amigos?

Frank lembrou-se do que a avó dissera: tinha um encontro marcado com a Morte. A avó o enfurecia às vezes; mas, mesmo assim, era o único parente que ele ainda tinha, a única pessoa viva que o amava. Se Tânatos permanecesse acorrentado, Frank talvez não a perdesse. E Hazel — de alguma forma ela havia voltado do Mundo Inferior. Se a Morte a levasse de novo, Frank não conseguiria suportar. Sem falar no próprio problema: de acordo com Íris, ele deveria ter morrido quando era bebê. Tudo que havia entre ele e a Morte era um graveto meio queimado. Será que Tânatos também o levaria?

Frank tentou imaginar-se ficando ali com Íris, vestindo uma camisa da P.E.V.O.A.I., vendendo cristais e apanhadores de sonhos para semideuses viajantes e arremessando imitações de *cupcakes* sem glúten em monstros de passagem. Enquanto isso, um exército imortal tomaria o Acampamento Júpiter.

Você pode ser qualquer coisa, sua mãe dissera.

Não, ele pensou. *Não posso ser tão egoísta assim.*

— Tenho que ir — disse ele. — É meu dever.

Íris suspirou.

— Era o que eu esperava, mas eu tinha que tentar. A tarefa à sua frente... Bem, eu não desejaria isso a ninguém, muito menos a um garoto bom como você. Se precisa ir, pelo menos posso lhe dar um conselho. Vocês vão precisar de ajuda para encontrar Tânatos.

— Você sabe onde os gigantes o estão escondendo? — perguntou Frank.

Íris olhou pensativa para os sinos dos ventos balançando no teto.

— Não... O Alasca está além da esfera de controle dos deuses. O local encontra-se oculto de minha visão. Mas *existe* alguém que pode saber. Procure o vidente Fineu. Ele é cego, mas pode ver o passado, o presente e o futuro. Ele sabe muitas coisas. Pode lhe dizer onde Tânatos está sendo mantido.

— Fineu... — repetiu Frank. — Não havia uma história sobre ele?

Íris assentiu, relutante.

— Nos tempos antigos, ele cometeu crimes horríveis. Usou seu dom da vidência para o mal. Júpiter enviou as harpias para atormentá-lo. Os argonautas, inclusive seu ancestral, aliás...

— O príncipe de Pilos?

Íris hesitou.

— Sim, Frank. Embora o dom dele, sua história... *isso* você precisa descobrir sozinho. Basta dizer que os argonautas afugentaram as harpias em troca da ajuda de Fineu. Isso foi eras atrás, mas soube que ele voltou ao mundo mortal. Você o encontrará em Portland, Oregon, que fica em seu caminho para o norte. Mas você precisa me prometer uma coisa. Se ele ainda estiver sendo atormentado pelas harpias, não as mate, não importa o que Fineu prometa. Obtenha a ajuda dele de alguma outra forma. As harpias não são malignas. Elas são minhas irmãs.

— Suas irmãs?

— Eu sei. Não pareço velha o bastante para ser irmã das harpias, mas é verdade. E Frank... há outro problema. Se você está determinado a partir, terá de eliminar aqueles basiliscos na colina.

— Você quer dizer as serpentes?

— Sim — disse Íris. — Basilisco significa "pequena coroa", o que é um nome bonitinho para algo não muito bonitinho. Eu preferiria que elas não morressem. São criaturas vivas, afinal. Mas vocês não poderão partir enquanto elas estiverem aí. Se seus amigos tentarem lutar contra elas... Bem, prevejo que acontecerão coisas ruins. Somente *você* pode matar esses monstros.

— Mas como?

Ela baixou os olhos para o chão. Frank se deu conta de que ela estava olhando para a lança.

— Queria que houvesse outra forma — disse ela. — Se você tivesse algumas doninhas, por exemplo. Doninhas são letais para basiliscos.

— Estão em falta — admitiu Frank.

— Então você terá de usar o presente de seu pai. Tem certeza de que não prefere viver aqui? Fabricamos um excelente leite de arroz isento de lactose.

Frank se levantou.

— Como uso a lança?

— Vai ter que cuidar disso sozinho. Não posso defender a violência. Enquanto você estiver lutando, vou dar uma olhada em seus amigos. Espero que Fleecy tenha encontrado as ervas medicinais certas. Da última vez, houve uma confusão... Bem, eu não creio que aqueles heróis *quisessem* ser margaridas.

A deusa se ergueu. A luz refletiu em seus óculos, e Frank viu o reflexo do próprio rosto nas lentes. Ele estava sério e taciturno, nada parecido com o garotinho que vira naquelas imagens no arco-íris.

— Um último conselho, Frank — disse ela. — Você está destinado a morrer segurando aquele pedaço de madeira, vendo-o queimar. Mas, talvez, se você não guardá-lo consigo mesmo. Talvez, se confiasse em alguém o suficiente para cuidar dele para você...

Os dedos de Frank se fecharam em torno do toco.

— Está se oferecendo?

Íris deu uma risada bondosa.

— Ah, puxa, não. Eu o perderia no meio desta coleção. Ele acabaria se misturando com meus cristais, ou eu o venderia como peso de papel sem querer. Não, eu quis dizer um amigo semideus. Alguém próximo de seu coração.

Hazel, Frank pensou imediatamente. Não havia ninguém em quem ele confiasse mais. No entanto, como poderia confessar seu segredo? Se admitisse o quanto era fraco, que sua vida inteira dependia de um graveto parcialmente queimado... Hazel nunca o veria como herói. Ele nunca seria seu cavaleiro de armadura. E como ele poderia esperar que ela assumisse esse tipo de fardo por ele?

Frank embrulhou a madeira e a guardou de volta no casaco.

— Obrigado... obrigado, Íris.

Ela apertou sua mão.

— Não perca a esperança, Frank. Os arcos-íris sempre representam a esperança.

Ela se encaminhou para os fundos da loja, deixando Frank sozinho.

— Esperança — resmungou Frank. — Eu preferia ter umas boas doninhas.

Ele apanhou a lança do pai e marchou para fora a fim de enfrentar os basiliscos.

XXIII

FRANK

Frank sentia falta do arco.

Queria ficar na varanda e acertar as serpentes de longe. Algumas flechas explosivas bem-dirigidas, algumas crateras na colina — problema resolvido.

Infelizmente, uma aljava cheia de flechas não seria de muita ajuda se Frank não pudesse dispará-las. Além disso, ele não tinha a menor ideia de onde estavam os basiliscos. As serpentes haviam parado de cuspir fogo assim que ele saiu.

Frank desceu da varanda e ergueu sua lança dourada. Ele não gostava de lutar de perto. Era muito lento e grandalhão. Saíra-se bem nos jogos de guerra, mas isso aqui era real. Não havia águias gigantes prontas para pegá-lo e levá-lo para os paramédicos se ele cometesse um erro.

Você pode ser qualquer coisa. A voz da mãe ecoava em sua cabeça.

Ótimo, pensou. Quero ser bom com uma lança. E imune ao veneno — e ao fogo.

Algo dizia a Frank que seu pedido não fora concedido. A lança em suas mãos parecia igualmente desajeitada.

Trechos incendiados da encosta ainda fumegavam. A fumaça acre ardia no nariz de Frank. A grama ressecada estalava sob seus pés.

Ele pensou naquelas histórias que sua mãe costumava contar: gerações de heróis que haviam enfrentado Hércules, lutado contra dragões e navegado por mares infestados de monstros. Frank não entendia como ele podia ter vindo de uma linhagem assim, ou como sua família havia migrado da Grécia, passando pelo Império Romano e indo até a China, mas algumas ideias perturbadoras começavam a se formar. Pela primeira vez, ele começou a se perguntar sobre esse príncipe de Pilos, e a desgraça de seu bisavô Shen Lun no Acampamento Júpiter, e quais poderiam ser os poderes da família.

O dom nunca protegeu nossa família, advertira a avó.

Era um pensamento tranquilizador enquanto Frank caçava serpentes diabólicas venenosas e cuspidoras de fogo.

A noite estava silenciosa, exceto pelo crepitar do fogo na vegetação. Sempre que uma brisa fazia o mato farfalhar, Frank pensava nos espíritos dos grãos que haviam capturado Hazel. Com sorte, eles tinham ido para o sul com o gigante Polibotes. Frank não precisava de mais problemas por enquanto.

Ele desceu lentamente a encosta, os olhos ardendo com a fumaça. Então, uns seis metros à frente, viu uma explosão de chamas.

Pensou em atirar a lança. Ideia estúpida. Acabaria ficando sem a arma. Em vez disso, avançou na direção do fogo.

Frank queria estar com os frascos de sangue de górgona, mas tinham ficado no barco. Ele se perguntou se sangue de górgona poderia curar veneno de basilisco... Mas mesmo que estivesse com os frascos e conseguisse escolher o correto, Frank duvidava que teria tempo de tomá-lo antes de se transformar em pó como seu arco.

Ele emergiu em uma clareira de mato queimado e se viu frente a frente com um basilisco.

A serpente ergueu-se sobre a cauda. Ela sibilou e expandiu a coleira de ferrões brancos perto da cabeça. *Pequena coroa*, lembrou-se Frank. É isso o que significa "basilisco". Ele havia pensado que basiliscos eram monstros imensos semelhantes a dragões que podiam petrificar suas vítimas com os olhos. De alguma forma, o basilisco verdadeiro era ainda mais terrível. Por menor que fosse, esse diminuto pacote de fogo, veneno e maldade seria muito mais difícil de matar que um lagarto grande e corpulento. Frank tinha visto como esse monstro podia ser rápido.

O basilisco fixou os olhos amarelo-claros em Frank.

Por que ele não atacava?

A lança dourada de Frank parecia fria e pesada. A ponta de dente de dragão inclinou-se para baixo por conta própria — como uma vara de rabdomancia procurando água.

— Pare com isso — disse Frank, tentando erguer a lança.

Já seria bastante difícil golpear o monstro sem ter que lutar também contra a própria lança. Então ele ouviu o mato farfalhar dos dois lados. Os outros basiliscos entraram deslizando na clareira.

Frank tinha vindo direto para uma emboscada.

XXIV

FRANK

Frank brandiu sua lança de um lado para o outro.

— Fiquem longe! — Sua voz soou aguda. — Tenho... hã... poderes impressionantes... e tal.

Os basiliscos sibilaram em uma harmonia de três partes. Talvez estivessem rindo.

A ponta da lança agora estava quase pesada demais para ser levantada, como se o triângulo branco serrilhado de osso estivesse tentando tocar a terra. Então houve um estalo no fundo da mente de Frank: Marte dissera que a ponta era um dente de dragão. Não havia uma história sobre dentes de dragão plantados no chão? Algo que ele lera na aula de monstros no acampamento...?

Os basiliscos o circularam, sem pressa. Talvez hesitassem por causa da lança. Talvez simplesmente não conseguissem acreditar no quanto Frank era estúpido.

Parecia loucura, mas Frank deixou a ponta da lança cair. Ele a enterrou no chão. *Crac.*

Quando tornou a erguê-la, estava sem ponta — quebrara-se na terra.

Maravilha. Agora ele tinha uma vara de ouro.

Uma parte maluca dele queria sacar seu pedaço de lenha. Se ia morrer de qualquer jeito, talvez pudesse iniciar um incêndio gigantesco — incinerar os basiliscos, para que pelos menos seus amigos pudessem escapar.

Antes que ele pudesse criar coragem, o chão roncou sob seus pés. Terra pulou para todos os lados, e uma mão esquelética agarrou o ar. Os basiliscos sibilaram e recuaram.

Frank não podia julgá-los. Horrorizado, viu um esqueleto humano erguer-se do chão. Ele foi ganhando carne, como se alguém estivesse despejando gelatina sobre os ossos, cobrindo-os com uma pele cinzenta brilhante e transparente. Em seguida, roupas fantasmagóricas o envolveram — uma camiseta sem manga, calça com estampa de camuflagem e coturnos. Tudo na criatura era cinzenta: roupas cinzentas sobre carne cinzenta sobre ossos cinzentos.

Ele se virou para Frank. Seu crânio sorria sob o rosto cinza inexpressivo. Frank gemeu como um cachorrinho. Suas pernas tremiam tanto que ele teve que se apoiar na haste da lança. O guerreiro esqueleto esperava, Frank percebeu — esperava ordens.

— Mate os basiliscos! — gritou ele. — Não eu!

O guerreiro esquelético entrou em ação. Agarrou a serpente mais próxima e, embora sua carne cinza começasse a fumegar com o contato, estrangulou-a com uma das mãos e atirou no chão o corpo inerte do monstro. Os outros dois basiliscos sibilaram em fúria. Um saltou para Frank, que o rebateu com uma das extremidades da lança.

A outra serpente vomitou fogo diretamente no rosto do esqueleto. O guerreiro avançou e esmagou a cabeça do basilisco com o coturno.

Frank virou-se para o último basilisco, enroscado na margem da clareira, estudando-os. A haste da lança de ouro imperial de Frank fumegava, mas, diferentemente de seu arco, não parecia estar se desintegrando com o toque do basilisco. O pé e a mão direitos do guerreiro esqueleto se dissolviam lentamente por causa do veneno. Sua cabeça estava em chamas mas, fora isso, ele parecia em ótimas condições.

O basilisco fez a coisa inteligente. Virou-se para fugir. Em um movimento veloz, o esqueleto puxou algo da camiseta e o arremessou pela clareira, empalando o basilisco na terra. Frank pensou que fosse uma faca. Então percebeu que era uma das costelas do esqueleto.

Frank ficou feliz por estar de estômago vazio.

— Isso... isso foi *nojento*.

O esqueleto cambaleou até o basilisco, puxou sua costela e a usou para cortar a cabeça da criatura. O basilisco se dissolveu em cinzas. Em seguida, o esqueleto decapitou as outras duas carcaças de monstro e chutou as cinzas para dispersá-las. Frank lembrou-se das duas górgonas no Tibre — a maneira como o rio havia espalhado seus restos mortais para evitar que se reconstituíssem.

— Você está se certificando de que eles não vão voltar — percebeu Frank. — Ou atrasando-os, pelo menos.

O guerreiro esqueleto ficou em posição de sentido diante de Frank. O pé e a mão envenenados tinham praticamente desaparecido. Sua cabeça ainda queimava.

— O que... o que você é? — perguntou Frank, querendo acrescentar: *Por favor, não me machuque.*

O esqueleto bateu continência com um coto no lugar da mão. Então começou a se desintegrar, afundando de volta na terra.

— Espere! — pediu Frank. — Não sei nem como chamá-lo! Homem Dente? Ossos? Cinzento?

Enquanto seu rosto desaparecia na terra, o guerreiro pareceu sorrir com o último nome — ou talvez fossem apenas seus dentes de esqueleto ficando visíveis. E então ele se foi de vez, deixando Frank sozinho com sua lança sem ponta.

— Cinzento — ele murmurou. — O.k... mas...

Ele examinou a extremidade da lança. Um novo dente de dragão já começava a crescer da haste dourada.

Ela tem três cargas, Marte tinha dito, *então use-a com sabedoria.*

Frank ouviu passos atrás de si. Percy e Hazel chegaram correndo à clareira. Percy parecia melhor, só que trazia uma bolsa masculina tingida da P.E.V.O.A.I. — decididamente, *não* era seu estilo. Contracorrente estava em sua mão. Hazel havia sacado a espata.

— Você está bem? — perguntou ela.

Percy girou sem sair do lugar, procurando inimigos, e falou:

— Íris nos disse que você estava aqui fora enfrentando sozinho os basiliscos, e nós ficamos tipo *O quê?* e viemos o mais rápido possível. O que aconteceu?

— Não tenho certeza — admitiu Frank.

Hazel agachou-se perto da terra onde Cinzento havia desaparecido.

— Eu sinto a morte. Ou meu irmão esteve aqui ou... os basiliscos estão mortos?

Percy o fitou, assombrado.

— Você matou *todos* eles?

Frank engoliu em seco. Ele já se sentia bastante desajustado sem tentar explicar seu novo lacaio morto-vivo.

Três cargas. Frank poderia convocar Cinzento mais duas vezes. Mas ele havia pressentido maldade no esqueleto. Aquilo não era um bicho de estimação. Era uma força assassina morta-viva cruel, que o poder de Marte mal conseguia controlar. Frank tinha a sensação de que aquilo faria o que ele mandasse — mas, se seus amigos por acaso estivessem na linha de fogo, paciência. E, se Frank fosse um pouco lento ao dar as ordens, ele poderia começar a matar o que quer que visse pelo caminho, incluindo seu mestre.

Marte lhe dissera que a lança lhe daria uma folga até que ele aprendesse a usar os talentos de sua mãe. O que significava que Frank precisava aprender esses talentos — *logo*.

— Muito obrigado, Pai — resmungou.

— O quê? — perguntou Hazel. — Frank, você está bem?

— Explico depois — disse. — Agora, temos que ir ver um cego em Portland.

XXV

PERCY

Percy já se sentia o semideus mais inútil na história da inutilidade. A bolsa foi o insulto final.

Eles haviam deixado a P.E.V.O.A.I. com pressa, então talvez Íris não tenha oferecido a bolsa com intenção de criticar. Ela a enchera rapidamente com tortinhas enriquecidas com vitaminas, barras de frutas secas, carne de sol macrobiótica e alguns cristais para dar sorte. Depois, empurrara a bolsa nas mãos de Percy: *Aqui, vocês vão precisar disso. Ah, ficou bonito.*

A bolsa — quer dizer, *bolsa acessória masculina* — era tingida com as cores do arco-íris e tinha um símbolo da paz bordado com contas de madeira e a frase *Abrace o mundo inteiro*. Percy queria que fosse: *Abrace o roupeiro*. Ele via a bolsa como uma referência à sua imensa e incrível inutilidade. Enquanto navegavam para o norte, ele deixou a bolsa o mais distante possível de si, mas o barco era pequeno.

Percy não podia acreditar que havia falhado quando os amigos precisaram dele. Primeiro, fora muito burro para deixá-los sozinhos quando correra de volta ao barco, e Hazel acabara sequestrada. Depois, vira aquele exército marchando para o sul e tivera uma espécie de colapso nervoso. Constrangedor? Sim. Mas ele não pôde evitar. Ao ver aqueles centauros e ciclopes do mal, aquilo lhe parecera tão errado, tão invertido, que ele pensou que sua cabeça fosse explodir. E o gigante

Polibotes... Aquele gigante lhe provocara uma sensação que era o oposto da que ele tinha quando estava no oceano. Ficara sem energia, fraco e febril, como se suas entranhas estivessem se corroendo.

O chá medicinal de Íris ajudou seu corpo a melhorar, mas sua mente ainda doía. Ele ouvira histórias sobre pessoas que ainda sentiam dores fantasmas em pernas e braços que haviam sido amputados. Era assim que sua mente se sentia — como se suas lembranças perdidas doessem.

O pior de tudo era que, quanto mais para o norte Percy seguia, menos nítidas ficavam suas memórias. Ele começara a se sentir melhor no Acampamento Júpiter, lembrando-se de nomes e rostos variados. Agora, porém, até o rosto de Annabeth estava se apagando. Na P.E.V.O.A.I., quando tentara enviar uma mensagem de Íris para Annabeth, Fleecy havia simplesmente sacudido a cabeça com tristeza.

É como se você estivesse discando para alguém, ela disse, *mas tivesse esquecido o número. Ou alguém estivesse bloqueando o sinal. Desculpe, querido. Não consigo fazer sua ligação.*

Ele estava apavorado com a possibilidade de perder o rosto de Annabeth completamente quando chegasse ao Alasca. Talvez um dia acordasse e não lembrasse mais o nome dela.

Ainda assim, ele precisava se concentrar na missão. A visão daquele exército inimigo tinha lhe mostrado o que os aguardava. Agora era o início da manhã de vinte e um de junho. Eles precisavam chegar ao Alasca, encontrar Tânatos e o estandarte da legião e voltar para o Acampamento Júpiter até a noite de vinte e quatro de junho. Quatro dias. Enquanto isso, o inimigo tinha que marchar apenas algumas centenas de quilômetros.

Percy guiou o barco através das fortes correntes da costa norte da Califórnia. O vento soprava frio, mas a sensação era boa, clareando um pouco da confusão em sua cabeça. Ele se esforçou para impelir o barco o mais rápido que podia. O casco chocalhava à medida que o *Pax* avançava rumo ao norte.

Enquanto isso, Hazel e Frank trocavam histórias sobre os eventos na Produtos Orgânicos Arco-Íris. Frank falou do vidente cego Fineu, de Portland, e que Íris afirmara que talvez ele pudesse lhes dizer onde encontrar Tânatos. Frank não quis dizer como conseguira matar os basiliscos, mas Percy ficou com a sensação de que tinha algo a ver com a ponta quebrada de sua lança.

O que quer que tivesse acontecido, Frank parecia mais assustado com a lança que com os basiliscos.

Quando ele terminou, Hazel falou do tempo que passaram com Fleecy.

— Então essa mensagem de Íris funcionou? — perguntou Frank.

Hazel lançou um olhar solidário para Percy. Não mencionou o fato de ele não ter conseguido contatar Annabeth.

— Consegui falar com Reyna — disse ela. — É preciso atirar uma moeda em um arco-íris e dizer uma fórmula mágica, tipo: Ó Íris, deusa do arco-íris, aceite minha oferenda. Só que Fleecy meio que mudou um pouco. Ela nos deu seu... como foi mesmo que ela chamou?... seu número direto? Então precisei dizer: *Ó Fleecy, quebre meu galho. Mostre Reyna no Acampamento Júpiter*. Eu me senti um pouco idiota, mas funcionou. A imagem de Reyna apareceu no arco-íris, como uma videoconferência em duas vias. Ela estava nas termas. Ficou apavorada.

— Isso eu teria pagado para ver — disse Frank. — Quer dizer, a cara dela. Não, hum, as termas.

— Frank! — Hazel abanou o rosto como se precisasse de ar. Era um gesto antiquado, mas de certa forma charmoso. — Enfim, contamos a Reyna sobre o exército, mas, como Percy disse, ela já sabia. Isso não muda nada. Ela está fazendo o que pode para reforçar as defesas. A menos que libertemos a Morte e voltemos com a águia...

— O acampamento não vai resistir contra aquele exército — completou Frank. — Não sem ajuda.

Depois disso, navegaram em silêncio.

Percy continuou pensando em ciclopes e centauros. Pensou em Annabeth, no sátiro Grover e em seu sonho com um navio de guerra gigante em construção.

Você veio de algum lugar, Reyna dissera.

Percy queria conseguir lembrar. Ele poderia pedir ajuda. O Acampamento Júpiter não deveria precisar enfrentar sozinho os gigantes. Tinha que haver aliados em algum lugar.

Ele tocou com os dedos as contas em seu colar, a plaquinha de chumbo do *probatio* e o anel de prata que Reyna lhe dera. Talvez em Seattle ele conseguisse falar com a irmã dela, Hylla. Ela poderia mandar ajuda — se não matasse Percy assim que o visse.

Depois de mais algumas horas navegando, os olhos de Percy começaram a se fechar. Ele temia desmaiar de exaustão. Então, a sorte lhe sorriu. Uma baleia assassina emergiu perto do barco, e Percy puxou uma conversa mental com ela.

Eles não chegaram a falar exatamente, mas foi mais ou menos assim: *Você pode nos dar uma carona para o norte?*, perguntou Percy. *O mais perto possível de Portland?*

Como focas, respondeu a baleia. *Vocês são focas?*

Não, admitiu Percy. *Mas tenho uma bolsa masculina cheia de carne de sol macrobiótica.*

A baleia estremeceu. *Prometa não me dar isso para comer e eu levo vocês para o norte.*

Feito.

Logo Percy havia improvisado um arnês de corda e o prendido em torno da parte superior do corpo da baleia. Então aceleraram para o norte propelidos pela baleia, e, por insistência de Hazel e Frank, Percy se acomodou para um cochilo.

Seus sonhos foram tão desconexos e assustadores como sempre.

Ele se viu no Monte Tamalpais, ao norte de São Francisco, lutando na antiga fortaleza dos titãs. Isso não fazia sentido. Ele não estivera com os romanos quando eles atacaram, mas viu tudo com clareza: um titã de armadura, Annabeth e duas outras garotas lutando ao lado de Percy. Uma das garotas morreu no confronto. Percy ajoelhou-se ao lado dela e a viu dissolver-se em estrelas.

Então ele viu o navio de guerra gigante na doca seca. A figura de proa de bronze em forma de dragão cintilava à luz da manhã. O cordame e o armamento estavam completos, mas havia algo errado. Uma escotilha no convés estava aberta, e saía fumaça de uma espécie de motor. Um garoto de cabelos pretos encaracolados praguejava enquanto batia no motor com uma chave. Dois outros semideuses se encontravam agachados a seu lado, observando-o preocupados. Um deles era um adolescente de cabelos louros curtos. O outro era uma garota com cabelos escuros e compridos.

— Você sabe que estamos no solstício — disse a garota. — Devíamos partir hoje.

— Eu sei disso! — O mecânico de cabelos encaracolados acertou o motor mais algumas vezes. — Podem ser as rebimbocas. Pode ser a parafuseta. Pode ser Gaia nos atrapalhando outra vez. Eu não sei!

— Quanto tempo? — perguntou o cara louro.

— Dois, três dias?

— Eles podem não ter esse tempo todo — advertiu a garota.

Percy tinha a impressão de que ela se referia ao Acampamento Júpiter. Então a cena mudou novamente.

Ele viu um garoto e seu cachorro perambulando pelas colinas amarelas da Califórnia. Mas, à medida que a imagem se tornava mais clara, Percy se deu conta de que não era um garoto. Era um ciclope de jeans esfarrapado e camisa de flanela. O cão era uma montanha bamboleante de pelo negro, provavelmente do tamanho de um rinoceronte. O ciclope carregava uma clava enorme apoiada no ombro, mas Percy não achava que fosse um inimigo. Ele ficava gritando o nome de Percy, chamando-o de... irmão?

— O cheiro dele parece mais distante — gemeu o ciclope para o cachorro. — Por que o cheiro dele está mais longe?

— AU! — latiu o cão, e o sonho de Percy mudou outra vez.

Ele viu uma cordilheira de montanhas nevadas tão altas que furavam as nuvens. O rosto adormecido de Gaia surgiu nas sombras das pedras.

Um peão tão valioso, disse ela, em tom tranquilizador. *Não tema, Percy Jackson. Venha para o norte! Seus amigos morrerão, sim. Mas eu o preservarei por ora. Tenho grandes planos para você.*

Em um vale entre as montanhas havia uma extensão imensa de gelo. A beirada mergulhava no mar, dezenas de metros abaixo, com camadas de gelo constantemente se dissolvendo na água. Na superfície do gelo havia o acampamento de uma legião: trincheiras, fossos, torres, alojamentos, exatamente como o Acampamento Júpiter, só que três vezes maior. No cruzamento diante da *principia*, uma figura de manto negro estava de pé acorrentada ao gelo. A visão de Percy passou por ele, dirigindo-se ao quartel-general. Ali, na penumbra, sentava-se um gigante ainda maior que Polibotes. Sua pele dourada reluzia. Expostos atrás dele estavam os estandartes esfarrapados e congelados de uma legião romana, incluindo uma grande águia dourada com as asas abertas.

Estamos à sua espera, trovejou a voz do gigante. *Enquanto você segue aos tropeços para o norte, tentando me encontrar, meus exércitos destruirão seus preciosos acampamentos — primeiro os romanos, depois os outros. Você não pode vencer, pequeno semideus.*

* * *

Percy acordou sobressaltado na fria luz cinzenta do dia, sentindo a chuva cair no rosto.

— Pensei que *eu* tivesse sono pesado — disse Hazel. — Bem-vindo a Portland.

Percy sentou-se e piscou. O cenário à sua volta era tão diferente de seu sonho que ele não sabia qual era real. O *Pax* flutuava em um rio negro como ferro que atravessava uma cidade. Nuvens pesadas pairavam baixo no céu. A chuva fria era tão leve que parecia suspensa no ar. À esquerda de Percy havia armazéns industriais e trilhos de trem. À direita, o pequeno centro comercial de uma cidade — um grupo de torres de aparência quase acolhedora entre as margens do rio e uma cadeia de colinas enevoadas cobertas de árvores.

Percy esfregou os olhos para espantar o sono.

— Como foi que chegamos aqui?

Frank lançou um olhar do tipo *Você não vai acreditar* e disse:

— A baleia assassina nos levou até o Rio Colúmbia. E então passou o arnês para um par de esturjões de quase quatro metros.

Percy pensou que Frank tinha dito *cirurgiões*. Imaginou uma estranha cena de médicos gigantes de jalecos e máscaras puxando o barco rio acima. Então se deu conta de que Frank quis dizer esturjões, os peixes. Ficou feliz por não ter dito nada. Teria sido embaraçoso, sendo ele filho do deus dos mares e tal.

— Enfim — continuou Frank —, os esturjões nos puxaram por muito tempo. Hazel e eu nos revezamos dormindo. Então chegamos a este rio...

— O Willamette — completou Hazel.

— Certo — disse Frank. — Depois disso, o barco meio que assumiu o controle e nos trouxe aqui sozinho. Você dormiu bem?

Enquanto o *Pax* deslizava para o sul, ele contou-lhes sobre seus sonhos. Tentou se concentrar nos aspectos positivos: um navio de guerra podia estar a caminho para ajudar o Acampamento Júpiter. Um ciclope amigo e um cão gigante procuravam Percy. Não mencionou o que Gaia dissera: *Seus amigos morrerão*.

Quando Percy descreveu o forte romano no gelo, Hazel pareceu perturbada.

— Então Alcioneu está em uma geleira — disse ela. — Isso não ajuda muito. O Alasca tem centenas delas.

Percy assentiu.

— Talvez esse tal vidente Fineu possa nos dizer qual é.

O barco atracou sozinho em um píer. Os três semideuses ergueram os olhos e viram os edifícios do centro garoento de Portland.

Frank enxugou a chuva de seu cabelo curto.

— Então agora procuramos um cego na chuva — disse ele. — Iupi!

XXVI

PERCY

Não foi tão difícil quanto eles imaginavam. Os gritos e o aparador de grama ajudaram.

Eles haviam levado casacos leves de lã sintética, então se protegeram contra a chuva fria e andaram por algumas quadras, passando sobretudo por ruas desertas. Dessa vez Percy foi esperto e carregou quase todos os suprimentos do barco. Até enfiou a carne de sol macrobiótica no bolso do casaco para o caso de precisar ameaçar mais alguma baleia assassina.

Viram algumas bicicletas passando nas ruas e alguns sem-teto abrigados em vãos de porta, mas a maioria dos habitantes de Portland parecia recolhida nos edifícios.

Seguindo pela rua Glisan, Percy lançou um olhar saudoso para as pessoas nas lanchonetes saboreando café e tortinhas. Ele estava prestes a sugerir que parassem para tomar café da manhã quando ouviu uma voz mais adiante na rua gritando "Ha! tomem isto, suas galinhas estúpidas!", seguida pela rotação de um pequeno motor e um monte de grasnidos.

Percy olhou para os amigos.

— Vocês acham...?

— Provavelmente — concordou Frank.

Eles saíram correndo na direção dos sons.

A duas quadras dali encontraram um grande estacionamento ao ar livre com calçadas arborizadas e fileiras de furgões-lanchonetes de frente para as ruas dos quatro lados. Percy já havia visto caminhões de comida, mas nunca tantos em um só lugar. Alguns eram simples caixas brancas de metal sobre rodas, com toldos e balcões. Outros eram pintados de azul, roxo ou com bolinhas, com grandes bandeiras na frente e quadros coloridos de cardápio e mesas como as que alguns cafés usam para ocupar a calçada. Um anunciava fusão de tacos de estilo coreano-brasileiro, o que parecia algum tipo de culinária radioativa ultrassecreta. Outro oferecia sushi no palito. Um terceiro vendia sanduíche de sorvete frito. O cheiro era incrível — dezenas de cozinhas diferentes funcionando ao mesmo tempo.

A barriga de Percy roncou. A maior parte dos quiosques estava aberta, mas não havia praticamente ninguém por perto. Eles podiam escolher o que quisessem! Sanduíche de sorvete frito? Caramba, isso parecia *muito* melhor que gérmen de trigo.

Infelizmente, havia algo mais acontecendo além do preparo de comida. No centro do estacionamento, atrás de todos os furgões, um velho de roupão corria de um lado para outro com um aparador de grama, gritando para um bando de mulheres-aves que tentavam roubar comida de uma mesa de armar.

— Harpias — disse Hazel. — O que significa...

— Que aquele é Fineu — concluiu Frank.

Eles atravessaram a rua correndo e se espremeram entre o furgão coreano-brasileiro e um carrinho vendendo rolinhos primavera de *burritos*.

As traseiras dos furgões-lanchonetes não eram nem um pouco tão apetitosas quanto as frentes. Eram atravancadas com pilhas de baldes de plástico, latas de lixo transbordando e varais improvisados sustentando aventais e toalhas. O estacionamento em si nada mais era que um quadrado de asfalto rachado, entremeado de ervas daninhas. No meio havia uma mesa de armar com uma montanha alta de comida de todos os furgões.

O cara de roupão era velho e gordo. Estava quase careca, com cicatrizes na testa e um aro ralo de cabelos brancos. O roupão estava sujo de ketchup, e ele ficava indo aos tropeços de um lado para outro em pantufas felpudas de coelhinhos cor-de-rosa, brandindo seu aparador de grama movido a gasolina contra a meia dúzia de harpias que sobrevoava sua mesa.

Ele era obviamente cego. Seus olhos eram leitosos, e quase sempre ele errava por muito as harpias, mas ainda assim estava se saindo bem afugentando-as.

— Suas galinhas pretas e sujas! — gritou ele.

Percy não sabia por quê, mas tinha uma vaga impressão de que harpias deveriam ser gordinhas. Essas pareciam mortas de fome. O rosto humano tinha olhos fundos e faces encovadas. O corpo era coberto por chumaços de penas, e as asas terminavam em mãos minúsculas e enrugadas. Vestiam sacos de aniagem. As harpias mergulhavam para a comida, parecendo mais desesperadas que zangadas. Percy sentiu pena delas.

WHIRRRR! O velho brandiu o aparador de grama, que raspou na asa de uma das harpias. Ela gritou de dor e se afastou, soltando penas amarelas ao voar.

Outra harpia sobrevoava em círculos acima das outras. Parecia mais nova e menor que as demais, com penas de um vermelho vivo. Ela observava com cuidado à espera de uma oportunidade e, quando o velho ficou de costas para ela, mergulhou rapidamente na direção da mesa. Agarrou um *burrito* com as garras dos pés, mas, antes que pudesse escapar, o cego virou o aparador de grama e a acertou nas costas com tanta força que Percy se encolheu. A harpia gritou, soltou o *burrito* e se afastou voando.

— Ei, pare com isso! — gritou Percy.

As harpias entenderam aquilo da maneira errada. Elas olharam para os três semideuses e fugiram imediatamente. A maior parte saiu voando e se empoleirou nas árvores em volta do estacionamento, lançando olhares tristes para a mesa. A de penas vermelhas com as costas machucadas voou oscilante pela rua Glisan e sumiu de vista.

— Ha! — gritou o cego em triunfo e desligou o aparador de grama. Ele sorriu vagamente na direção de Percy. — Obrigado, estranhos! Agradeço muitíssimo a ajuda.

Percy engoliu a raiva. Não fora sua intenção ajudar o velho, mas se lembrou de que precisavam de informações dele.

— Ah, que seja. — Ele aproximou-se do homem, ficando de olho no aparador de grama. — Eu sou Percy Jackson. Este é...

— Semideuses! — exclamou o velho. — Sempre consigo farejar semideuses.

Hazel franziu a testa.

— Cheiramos tão mal assim?

O velho riu.

— É claro que não, minha querida. Mas você ficaria surpresa com o quanto meus outros sentidos ficaram aguçados depois que perdi a visão. Eu sou Fineu. E você... espere, não me diga...

Ele levou a mão ao rosto de Percy e enfiou um dedo em seu olho.

— Ai! — queixou-se Percy.

— Filho de Netuno! — exclamou Fineu. — Achei que tinha sentido o cheiro do oceano em você, Percy Jackson. Também sou filho de Netuno, sabe?

— Ei... sim. Certo.

Percy esfregou os olhos. Que sorte a dele ser parente desse velho imundo. Ele torceu para que nem todos os filhos de Netuno tivessem o mesmo destino. Primeiro você começa carregando uma bolsa masculina, e, então, quando vê, já está correndo por aí de roupão e pantufas de coelhinhos cor-de-rosa, perseguindo galinhas com um aparador de grama.

Fineu virou-se para Hazel.

— E aqui... Ah, puxa, cheiro de ouro e das profundezas da terra. Hazel Levesque, filha de Plutão. E a seu lado... O filho de Marte. Mas sua história é mais longa, Frank Zhang...

— Sangue antigo — murmurou Frank. — Príncipe de Pilos, blá-blá-blá.

— Periclimeno, exatamente! Ah, ele era um cara legal. Eu adorava os argonautas!

O queixo de Frank caiu.

— E-espere. Peri *quem*?

Fineu sorriu.

— Não se preocupe. Conheço sua família. Aquela história sobre seu bisavô? Ele não destruiu *de fato* o acampamento. Ora, que grupo interessante. Vocês estão com fome?

Frank estava com cara de quem tinha acabado de ser atropelado por um caminhão, mas Fineu já havia passado para outras questões. Ele gesticulou com a mão na direção da mesa. Nas árvores próximas, as harpias gritavam desoladas. Por mais que Percy estivesse com fome, ele não conseguia sequer pensar em comer na frente daquelas pobres mulheres-aves.

— Olhe, estou confuso — falou Percy. — Precisamos de algumas informações. Disseram-nos que...

— ...que as harpias estavam me impedindo de comer — completou Fineu —, e que, se vocês me ajudassem, eu os ajudaria.

— Algo nessa linha — admitiu Percy.

Fineu riu.

— Isso é passado. Por acaso pareço estar perdendo alguma refeição?

Ele deu tapinhas na barriga, que era do tamanho de uma bola de basquete muito cheia.

— Hum... não — respondeu Percy.

Fineu agitou seu aparador de grama no ar com um gesto expansivo. Os três se abaixaram.

— As coisas mudaram, meus amigos! Quando obtive o dom da profecia, eras atrás, é verdade que Júpiter me amaldiçoou. Ele enviou as harpias para roubarem minha comida. Sabem, eu tinha a língua um tanto comprida. Revelei muitos segredos que os deuses queriam guardar. — Ele voltou-se para Hazel. — Por exemplo, você deveria estar morta. E você... — Ele voltou-se para Frank. — Sua vida depende de um graveto queimado.

Percy franziu a testa.

— Do que você está falando?

Hazel piscava como se tivesse levado um tapa. Frank dava a impressão de que o caminhão tinha dado ré e passado por cima dele de novo.

— E você. — Fineu voltou-se para Percy. — Ora, você nem sabe quem é! Eu poderia lhe dizer, é claro, mas... ha! Que graça teria? E Brigid O'Shaughnessy matou Miles Archer em *Relíquia Macabra*. E Darth Vader na verdade é o pai de Luke. E o vencedor do próximo Super Bowl será...

— Já entendi — murmurou Frank.

Hazel agarrou a espada como se estivesse tentada a socar a cabeça do velho com o cabo.

— Então você falou demais e os deuses o amaldiçoaram. Por que eles pararam?

— Ah, eles não pararam! — O velho arqueou as sobrancelhas densas como se dissesse: *Dá para acreditar?* — Tive que fazer um acordo com os argonautas. Sabe, eles também queriam informações. Falei que cooperaria se eles matassem as harpias. Bem, eles afugentaram aquelas criaturas nojentas, mas Íris não os deixou matá-las. Uma afronta! Então, *desta* vez, quando minha patrona me trouxe de volta à vida...

— Sua patrona? — perguntou Frank.

Fineu dirigiu-lhe um sorriso perverso.

— Ora, Gaia, é claro. Quem vocês acham que abriu as Portas da Morte? Sua namorada aqui compreende. Gaia também não é sua patrona?

Hazel sacou a espada.

— Eu não sou a... eu não... Gaia não é minha patrona!

Fineu parecia divertido. Se ouvira a espada ser desembainhada, não pareceu preocupado.

— Muito bem, se quer ser *nobre* e ficar do lado perdedor, problema seu. Mas Gaia está acordando. Ela já reescreveu as regras da vida e da morte! Estou vivo de novo, e em troca de minha ajuda, com uma profecia aqui, outra profecia ali, meu maior desejo é atendido. A mesa virou, digamos. Agora posso comer tudo que quiser, o dia todo, e as harpias têm que ficar olhando e passar fome.

Ele acelerou o motor do aparador de grama, e as harpias gemeram nas árvores.

— Elas estão amaldiçoadas! — disse o velho. — Só podem comer de minha mesa, e não podem sair de Portland. Como as Portas da Morte estão abertas, elas não podem nem morrer. É lindo!

— Lindo? — protestou Frank. — Elas são criaturas vivas. Por que você é tão cruel com elas?

— São monstros! — respondeu Fineu. — E *cruel*? Aqueles demônios de cérebro emplumado me atormentaram por anos!

— Mas era o dever delas — disse Percy, tentando se controlar. — Eram ordens de Júpiter.

— Ah, estou com raiva de Júpiter também — concordou Fineu. — No tempo certo, Gaia cuidará para que os deuses sejam devidamente punidos. Péssimo trabalho que eles fizeram governando o mundo. Mas, por enquanto, estou gostando de Portland. Os mortais não prestam atenção em mim. Acham que sou só um velho louco espantando pombos!

Hazel avançou para o vidente.

— Você é horrível! — disse ela a Fineu. — Seu lugar é nos Campos da Punição!

Fineu sorriu, desdenhoso.

— Um morto falando do outro, garotinha? Devia ficar calada. Você começou isso tudo! Não fosse você, Alcioneu não estaria vivo!

Hazel cambaleou para trás.

— Hazel? — Os olhos de Frank ficaram completamente arregalados. — Do que ele está falando?

— Ha! — disse Fineu. — Você logo irá descobrir, Frank Zhang. Aí vamos ver se você ainda terá uma queda por sua namorada. Mas não é por isso que vocês estão aqui, certo? Querem encontrar Tânatos. Ele está preso no covil de Alcioneu. Eu posso lhes dizer onde é. Claro que posso. Mas vocês terão que me fazer um favor.

— Esqueça — replicou Hazel. — Você está trabalhando para o inimigo. Nós mesmos devíamos mandar você de volta ao Mundo Inferior.

— Vocês podem tentar. — Fineu sorriu. — Mas duvido que eu fique morto por muito tempo. Sabe, Gaia me mostrou o jeito mais fácil de voltar. E com Tânatos acorrentado, não tem ninguém para me manter lá embaixo! Além disso, se vocês me matarem, não vão saber meus segredos.

Percy ficou tentado a deixar Hazel usar a espada. Na verdade, ele mesmo queria estrangular o velho.

Acampamento Júpiter, disse a si mesmo. *Salvar o acampamento é mais importante*. Lembrou-se de Alcioneu zombando dele em seus sonhos. Se perdessem tempo procurando o covil do gigante pelo Alasca, os exércitos de Gaia destruiriam os romanos... E os outros amigos de Percy, onde quer que estivessem.

Ele trincou os dentes e disse:

— Qual é o favor?

Fineu lambeu os lábios com uma expressão ávida.

— Tem uma harpia que é mais rápida que as outras.

— A vermelha — deduziu Percy.

— Eu sou cego! Não conheço as cores! — reclamou o velho. — Seja como for, ela é a única com quem tenho problemas. É esperta aquelazinha. Sempre fica na dela, não se junta às outras. Ela me fez isto aqui.

Ele apontou as cicatrizes na testa.

— Capturem aquela harpia — continuou. — Tragam-na para mim. Eu a quero amarrada onde possa ficar de olho nela... ah, modo de dizer. As harpias odeiam ficar amarradas. Isso lhes causa uma dor extrema. É, vou gostar disso. Talvez eu até lhe dê comida para que ela dure mais.

Percy olhou para os amigos. Eles chegaram a um acordo tácito: *jamais* ajudariam aquele velho assustador. Por outro lado, eles tinham que obter a informação dele. Precisavam de um Plano B.

— Ah, vão lá conversar — disse Fineu com jovialidade. — Eu não ligo. Apenas se lembrem de que, sem minha ajuda, sua missão vai fracassar. E todos que vocês amam no mundo morrerão. Agora, vão embora! Tragam-me a harpia!

XXVII

PERCY

— **Vamos precisar de um** pouco da sua comida. — Percy passou pelo velho esbarrando nele com o ombro e pegou coisas da mesa: uma tigela coberta de macarrão tailandês com molho de queijo e uma massa em forma de tubo que parecia uma combinação de *burrito* e pão doce com canela.

Antes que perdesse o controle e esmagasse o *burrito* no nariz de Fineu, Percy disse:

— Vamos, pessoal.

E saiu do estacionamento com os amigos.

Pararam do outro lado da rua. Percy respirou fundo, tentando se acalmar. A chuva havia abrandado e virado uma garoa fraca. A névoa fria em seu rosto era agradável.

— Aquele homem... — Hazel socou a lateral do banco de um ponto de ônibus. — Ele precisa morrer. *De novo*.

Era difícil ter certeza por causa da chuva, mas Hazel parecia estar segurando as lágrimas. O cabelo comprido encaracolado estava grudado dos dois lados do rosto. À luz cinzenta, seus olhos dourados pareciam feitos de estanho.

Percy se lembrou da confiança com que ela agira quando se conheceram — assumindo o controle da situação com as górgonas e conduzindo-o para um lugar seguro. Ela o havia confortado no templo de Netuno e feito com que ele se sentisse bem-vindo no acampamento.

Agora Percy queria devolver o favor, mas não sabia como. Ela parecia perdida, arrasada e totalmente deprimida.

Percy não estava surpreso por Hazel ter voltado do Mundo Inferior. Já fazia um tempo que ele vinha suspeitando disso: a maneira como ela evitava falar de seu passado, o modo como Nico di Angelo agira com tanto segredo e cautela.

Mas isso não mudava a imagem que Percy tinha dela. Hazel parecia... bem, *viva*, como uma garota comum de bom coração, que merecia crescer e ter um futuro. Ela não era um *ghoul* como Fineu.

— Vamos pegá-lo — Percy prometeu. — Ele não tem *nada* a ver com você, Hazel. Não ligo para o que ele diz.

Ela sacudiu a cabeça.

— Você não conhece a história toda. Eu devia ter sido mandada para os Campos da Punição. Eu... eu sou tão ruim quanto...

— Não, não é! — Frank cerrou os punhos. Ele olhou à sua volta, como se procurasse alguém que talvez discordasse dele... inimigos nos quais ele pudesse bater para defender Hazel. — Ela é uma pessoa boa! — gritou ele para o outro lado da rua. Algumas harpias grasnaram nas árvores, mas ninguém mais lhe deu ouvidos.

Hazel olhou para Frank. Ela estendeu a mão, hesitante, como se quisesse pegar a mão dele, mas tivesse medo de que ele pudesse evaporar.

— Frank... — gaguejou ela. — Eu... eu não...

Infelizmente, Frank parecia envolto em seus próprios pensamentos.

Ele tirou a lança das costas e a segurou pouco à vontade.

— Eu poderia intimidar aquele velho — sugeriu —, talvez assustá-lo...

— Frank, está tudo bem — disse Percy. — Vamos manter isso como um plano reserva, mas não acho que Fineu possa ser forçado a cooperar por medo. Além disso, você só pode usar a lança mais duas vezes, certo?

Com uma careta, Frank olhou para a ponta de dente de dragão, que havia tornado a crescer completamente durante a noite.

— É. Acho que sim...

Percy não tinha certeza do que o velho vidente quisera dizer sobre a história da família de Frank — o bisavô que teria destruído o acampamento, o ancestral argonauta e aquilo de a vida dele ser controlada por um graveto queimado. Mas era evidente que Frank ficara abalado. Percy decidiu não pedir explicações. Ele não queria ver o grandalhão reduzido a lágrimas, principalmente na frente de Hazel.

— Tenho uma ideia. — Percy apontou para a rua. — A harpia de penas vermelhas foi por ali. Vamos ver se conseguimos conversar com ela.

Hazel olhou para a comida em suas mãos.

— Você vai usar isso como isca?

— Está mais para uma oferenda de paz — explicou Percy. — Venham. Só tentem evitar que as outras harpias roubem isto aqui, está bem?

Percy destampou o macarrão tailandês e desembrulhou o *burrito* de canela. Um vapor perfumado espalhou-se pelo ar. O trio percorreu a rua, Hazel e Frank com as armas em punhos. As harpias voejavam atrás deles, empoleirando-se em árvores, caixas de correio e mastros de bandeiras, seguindo o cheiro de comida.

Percy ficou imaginando o que os mortais viam através da Névoa. Talvez pensassem que as harpias fossem pombos e as armas, tacos de lacrosse ou algo do gênero. Talvez achassem apenas que o macarrão tailandês com queijo fosse tão bom que precisasse de uma escolta armada.

Percy segurava com firmeza a comida. Ele vira a rapidez com que as harpias conseguiam agarrar coisas. Não queria perder sua oferenda de paz antes de encontrar a harpia de penas vermelhas.

Finalmente ele a avistou, voando em círculos sobre um trecho de um parque que se estendia ao longo de várias quadras entre fileiras de edifícios antigos de pedra. Pelo parque havia caminhos sob imensos olmos e bordos, passando por esculturas, bancos à sombra e áreas de recreação infantil. O lugar lembrava a Percy... algum outro parque. Talvez em sua cidade natal? Ele não conseguia se recordar, mas aquilo o fez sentir saudade de casa.

Eles atravessaram a rua e se sentaram em um banco ao lado de uma grande escultura de elefante feita de bronze.

— Parece Aníbal — comentou Hazel.

— Só que é chinês — observou Frank. — Minha avó tem um desses. — Ele se encolheu. — Quer dizer, o dela não tem quase quatro metros de altura. Mas ela importa coisas... da China. Somos chineses. — Ele olhou para Hazel e Percy, que se esforçavam muito para não rir. — Posso morrer de vergonha agora?

— Não se preocupe, cara — disse Percy. — Vamos ver se conseguimos fazer amizade com a harpia.

Ele ergueu o macarrão tailandês e deixou o cheiro se espalhar para cima — pimentas fortes e queijo delicioso. A harpia vermelha voou mais baixo.

— Não vamos machucar você — avisou Percy em um tom de voz normal. — Só queremos conversar. Macarrão tailandês em troca de uma chance de conversarmos, tudo bem?

A harpia desceu feito um raio vermelho e pousou na estátua do elefante.

Era dolorosamente magra. As pernas recobertas de penas pareciam gravetos. O rosto seria bonito, não fossem as faces encovadas. A harpia tinha os movimentos rápidos e espasmódicos típicos das aves, voltando os olhos cor de café incansavelmente para um lado e para o outro, cutucando a plumagem, os lobos das orelhas, os cabelos vermelhos desgrenhados.

— Queijo — murmurou ela, olhando de lado. — Ella não gosta de queijo.

Percy hesitou.

— Seu nome é Ella?

— Ella. Aella. Harpia. Ella não gosta de queijo.

Isso tudo foi dito sem respirar ou fazer contato visual. As mãos pegavam o cabelo, o vestido de aniagem, as gotas de chuva, tudo que se movia.

Mais rápido que um piscar de olhos, ela mergulhou, agarrou o *burrito* de canela e reapareceu em cima do elefante.

— Deuses, ela é rápida! — exclamou Hazel.

— E *muito* cheia de cafeína — deduziu Frank.

Ella cheirou o *burrito*. Mordiscou a ponta e estremeceu da cabeça aos pés, crocitando como se estivesse morrendo.

— Canela é bom — disse. — Bom para harpias. Nham.

Ela começou a comer, mas as harpias maiores voaram para cima dela. Antes que Percy pudesse reagir, elas começaram a bater em Ella com as asas, tentando pegar o *burrito*.

— Nnnnnnãão. — Ella tentou se esconder debaixo das asas enquanto as irmãs a encurralavam, arranhando-a com as garras. — N-não — gaguejou. — N-n-não!

— Parem! — gritou Percy.

Ele e os amigos correram para ajudar, mas era tarde demais. Uma harpia amarela grande agarrou o *burrito* e o bando inteiro se dispersou, deixando Ella encolhida de medo e trêmula no alto do elefante.

Hazel tocou o pé da harpia.

— Sinto muito. Você está bem?

Ella tirou a cabeça de debaixo das asas. Ainda tremia. Como a harpia estava de ombros caídos, Percy pôde ver o ferimento que sangrava em suas costas, onde Fineu a acertara com o aparador de grama. Ela ficou mexendo nas penas, arrancando tufos da plumagem.

— E-Ella pequena — gaguejou a harpia, zangada. — E-Ella fraca. Nada de canela. Só queijo.

Frank olhou furioso para o outro lado da rua, onde as outras harpias se empoleiravam em um bordo, despedaçando o *burrito*.

— Vamos arrumar outra coisa para você — prometeu.

Percy pôs o macarrão tailandês no chão. Ele percebeu que Ella era diferente, mesmo para uma harpia. Mas, depois de vê-la sendo atacada, o menino tinha uma certeza: independentemente do que acontecesse, ele iria ajudá-la.

— Ella — disse Percy —, queremos ser seus amigos. Podemos conseguir mais comida para você, mas...

— Amigos — repetiu ela. — *Friends*. "Dez temporadas. 1994 a 2004." — A harpia olhou de lado para Percy, e então virou-se para o alto e começou a recitar para as nuvens. — "Um meio-sangue, dos deuses antigos filho... Chegará aos dezesseis apesar de empecilhos." Dezesseis. Você tem dezesseis anos. Página dezesseis, *Dominando a arte da culinária francesa*. "Ingredientes: bacon, manteiga."

Os ouvidos de Percy vibravam. Ele sentiu-se tonto, como se tivesse acabado de mergulhar a trinta metros de profundidade e voltado à superfície.

— Ella... O que você disse?

— "Bacon." — A harpia pegou uma gota de chuva no ar. — "Manteiga."

— Não, antes disso. Aqueles versos... Eu *conheço* aqueles versos.

Ao lado dele, Hazel estremeceu.

— Parece mesmo familiar, como... não sei, como uma profecia. Talvez algo que ela tenha ouvido Fineu dizer?

Ao ouvir o nome *Fineu*, Ella grasnou de pavor e fugiu voando.

— Espere! — chamou Hazel. — Eu não queria... Ah, deuses, como sou estúpida.

— Está tudo bem. — Frank apontou. — Olhe.

Ella agora não se deslocava tão rápido. Voou até o topo de um edifício de três andares feito de tijolos vermelhos e sumiu de vista no terraço. Uma única pena vermelha flutuou até o chão.

— Vocês acham que o ninho dela é ali? — Frank estreitou os olhos, tentando ler a placa no edifício. — Biblioteca de Multnomah County?

Percy assentiu.

— Vamos ver se está aberta.

Eles atravessaram a rua correndo e entraram no saguão.

Para Percy, uma biblioteca não teria sido a primeira opção de lugar para visitar. Com sua dislexia, já era bastante complicado ler placas. Um edifício inteiro cheio de livros? Parecia tão divertido quanto tortura aquática chinesa ou extração de dente.

Enquanto corriam pelo saguão, Percy imaginou que Annabeth gostaria desse lugar. Era espaçoso e bem-iluminado, com grandes janelas arqueadas. Livros e arquitetura, esses com certeza eram seus...

Ele parou de repente.

— Percy? — perguntou Frank. — O que foi?

Percy tentou desesperadamente se concentrar. De onde tinham vindo aqueles pensamentos? Arquitetura, livros... Annabeth o levara a uma biblioteca certa vez, em sua terra, em... em... A lembrança desapareceu. Percy deu um murro na lateral de uma estante.

— Percy? — chamou Hazel, delicadamente.

Ele estava tão zangado, tão frustrado com a memória perdida, que tinha vontade de socar outra estante, mas a expressão preocupada de seus amigos o trouxe de volta ao presente.

— Eu estou... estou bem — mentiu. — Só fiquei tonto por um segundo. Vamos achar um jeito de chegar ao terraço.

Levaram algum tempo, mas finalmente encontraram uma escada com acesso ao terraço. No topo havia uma porta com um alarme manual, mas alguém a deixara aberta com a ajuda de um exemplar de *Guerra e paz*.

Do lado de fora, a harpia Ella se aconchegava em um ninho de livros sob um abrigo improvisado de papelão.

Percy e os amigos avançaram lentamente, tentando não assustá-la. Ella não lhes deu nenhuma atenção. Mexia nas penas e murmurava entre os dentes, como se decorasse o texto de uma peça de teatro.

Percy chegou a um metro e meio de distância dela e se ajoelhou.

— Oi. Desculpe se assustamos você. Olhe, não tenho muita comida, mas...

Ele pegou um pouco da carne de sol macrobiótica do bolso. Ella deu um salto e a pegou imediatamente. Então se acomodou de volta no ninho, cheirando a carne, mas logo suspirou e a jogou fora.

— N-não é da mesa dele. Ella não pode comer. Triste. Carne de sol seria bom para harpias.

— Não é da... Ah, certo — falou Percy. — Faz parte da maldição. Vocês só podem comer a comida dele.

— Tem que haver uma maneira — disse Hazel.

— "Fotossíntese" — murmurou Ella. — "Substantivo. Biologia. A síntese de materiais orgânicos complexos." "Foi o melhor dos tempos, foi o pior dos tempos; foi a idade da sabedoria, foi a idade da tolice..."

— O que ela está dizendo? — sussurrou Frank.

Percy olhou o monte de livros à volta dela. Pareciam todos velhos e mofados. Alguns mostravam o preço escrito com marcador na capa, como se a biblioteca tivesse se livrado deles em uma queima de saldo.

— Ela está citando trechos de livros — deduziu Percy.

— *Almanaque do fazendeiro 1965* — recitou Ella. — "Comece a procriar animais, 26 de janeiro."

— Ella — disse Percy —, você leu todos esses?

Ela piscou.

— Mais. Mais lá embaixo. Palavras. Palavras acalmam Ella. Palavras, palavras, palavras.

Percy pegou um livro qualquer — um exemplar estropiado de *Uma história das corridas de cavalos*.

— Ella, você se lembra do, hum, terceiro parágrafo da página sessenta e dois...

— "Secretariat" — disse Ella instantaneamente — "pagou três para dois na Corrida de Kentucky de 1973, terminando com o histórico recorde de cento e cinquenta e nove e dois quintos."

Percy fechou o livro. Suas mãos tremiam.

— Palavra por palavra.

— É impressionante — disse Hazel.

— Ela é uma galinha gênio — concordou Frank.

Percy se sentia inquieto. Estava começando a formar uma ideia terrível do motivo pelo qual Fineu queria capturar Ella, e não era porque ela o havia arranhado. Percy lembrou-se do verso que a harpia recitou: *Um meio-sangue, dos deuses antigos filho*. Tinha certeza que aquilo se referia a *ele*.

— Ella — disse Percy —, vamos encontrar uma forma de quebrar a maldição. Você gostaria disso?

— É impossível. "It's impossible" — replicou ela. — "Gravado em inglês por Perry Como, 1970."

— Nada é impossível — respondeu Percy. — Agora, olhe, vou dizer o nome dele. Você não precisa fugir. Vamos livrar você dessa maldição. Só precisamos descobrir uma forma de derrotar... Fineu.

Percy esperou que ela fugisse, mas a harpia limitou-se a sacudir a cabeça vigorosamente.

— N-n-não! Fineu, não. Ella é rápida. Rápida demais para ele. M-mas ele quer a-acorrentar Ella. Ele machuca Ella.

A harpia tentou alcançar o ferimento nas costas.

— Frank — disse Percy —, você tem suprimentos de primeiros socorros?

— É para já.

Frank pegou uma garrafa térmica cheia de néctar e explicou as propriedades curativas a Ella. Quando se aproximou, ela recuou e começou a gritar. Então Hazel tentou, e Ella deixou que lhe despejasse um pouco de néctar nas costas. O ferimento começou a fechar.

Hazel sorriu.

— Viu? Assim é melhor.

— Fineu é mau — insistiu Ella. — E aparadores de grama. E queijo.

— Com certeza — concordou Percy. — Não vamos deixá-lo machucar você outra vez. Mas precisamos arranjar um jeito de enganá-lo. Vocês harpias devem conhecê-lo melhor do que ninguém. É possível enganá-lo com algum truque?

— N-não — respondeu Ella. — Truques são para crianças. *Cinquenta truques para ensinar a seu cão*, de Sophie Collins, ligue para o número seis-três-seis...

— Certo, Ella — falou Hazel, com uma voz serena, como se tentasse acalmar um cavalo. — Mas Fineu tem alguma fraqueza?

— Cego. Ele é cego.

Frank revirou os olhos, mas Hazel continuou, paciente:

— Certo. Além disso?

— Azar — disse ela. — Jogos de azar. Dois para um. Pouca probabilidade. Paga ou desiste.

Percy se animou.

— Está dizendo que ele é um apostador?

— Fineu v-vê coisas grandes. Profecias. Destinos. Coisas dos deuses. Não coisas pequenas. Aleatórias. Empolgantes. E ele é cego.

Frank esfregou o queixo.

— Alguma ideia do que ela quer dizer?

Percy observou a harpia puxar o vestido de aniagem. Ele sentia muita pena dela, mas também estava começando a perceber o quanto era esperta.

— Acho que entendi — disse Percy. — Fineu vê o futuro. Ele sabe sobre um monte de acontecimentos importantes. Mas não pode ver as coisas pequenas... como ocorrências aleatórias, jogos de azar espontâneos. Isso faz com que apostar seja empolgante para ele. Se pudermos levá-lo a fazer uma aposta...

Hazel assentiu devagar.

— Quer dizer, se ele perder, precisa nos dizer onde Tânatos está. Mas o que podemos apostar? Que tipo de jogo fazemos?

— Algo simples, com um prêmio grande — respondeu Percy. — Tipo duas escolhas. Uma, você vive, a outra, você morre. E o prêmio tem que ser algo que Fineu deseje... quer dizer, além de Ella. Isso está fora de questão.

— Visão — murmurou Ella. — Visão é bom para cegos. Cura... Não, não. Gaia não fará isso por Fineu. Gaia mantém Fineu c-cego, dependente de Gaia. É.

Frank e Percy trocaram um olhar significativo.

— Sangue de górgona — disseram eles simultaneamente.

— O quê? — perguntou Hazel.

Frank pegou os dois frascos de cerâmica que ele havia recolhido no Pequeno Tibre.

— Ella é um gênio — disse. — A menos que morramos.

— Não se preocupe com isso — falou Percy. — Eu tenho um plano.

XXVIII

PERCY

O VELHO ESTAVA EXATAMENTE ONDE eles o haviam deixado, no meio do estacionamento de furgões-lanchonetes. Sentado no banco da mesa de armar com as pantufas de coelhinho para cima, Fineu comia um prato de *shish kebabs* gordurosos. O aparador de grama estava a seu lado. O roupão de banho tinha manchas de molho de churrasco.

— Bem-vindos de volta! — saudou ele alegremente. — Ouço a vibração de asinhas nervosas. Trouxeram minha harpia?

— Ela está aqui — disse Percy. — Mas não é sua.

Fineu lambeu a gordura dos dedos. Seus olhos leitosos pareceram se fixar em um ponto logo acima da cabeça de Percy.

— Já vi tudo... Bem, na verdade, sou cego, então *não* vi. Vocês vieram me matar, não é? Se assim for, boa sorte em sua missão.

— Vim fazer uma aposta.

O velho contorceu a boca. Ele pôs de lado o prato de espetinhos e se inclinou na direção de Percy.

— Uma aposta... Que interessante. Informação em troca da harpia? O vencedor leva tudo?

— Não — respondeu Percy. — A harpia não faz parte da aposta.

Fineu riu.

— Verdade? Talvez vocês não tenham entendido o valor dela.

— Ela é uma pessoa — disse Percy. — Não está à venda.

— Ah, por favor! Vocês são do acampamento romano, não é? Roma foi *construída* com base na escravidão. Não me venham com lições de moral. Além disso, ela nem é humana. É um monstro. Um espírito do vento. Uma lacaia de Júpiter.

Ella grasnou. Levá-la até o estacionamento já havia sido um desafio enorme, mas agora ela começava a recuar, murmurando:

— "Júpiter. Hidrogênio e hélio. Sessenta e três satélites." Nenhum lacaio. Não.

Hazel passou o braço em torno das asas de Ella. Aparentemente a menina era a única que podia tocar a harpia sem provocar gritos e contorções.

Frank permaneceu ao lado de Percy. Ele mantinha a lança preparada, como se o velho fosse atacá-los.

Percy apanhou os frascos de cerâmica.

— Quero fazer uma aposta diferente. Temos dois frascos de sangue de górgona. Um mata. O outro cura. Parecem exatamente iguais. Nem nós sabemos qual é qual. Se você escolher o certo, ficará curado da cegueira.

Fineu estendeu as mãos avidamente.

— Deixe-me senti-los. Deixe-me cheirá-los.

— Calma aí — disse Percy. — Primeiro você tem que concordar com os termos da aposta.

— Termos... — A respiração de Fineu estava acelerada. Percy podia ver que ele estava ansioso para aceitar a oferta. — Profecia *e* visão... Eu seria invencível. Poderia ser *dono* desta cidade. Construiria meu palácio aqui, cercado por furgões-lanchonetes. Eu poderia capturar aquela harpia pessoalmente!

— N-nãão — disse Ella, nervosa. — Não, não, não.

É difícil dar uma risada de vilão quando se está de pantufas cor-de-rosa de coelhinho, mas Fineu fez o melhor que pôde.

— Muito bem, semideus. Quais são seus termos?

— Você escolhe um frasco — disse Percy. — Não pode abri-los nem cheirar antes de escolher.

— Isso não é justo! Eu sou cego.

— E eu não tenho seu olfato — argumentou Percy. — Você pode segurar os frascos. E eu juro pelo Rio Estige que eles são idênticos. São exatamente o que eu lhe disse: sangue de górgona, um frasco do lado esquerdo do monstro, outro do direito. E juro que nenhum de nós sabe qual é qual.

Percy olhou para Hazel.

— Hum, você é nossa especialista em Mundo Inferior. Com toda essa situação esquisita em relação à Morte, um juramento pelo Rio Estige ainda é um compromisso?

— Sim — disse ela, sem hesitação. — Quebrar um juramento assim... Bem, não faça isso. Existem coisas piores que a morte.

Fineu alisou a barba.

— Então eu escolho que frasco beber. Você tem que beber o outro. Juramos beber ao mesmo tempo.

— Certo — concordou Percy.

— O perdedor morre, obviamente — continuou Fineu. — Esse tipo de veneno provavelmente impediria que até mesmo *eu* voltasse à vida... Por muito tempo, pelo menos. Minha essência se espalharia e se degradaria. Portanto, estou arriscando bastante.

— Mas, se vencer, você fica com tudo — disse Percy. — Se eu morrer, meus amigos juram deixá-lo em paz e não se vingar. Você terá sua visão de volta, algo que nem Gaia quer lhe dar.

A expressão do velho azedou. Percy pôde perceber que havia tocado em uma ferida. Fineu queria ver. Por mais ajuda que tivesse recebido de Gaia, ele se ressentia de ainda ser mantido no escuro.

— Se eu perder — disse o velho —, estarei morto, incapaz de lhes dar informações. De que forma isso ajuda vocês?

Percy ficou feliz por ter conversado sobre isso antes com os amigos. Frank havia sugerido a resposta.

— Você escreve a localização do covil de Alcioneu de antemão — respondeu Percy. — Guarde consigo, mas jure pelo Rio Estige que a informação é específica e precisa. Você também tem que jurar que, se perder e morrer, as harpias estarão livres da maldição delas.

— A aposta é alta — resmungou Fineu. — Você está enfrentando a morte, Percy Jackson. Não seria mais simples entregar a harpia?

— Essa não é uma opção.

Fineu sorriu lentamente.

— Então você *está* começando a entender o valor dela. Quando eu recuperar minha visão, vou capturá-la pessoalmente, sabe? Quem tiver o controle dessa harpia... bem, eu já fui rei. Essa aposta pode me fazer voltar a ser um.

— Você está colocando a carroça na frente dos bois — disse Percy. — Temos um trato?

Fineu bateu no nariz, pensativo.

— Não posso prever o resultado. É irritante como isso funciona. Uma aposta completamente inesperada... o futuro fica turvo. Mas posso lhe dizer uma coisa, Percy Jackson... um conselho gratuito. Se você sobreviver ao dia de hoje, não vai gostar de seu futuro. Há um grande sacrifício pela frente, e você não terá a coragem de fazê-lo. Isso vai lhe custar muitíssimo. Vai custar muitíssimo ao *mundo*. Talvez seja mais fácil você escolher o veneno.

Percy sentiu na boca o gosto do chá verde azedo de Íris. Ele queria acreditar que o velho estava apenas tentando assustá-lo, mas algo lhe dizia que a previsão era verdadeira. Ele lembrou-se do aviso de Juno quando ele escolhera ir para o Acampamento Júpiter: *Sentirá dor, aflição e privação com mais intensidade do que jamais sentira. Mas talvez tenha a chance de salvar seus antigos amigos e sua família.*

Nas árvores que circundavam o estacionamento as harpias reuniram-se para assistir, como se pressentissem o que havia em jogo. Frank e Hazel observaram o rosto de Percy, preocupados. Ele lhes assegurara que a situação não era tão ruim quanto cinquenta por cento de chance. Ele *tinha* um plano. Naturalmente, o tiro poderia sair pela culatra. Sua chance de sobrevivência poderia ser de cem por cento — ou de zero. Ele não mencionara isso.

— Temos um trato? — repetiu Percy.

Fineu sorriu.

— Juro pelo Rio Estige respeitar os termos que você acaba de descrever. Frank Zhang, você descende de um argonauta. Confio em sua palavra. Se eu ganhar, você e sua amiga Hazel juram me deixar em paz e não tentar se vingar?

As mãos de Frank apertavam com tanta força a lança de ouro que Percy pensou que ela fosse quebrar, mas o menino conseguiu grunhir:

— Juro pelo Rio Estige.

— Eu também juro — disse Hazel.

— Juro — murmurou Ella. — "Não jures pela lua, essa inconstante."

Fineu riu.

— Nesse caso, encontre algo para eu escrever. Vamos começar.

Frank pegou emprestado um guardanapo e uma caneta com o vendedor de um dos furgões-lanchonetes. Fineu rabiscou algo no guardanapo e o colocou no bolso de seu roupão.

— Juro que esta é a localização do covil de Alcioneu. Não que você vá viver o suficiente para saber.

Percy sacou a espada e empurrou toda a comida da mesa. Fineu sentou-se de um lado. Percy, do outro.

Fineu estendeu a mão.

— Deixe-me tocar os frascos.

Percy olhou para as colinas ao longe. Ele imaginou o rosto sombreado de uma mulher adormecida. Dirigiu os pensamentos para o chão e torceu para que a deusa estivesse ouvindo.

Pois bem, Gaia, disse ele. *Estou pagando para ver. Você diz que sou um peão valioso. Diz que tem planos para mim e que vai me poupar até eu chegar ao norte. Quem é mais valioso para você: eu ou este velho? Porque um de nós está prestes a morrer.*

Fineu curvou os dedos como se tentasse segurar algo.

— Está perdendo a coragem, Percy Jackson? Deixe-me segurá-los.

Percy entregou-lhe os frascos.

O velho comparou o peso de ambos. Correu os dedos ao longo das superfícies de cerâmica. Em seguida, pousou os dois na mesa e apoiou a mão levemente em cada um. Um tremor percorreu o chão — um terremoto brando, o suficiente apenas para fazer Percy bater os dentes. Ella crocitou, nervosa.

O frasco da esquerda pareceu tremer ligeiramente mais que o da direita.

Fineu sorriu, malicioso, e fechou os dedos em torno do frasco da esquerda.

— Você foi tolo, Percy Jackson. Eu escolho este. Agora, bebamos.

Percy pegou o frasco da direita. Ele batia os dentes.

O velho ergueu seu frasco.

— Um brinde aos filhos de Netuno.

Ambos destamparam os frascos e beberam.

Imediatamente, Percy se dobrou, com a garganta queimando. Sentiu na boca o gosto de gasolina.

— Ah, deuses — disse Hazel atrás dele.

— Não! — exclamou Ella. — Não, não, não.

A visão de Percy ficou turva. Ele conseguia ver Fineu sorrindo em triunfo, sentando-se mais ereto, piscando os olhos cheio de expectativa.

— Sim! — gritou ele. — A qualquer momento agora minha visão irá retornar!

Percy fez uma escolha errada. Fora estúpido ao correr tamanho risco. Tinha a sensação de que cacos de vidro abriam caminho por seu estômago, entrando em seus intestinos.

— Percy! — Frank agarrou-o pelos ombros. — Percy, você não pode morrer!

Ele arquejou, tentando respirar... E de repente sua visão clareou.

No mesmo momento, Fineu dobrou-se para a frente como se tivesse levado um soco.

— Você... você não pode! — uivou o velho. — Gaia, você... você...

Ele se ergueu, cambaleando, e se afastou aos tropeços da mesa, agarrando o estômago.

— Eu sou valioso demais!

De sua boca começou a sair fumaça. Um vapor amarelo doentio saía de seus ouvidos, da barba, dos olhos cegos.

— Injusto! — gritou ele. — Você me enganou!

Ele tentou pegar o pedaço de papel no bolso do roupão, mas suas mãos se desintegraram, seus dedos se transformaram em areia.

Percy ergueu-se, tonto. Não se sentia *curado* de nada em particular. Sua memória não havia retornado num passe de mágica. Mas a dor tinha cessado.

— Ninguém enganou você — disse Percy. — Você fez sua escolha livremente, e exijo que cumpra seu juramento.

O rei cego uivou em agonia. Ele girou sem sair do lugar, soltando vapor e lentamente se desintegrando, até que não restou nada além de um roupão de banho velho e manchado e um par de pantufas de coelhinhos.

— Estes são os despojos de guerra mais nojentos *que já existiram* — disse Frank.

Uma voz de mulher falou na mente de Percy. *Uma aposta, Percy Jackson.* Era um sussurro sonolento, com apenas um toque de admiração relutante. *Você me forçou a escolher, e você é mais importante para meus planos que o velho vidente. Mas não abuse da sorte. Quando chegar a hora de sua morte, prometo que ela será muito mais dolorosa que o sangue de górgona.*

Hazel cutucou o roupão com sua espada. Não havia nada embaixo dele — nenhum sinal de que Fineu estivesse tentando se reconstituir. Ela olhou para Percy, assombrada.

— Ou esse foi o ato mais corajoso que eu já vi ou o mais estúpido.

Frank sacudiu a cabeça, incrédulo.

— Percy, como você sabia? Você estava tão confiante de que ele escolheria o veneno.

— Gaia — disse Percy. — Ela *quer* que eu chegue ao Alasca. Ela acha... não tenho certeza. Ela pensa que pode me usar como parte de seu plano. Ela influenciou Fineu para que ele escolhesse o frasco errado.

Frank olhou, horrorizado, para os restos do velho.

— Gaia preferia matar o próprio servo em vez de você? Era essa sua aposta?

— Planos — murmurou Ella. — Planos e intrigas. A senhora no chão. Grandes planos para Percy. Carne de sol macrobiótica para Ella.

Percy entregou-lhe a sacola inteira de carne de sol e ela gritou de alegria.

— Não, não, não — murmurou ela, meio cantando. — Fineu, não. Comida e palavras para Ella, sim.

Percy agachou-se junto ao roupão e puxou o bilhete do bolso. Ali estava escrito: GELEIRA HUBBARD.

Todo esse risco por duas palavras. Ele entregou o papel a Hazel.

— Eu sei onde isso fica — falou ela. — É um lugar bastante conhecido. Mas temos um caminho muito, muito longo pela frente.

Nas árvores em torno do estacionamento, as outras harpias finalmente superaram o choque. Elas grasnaram, cheias de entusiasmo, e voaram para os furgões-lanchonetes mais próximos, mergulhando através das janelas dos balcões e invadindo as cozinhas. Os cozinheiros gritaram em muitas línguas. Furgões sacolejavam de um lado para o outro. Penas e caixas de alimentos voavam por todos os cantos.

— É melhor voltarmos para o barco — disse Percy. — Nosso tempo está se esgotando.

XXIX

HAZEL

Mesmo antes de subir no barco Hazel já se sentia enjoada.

Ela não parava de pensar em Fineu e no vapor saindo de seus olhos, as mãos se transformando em pó. Percy havia assegurado que ela não era como Fineu. Mas ela *era*. E tinha feito algo ainda pior que atormentar harpias.

Você começou isso tudo!, dissera Fineu. *Não fosse você, Alcioneu não estaria vivo!*

Enquanto o barco navegava rapidamente pelo Rio Colúmbia, Hazel tentou deixar o assunto de lado. A menina ajudou Ella a fazer um ninho com livros e revistas velhos que haviam apanhado na caixa de reciclagem da biblioteca.

Na realidade, eles não haviam planejado levar a harpia junto, mas Ella agiu como se o assunto estivesse decidido.

— Amigos, *Friends* — murmurou. — "Dez temporadas. 1994 a 2004." Amigos dissolveram Fineu e deram carne de sol a Ella. Ella vai com seus amigos.

Agora ela se acomodava confortavelmente na popa, beliscando pedaços de carne de sol e recitando versos quaisquer de Charles Dickens e de *Cinquenta truques para ensinar a seu cão.*

Percy ajoelhou-se na proa, conduzindo-os na direção do oceano com seus estranhos poderes mentais de controle da água. Hazel sentava-se ao lado de Frank no banco do centro, os ombros se tocando, o que a fazia sentir-se nervosa como uma harpia.

Ela se lembrava de como Frank a defendera em Portland, gritando: "Ela é uma pessoa boa!", como se estivesse pronto para enfrentar qualquer um que dissesse o contrário.

Lembrava-se dele na colina em Mendocino, sozinho em uma clareira de mato envenenado, empunhando a lança, com fogo queimando a seu redor e as cinzas de três basiliscos a seus pés.

Uma semana antes, se alguém tivesse sugerido que Frank era filho de Marte, Hazel teria achado graça. Frank era doce e gentil demais para isso. A menina sempre tivera um senso de proteção em relação a Frank por ele ser desajeitado e ter uma tendência a se meter em encrencas.

Desde que deixaram o acampamento, Hazel o via de modo diferente. Frank era mais corajoso do que ela havia se dado conta. Era ele que tomava conta *dela*. E Hazel precisava admitir que a mudança até que era agradável.

O rio alargou-se, desembocando no oceano. O *Pax* virou rumo ao norte. Enquanto navegavam, Frank a animava contando piadas bobas — *Por que o Minotauro atravessou a rua? Quantos faunos são necessários para trocar uma lâmpada?* — e apontando edifícios ao longo da costa que o faziam se lembrar de lugares em Vancouver.

O céu começou a escurecer, o mar assumindo o mesmo tom ferruginoso das asas de Ella. O dia vinte e um de junho estava praticamente acabado. O Festival de Fortuna aconteceria à noite, dali a exatas setenta e duas horas.

Finalmente Frank tirou comida de sua sacola — refrigerantes e *muffins* que ele havia recolhido da mesa de Fineu — e a distribuiu.

— Está tudo bem, Hazel — disse ele baixinho. — Minha mãe costumava dizer que ninguém devia tentar carregar um problema sozinho. Mas, se você não quiser falar, está tudo bem.

Hazel respirou fundo, hesitante. Tinha medo de falar — não só porque sentia vergonha, mas porque não queria ter outro blecaute e deslizar para o passado.

— Você estava certo — disse — quando adivinhou que eu vinha do Mundo Inferior. Eu... eu sou uma *foragida*. Não deveria estar viva.

Foi como se uma represa tivesse se rompido. A história jorrou. Ela explicou como a mãe havia invocado Plutão e se apaixonado pelo deus. Explicou o desejo da mãe por todas as riquezas da terra, e como isso havia se transformado na maldição de Hazel. Descreveu sua vida em Nova Orleans — tudo, exceto o namorado Sammy. Olhando para Frank, Hazel não teve coragem de falar dele.

Ela descreveu a Voz, e como Gaia havia dominado a mente da mãe lentamente. Falou da mudança delas para o Alasca, de como ela havia ajudado a erguer o gigante Alcioneu, e de como ela morrera, afundando a ilha na Baía Resurrection.

Hazel sabia que Percy e Ella estavam ouvindo, mas se dirigia principalmente a Frank. Quando terminou, teve medo de olhar para ele. Esperou que Frank se afastasse dela, que lhe dissesse que, afinal, ela *era* mesmo um monstro.

Em vez disso, ele pegou sua mão.

— Você se sacrificou para impedir o gigante de acordar. Eu nunca seria tão corajoso assim.

Ela sentiu o pulso latejando em seu pescoço.

— Não foi coragem. Deixei minha mãe morrer. Cooperei com Gaia por tempo demais. Quase a deixei vencer.

— Hazel — disse Percy —, você enfrentou uma deusa sozinha. Você fez a coisa... — Sua voz falhou, como se algo desagradável tivesse lhe ocorrido. — O que aconteceu no Mundo Inferior... quer dizer, depois que você morreu? Você deveria ter ido para o Elísio. Mas se Nico a trouxe de volta...

— Eu não fui para o Elísio. — Sua boca parecia seca como areia. — Por favor, não pergunte...

Mas era tarde demais. Ela lembrou-se de sua descida para a escuridão, sua chegada às margens do Rio Estige, e sua consciência começou a escapar.

— Hazel? — chamou Frank.

— Deslizando para longe — murmurou Ella. — "Slip Sliding Away". Número cinco na lista dos *singles* mais tocados. Paul Simon. Frank, vá com ela. O macaco mandou Frank ir com ela.

Hazel não tinha a menor ideia sobre o que Ella estava falando, mas sua visão escureceu enquanto ela se agarrava à mão de Frank.

Havia voltado ao Mundo Inferior, e dessa vez Frank estava a seu lado.

Encontravam-se no barco de Caronte, atravessando o Estige. Havia lixo rodopiando nas águas escuras — uma bola de aniversário esvaziada, uma chupeta de criança, um casal de noivinhos de plástico de cima de um bolo —, tudo vestígios de vidas humanas interrompidas.

— O-onde estamos? — disse Frank ao lado dela, tremeluzindo com uma luz roxa fantasmagórica, como se houvesse se transformado em um Lar.

— É meu passado. — Hazel sentia-se estranhamente calma. — É só um eco. Não se preocupe.

O barqueiro virou-se e sorriu. Em um momento ele era um belo africano usando um terno caro de seda. No instante seguinte, era um esqueleto usando um manto escuro.

— Claro que você não deve se preocupar — disse ele com sotaque britânico. Dirigia-se a Hazel, como se não pudesse ver Frank. — Eu disse que a levaria até o outro lado, não foi? Tudo bem se não tiver uma moeda. Não seria apropriado deixar a filha de Plutão do lado errado do rio.

O barco deslizou para uma praia escura. Hazel levou Frank para os portões negros de Érebo. Os espíritos abriam caminho para eles, sentindo que aquela era a filha de Plutão. Cérbero, o cão gigante de três cabeças, rosnou na penumbra, mas deixou-os passar. Do lado de dentro dos portões, eles seguiram para um grande pavilhão e se postaram diante da bancada dos juízes. Três figuras de toga preta com máscaras douradas olhavam de cima para Hazel.

Frank gemeu.

— Quem...?

— Eles decidirão meu destino — disse ela. — Observe.

Exatamente como antes, os juízes não lhe fizeram qualquer pergunta. Eles simplesmente olharam dentro de sua mente, arrancando pensamentos de sua cabeça e examinando-os como uma coleção de fotos antigas.

— Frustrou Gaia — disse o primeiro juiz. — Evitou que Alcioneu acordasse.

— Mas foi ela quem ergueu o gigante — argumentou o segundo juiz. — Culpada de covardia, fraqueza.

— Ela é jovem — disse o terceiro juiz. — A vida da mãe estava em jogo.

— Minha mãe. — Hazel criou coragem para falar. — Onde ela está? Qual o destino dela?

Os juízes a contemplaram, suas máscaras douradas congeladas em sorrisos assustadores.

— Sua mãe...

A imagem de Marie Levesque tremeluziu acima dos juízes. Ela estava congelada no tempo, de olhos bem fechados, abraçando Hazel enquanto a caverna ruía.

— Uma questão interessante — apontou o segundo juiz. — A divisão da culpa.

— Sim — concordou o primeiro juiz. — A criança morreu por uma causa nobre. Ela evitou muitas mortes ao retardar a ascensão do gigante. Teve a coragem de se opor ao poder de Gaia.

— Mas agiu tarde demais — argumentou o terceiro juiz, com tristeza. — É culpada por favorecer uma inimiga dos deuses.

— A mãe a influenciou — disse o primeiro juiz. — A criança pode ir para o Elísio. Punição Eterna para Marie Levesque.

— Não! — gritou Hazel. — Não, por favor! Isso não é justo.

Os juízes inclinaram a cabeça ao mesmo tempo. Máscaras de ouro, pensou Hazel. O ouro sempre foi amaldiçoado para mim. Ela se perguntou se o ouro estaria de alguma forma envenenando os pensamentos dos juízes, de modo que eles nunca lhe dessem um julgamento justo.

— Cuidado, Hazel Levesque — advertiu o primeiro juiz. — Você assumiria toda a responsabilidade? Você pode colocar essa culpa na alma de sua mãe. Seria razoável. Você estava destinada a grandes atos. Sua mãe desviou seu caminho. Veja o que você poderia ter sido...

Outra imagem surgiu acima dos juízes. Hazel se viu como uma garotinha, sorrindo, as mãos cobertas de tinta. A imagem envelheceu. Hazel se viu crescendo — o cabelo ficou mais longo, os olhos, mais tristes. Ela se reconheceu em seu aniversário de treze anos, cavalgando pelos campos no cavalo emprestado. Sammy ria enquanto corria atrás dela: *Do que você está fugindo? Eu não sou tão feio assim, sou?* Viu-se no Alasca, descendo a rua Três na neve e na escuridão, voltando da escola para casa.

A seguir a imagem envelheceu ainda mais. Hazel viu-se aos vinte anos. Estava muito parecida com a mãe, o cabelo preso atrás em tranças, os olhos dourados claramente divertidos. Ela usava um vestido branco — um vestido de casamento? Sorria com tanto afeto que Hazel soube instintivamente que devia estar olhando para alguém especial — alguém que ela amava.

A visão não a fez sentir-se amarga. Nem sequer se perguntou com quem teria se casado. Em vez disso, pensou: *Minha mãe poderia ter sido assim se tivesse se libertado de sua raiva, se Gaia não a houvesse corrompido.*

— Você perdeu essa vida — declarou o primeiro juiz, simplesmente. — Circunstâncias especiais. Elísio para você. Punição para sua mãe.

— Não — disse Hazel. — Não, não foi tudo culpa dela. Ela foi enganada. Ela me *amava*. No fim, tentou me proteger.

— Hazel — sussurrou Frank. — O que está fazendo?

Ela apertou a mão dele, pedindo que ele ficasse em silêncio. Os juízes não deram nenhuma atenção a Frank.

Por fim o segundo juiz suspirou.

— Sem decisão. Não foi tão boa. Nem tão má.

— A culpa deve ser dividida — concordou o primeiro juiz. — Ambas as almas serão despachadas aos Campos de Asfódelos. Sinto muito, Hazel Levesque. Você poderia ter sido uma heroína.

Hazel atravessou o pavilhão, entrando em campos amarelos que se estendiam infinitamente. Ela conduziu Frank por uma multidão de espíritos até um bosque de choupos pretos.

— Você abriu mão do Elísio — disse Frank, perplexo — para que sua mãe não sofresse?

— Ela não merecia os Campos da Punição — falou Hazel.

— Mas... o que acontece agora?

— Nada — respondeu Hazel. — Nada... por toda a eternidade.

Eles vagaram sem destino. Os espíritos à sua volta emitiam sons parecidos com os de morcegos — perdidos e confusos, sem se lembrar do passado ou mesmo de seus nomes.

Hazel lembrava-se de tudo. Talvez fosse por ela ser filha de Plutão, mas Hazel nunca se esqueceu de quem era ou do motivo por que estava ali.

— Lembrar fez com que minha pós-vida fosse mais difícil — contou ela a Frank, que ainda flutuava a seu lado como um brilhante Lar roxo. — Tantas vezes tentei ir até o palácio de meu pai... — Ela apontou para um grande castelo negro ao longe. — Nunca consegui alcançá-lo. Não posso deixar os Campos de Asfódelos.

— Você voltou a ver sua mãe?

Hazel balançou a cabeça.

— Ela não me conheceria, mesmo que eu pudesse encontrá-la. Esses espíritos... para eles, é como um sonho eterno, um transe sem fim. Isso foi o melhor que pude fazer por ela.

O tempo era irrelevante, mas depois de uma eternidade ela e Frank sentaram-se sob um choupo preto, ouvindo os gritos que vinham dos Campos da Punição. Ao longe, sob a luz solar artificial do Elísio, as Ilhas dos Abençoados cintilavam como esmeraldas em um brilhante lago azul. Velas brancas cortavam a água, e as almas de grandes heróis se deleitavam nas praias em felicidade perpétua.

— Você não merecia os Asfódelos — protestou Frank. — Você devia estar com os heróis.

— Isto é somente um eco — disse Hazel. — Nós vamos acordar, Frank. Só *parece* uma eternidade.

— Não é essa a questão! — objetou ele. — Privaram-na de sua vida. Você ia crescer e se tornar uma mulher linda. Você...

O rosto de Frank adquiriu um tom mais escuro de roxo.

— Você ia se casar com alguém — disse ele baixinho. — Ia ter uma vida boa. Você perdeu tudo isso.

Hazel reprimiu um soluço. Não fora tão difícil assim da primeira vez em Asfódelos, quando ela estava sozinha. Estar com Frank ali a fazia se sentir muito mais triste. Mas estava determinada a não ficar com raiva por causa de seu destino.

Hazel pensou naquela imagem de si mesma adulta, sorrindo e apaixonada. Ela sabia que não seria preciso muita amargura para azedar sua expressão e deixá-la exatamente igual a Queen Marie. *Eu mereço mais*, sua mãe sempre dizia. Hazel não podia se permitir sentir-se daquela maneira.

— Lamento, Frank — disse ela. — Acho que sua mãe estava errada. Às vezes, partilhar um problema não faz com que seja mais fácil suportá-lo.

— Faz, sim. — Frank enfiou a mão no bolso do casaco. — Na verdade... como temos a eternidade para conversar, eu queria lhe contar algo.

Ele tirou do bolso um objeto envolto em tecido, mais ou menos do mesmo tamanho de um par de óculos. Quando Frank o desenrolou, Hazel viu um pedaço de lenha parcialmente queimado, brilhando com uma luz roxa.

Ela franziu a testa.

— O que é... — Então a verdade a atingiu, fria e agressiva como uma rajada de vento no inverno. — Fineu disse que sua vida dependia de um graveto queimado...

— É verdade — afirmou Frank. — Esta é minha tábua de salvação, literalmente.

Frank lhe falou de como a deusa Juno havia aparecido quando ele era bebê, como a avó tinha tirado o pedaço de madeira da lareira.

— Minha avó disse que eu possuía dons... algum talento que herdamos de nosso ancestral, o argonauta. Isso, e o fato de meu pai ser Marte... — Ele deu de ombros. — Supostamente sou poderoso demais, ou algo assim. É por isso que minha vida pode se consumir tão facilmente. Íris disse que eu morreria segurando isto, vendo-o queimar.

Frank virou o pedaço de lenha nos dedos. Mesmo em sua forma roxa espectral, ele parecia muito grande e robusto. Hazel imaginou que ele seria imenso quando fosse adulto — com a força e a saúde de um touro. Não conseguia acreditar que a vida dele dependesse de algo tão pequeno quanto um graveto.

— Frank, como você pode carregá-lo por aí? — perguntou ela. — Você não morre de medo de que algo aconteça com ele?

— É por isso que estou contando para você. — Ele estendeu o pedaço de lenha. — Sei que é pedir muito, mas você o guardaria para mim?

Hazel virou a cabeça de repente. Até agora ela aceitara a presença de Frank em seu blecaute. Ela o levara consigo pelo caminho, repetindo, indiferente, seu passado, porque achava que seria justo lhe mostrar a verdade. Mas agora Hazel se perguntava se Frank estava de fato vivenciando isso também ou se ela apenas imaginava sua presença. Por que Frank confiaria sua vida a ela?

— Frank — disse —, você *sabe* quem eu sou. Sou filha de Plutão. Tudo que eu toco dá errado. Por que você confiaria em mim?

— Você é minha melhor amiga. — Frank colocou a madeira nas mãos dela. — Confio mais em você que em qualquer outra pessoa.

Hazel queria lhe dizer que ele estava cometendo um erro. Queria lhe devolver aquela madeira. Mas, antes que pudesse falar qualquer coisa, uma sombra os cobriu.

— Nossa carona chegou — adivinhou Frank.

Hazel quase havia esquecido que estava revivendo o passado. Nico di Angelo estava em pé diante dela com o sobretudo negro, a espada de ferro estígio ao lado do corpo. Ele não notou Frank, mas cravou os olhos nos de Hazel e pareceu ler toda a vida dela.

— Você é diferente — afirmou. — Uma filha de Plutão. Você se lembra do passado.

— Sim — respondeu Hazel. — E você está vivo.

Nico a observou como se lesse um cardápio, decidindo se fazia o pedido.

— Eu sou Nico di Angelo — disse ele. — Vim procurar minha irmã. A Morte está desaparecida, então pensei... pensei que eu poderia trazê-la de volta e ninguém perceberia.

— De volta à vida? — indagou Hazel. — Isso é possível?

— Deveria ser. — Nico suspirou. — Mas ela se foi. Escolheu renascer em uma nova vida. Cheguei tarde demais.

— Sinto muito.

Ele estendeu a mão.

— Você também é minha irmã. Merece outra chance. Venha comigo.

XXX

HAZEL

— Hazel. — Percy sacudia-lhe o ombro. — Acorde. Chegamos a Seattle.

Ela sentou-se tonta, estreitando os olhos por causa da luz do sol da manhã.

— Frank?

Frank grunhiu, esfregando os olhos.

— Nós acabamos de... eu acabei de...?

— Vocês dois apagaram — contou Percy. — Não sei por quê, mas Ella me disse para não me preocupar. Disse que vocês estavam... compartilhando?

— Compartilhando — concordou Ella. Encontrava-se agachada na popa, alisando as penas das asas com os dentes, o que não parecia uma forma muito eficaz de higiene pessoal. Ela cuspiu um pouco de penugem vermelha. — Compartilhar é bom. Nada mais de blecautes. Maior blecaute dos Estados Unidos, 14 de agosto de 2003. Hazel compartilhou. Nada mais de blecautes.

Percy coçou a cabeça.

— Sim... tivemos conversas assim a noite toda. Ainda não sei do que ela está falando.

Hazel levou a mão ao bolso do casaco. Podia sentir o pedaço de lenha, enrolado em tecido.

Ela olhou para Frank.

— Você *estava* lá.

Ele assentiu. Não disse nada, mas sua expressão era clara: falara a sério. Queria que ela protegesse o pedaço de madeira. Ela não sabia se devia se sentir honrada ou apavorada. Ninguém jamais lhe confiara nada tão importante.

— Espere — disse Percy. — Quer dizer que vocês dois *compartilharam* um blecaute? A partir de agora vocês dois vão apagar?

— Não — respondeu Ella. — Não, não, não. Nada mais de blecautes. Mais livros para Ella. Livros em Seattle.

Hazel olhou atentamente para a água ao redor. Eles atravessavam uma grande baía, encaminhando-se a um conjunto de edifícios no centro de uma cidade. Bairros ocupavam diversas colinas. Da colina mais alta erguia-se uma estranha torre branca com um disco no alto, como uma espaçonave dos filmes antigos de Flash Gordon que Sammy adorava.

Nada mais de blecautes?, pensou Hazel. Depois de suportá-los por tanto tempo, a ideia parecia boa demais para ser verdade.

Como Ella podia ter certeza de que eles haviam acabado? E, no entanto, Hazel *sentia-se* diferente... mais firme, como se não estivesse mais tentando viver em duas épocas diferentes. Todos os músculos em seu corpo começaram a relaxar. Era como se finalmente ela tivesse tirado um casaco de chumbo que usara durante meses. De alguma forma, ter Frank consigo durante o blecaute ajudara. Ela havia revivido todo o passado, até chegar ao presente. Agora, só precisava se preocupar com o futuro, partindo do princípio de que ela *possuía* um.

Percy conduziu o barco na direção das docas no centro da cidade. À medida que se aproximavam, Ella arranhava seu ninho de livros, nervosa.

Hazel também começou a se sentir inquieta. Não sabia por quê. Era um dia claro, ensolarado, e Seattle parecia ser bonita, com suas enseadas e pontes, ilhas arborizadas na baía e montanhas com picos nevados elevando-se ao longe. Ainda assim, Hazel tinha a impressão de que estava sendo observada.

— Hum... por que estamos parando aqui? — perguntou.

Percy mostrou a eles o anel de prata em seu colar.

— Reyna tem uma irmã aqui. Ela me pediu que a encontrasse e mostrasse isto.

— Reyna tem uma *irmã*? — perguntou Frank, como se a ideia o aterrorizasse.

Percy assentiu.

— Parece que Reyna acredita que a irmã poderia enviar ajuda para o acampamento.

— Amazonas — murmurou Ella. — Terra de amazonas. Hum. Ella prefere procurar bibliotecas. Não gosta de amazonas. Ferozes. Escudos. Espadas. Pontudas. Ai.

Frank levou a mão à lança.

— Amazonas? Tipo... mulheres guerreiras?

— Faz sentido — comentou Hazel. — Se a irmã de Reyna também for filha de Belona, dá para entender por que ela se juntaria às amazonas. Mas... aqui é seguro para nós?

— Não, não, não — respondeu Ella. — Melhor pegar livros. Nada de amazonas.

— Precisamos tentar — disse Percy. — Prometi a Reyna. Além disso, o *Pax* não está muito bem. Eu o tenho forçado muito.

Hazel olhou para os próprios pés. Entrava água por entre as tábuas do assoalho do barco.

— Ah!

— É — concordou Percy. — Precisamos consertá-lo ou encontrar um barco novo. Nesse momento eu o estou mantendo inteiro praticamente só com minha força de vontade. Ella, você tem alguma ideia de onde podemos encontrar as amazonas?

— E, hum — disse Frank, nervoso —, elas não, hum, matam homens logo de cara, certo?

Ella olhou para as docas do centro, a apenas algumas centenas de metros de distância.

— Ella vai encontrar amigos mais tarde. Ella vai embora voando agora.

E foi o que fez.

— Bem... — Frank pegou uma pena vermelha no ar. — Isso é encorajador.

Eles atracaram no cais. Mal tiveram tempo de desembarcar seus suprimentos antes de o *Pax* estremecer e se despedaçar. A maior parte afundou, restando apenas uma tábua com um olho pintado e outra com a letra *P* balançando nas ondas.

— Acho que não vai dar para consertá-lo — disse Hazel. — E agora?

Percy olhou para as colinas íngremes do centro de Seattle.

— Torcemos para que as amazonas ajudem.

* * *

Eles passaram horas explorando. Encontraram uns doces de chocolate com caramelo e sal excelentes em uma confeitaria. Tomaram um café tão forte que a cabeça de Hazel parecia um gongo vibrando. Pararam em um café com mesas na calçada e comeram sanduíches de salmão deliciosos. Uma vez viram Ella disparando entre torres muito altas, com um livro grosso em cada pé. Mas não encontraram nenhuma amazona. O tempo todo Hazel tinha consciência de que o tempo estava passando. Aquele era o dia vinte e dois de junho, e o Alasca estava ainda muito distante.

Finalmente eles perambularam para o sul do centro comercial, chegando a uma praça cercada por edifícios menores, de vidro e tijolos. Os nervos de Hazel começaram a formigar. Ela olhou à volta, com a certeza de que era observada.

— Ali — falou.

O edifício comercial à esquerda deles tinha uma única palavra gravada nas portas de vidro: AMAZON.

— Ah! — disse Frank. — Hum, não, Hazel. Isso é algo moderno. É uma empresa, certo? Eles vendem coisas pela internet. Não são amazonas de verdade.

— A menos que... — disse Percy, que então passou pelas portas. Hazel tinha um mau pressentimento em relação ao lugar, mas ainda assim ela e Frank o seguiram.

O saguão era como um aquário vazio — paredes de vidro, piso preto lustroso, algumas poucas plantas e praticamente mais nada. Perto da parede do outro lado, uma escada de pedra preta levava para cima e para baixo. No meio do salão havia uma jovem de terninho preto, com longos cabelos castanho-avermelhados e um fone de ouvido do tipo usado por seguranças. O nome em seu crachá era KINZIE. Seu sorriso era razoavelmente amistoso, mas os olhos lembravam a Hazel os policiais de Nova Orleans, que costumavam patrulhar o bairro francês à noite. Eles sempre pareciam olhar *através* de você, como se estivessem pensando em quem seria o próximo a atacá-los.

Kinzie cumprimentou Hazel com a cabeça, ignorando os garotos.

— Posso ajudá-la?

— Hum... espero que sim — respondeu Hazel. — Estamos procurando amazonas.

Kinzie olhou para a espada de Hazel e, depois, para a lança de Frank, embora nenhuma devesse ser visível através da Névoa.

— Você quer dizer a Amazon? Esta é nossa sede — disse ela, com cautela. — Você marcou horário com alguém ou...

— Hylla — interrompeu Percy. — Estamos procurando uma garota chamada...

Kinzie moveu-se com tanta rapidez que os olhos de Hazel quase não conseguiram acompanhar. Ela chutou Frank no peito e o jogou para trás no saguão. Então sacou uma espada do nada, deu uma rasteira em Percy com o lado plano da lâmina e pressionou a ponta sob o queixo dele.

Hazel tentou pegar a própria espada tarde demais. Algumas garotas de preto subiram a escada, espadas em punho, e a cercaram.

Kinzie lançou um olhar furioso para Percy, que estava no chão.

— Primeira regra: homens não falam sem permissão. Segunda regra: invasores de nosso território são punidos com a morte. Vocês se encontrarão, sim, com a rainha Hylla. É ela quem decidirá seu destino.

As amazonas confiscaram as armas dos três e os conduziram, descendo por tantos lances de escada que Hazel perdeu a conta.

Finalmente emergiram em uma caverna tão grande que poderia ter acomodado dez escolas, incluindo campos de esportes. Lâmpadas fluorescentes pálidas brilhavam ao longo do teto de pedra. Correias transportadoras percorriam o lugar como toboáguas, levando caixas em todas as direções. Corredores ladeados por prateleiras de metal estendiam-se infinitamente, lotadas até o alto com caixotes de mercadorias. Guindastes chiavam e braços robóticos zumbiam, dobrando caixas de papelão, empacotando remessas e tirando e colocando objetos nas correias. Algumas das prateleiras eram tão altas que só se tinha acesso a elas por escadas e passarelas, que atravessavam o teto como o sistema de plataformas de um teatro.

Hazel lembrou-se dos cinejornais que vira quando era criança. Sempre ficara impressionada com as cenas de fábricas construindo aviões e armas para o esforço de guerra — centenas e centenas de armas saindo da linha de montagem todos os dias. Mas aquilo não era nada comparado a *isto*, e quase todo o trabalho era feito por computadores e robôs. Os únicos humanos que Hazel podia ver eram algumas seguranças de preto patrulhando as passarelas, e alguns homens de macacão laranja, como uniformes de presídio, guiando empilhadeiras pelos corredores, conduzindo mais paletes de caixas. Os homens usavam coleiras de ferro no pescoço.

— Vocês mantêm *escravos*? — disse Hazel. Ela sabia que podia ser perigoso falar, mas estava tão indignada que não pôde se conter.

— Os homens? — desdenhou Kinzie. — Eles não são escravos. Eles simplesmente sabem seu lugar. Agora andem.

Eles caminharam tanto que os pés de Hazel começaram a doer. Ela pensou que certamente estavam chegando ao fim do galpão quando Kinzie abriu umas portas duplas grandes e os levou a outra caverna, tão grande quanto a primeira.

— Nem o *Mundo Inferior* é tão grande assim — queixou-se Hazel, o que provavelmente não era verdade, mas era o que parecia a seus pés.

Kinzie sorriu com presunção.

— Está admirando nossa base de operações? É, nosso sistema de distribuição é mundial. Levamos muitos anos e usamos a maior parte de nossa fortuna para construí-lo. Agora, finalmente, começamos a ter lucro. Os mortais não se dão conta de que estão custeando o reino das amazonas. Logo seremos mais ricas que qualquer nação mortal. Então, quando os fracos mortais dependerem de nós para tudo, a revolução começará!

— O que vocês vão fazer? — rosnou Frank. — Cancelar o frete grátis?

Uma guarda bateu o punho da espada em sua barriga. Percy tentou ajudá-lo, mas duas outras guardas fizeram-no recuar, ameaçando-o com suas espadas.

— Você vai aprender a ter respeito — disse Kinzie. — Foram homens como vocês que arruinaram o mundo mortal. A única sociedade harmoniosa é aquela governada por mulheres. Somos mais fortes, mais sábias...

— Mais humildes — falou Percy.

As guardas tentaram atingi-lo, mas Percy se abaixou.

— Parem! — disse Hazel. Supreendentemente, as guardas a atenderam. — Hylla irá nos julgar, certo? — perguntou ela. — Então levem-nos até ela. Estamos perdendo tempo.

Kinzie assentiu.

— Talvez você tenha razão. Temos problemas mais importantes. E o tempo... o tempo certamente é um problema.

— Como assim? — perguntou Hazel.

Uma guarda grunhiu.

— Podíamos levá-los direto para Otrera. Talvez assim ganhemos pontos com ela.

— Não! — rosnou Kinzie. — Prefiro usar um colar de ferro e dirigir uma empilhadeira. Hylla é a rainha.

— Até hoje à noite — murmurou outra guarda.

Kinzie empunhou sua espada. Por um segundo Hazel achou que as amazonas fossem começar a lutar entre si, mas Kinzie pareceu controlar sua raiva.

— Já chega — disse ela. — Vamos.

Eles cruzaram uma pista de tráfego de empilhadeiras, seguiram por um labirinto de correias transportadoras e passaram por baixo de uma fileira de braços robóticos que enchiam caixas.

A maior parte das mercadorias parecia bastante comum: livros, artigos eletrônicos, fraldas infantis. Mas, junto a uma parede, havia uma carruagem de guerra com um grande código de barras na lateral. No cambão havia uma placa pendurada: RESTA APENAS UM NO ESTOQUE. ENCOMENDAR LOGO! (HÁ MAIS CHEGANDO.)

Eles finalmente entraram em uma caverna menor, que parecia uma mistura de área de carregamento e sala do trono. As paredes eram cobertas com prateleiras metálicas da altura de um prédio de seis andares, decoradas com estandartes de guerra, escudos pintados e as cabeças empalhadas de dragões, hidras, leões gigantes e javalis. De guarda ao longo de ambos os lados havia dezenas de empilhadeiras adaptadas para a guerra. Cada máquina era tripulada por um homem com coleira de ferro, mas uma guerreira amazona postava-se na plataforma de trás, manejando uma besta gigante montada. Os garfos de cada empilhadeira haviam sido afiados, transformando-se em enormes lâminas de espada.

As prateleiras dessa sala estavam cheias de jaulas com animais selvagens. Hazel não conseguia acreditar no que via: mastins negros, águias gigantes, um híbrido de leão e águia que devia ser um grifo e uma formiga-lava-pés do tamanho de um carro compacto.

Ela observou, horrorizada, uma empilhadeira entrar rapidamente no salão, apanhar uma jaula com um lindo pégaso branco e sair em disparada enquanto o cavalo protestava, relinchando.

— O que vocês vão fazer com aquele pobre animal? — perguntou Hazel.

Kinzie franziu a testa.

— O pégaso? Ele vai ficar bem. Alguém deve tê-lo encomendado. O frete e as taxas de manuseio são altos, mas...

— É possível *comprar* um pégaso pela internet? — perguntou Percy.

Kinzie dirigiu-lhe um olhar furioso.

— É óbvio que *você* não pode, homem. Mas as amazonas, sim. Temos seguidoras no mundo todo. Elas precisam de suprimentos. Por aqui.

No fim do armazém havia um tablado construído com paletes de livros: pilhas de romances de vampiros, paredes de suspenses de James Patterson e um trono feito com cerca de mil exemplares de alguma coisa intitulada *Os cinco hábitos das mulheres altamente agressivas*.

Na base dos degraus, várias amazonas com roupas de camuflagem discutiam acaloradamente enquanto uma jovem — a rainha Hylla, Hazel supôs — observava e ouvia de seu trono.

Hylla tinha uns vinte e poucos anos e o porte elegante e esguio de um tigre. Vestia um macacão de couro preto e botas da mesma cor. Não usava coroa, mas em sua cintura havia um cinto estranho feito de elos de ouro entrelaçados, como o padrão de um labirinto. Hazel achou incrível sua semelhança com Reyna: um pouco mais velha, talvez, mas com os mesmos cabelos pretos longos, os mesmos olhos escuros e a mesma expressão dura, como se tentasse decidir qual das amazonas diante dela merecia mais a morte.

Kinzie deu uma olhada na discussão e grunhiu com desagrado.

— Agentes de Otrera, espalhando suas mentiras.

— O quê? — perguntou Frank.

E então Hazel parou tão bruscamente que as guardas atrás dela tropeçaram. Perto do trono da rainha, duas amazonas montavam guarda diante de uma jaula. No interior havia um belo cavalo — não do tipo alado, mas um garanhão majestoso e poderoso com o pelo cor de mel e a crina negra. Seus intensos olhos castanhos fitaram Hazel, e ela podia jurar que o animal parecia impaciente, como se pensasse: *Já estava na hora de você chegar.*

— É ele — murmurou Hazel.

— Ele quem? — perguntou Percy.

Kinzie franziu a testa, aborrecida, mas, quando viu para onde Hazel olhava, sua expressão se suavizou.

— Ah, sim. Lindo, não é?

Hazel piscou para ter certeza de que não estava tendo alucinações. Era o mesmo cavalo que ela havia perseguido no Alasca. Tinha *certeza*... Mas isso era impossível. Nenhum cavalo podia viver tanto tempo.

— Ele... — Hazel mal podia controlar a voz. — Ele está à venda?

Todas as guardas riram.

— Aquele é Arion — explicou Kinzie com paciência, como se compreendesse o fascínio de Hazel. — Ele é um tesouro real das amazonas... a ser reivindicado apenas por nossa guerreira mais corajosa, se você acreditar na profecia.

— Profecia? — perguntou Hazel.

A expressão de Kinzie tornou-se aflita, quase envergonhada.

— Deixe para lá. Mas, não, ele não está à venda.

— Então por que está em uma jaula?

Kinzie fez uma careta.

— Porque... ele é difícil.

Como se esperasse a deixa, o cavalo bateu a cabeça na porta da jaula. As barras de metal estremeceram, e as guardas recuaram, nervosas.

Hazel queria libertar aquele cavalo. Mais do que qualquer coisa que ela já havia desejado. Mas Percy, Frank e uma dúzia de amazonas a encaravam, então tentou disfarçar as emoções.

— Só curiosidade — conseguiu dizer. — Vamos falar com a rainha.

A discussão na frente da sala ficou mais ruidosa. Por fim a rainha percebeu que o grupo de Hazel se aproximava e disse rispidamente:

— Basta!

As amazonas que discutiam calaram-se na mesma hora. A rainha as dispensou com um gesto e acenou para que Kinzie se aproximasse.

Kinzie empurrou Hazel e os amigos na direção do trono.

— Minha rainha, estes semideuses...

A rainha se levantou de um salto.

— Você!

Ela encarava Percy com uma ira assassina.

Percy murmurou em grego antigo algo que Hazel tinha certeza de que as freiras da St. Agnes não teriam gostado.

— Prancheta — disse ele. — Spa. Piratas.

Isso não fazia o menor sentido para Hazel, mas a rainha assentiu. Ela desceu de seu tablado de best-sellers e tirou uma adaga do cinto.

— Você foi incrivelmente tolo em vir aqui — disse a rainha. — Destruiu meu lar. Fez com que eu e minha irmã nos tornássemos exiladas e prisioneiras.

— Percy — chamou Frank, apreensivo. — Do que a mulher assustadora com a adaga está falando?

— Da ilha de Circe — respondeu Percy. — Acabo de me lembrar. O sangue de górgona... talvez esteja começando a curar minha mente. O Mar dos Monstros. Hylla... ela nos recebeu no cais, levou-nos para ver sua chefe. Hylla trabalhava para a feiticeira.

Hylla exibiu os dentes brancos e perfeitos.

— Está me dizendo que teve amnésia? Sabe, eu até posso acreditar. Por que outro motivo você seria tão estúpido a ponto de vir aqui?

— Viemos em paz — insistiu Hazel. — O que Percy fez?

— Paz? — A rainha olhou para Hazel, erguendo as sobrancelhas. — O que ele *fez*? Esse *homem* destruiu a escola de magia de Circe!

— Circe me transformou em um porquinho-da-índia! — protestou Percy.

— Não arranje desculpas! — disse Hylla. — Circe era uma patroa sábia e generosa. Eu tinha alojamento e alimentação, um bom plano médico e odontológico, leopardos de estimação, poções de graça... tudo! E *esse* semideus, com sua amiga, a loura...

— Annabeth. — Percy bateu na testa como se quisesse que as lembranças voltassem mais rápido. — Isso mesmo. Eu estive lá com Annabeth.

— Você soltou nossos prisioneiros... Barba-Negra e seus piratas. — Ela voltou-se para Hazel. — Você já foi sequestrada por piratas? Não é divertido. Eles incendiaram completamente nosso spa. Minha irmã e eu fomos prisioneiras deles durante meses. Felizmente, somos filhas de Belona. Aprendemos rapidamente a lutar. Se não tivéssemos... — Ela estremeceu. — Bem, os piratas aprenderam a nos respeitar. Com o tempo, conseguimos chegar à Califórnia, onde nós... — Ela hesitou, como se a lembrança fosse dolorosa. — Onde minha irmã e eu nos separamos.

Hylla caminhou na direção de Percy até quase ficarem de nariz colado. Ela deslizou a adaga sob o queixo dele.

— É claro que sobrevivi e prosperei. Ascendi à posição de rainha das amazonas. Então talvez eu devesse lhe agradecer.

— Não há de quê — disse Percy.

A rainha pressionou um pouco mais a lâmina.

— Deixe para lá. Acho que vou matar você.

— Espere! — gritou Hazel. — Foi Reyna quem nos mandou. Sua irmã! Olhe o anel no colar dele.

Hylla franziu a testa. Ela baixou a adaga para o colar de Percy até apoiar a ponta no anel de prata. A cor fugiu de seu rosto.

— Explique isto. — Ela fuzilou Hazel com o olhar. — Rápido.

Hazel tentou. Ela descreveu o Acampamento Júpiter. Contou às amazonas que Reyna era a pretora e que o exército de monstros estava marchando para o sul. Contou-lhes sobre sua missão para libertar Tânatos no Alasca.

Enquanto Hazel falava, outro grupo de amazonas entrou no salão. Uma delas era mais alta e mais velha que as outras, com cabelos prateados trançados e finas vestes de seda, como uma matrona romana. As outras amazonas abriram caminho para ela, tratando-a com tamanho respeito que Hazel se perguntou se aquela seria a mãe de Hylla — até que percebeu que Hylla e a mulher mais velha trocavam olhares ameaçadores.

— Portanto, precisamos de sua ajuda — Hazel terminou sua história. — *Reyna* precisa da sua ajuda.

Hylla agarrou o colar de couro de Percy e o arrancou de seu pescoço com um puxão — contas, anel, plaqueta de *probatio* e tudo.

— Reyna... aquela garota tola...

— Ora! — interrompeu a mulher mais velha. — Os romanos precisam de nossa ajuda? — Ela riu, e as amazonas à sua volta a acompanharam. — Quantas vezes lutamos contra os romanos em meu tempo? Quantas vezes eles mataram nossas irmãs em combate? Quando eu era rainha...

— Otrera — cortou Hylla —, você está aqui como convidada. Você *não* é mais rainha.

A mulher mais velha estendeu as mãos e fez uma mesura zombeteira.

— Como quiser... pelo menos, até hoje à noite. Mas estou falando a verdade, *rainha* Hylla. — Ela disse a palavra como uma provocação. — Fui trazida de volta pela própria Mãe Terra! Trago notícias de uma nova guerra. Por que as amazonas deveriam seguir Júpiter, aquele rei tolo do Olimpo, quando podemos seguir uma *rainha*? Quando eu assumir o comando...

— *Se* você assumir o comando — falou Hylla. — Mas por ora, eu sou a rainha. Minha palavra é a lei.

— Entendo. — Otrera olhou para as amazonas reunidas, que não se mexiam nem um centímetro, como se estivessem dentro de um poço com dois tigres selvagens. — Será que nos tornamos tão fracas que agora damos ouvidos a semideuses *homens*? Você irá poupar a vida desse filho de Netuno, mesmo que ele tenha destruído seu lar no passado? Quem sabe você não o deixará destruir seu *novo* lar também!

Hazel prendeu a respiração. As amazonas olhavam de Hylla para Otrera, atentas a qualquer sinal de fraqueza.

— Eu irei julgá-los — disse Hylla em um tom glacial — assim que reunir todos os fatos. É assim que *eu* governo... com a razão, não com o medo. Primeiro, terei uma conversa com esta aqui. — Ela apontou o dedo para Hazel. — É meu dever ouvir uma guerreira antes de sentenciá-la ou seus aliados à morte. Esse é o costume das amazonas. Ou será que os anos que você passou no Mundo Inferior confundiram sua memória, Otrera?

A mulher mais velha sorriu com desdém, mas não tentou discutir.

Hylla voltou-se para Kinzie.

— Leve os homens para as celas. As demais, saiam.

Otrera ergueu a mão para a multidão.

— Como manda nossa *rainha*. Mas quem quiser saber mais sobre Gaia e nosso futuro glorioso com ela venha comigo!

Mais ou menos metade das amazonas a acompanhou para fora da sala. Kinzie bufou, com desgosto, e então ela e as guardas levaram Percy e Frank embora.

Logo Hylla e Hazel estavam sozinhas, exceto pela guarda pessoal da rainha. A um sinal de Hylla, elas também se afastaram, indo para um ponto em que não pudessem ouvir a conversa.

A rainha voltou-se para Hazel. Sua raiva se dissolveu, e Hazel viu o desespero nos olhos dela. A rainha parecia um de seus animais enjaulados sendo levado em uma correia transportadora.

— Precisamos conversar — disse Hylla. — Não temos muito tempo. À meia-noite, provavelmente estarei morta.

XXXI

HAZEL

HAZEL PENSOU EM TENTAR FUGIR.

Ela não confiava na rainha Hylla e certamente não confiava naquela outra mulher, Otrera. Restavam apenas três guardas no salão. Todas distantes.

Hylla estava armada apenas com uma adaga. Naquela profundidade abaixo da superfície, Hazel talvez conseguisse provocar um terremoto na sala do trono ou convocar um grande monte de xisto ou ouro. Se pudesse causar uma distração, talvez conseguisse escapar e encontrar seus amigos.

Infelizmente, vira as amazonas lutarem. Embora a rainha tivesse apenas uma adaga, Hazel suspeitava de que ela soubesse usá-la muito bem. E Hazel estava desarmada. Elas não a haviam revistado, o que significava que, ainda bem, não haviam tirado o pedaço de lenha de Frank do bolso de seu casaco, mas sua espada fora levada.

A rainha parecia estar lendo seus pensamentos.

— Esqueça a ideia de fugir. Naturalmente, nós a respeitaríamos por tentar. Mas teríamos que matá-la.

— Obrigada pelo aviso.

Hylla deu de ombros.

— É o mínimo que posso fazer. Acredito que vocês tenham vindo em paz. Acredito que Reyna os tenha enviado.

— Mas não vai ajudar...

A rainha analisou o colar que tirara de Percy.

— É complicado — disse. — As amazonas sempre tiveram um relacionamento difícil com outros semideuses... principalmente os do sexo *masculino*. Lutamos pelo rei Príamo na Guerra de Troia, mas Aquiles matou nossa rainha, Pentesileia. Anos antes, Hércules roubou o cinto da rainha Hipólita... Este cinto que estou usando. Levamos séculos para recuperá-lo. Muito antes disso, bem nos primeiros anos da nação amazona, um herói chamado Belerofonte matou nossa primeira rainha, Otrera.

— Você se refere à senhora...

— ...que acabou de sair, sim. Otrera, nossa primeira rainha, filha de Ares.

— Marte?

Hylla fez uma cara azeda.

— Não, definitivamente *Ares*. Otrera viveu muito antes de Roma, em um tempo em que todos os semideuses eram gregos. Infelizmente, algumas de nossas guerreiras ainda preferem a maneira antiga. As filhas de Ares... elas são sempre as piores.

— A maneira antiga... — Hazel havia ouvido boatos sobre semideuses gregos. Octavian acreditava que eles existiam e conspiravam em segredo contra Roma. Mas ela nunca acreditara de fato nisso, mesmo depois que Percy chegou ao acampamento. Ele simplesmente não parecia um grego mau e maquinador. — Você quer dizer que as amazonas são uma mistura de... gregos *e* romanos?

Hylla continuou a examinar o colar — as contas de argila, a plaquinha de *probatio*. Ela tirou o anel de prata de Reyna do cordão e o colocou no dedo.

— Suponho que eles não ensinem isso no Acampamento Júpiter. Os deuses têm muitos aspectos. Marte, Ares. Plutão, Hades. Sendo imortais, eles tendem a acumular personalidades. São gregos, romanos, americanos... Uma combinação de todas as culturas que eles influenciam ao longo das eras. Você entende?

— Eu... eu não tenho certeza. Todas as amazonas são semideusas?

A rainha abriu as mãos.

— Todas temos *algum* sangue imortal, mas muitas de minhas guerreiras são descendentes de semideuses. Algumas são amazonas há incontáveis gerações.

Outras são filhas de deuses menores. Kinzie, a que trouxe vocês aqui, é filha de uma ninfa. Ah... aqui está ela.

A garota de cabelos castanho-avermelhados aproximou-se da rainha e se curvou.

— Os prisioneiros estão trancados em segurança — relatou Kinzie. — Mas...

— Sim? — instou a rainha.

Kinzie engoliu em seco, como se sentisse um sabor ruim na boca.

— Otrera cuidou para que as seguidoras *dela* vigiassem as celas. Sinto muito, minha rainha.

Hylla apertou os lábios.

— Não importa. Fique conosco, Kinzie. Estávamos justamente falando de nossa, hum, situação.

— Otrera — disse Hazel. — Gaia a trouxe dos mortos para lançar vocês, amazonas, em uma guerra civil.

A rainha suspirou.

— Se era esse o plano dela, está funcionando. Otrera é uma lenda entre nós. Ela planeja retomar o trono e nos liderar em uma guerra contra os romanos. Muitas de minhas irmãs a seguirão.

— Nem todas — grunhiu Kinzie.

— Mas Otrera é um espírito! — argumentou Hazel. — Ela nem sequer é...

— Real? — A rainha observou Hazel com atenção. — Trabalhei com a feiticeira Circe por muitos anos. Reconheço uma alma restituída quando a vejo. Quando *você* morreu, Hazel...? Mil novecentos e vinte? Mil novecentos e trinta?

— Mil novecentos e quarenta e dois — respondeu Hazel. — Mas... mas não fui enviada por Gaia. Voltei para *detê-la*. Esta é minha segunda chance.

— Sua segunda chance... — Hylla olhou para as fileiras de empilhadeiras de guerra, agora vazias. — Entendo de segundas chances. Aquele garoto, Percy Jackson... ele destruiu minha vida antiga. Você não teria me reconhecido naquela época. Eu usava vestidos e maquiagem. Eu não passava de uma secretária, uma maldita Barbie.

Kinzie fez uma garra com três dedos sobre o coração, como os gestos de vodu que a mãe de Hazel costumava fazer para afastar o mau-olhado.

— A ilha de Circe era um lugar seguro para Reyna e para mim — prosseguiu a rainha. — Éramos filhas da deusa da guerra, Belona. Eu queria proteger

Reyna de toda aquela violência. Então Percy Jackson libertou os piratas. Eles nos sequestraram, e Reyna e eu aprendemos a ser duronas. Descobrimos que éramos boas com armas. Nos últimos quatro anos, eu desejei *matar* Percy Jackson pelo que ele nos fez passar.

— Mas Reyna se tornou pretora do Acampamento Júpiter — disse Hazel. — Você se tornou a rainha das amazonas. Talvez fosse esse seu destino.

Hylla apalpou o colar em sua mão.

— Talvez eu não seja rainha por muito mais tempo.

— Você vai triunfar! — insistiu Kinzie.

— Como as Parcas decretarem — disse Hylla, sem entusiasmo. — A questão, Hazel, é que Otrera me desafiou para um duelo. Toda amazona tem esse direito. Hoje, à meia-noite, lutaremos pelo trono.

— Mas... você é boa, não é? — perguntou Hazel.

Hylla deu um sorriso mordaz.

— Boa, sim, mas Otrera é a fundadora das amazonas.

— Ela é muito mais velha. Talvez esteja enferrujada, por estar morta por tanto tempo.

— Espero que você esteja certa, Hazel. A questão é que se trata de uma luta até a morte...

Ela esperou que a informação assentasse. Hazel lembrou-se do que Fineu dissera em Portland: que ele tomara um atalho de volta dos mortos graças a Gaia. Ela se lembrou de como as górgonas haviam tentado se reconstituir no Pequeno Tibre.

— Mesmo que você a mate — disse Hazel —, ela irá voltar. Enquanto Tânatos estiver acorrentado, ela não permanecerá morta.

— Exatamente — falou Hylla. — Otrera já nos disse que *não pode* morrer. Então, mesmo que eu consiga derrotá-la hoje à noite, ela simplesmente retornará e me desafiará de novo amanhã. Não existe lei que proíba alguém de desafiar a rainha diversas vezes. Ela pode insistir em lutar contra mim todas as noites, até finalmente me cansar. Não tenho como vencer.

Hazel olhou para o trono. Imaginou Otrera sentada ali com seus trajes finos e os cabelos prateados, ordenando que suas guerreiras atacassem Roma. Imaginou a voz de Gaia preenchendo a caverna.

— Precisa haver uma saída — falou ela. — As amazonas não têm... poderes especiais ou algo do tipo?

— Não mais que outros semideuses — disse Hylla. — Podemos morrer, como qualquer outro mortal. *Existe* um grupo de arqueiras que seguem a deusa Ártemis. Elas costumam ser confundidas com amazonas, mas as Caçadoras renunciam à companhia dos homens em troca de uma vida quase infinita. Nós, amazonas... preferimos viver a vida plenamente. Nós amamos, lutamos, morremos.

— Pensei que vocês odiassem os homens.

Tanto Hylla quanto Kinzie riram.

— Odiar os homens? — repetiu a rainha. — Não, não, nós gostamos deles. Só lhes mostramos quem é que manda. Mas isso não vem ao caso. Se eu pudesse, reuniria nossas tropas e correria para ajudar minha irmã. Infelizmente meu poder é tênue. Quando eu for morta na luta, e isso é só uma questão de tempo, Otrera será a rainha. Ela irá marchar para o Acampamento Júpiter com nossas forças, mas não para ajudar minha irmã. Irá se unir ao exército do gigante.

— Temos que detê-la — disse Hazel. — Meus amigos e eu matamos Fineu, outro servo de Gaia, em Portland. Talvez possamos ajudar!

A rainha sacudiu a cabeça.

— Você não pode interferir. Como rainha, preciso travar minhas próprias batalhas. Além disso, seus amigos estão presos. Se eu os libertar, vou parecer fraca. Ou *eu* executo vocês três como invasores ou Otrera o fará quando se tornar rainha.

O coração de Hazel murchou.

— Então acho que estamos as duas mortas. Eu, pela segunda vez.

Na jaula do canto o garanhão Arion relinchou, irritado. Então empinou e bateu com os cascos nas grades.

— O cavalo parece sentir seu desespero — disse a rainha. — Interessante. Ele é imortal, sabe... filho de Netuno e Ceres.

Hazel piscou.

— Dois deuses tiveram um filho cavalo?

— É uma longa história.

— Ah! — Hazel sentiu o rosto quente de vergonha.

— Ele é o cavalo mais rápido do mundo — explicou Hylla. — Pégaso é mais famoso, com suas asas, mas Arion corre como o vento, sobre a terra e o mar. Nenhuma criatura é mais veloz. Levamos anos para capturá-lo... um de nossos maiores prêmios. Mas não adiantou nada para nós. Ele não permite que ninguém o monte. Acho que odeia as amazonas. E é caro mantê-lo. Ele come qualquer coisa, mas prefere ouro.

A nuca de Hazel formigou.

— Ele come ouro?

Ela lembrou-se do cavalo seguindo-a no Alasca tantos anos antes. Hazel tivera a impressão de que ele comia pepitas de ouro que surgiam por onde ela passava.

Hazel ajoelhou-se e pressionou a mão contra o chão. Imediatamente, a pedra rachou. Um pedaço de ouro bruto do tamanho de uma ameixa foi expulso da terra. Hazel se levantou, examinando seu prêmio.

Hylla e Kinzie a encararam.

— Como foi que você...? — A rainha arquejou. — Hazel, tenha cuidado!

Hazel aproximou-se da jaula do garanhão. Ela enfiou a mão por entre as grades, e Arion comeu cautelosamente o pedaço de ouro de sua palma.

— Inacreditável — comentou Kinzie. — A última garota que tentou isso...

— Agora tem um braço de metal — concluiu a rainha. Ela olhou Hazel com novo interesse, como se decidisse se devia ou não dizer mais. — Hazel... passamos anos caçando esse cavalo. Foi previsto que a guerreira mais corajosa um dia domaria Arion e o cavalgaria para a vitória, anunciando uma nova era de prosperidade para as amazonas. No entanto, *nenhuma* amazona pode tocá-lo, muito menos controlá-lo. Até Otrera tentou e fracassou. Duas outras morreram tentando montá-lo.

Isso provavelmente deveria ter preocupado Hazel, mas ela não conseguia imaginar esse lindo cavalo machucando-a. A menina tornou a enfiar a mão por entre as grades e acariciou o nariz de Arion. Ele focinhou seu braço, murmurando satisfeito, como se perguntasse: *Mais ouro? Nham.*

— Eu lhe daria mais comida, Arion. — Hazel olhou significativamente para a rainha. — Mas acontece que minha execução está agendada.

A rainha Hylla alternou o olhar entre Hazel e o cavalo.

— Inacreditável.

— A profecia — disse Kinzie. — Será possível...?

Hazel quase podia ver as engrenagens girando dentro da cabeça da rainha, formulando um plano.

— Você tem coragem, Hazel Levesque. E parece que Arion escolheu você. Kinzie?

— Sim, minha rainha?

— Você disse que as seguidoras de Otrera estão guardando as celas?

Kinzie assentiu.

— Eu deveria ter previsto isso. Sinto muito...

— Não, está tudo bem. — Os olhos da rainha brilhavam... do mesmo modo que os do elefante Aníbal sempre que ele era liberado para destruir uma fortaleza. — Seria embaraçoso para Otrera se suas seguidoras falhassem em seus deveres... se, por exemplo, fossem subjugadas por uma forasteira e acontecesse uma fuga da prisão.

Kinzie começou a sorrir.

— Sim, minha rainha. Seria muito embaraçoso.

— Naturalmente — continuou Hylla —, nenhuma de minhas guardas saberia *nada* disso. Kinzie *não* espalharia que elas deveriam permitir a fuga.

— Certamente que não — concordou Kinzie.

— E nós não poderíamos ajudá-la. — A rainha ergueu as sobrancelhas para Hazel. — Mas se de algum modo você dominasse as guardas e libertasse seus amigos... Se, por exemplo, você pegasse os cartões da Amazon de uma das guardas...

— Com a função de compra em um só clique habilitada — disse Kinzie —, que abre as celas com um único clique.

— Se, que os deuses nos livrem!, algo desse tipo acontecesse — continuou a rainha —, você encontraria as armas e os suprimentos de seus amigos no posto das guardas perto das celas. E quem sabe? Se vocês conseguissem voltar a esta sala do trono enquanto eu estivesse fora, me preparando para o duelo... Bem, como mencionei, Arion é um cavalo muito rápido. Seria uma pena se ele fosse roubado e usado para uma fuga.

Hazel teve a sensação de que havia sido ligada na tomada. Uma onda de eletricidade percorreu todo o seu corpo. Arion... Arion poderia ser dela. Tudo o que ela precisava fazer era resgatar seus amigos e lutar com uma nação inteira de guerreiras altamente treinadas.

— Rainha Hylla — disse —, eu... eu não sou grande coisa como lutadora.

— Ah, existem muitos tipos de luta, Hazel. Tenho a impressão de que você é muito engenhosa. E se a profecia estiver correta, você ajudará a nação das amazonas a alcançar a prosperidade. Se vocês tiverem sucesso em sua missão para libertar Tânatos, por exemplo...

— ...então Otrera não voltaria se fosse morta — completou Hazel. — Você só teria que derrotá-la... hum, todas as noites, até termos sucesso.

A rainha assentiu sombriamente.

— Parece que nós duas temos tarefas complicadas à frente.

— Mas você está confiando em mim — falou Hazel. — E eu confio em você. Você *vencerá*, tantas vezes quantas forem necessárias.

Hylla estendeu o colar de Percy e o soltou nas mãos de Hazel.

— Espero que você tenha razão — disse a rainha. — Mas, quanto mais rápido vocês tiverem sucesso, melhor, sim?

Hazel colocou o colar no bolso. Apertou a mão da rainha, perguntando-se se seria possível fazer uma amiga em tão pouco tempo — especialmente uma que estava prestes a mandá-la para a prisão.

— Esta conversa nunca aconteceu — avisou Hylla a Kinzie. — Leve nossa prisioneira para as celas e entregue-a às guardas de Otrera. E, Kinzie, cuide de sair de lá antes que qualquer desventura aconteça. Não quero que minhas leais seguidoras sejam responsabilizadas por uma fuga.

A rainha deu um sorriso travesso, e pela primeira vez Hazel sentiu inveja de Reyna. Quem dera *ela* tivesse uma irmã assim.

— Até logo, Hazel Levesque — disse a rainha. — Se ambas morrermos hoje à noite... bem, fico feliz por tê-la conhecido.

XXXII

HAZEL

A PRISÃO DAS AMAZONAS FICAVA no topo do corredor de um depósito, a quase vinte metros de altura.

Kinzie conduziu-a por três escadas diferentes até uma passarela de metal, e então amarrou as mãos de Hazel atrás das costas com um nó frouxo e a empurrou adiante, passando por caixotes de joias.

Uns trinta metros à frente, sob o brilho seco de lâmpadas fluorescentes, uma série de jaulas de aramado pendia suspensa por cabos. Percy e Frank encontravam-se em duas delas, conversando em voz baixa. Perto deles, na passarela, três guardas amazonas com expressões entediadas apoiavam-se em suas lanças e seguravam pequenas tabuletas pretas, olhando-as como se estivessem lendo.

Hazel pensou que as tabuletas pareciam finas demais para serem livros. Então lhe ocorreu que deviam ser algum tipo minúsculo de... como era mesmo que as pessoas modernas os chamavam?... *laptops*. Tecnologia secreta das amazonas, talvez. Hazel achou a ideia quase tão perturbadora quanto as empilhadeiras de guerra lá embaixo.

— Ande logo, garota — ordenou Kinzie, alto o bastante para que as guardas a ouvissem. Ela cutucou Hazel nas costas com a espada.

Hazel andava o mais devagar possível, mas sua mente era um turbilhão. Ela precisava elaborar um plano de resgate brilhante. Até o momento, não havia pensado em nada. Kinzie cuidara para que ela pudesse se soltar facilmente, mas ainda assim estaria de mãos vazias contra três guerreiras treinadas, e precisava agir antes que a colocassem dentro de uma jaula.

Ela passou por uma palete de caixotes onde se lia ANÉIS DE TOPÁZIO AZUL DE 24 QUILATES e outra rotulada PULSEIRAS DA AMIZADE PRATEADAS. Um monitor eletrônico perto das pulseiras da amizade mostrava: *As pessoas que compraram este item também compraram LUZ SOLAR GNOMO DE JARDIM PARA PÓRTICOS e LANÇA CHAMEJANTE DA MORTE. Compre os três e economize 12%!*

Hazel parou de andar. Deuses do Olimpo, como ela era estúpida.

Prata. Topázio. Ela direcionou os sentidos, à procura de metais preciosos, e seu cérebro quase explodiu com o retorno. Hazel estava ao lado de uma montanha de seis andares de joias. Mas, diante dela, dali até as guardas, nada havia a não ser jaulas.

— O que foi? — sibilou Kinzie. — Continue andando! Elas vão ficar desconfiadas.

— Faça com que venham até aqui — murmurou Hazel sobre o ombro.

— Por quê...

— Por favor.

As guardas franziram a testa, olhando na direção delas.

— O que estão olhando? — gritou Kinzie para elas. — Eis a terceira prisioneira. Venham buscá-la.

A guarda mais próxima baixou a tabuleta que estava lendo e disse:

— Por que você não dá mais trinta passos, Kinzie?

— Hum, porque...

— *Uuuf!* — Hazel caiu de joelhos e tentou simular sua melhor cara de enjoada. — Estou me sentindo mal! Não consigo... andar. Amazonas... assustadoras... demais.

— Pronto — disse Kinzie às guardas. — Agora, vocês vêm buscar a prisioneira ou devo dizer à rainha Hylla que não estão cumprindo seu dever?

A guarda mais próxima revirou os olhos e foi até elas de má vontade. Hazel tivera esperança de que as outras duas também viessem, mas teria que se preocupar com isso depois.

A primeira guarda agarrou o braço de Hazel.

— Está bem. Vou assumir a custódia da prisioneira. Mas, se eu fosse você, Kinzie, não me preocuparia com Hylla. Ela não vai ser rainha por muito tempo.

— Veremos, Doris.

Kinzie virou-se para sair. Hazel esperou até seus passos desaparecerem na passarela.

A guarda Doris puxou o braço de Hazel.

— E então? Ande.

Hazel concentrou-se na parede de joias a seu lado: quarenta caixas grandes de pulseiras de prata.

— Não... me sinto muito bem.

— Você *não* vai vomitar em mim — rosnou Doris. Ela puxou Hazel, tentando fazê-la se levantar, mas Hazel ficou mole, como uma criança fazendo pirraça em uma loja. Ao lado dela, as caixas começaram a tremer.

— Lulu! — Doris gritou para uma de suas colegas. — Ajude-me com esta garotinha patética.

Amazonas chamadas Doris e Lulu?, Hazel pensou. Então tá...

A segunda guarda aproximou-se correndo. Hazel deduziu que aquela seria sua melhor oportunidade. Antes que as duas pudessem forçá-la a ficar de pé, ela gritou:

— Aaaah!

E se esparramou na passarela.

Doris começou a dizer:

— Ah, faça-me o...

A palete inteira de joias explodiu com um estrondo, como se mil máquinas caça-níqueis estivessem rendendo o prêmio máximo. Uma onda de pulseiras prateadas da amizade derramou-se pela passarela, empurrando Doris e Lulu por cima do guarda-corpo.

Elas teriam mergulhado para a morte, mas Hazel não era assim *tão* má. Convocou algumas centenas de pulseiras, que saltaram para as guardas e se amarraram em seus tornozelos, deixando-as penduradas de ponta-cabeça embaixo da passarela, gritando como garotinhas patéticas.

Hazel voltou-se para a terceira guarda. Livrou-se das amarras, que estavam tão firmes quanto papel higiênico, e apanhou a lança de uma das guardas que tinham caído. Ela era horrível com lanças, mas esperava que a terceira amazona não percebesse isso.

— Será que devo matá-la daqui? — rosnou Hazel. — Ou você vai me fazer ir até aí?

A guarda fez meia-volta e correu.

Hazel gritou pelo guarda-corpo para Doris e Lulu.

— Cartões da Amazon! Passem-me os seus, a menos que queiram que eu desfaça essas pulseiras da amizade e as deixe cair!

Quatro segundos e meio depois, Hazel tinha dois cartões da Amazon. Ela correu até as jaulas e passou um deles. As portas se abriram com um estalo.

Frank a fitava, atônito.

— Hazel, aquilo foi... *incrível.*

Percy assentiu.

— Nunca mais eu uso joia nenhuma.

— Exceto isto aqui. — Hazel atirou-lhe o colar dele. — Nossas armas e suprimentos estão no fim da passarela. Precisamos nos apressar. Logo, logo...

Alarmes começaram a soar por toda a caverna.

— É — disse ela —, isso vai acontecer. Vamos!

A primeira parte da fuga foi fácil. Eles recuperaram seus pertences sem problema algum e começaram a descer a escada. Sempre que as amazonas fervilhavam debaixo deles, exigindo que se entregassem, Hazel fazia um caixote de joias explodir, enterrando suas inimigas em Cataratas do Niágara de ouro e prata. Quando chegaram à base da escada, encontraram uma cena que parecia o Carnaval do Armagedom: amazonas presas até o pescoço em colares de contas, várias outras de cabeça para baixo em uma montanha de brincos de ametista e uma empilhadeira de guerra enterrada em pulseiras com berloques de prata.

— Você, Hazel Levesque, é *totalmente* incrível — disse Frank.

Ela queria dar um beijo nele ali mesmo, mas não tinha tempo. Os três correram para a sala do trono.

Deram de cara com uma amazona que devia ser leal a Hylla. Assim que viu os fugitivos, ela se virou, como se os três fossem invisíveis.

Percy começou a perguntar:

— O quê...

— Algumas delas *querem* que nós escapemos — falou Hazel. — Mais tarde eu explico.

A segunda amazona que encontraram não foi assim tão amistosa. Usava armadura completa e bloqueava a entrada da sala do trono. Ela girou a lança com a velocidade de um raio, mas dessa vez Percy estava preparado. Ele sacou Contracorrente e avançou para lutar. Quando a amazona tentou golpeá-lo, ele deu um passo para o lado, cortou a haste da lança ao meio e bateu com o punho da espada no capacete da amazona.

A guarda caiu.

— Marte Todo-poderoso — falou Frank. — Como foi que você... essa não era uma técnica romana!

Percy sorriu.

— O *graecus* tem seus truques, meu amigo. Vocês primeiro.

Eles entraram correndo na sala do trono. Como prometido, Hylla e suas guardas não se encontravam ali. Hazel disparou para a jaula de Arion e passou um cartão da Amazon na fechadura. Instantaneamente o garanhão deixou a jaula e empinou, triunfante.

Percy e Frank recuaram aos tropeços.

— Hum... Essa coisa foi *domada*? — perguntou Frank.

O cavalo relinchou, zangado.

— Acho que não — deduziu Percy. — Ele acabou de dizer: "*Vou pisotear você até a morte, bebezão sino-canadense bobão.*"

— Você fala língua de cavalo? — perguntou Hazel.

— "Bebezão"? — balbuciou Frank.

— Falar com cavalos é uma coisa de Poseidon — explicou Percy. — Hum, quer dizer, de Netuno.

— Então você e Arion provavelmente vão se dar bem — disse Hazel. — Ele também é filho de Netuno.

Percy empalideceu.

— Como é que é?

Se eles não estivessem naquelas circunstâncias, a expressão de Percy talvez a tivesse feito rir.

— A questão é: ele é rápido. E pode nos tirar daqui.

Frank não parecia entusiasmado.

— Nós três não cabemos em um cavalo, não é? Vamos cair, ou atrasá-lo, ou...

Arion tornou a relinchar.

— Ai — disse Percy. — Frank, o cavalo diz que você é um... quer saber, não vou traduzir isso. Seja como for, ele diz que tem uma carruagem no armazém, e que está disposto a puxá-la.

— Lá! — alguém gritou dos fundos da sala do trono. Uma dúzia de amazonas avançou, seguidas por homens de macacão laranja. Quando viram Arion, recuaram rapidamente e foram para as empilhadeiras de guerra.

Hazel saltou para as costas de Arion e sorriu para os amigos.

— Eu me lembro de ter visto essa carruagem. Sigam-me!

Ela saiu a galope para a caverna maior e dispersou uma multidão de homens. Percy nocauteou uma amazona. Frank derrubou mais duas com sua lança. Hazel podia sentir que Arion se esforçava muito para correr. Ele queria galopar em velocidade máxima, mas precisava de mais espaço. Eles tinham que sair dali.

Hazel arremeteu contra uma patrulha de amazonas, que se espalharam, aterrorizadas, ao ver o cavalo. Pela primeira vez a espata de Hazel parecia ter o comprimento exato. Nenhuma amazona ousou desafiá-la.

Percy e Frank correram atrás dela. Finalmente alcançaram a carruagem. Arion parou diante do cambão, e Percy começou a trabalhar nas rédeas e no arnês.

— Você já fez isso antes? — perguntou Frank.

Percy não precisou responder. Suas mãos moviam-se velozmente. Em pouquíssimo tempo a carruagem estava pronta. Ele pulou a bordo e gritou:

— Frank, venha! Hazel, agora!

Um grito de batalha soou atrás deles. Um exército completo de amazonas invadiu o armazém. A própria Otrera ocupava uma empilhadeira de guerra, os cabelos prateados esvoaçavam enquanto ela girava a besta montada na direção da carruagem.

— Detenham-nos! — gritou ela.

Hazel esporeou Arion. Eles atravessaram a caverna em disparada, passando por paletes e empilhadeiras. Uma flecha passou zunindo perto da cabeça de Hazel. Algo explodiu atrás dela, mas Hazel não se virou para olhar.

— A escada! — gritou Frank. — De jeito nenhum esse cavalo vai conseguir puxar uma carruagem por tantos lances de... AH, MEUS DEUSES!

Felizmente, a escada era larga o bastante para a carruagem, pois Arion nem sequer reduziu a velocidade. Ele disparou degraus acima com a carruagem chocalhando e rangendo. Hazel olhou para trás algumas vezes para conferir se Frank e Percy não haviam caído. Os nós dos dedos deles estavam brancos nas laterais da carruagem, seus dentes batendo como caveiras de dar corda.

Finalmente chegaram ao saguão. Arion arrebentou as portas principais e saiu na praça, dispersando um grupo de executivos de terno.

Hazel sentia a tensão nas costelas de Arion. O ar fresco o deixou louco para galopar, mas Hazel o refreou com as rédeas.

— Ella! — Hazel gritou para o céu. — Cadê você? Temos que ir embora!

Por um segundo de terror ela temeu que a harpia pudesse estar distante demais para ouvi-la. Podia estar perdida ou ter sido capturada pelas amazonas.

Atrás deles, uma empilhadeira de guerra subia ruidosamente a escada e rugia pelo saguão, seguida por uma multidão de amazonas.

— Entreguem-se! — gritou Otrera.

A empilhadeira ergueu seus garfos afiados.

— Ella! — Hazel gritou, desesperada.

Em um lampejo de penas vermelhas, Ella pousou na carruagem.

— Ella chegou. Amazonas são pontudas. Vamos agora.

— Segurem-se! — avisou Hazel. Ela inclinou-se para a frente e disse: — Arion, corra!

O mundo pareceu se alongar. A luz do sol distorceu em torno deles. Arion disparou, deixando as amazonas para trás, e atravessou como um raio o centro de Seattle. Hazel olhou para trás e viu uma linha de asfalto fumegante onde os cascos de Arion tocavam o chão. Ele trovejou na direção do cais, saltando sobre carros, avançando em cruzamentos.

Hazel gritava a plenos pulmões, mas era um grito de prazer. Pela primeira vez na vida — em suas *duas* vidas — ela se sentia completamente invencível. Arion chegou ao cais e saltou direto para a água.

Os ouvidos de Hazel estalaram. Ela escutou um rugido, que mais tarde percebeu que se tratava de um estrondo sônico, e Arion disparou sobre a Enseada de Puget, transformando a água do mar em vapor em seu caminho, enquanto a silhueta de Seattle desaparecia atrás deles.

XXXIII

FRANK

Frank ficou aliviado quando as rodas se soltaram.

Ele já havia vomitado duas vezes da traseira da carruagem, o que não era nada divertido à velocidade do som. O cavalo parecia distorcer o tempo e o espaço enquanto corria, transformando a paisagem em um borrão e deixando Frank com a sensação de ter bebido quatro litros do galão de leite integral sem tomar o remédio contra a intolerância à lactose. Ella não ajudava muito, pois ficava murmurando:

— Mil e duzentos quilômetros por hora. Mil duzentos e noventa. Mil duzentos e noventa e cinco. Rápido. Muito rápido.

O cavalo disparava para o norte através da Enseada de Puget, passando velozmente por ilhas, barcos de pesca e grupos de baleias muito surpresas. A paisagem começou a parecer familiar: Crescent Beach, Baía Boundary. Frank velejara ali uma vez, em uma excursão da escola. Eles haviam entrado no Canadá.

O cavalo avançou para a terra. Seguiu a rodovia 99 no sentido norte, correndo tanto que os carros pareciam imóveis. Por fim, quando estavam chegando a Vancouver, a carruagem começou a soltar fumaça.

— Hazel! — gritou Frank. — Estamos nos despedaçando!

Ela entendeu a mensagem e puxou as rédeas. O cavalo não pareceu feliz, mas reduziu para uma velocidade subsônica enquanto eles zuniam pelas ruas da cidade.

Cruzaram a ponte Ironworkers, chegando a North Vancouver, e a carruagem começou a chocalhar perigosamente. Por fim Arion parou no topo de uma colina arborizada. Ele bufou, satisfeito, como se dissesse: *É assim que corremos, seus ignorantes*. A carruagem fumegante desmoronou, derrubando Percy, Frank e Ella no chão úmido e coberto de musgo.

Frank se levantou com esforço. Ele piscou, tentando se livrar dos pontos amarelos em seus olhos. Percy gemeu e começou a desatrelar Arion da carruagem arruinada. Ella adejou em círculos confusos, batendo em árvores e murmurando:

— Árvore. Árvore. Árvore.

Apenas Hazel parecia não ter sido afetada pela viagem. Sorrindo embevecida, ela deslizou das costas do cavalo.

— Isso foi divertido!

— É. — Frank engoliu a náusea. — Muito divertido.

Arion relinchou.

— Ele está dizendo que precisa comer — traduziu Percy. — Não me admira. Ele deve ter queimado uns seis milhões de calorias.

Hazel examinou o chão a seus pés e franziu a testa.

— Não estou sentindo nenhum ouro por aqui... Não se preocupe, Arion. Vou encontrar um pouco para você. Nesse meio-tempo, por que não vai pastar? Vamos encontrá-lo...

O cavalo zuniu dali, deixando para trás um rastro de vapor.

Hazel franziu as sobrancelhas.

— Será que ele vai voltar?

— Não sei — disse Percy. — Ele parece meio... enérgico.

Frank quase torcia para que o cavalo não voltasse. Mas não disse isso, é claro. Podia ver que Hazel estava aflita com a ideia de perder o novo amigo. Mas Frank sentia medo de Arion e tinha quase certeza de que o cavalo sabia disso.

Hazel e Percy puseram-se a resgatar os suprimentos dos destroços da carruagem. Havia algumas caixas de mercadoria da Amazon na frente, e Ella gritou de prazer quando encontrou uma remessa de livros. Pegou um exemplar de *As aves da América do Norte*, voejou até o galho mais próximo e começou a passar as garras pelas páginas tão rápido que Frank não sabia dizer se ela lia ou rasgava as folhas.

Frank recostou-se em uma árvore, tentando controlar a vertigem. Ainda não se recuperara de seu aprisionamento na Amazon: o chute que o lançara pelos ares no saguão, o fato de ter sido desarmado e enjaulado, e insultado como *bebezão* por um cavalo egomaníaco. Isso não fora exatamente uma ajuda para sua autoestima.

Mesmo antes disso, a visão que ele havia compartilhado com Hazel o deixara abalado. Ele agora se sentia mais próximo dela. Sabia que tinha feito a coisa certa ao lhe dar o pedaço de lenha. Um peso imenso fora tirado de seus ombros.

Por outro lado, ele vira o Mundo Inferior em primeira mão. Conhecera a sensação de ficar sentado à toa para sempre, só lamentando erros. Olhara para aquelas assustadoras máscaras de ouro nos juízes dos mortos e se dera conta de que *ele* estaria ali diante dos três um dia, talvez muito em breve.

Frank sempre sonhara em ver a mãe de novo quando morresse. Mas talvez isso não fosse possível para semideuses. Hazel passara uns setenta anos nos Campos de Asfódelos e nunca encontrara a mãe. Frank esperava que tanto ele quanto sua mãe acabassem no Elísio. Mas, se Hazel não conseguira ir para lá — tendo se sacrificado para deter Gaia, assumindo a responsabilidade por seus atos para que a mãe não fosse para os Campos da Punição —, que chance Frank teria? Nunca fizera nada tão heroico.

Ele se endireitou e olhou à sua volta, tentando se localizar.

Para o sul, além do porto de Vancouver, a silhueta do centro da cidade cintilava ao vermelho do pôr do sol. Para o norte, as colinas e florestas do Lynn Canyon Park serpenteavam entre as subdivisões de North Vancouver até darem lugar às áreas desabitadas.

Frank passara anos explorando esse parque. Ele avistou uma curva do rio que parecia familiar. Reconheceu um pinheiro morto que fora fendido por um raio em uma clareira ali perto. Frank conhecia a colina.

— Estou praticamente em casa — disse ele. — A propriedade de minha avó fica ali adiante.

Hazel estreitou os olhos.

— A que distância?

— É só cruzar o rio e atravessar o bosque.

Percy ergueu uma sobrancelha.

— Sério? Para a casa da avó nós vamos?

Frank pigarreou.

— É, tanto faz.

Hazel juntou as mãos em um gesto de prece.

— Frank, *por favor*, diga que ela vai nos deixar passar a noite lá. Sei que estamos com o tempo contado, mas precisamos descansar, certo? E Arion nos fez ganhar algum tempo. Quem sabe não conseguimos uma refeição quente de verdade?

— E um banho quente? — implorou Percy. — E uma cama, tipo, com lençóis e travesseiro?

Frank tentou imaginar a expressão no rosto de sua avó se ele aparecesse com dois amigos fortemente armados e uma harpia. Tudo havia mudado desde o enterro de sua mãe, desde a manhã em que os lobos o tinham levado para o sul. Ele ficara muito zangado por ser obrigado a partir. Agora não podia imaginar voltar para lá.

No entanto, ele e os amigos estavam exaustos. Fazia mais de dois dias que viajavam sem uma refeição ou um descanso decentes. A avó podia lhes dar suprimentos. E talvez ela pudesse responder a algumas perguntas que vinham se formando no fundo da mente de Frank — uma suspeita crescente a respeito do dom de sua família.

— Vale a pena tentar — decidiu Frank. — Para a casa da avó nós vamos.

Frank estava tão distraído que teria seguido direto para o acampamento dos ogros. Felizmente Percy o puxou.

Eles se agacharam ao lado de Hazel e Ella atrás de um tronco caído e espiaram a clareira.

— Ruim — murmurou Ella. — Isso é ruim para harpias.

Agora estava completamente escuro. Em torno de uma fogueira acesa sentava-se meia dúzia de humanoides de cabelos desgrenhados. De pé, eles provavelmente teriam uns dois metros e meio de altura — minúsculos se comparados ao gigante Polibotes ou mesmo aos ciclopes que eles tinham visto na Califórnia, mas isso não os tornava menos assustadores. Vestiam apenas uma bermuda de surfista. Sua pele era vermelha de sol, coberta de tatuagens de dragões, corações e mulheres de biquíni. Pendendo de um espeto no fogo havia um animal esfolado, talvez um javali, e os ogros arrancavam pedaços de carne com suas unhas que pareciam garras, rindo e conversando enquanto comiam, exibindo dentes pontudos. Perto deles havia várias bolsas de rede cheias de esferas de bronze, semelhantes a balas de canhão. As esferas deviam estar quentes, pois soltavam vapor no ar fresco da noite.

Do outro lado da clareira, a uns duzentos metros, as luzes da mansão dos Zhang brilhavam através das árvores. *Tão perto*, pensou Frank. Ele se perguntou se poderiam contornar o grupo de monstros, mas, quando olhou para a esquerda e para a direita, viu mais fogueiras em ambas as direções, como se os ogros tivessem cercado a propriedade. Os dedos de Frank cravaram-se na casca do tronco. Sua avó devia estar sozinha na casa, presa.

— O que esses caras são? — sussurrou ele.

— Canadenses — respondeu Percy.

Frank o encarou e inclinou o corpo para trás.

— *Como é que é?*

— Hum, sem ofensa — disse Percy. — Foi assim que Annabeth os chamou quando lutei com eles antes. Ela disse que eles vivem no norte, no Canadá.

— Ah, bem — resmungou Frank —, nós estamos *no* Canadá. *Eu sou* canadense. Mas nunca vi *essas* coisas antes.

Ella arrancou uma pena da asa e a girou nos dedos.

— Lestrigões — disse a harpia. — Canibais. Gigantes do norte. Lenda de Sasquatch. Sim, sim. Não são aves. Não são aves da América do Norte.

— É assim que eles são chamados — concordou Percy. — Lestri... ah, isso que Ella falou.

Frank fez uma careta para os caras na clareira.

— *Poderiam* ser confundidos com o Pé Grande. Talvez tenha sido daí que a lenda surgiu. Ella, você é muito inteligente.

— Ella é inteligente — concordou. Ela então timidamente ofereceu a Frank sua pena.

— Ah... obrigado. — Ele enfiou a pena no bolso, e então percebeu que Hazel o olhava, furiosa. — O que foi? — perguntou.

— Nada. — Ela voltou-se para Percy. — Então sua memória está voltando? Você se lembra de como derrotou esses caras?

— Um pouco — disse Percy. — Ainda está nebuloso. Acho que tive ajuda. Nós os matamos com bronze celestial, mas isso foi antes de... vocês sabem.

— Antes de a Morte ser sequestrada — afirmou Hazel. — Então, agora, eles talvez nem morram.

Percy assentiu com a cabeça.

— Aquelas balas de canhão de bronze... são um problema. Acho que as usamos contra os gigantes. Elas pegam fogo e explodem.

A mão de Frank dirigiu-se ao bolso do casaco. Então ele se lembrou de que Hazel estava com seu pedaço de madeira.

— Se provocarmos uma explosão — analisou ele —, os ogros dos outros acampamentos virão correndo. Acho que cercaram a casa, o que significa que pode haver cinquenta ou sessenta deles no bosque.

— Então é uma armadilha. — Hazel olhou para Frank, preocupada. — E sua avó? Temos que ajudá-la.

Frank sentiu um nó na garganta. Nunca, jamais ele pensou que a avó precisaria ser resgatada, mas agora começava a desfilar projeções de combate na mente, como ele fazia no acampamento durante os jogos de guerra.

— Precisamos de alguma distração — decidiu ele. — Se pudermos atrair esse grupo para dentro do bosque, podemos nos esgueirar até o outro lado sem alertar os outros.

— Queria que Arion estivesse aqui — disse Hazel. — Eu poderia fazer os ogros me perseguirem.

Frank puxou a lança das costas.

— Tenho outra ideia.

Frank não queria fazer isso. A ideia de convocar Cinzento o apavorava ainda mais que o cavalo de Hazel. Mas ele não via outra saída.

— Frank, você não pode atacá-los! — protestou Hazel. — Isso é suicídio!

— Não vou atacar — replicou Frank. — Tenho um amigo. É só... Ninguém grite, o.k.?

Ele enterrou a lança no chão, e a ponta se quebrou.

— Oops — disse Ella. — Lança sem ponta. Não, não.

O chão tremeu. A mão esquelética de Cinzento irrompeu na superfície. Percy tentou pegar a espada e Hazel soltou um barulho como o de um gato com uma bola de pelo. Ella desapareceu e tornou a se materializar no topo da árvore mais próxima.

— Está tudo bem — garantiu Frank. — Ele está sob controle!

Cinzento rastejou para fora do chão. Não mostrava nenhum indício de dano de seu encontro anterior com os basiliscos. Estava novo em folha com sua roupa de camuflagem e seus coturnos, a carne cinzenta translúcida cobrindo-lhe os ossos como gelatina brilhante. Voltou os olhos fantasmagóricos para Frank, à espera de ordens.

— Frank, isso é um *spartus* — falou Percy. — Um guerreiro-esqueleto. Eles são do mal. São assassinos. São...

— Eu sei — disse Frank, com amargura. — Mas é um presente de Marte. Neste momento, é tudo o que tenho. Muito bem, Cinzento. Suas ordens: ataque aquele grupo de ogros. Leve-os para o oeste, criando uma distração para que possamos...

Infelizmente, Cinzento perdeu o interesse após a palavra "ogros". Talvez só compreendesse frases simples. Ele correu na direção da fogueira dos ogros.

— Espere! — pediu Frank, mas era tarde demais. Cinzento puxou duas das próprias costelas pela camisa e correu em torno do fogo, apunhalando os ogros pelas costas com tamanha velocidade que eles não tiveram tempo nem de gritar. Seis lestrigões com uma expressão de extrema surpresa tombaram de lado como um círculo de dominós e se desfizeram em pó.

Cinzento pisoteou o local, espalhando as cinzas enquanto eles tentavam se reconstituir. Quando pareceu convencido de que não voltariam, Cinzento ficou em posição de sentido, bateu continência com severidade na direção de Frank e afundou no solo da floresta.

Percy fitava Frank.

— Como...

— Nenhum lestrigão. — Ella voltou voejando e pousou perto deles. — Seis menos seis é igual a zero. Lanças são boas para subtração. Sim.

Hazel olhou para Frank como se ele próprio tivesse se transformado em um esqueleto zumbi. Frank pensou que seu coração se partiria, mas não podia culpá-la. Os filhos de Marte tinham tudo a ver com violência. O símbolo de Marte era uma lança ensanguentada por uma boa razão. Por que Hazel não ficaria horrorizada?

Ele baixou os olhos para a ponta quebrada de sua lança. Desejou ter *qualquer* pai, menos Marte.

— Vamos — disse Frank. — Minha avó pode estar em apuros.

XXXIV

FRANK

Eles pararam na entrada da frente. Como Frank temera, um anel de fogueiras esparsas brilhava no bosque, cercando completamente a propriedade, mas a casa em si parecia intocada.

Os sinos dos ventos da avó de Frank ressoavam na brisa noturna. A cadeira de vime estava vazia, de frente para a rua. Luzes brilhavam nas janelas do térreo, mas Frank decidiu não tocar a campainha. Ele não sabia se era tarde, se a avó estava dormindo ou mesmo se ela se encontrava em casa. Em vez disso, verificou o elefante de pedra no canto, uma réplica minúscula do que eles tinham visto em Portland. A chave reserva ainda ficava escondida debaixo do pé da estátua.

Frank hesitou à porta.

— Qual o problema? — perguntou Percy.

Frank lembrou-se da manhã em que abrira a porta para o militar que lhe falara de sua mãe. Lembrou-se de descer aqueles degraus a caminho do enterro, segurando seu pedaço de lenha dentro do casaco pela primeira vez. Lembrou-se de ficar ali de pé, vendo os lobos saírem do bosque — os lacaios de Lupa, que o levariam para o Acampamento Júpiter. Isso parecia ter acontecido tanto tempo antes, mas fazia apenas seis semanas.

Agora ele estava de volta. Será que a avó o abraçaria? Será que diria: *Frank, graças aos deuses que você veio! Estou cercada por monstros!*

Seria mais provável ela repreendê-lo ou tomá-los por intrusos e os atacar com uma frigideira.

— Frank? — chamou Hazel.

— Ella está nervosa — murmurou a harpia de seu poleiro na grade. — O elefante... o elefante está olhando para Ella.

— Vai dar tudo certo. — A mão de Frank tremia tanto que ele mal conseguia introduzir a chave na fechadura. — Fiquem todos juntos.

Lá dentro, a casa tinha um cheiro bolorento de lugar fechado. Em geral o ar era perfumado com incenso de jasmim, mas todos os queimadores estavam vazios.

Eles examinaram a sala de estar, a de jantar, a cozinha. Havia pratos sujos empilhados na pia, o que não estava certo. A empregada da avó de Frank vinha todos os dias — a menos que tivesse sido afugentada pelos gigantes.

Ou comida no almoço, pensou Frank. Ella dissera que os lestrigões eram canibais.

Ele afastou esse pensamento. Os monstros ignoravam mortais comuns. Pelo menos, *normalmente*.

No salão, estátuas de Buda e taoistas imortais sorriam para eles como palhaços psicopatas. Frank lembrou-se de Íris, a deusa do arco-íris, que vinha se envolvendo com o budismo e o taoismo. Ele imaginou que uma visita a esta casa velha e assustadora a curaria disso.

Os vasos grandes de porcelana da avó de Frank tinham teias de aranha. Mais uma vez, aquilo não estava certo. Ela insistia para que sua coleção fosse limpa regularmente. Olhando a porcelana, Frank sentiu uma pontada de culpa por ter destruído tantas peças no dia do enterro. Agora aquilo parecia uma bobagem — ficar com raiva da avó quando havia tantas outras pessoas de quem sentir raiva: Juno, Gaia, os gigantes, seu pai, Marte. *Principalmente* Marte.

A lareira estava escura e fria.

Hazel abraçou o próprio peito, como se para impedir que o pedaço de lenha saltasse para ali.

— Essa aí...

— Sim — disse Frank. — É essa aí.

— É essa aí o quê? — perguntou Percy.

A expressão de Hazel era de solidariedade, mas isso só fez com que Frank se sentisse pior. O menino se lembrou do quanto ela pareceu apavorada, enojada até, quando ele convocara Cinzento.

— É a lareira — respondeu Frank a Percy, o que parecia estupidamente óbvio. — Venham. Vamos olhar lá em cima.

Os degraus rangiam sob seus pés. O antigo quarto de Frank estava como ele o deixara. Nenhum de seus pertences havia sido tocado: o arco e a aljava extras (ele teria de pegá-los depois), os prêmios dos concursos de soletração da escola (é, provavelmente ele era o único semideus não disléxico e vencedor de concursos de soletração no mundo, como se já não fosse esquisito o bastante) e as fotos de sua mãe — de colete à prova de balas e capacete, sentada em um Humvee na província de Kandahar; de uniforme de técnica de futebol, na temporada em que ela dirigira o time de Frank; em seu uniforme de gala, com as mãos nos ombros de Frank, no dia em que ela visitara a escola para falar de sua profissão.

— Sua mãe? — perguntou Hazel, delicadamente. — É linda.

Frank não conseguiu responder. Sentia-se um pouco constrangido — um cara de dezesseis anos com um monte de fotos da mãe. Quão irremediavelmente ridículo era aquilo? Mas, sobretudo, ele se sentia triste. Seis semanas desde que estivera ali. Em alguns sentidos, parecia uma eternidade. Mas quando olhou para o rosto sorridente da mãe nas fotos, a dor da perda pareceu-lhe tão intensa como se fosse nova.

Eles verificaram os outros quartos. Os dois do meio estavam vazios. Uma luz fraca tremulava debaixo da última porta — o quarto da avó.

Frank bateu de leve. Ninguém respondeu. Ele abriu a porta. A avó estava deitada na cama, com uma aparência esquelética e frágil, seus cabelos brancos espalhados em torno do rosto como a coroa de um basilisco. Uma única vela queimava na mesinha de cabeceira. Ao lado da cama estava sentado um homem grande usando o uniforme bege das Forças Canadenses. Apesar da penumbra, ele usava óculos escuros com uma luz vermelho-sangue brilhando por trás das lentes.

— Marte — disse Frank.

O deus ergueu os olhos, impassível.

— Oi, garoto. Entre. Diga a seus amigos para irem dar uma volta.

— Frank? — Hazel sussurrou. — Como assim, *Marte*? Sua avó... ela está bem?

Frank olhou para os amigos.

— Vocês não o estão vendo?

— Vendo quem? — Percy apanhou a espada. — Marte? Onde?

O deus da guerra deu uma risadinha.

— Não, eles não podem me ver. Achei que desta vez seria melhor assim. Uma conversinha em particular... entre pai e filho, certo?

Frank cerrou os punhos. Contou até dez antes de confiar em si mesmo para falar.

— Pessoal, é... não é nada. Ouçam, por que não se acomodam nos quartos do meio?

— Telhado — disse Ella. — Telhados são bons para harpias.

— Claro — concordou Frank, distraído. — Deve ter comida na cozinha. Vocês me dão alguns minutos a sós com minha avó? Eu acho que ela...

Sua voz falhou. Ele não sabia se queria chorar, gritar ou dar um soco nos óculos de Marte — talvez os três.

Hazel pousou a mão em seu braço.

— É claro, Frank. Venham, Ella, Percy.

Frank esperou até os passos dos amigos desaparecerem. Então entrou no quarto e fechou a porta.

— É você mesmo? — perguntou a Marte. — Não é um truque, ilusão ou algo do gênero?

O deus sacudiu a cabeça.

— Você preferiria que não fosse eu?

— Sim — confessou Frank.

Marte deu de ombros.

— Não posso culpá-lo. Ninguém recebe a guerra de braços abertos... Não se for inteligente. Mas a guerra chega para todos, mais cedo ou mais tarde. É inevitável.

— Isso é idiota — disse Frank. — A guerra não é inevitável. Ela mata pessoas. Ela...

— ...levou sua mãe — completou Marte.

Frank queria arrancar aquela expressão de calma do rosto dele, mas talvez isso fosse apenas a aura de Marte deixando o menino agressivo. Ele olhou para a avó, dormindo pacificamente. Queria que ela acordasse. Se havia alguém capaz de enfrentar um deus da guerra, era sua avó.

— Ela está pronta para morrer — contou Marte. — Está pronta há semanas, mas tem resistido por você.

— Por mim? — Frank ficou tão atônito que quase esqueceu a raiva. — Por quê? Como ela poderia saber que eu estava vindo? *Eu* não sabia!

— Os lestrigões lá fora sabiam — explicou Marte. — Imagino que certa deusa lhes contou.

Frank piscou.

— Juno?

O deus da guerra riu tão alto que as janelas chocalharam, mas a avó nem se mexeu.

— Juno? Bigodes de javali, garoto. Não Juno! Você é a arma secreta de Juno. Ela não o delataria. Não, eu me refiro a Gaia. Obviamente ela está acompanhando seus movimentos. Acho que você a preocupa mais que Percy, Jason ou qualquer outro dos sete.

Frank teve a sensação de que o quarto se inclinava. Queria que houvesse outra cadeira ali para ele se sentar.

— Os sete... Você está falando da antiga profecia, das Portas da Morte? Eu sou um dos sete? E Jason e...

— Sim, sim. — Marte agitou a mão, impaciente. — Ora, garoto. Supõe-se que você seja bom de táticas. Pense bem! Obviamente seus amigos estão sendo preparados para essa missão também, partindo do princípio de que vocês consigam voltar vivos do Alasca. Juno pretende unir os gregos e os romanos e enviá-los para enfrentar os gigantes. Ela acredita que essa seja a única maneira de deter Gaia.

Marte deu de ombros, evidentemente cético em relação ao plano.

— Enfim, Gaia não quer que você seja um dos sete. Percy Jackson... ela acredita que pode controlá-lo. Todos os outros possuem fraquezas que ela pode explorar. Mas *você*... você a preocupa. Ela preferiria matá-lo de imediato. Foi por isso que convocou os lestrigões. Eles estão aqui há dias, esperando.

Frank sacudiu a cabeça. Esse era algum tipo de truque de Marte? De jeito nenhum uma *deusa* se preocuparia com Frank, principalmente quando havia alguém como Percy Jackson com quem se preocupar.

— Nenhuma fraqueza? — ele indagou. — Eu não sou nada *além* de fraquezas. Minha vida depende de um pedaço de madeira!

Marte sorriu.

— Você está se subestimando. Seja como for, Gaia convenceu esses lestrigões de que, se comerem o último membro de sua família, ou seja, *você*, irão herdar seu dom. Se isso é ou não verdade, não sei. Mas os lestrigões estão loucos para tentar.

O estômago de Frank deu um nó. Cinzento havia matado seis dos ogros, mas, a julgar pelas fogueiras em torno da propriedade, havia dezenas deles ainda — todos esperando para ter Frank no café da manhã.

— Eu vou vomitar — disse ele.

— Não vai, não. — Marte estalou os dedos e o enjoo de Frank desapareceu. — Nervosismo de batalha. Acontece com todo mundo.

— Mas minha avó...

— Sim, ela está esperando para falar com você. Até aqui os ogros a deixaram em paz. Ela é a isca, entende? Agora que você chegou, imagino que já tenham farejado sua presença. Vão atacar pela manhã.

— Então nos tire daqui! — exigiu Frank. — Estale os dedos e exploda os canibais.

— Ha! Isso seria divertido. Mas eu não enfrento as lutas de meus filhos no lugar deles. As Parcas têm ideias claras sobre quais tarefas cabem aos deuses e o que tem que ser feito pelos mortais. Esta é *sua* missão, garoto. E, hum, caso ainda não tenha percebido, sua lança só vai estar pronta para ser utilizada de novo daqui a vinte e quatro horas, então espero que você tenha aprendido a usar o dom da família. Caso contrário, vai servir de café da manhã para os canibais.

O dom da família. Frank queria conversar com sua avó sobre isso, mas agora ele não tinha ninguém além de Marte para consultar. Olhou para o deus da guerra, que sorria sem absolutamente qualquer empatia.

— Periclimeno. — Frank pronunciou o nome com cuidado, como em uma prova de soletração. — Ele foi meu antepassado, um príncipe grego, um argonauta. Morreu lutando contra Hércules.

Marte girou a mão em um gesto de "*vá em frente*".

— Ele tinha uma habilidade que o ajudava em combate — continuou Frank. — Algum tipo de dom concedido pelos deuses. Minha mãe disse que ele lutou como um enxame de abelhas.

Marte riu.

— É verdade. O que mais?

— De alguma forma, a família chegou à China. Creio que, nos tempos do Império Romano, um dos descendentes de Periclimeno serviu em uma legião. Minha mãe costumava falar de um cara chamado Sêneca Graco, mas ele também tinha um nome chinês, Sung Guo. Eu acho... bem, esta é a parte que eu não sei, mas Reyna sempre falou que havia muitas legiões perdidas. A Décima Segunda fundou o Acampamento Júpiter. Talvez haja outra legião que desapareceu no leste.

Marte bateu palmas sem fazer barulho.

— Nada mau, garoto. Já ouviu falar da Batalha de Carras? Um imenso desastre para os romanos. Eles lutaram contra uns caras chamados partos na fronteira oriental do império. Quinze mil romanos morreram. Outros dez mil foram capturados.

— E um dos prisioneiros foi meu antepassado Sêneca Graco?

— Exatamente — concordou Marte. — Os partos puseram os legionários cativos para trabalhar, pois eram muito bons lutadores. Só que a Pártia foi invadida novamente do outro lado...

— Pelos chineses — deduziu Frank. — E os prisioneiros romanos foram capturados outra vez.

— É. Meio embaraçoso. Enfim, foi assim que uma legião romana chegou à China. Os romanos acabaram estabelecendo raízes e construíram uma nova cidade chamada...

— Li-Jien — disse Frank. — Minha mãe disse que essa era nossa terra ancestral. Li-Jien. *Legião.*

Marte parecia satisfeito.

— Agora você está entendendo. E o velho Sêneca Graco, ele tinha o dom de sua família.

— Minha mãe contou que ele enfrentou dragões — lembrou-se Frank. — Ela disse que ele... ele foi o dragão mais poderoso de todos.

— Ele era bom — admitiu Marte. — Não bom o bastante para evitar o azar da legião, mas era bom. Estabeleceu-se na China, passou o dom da família para os filhos e assim por diante. Com o tempo, sua família emigrou para a América do Norte e se envolveu com o Acampamento Júpiter...

— Fechar o círculo — concluiu Frank. — Juno disse que eu fecharia o círculo para a família.

— Veremos. — Marte fez um gesto com a cabeça na direção da avó. — Ela queria lhe contar tudo isso pessoalmente, mas achei melhor adiantar parte da história já que não resta muita força à raposa velha. Então, entendeu qual é seu dom?

Frank hesitou. Ele tinha uma ideia, mas parecia louca — ainda mais louca que uma família se mudar da Grécia para Roma, daí para a China e depois para o Canadá. Ele não queria dizer em voz alta. Não queria estar enganado e ter como resposta uma risada de Marte.

— Eu... eu acho que sim. Mas contra um exército daqueles ogros...

— É, vai ser difícil. — Marte se ergueu e se espreguiçou. — Quando sua avó acordar de manhã, ela lhe dará alguma ajuda. Depois, imagino que vá morrer.

— *O quê?* Mas eu preciso salvá-la! Ela não pode simplesmente me abandonar.

— Ela teve uma vida plena — disse Marte. — Está pronta para seguir em frente. Não seja egoísta.

— Egoísta!

— A velha senhora só resistiu esse tempo todo por um senso de dever. Sua mãe era igual. É por isso que eu a amava. Ela sempre punha o dever em primeiro lugar, à frente de tudo mais. Até mesmo da própria vida.

— Até mesmo de mim.

Marte tirou os óculos escuros. Onde deveria haver olhos, miniaturas de esferas de fogo fervilhavam como explosões nucleares.

— Autopiedade não ajuda em nada, garoto. Não é um comportamento digno de você. Mesmo sem contar com o dom da família, sua mãe lhe deu seus traços mais importantes: bravura, lealdade, cérebro. Agora você precisa decidir como usá-los. De manhã, escute sua avó. Aceite seus conselhos. Você ainda pode libertar Tânatos e salvar o acampamento.

— E deixar minha avó para trás, para morrer.

— A vida só é preciosa porque termina, garoto. Acredite no que um deus diz. Vocês mortais não sabem a sorte que têm.

— É — murmurou Frank. — Muita sorte.

Marte riu, uma risada metálica e áspera.

— Sua mãe costumava me dizer um provérbio chinês: Comer amargo...

— *Comer amargo para provar o doce* — completou Frank. — Detesto esse provérbio.

— Mas ele é verdadeiro. Como é que se fala hoje em dia... não há parto sem dor? O conceito é o mesmo. Você faz o que é fácil, agradável, *pacífico*, e quase sempre a situação azeda no fim. Mas se tomar o caminho mais difícil... ah, é *assim* que você colhe os doces frutos. Dever. Sacrifício. Eles significam algo.

Frank sentia tanto desgosto que mal podia falar. *Este* era seu pai?

Claro, Frank entendia que sua mãe era uma heroína. Entendia que ela salvara vidas e que fora muito corajosa. Mas ela o havia deixado sozinho. Isso não era justo. Não era certo.

— Já estou indo — prometeu Marte. — Mas primeiro... você disse que era fraco. Isso não é verdade. Quer saber por que Juno o poupou, Frank? Por que aquele pedaço de madeira ainda não queimou? É porque você tem um papel a cumprir. Você acha que não é tão bom quanto os outros romanos. Acha que Percy Jackson é melhor que você.

— Ele é — grunhiu Frank. — Ele lutou com *você* e ganhou.

Marte deu de ombros.

— Talvez. Pode ser. Mas todo herói tem um defeito fatal. Percy Jackson? É leal demais aos amigos. Não consegue abrir mão deles por nada neste mundo. Isso foi dito a ele, anos atrás. E algum dia, em breve, ele vai se ver diante de um sacrifício que não poderá fazer. Sem você, Frank, sem seu senso do dever, ele irá falhar. Toda essa guerra irá descambar, e Gaia destruirá nosso mundo.

Frank sacudiu a cabeça. Não queria ouvir isso.

— A guerra é um dever — prosseguiu Marte. — A única decisão de fato é se você a aceita e por que razão você luta. O legado de Roma está em jogo... cinco mil anos de lei, ordem, civilização. Os deuses, as tradições, as culturas que moldaram o mundo em que você vive: tudo irá ruir, Frank, a menos que você vença. Acho que é algo por que vale a pena lutar. Pense bem.

— Qual é o meu? — perguntou Frank.

Marte ergueu uma sobrancelha.

— O seu o quê?

— Defeito fatal. Você disse que todos os heróis têm um.

O deus deu um sorriso mordaz.

— Você tem que descobrir isso sozinho, Frank. Mas finalmente está fazendo as perguntas certas. Agora, durma um pouco. Você precisa descansar.

O deus fez um gesto com a mão. Frank sentiu os olhos pesarem. Então desabou, e tudo escureceu.

— Fai — chamou uma voz familiar, áspera e impaciente.

Frank piscou. A luz do sol entrava no quarto.

— Fai, levante-se. Por mais que eu queira bater nesse seu rosto ridículo, não estou em condições de sair da cama.

— Vó?

A imagem dela entrou em foco, olhando para ele de cima da cama. Ele estava esparramado no chão. Durante a noite, alguém o cobrira com uma colcha e pusera um travesseiro debaixo de sua cabeça, mas ele não tinha a menor ideia de como isso acontecera.

— Sim, meu brutamontes bobo. — A avó ainda parecia horrivelmente fraca e pálida, mas sua voz era dura como sempre. — Agora, levante-se. Os ogros cercaram a casa. Temos muito que conversar se você e seus amigos quiserem escapar daqui com vida.

XXXV

FRANK

UMA OLHADA PELA JANELA E Frank viu que estava em apuros.

Na borda do gramado os lestrigões empilhavam balas de canhão de bronze. A pele deles tinha um brilho vermelho. O cabelo desgrenhado, as tatuagens e as garras não pareciam nada melhores à luz da manhã.

Alguns carregavam clavas ou lanças. Uns poucos ogros confusos carregavam pranchas de surfe, como se tivessem ido para a festa errada. Todos mostravam um estado de espírito festivo: cumprimentavam-se entre si com as mãos espalmadas, amarravam babadores de plástico no pescoço, preparavam facas e garfos. Um ogro havia acendido uma churrasqueira portátil e dançava com um avental em que se lia BEIJE O COZINHEIRO.

A cena seria quase engraçada, mas Frank sabia que era *ele* o prato principal.

— Mandei seus amigos para o sótão — disse a avó. — Você pode juntar-se a eles quando acabarmos.

— O sótão? — Frank se virou. — Você me disse que eu nunca poderia ir lá.

— Isso é porque guardamos *armas* no sótão, garoto bobo. Você acha que esta é a primeira vez que monstros atacam nossa família?

— Armas — grunhiu Frank. — Certo. Eu *nunca* usei armas.

As narinas da avó inflaram.

— Isso foi sarcasmo, Fai Zhang?

— Sim, vó.

— Ótimo. Talvez ainda haja esperança para você. Agora, sente-se. Você precisa comer.

Ela apontou na direção da mesinha de cabeceira, onde alguém havia colocado um copo de suco de laranja e um prato de ovos e bacon com torrada — o café da manhã preferido de Frank.

Apesar de seus problemas, Frank de repente sentiu fome. Ele olhou para a avó, atônito.

— Você...

— Fiz seu café da manhã? Pelo macaco de Buda, é claro que não! E também não foram os empregados. É perigoso demais para eles aqui. Não, sua namorada Hazel preparou para você. E lhe trouxe uma colcha e um travesseiro à noite. E pegou algumas roupas limpas para você no quarto. Por falar nisso, você devia tomar um banho. Está com cheiro de pelo queimado de cavalo.

Frank abriu e fechou a boca, como um peixe. Ele não conseguia fazer os sons saírem. *Hazel* fizera tudo aquilo por ele? Frank achava que, com certeza, havia destruído qualquer chance com ela na noite anterior, quando convocara Cinzento.

— Ela... hum... ela não...

— Não é sua namorada? — deduziu a avó. — Bem, *deveria* ser, seu tonto! Não a deixe escapar. Você precisa de mulheres fortes em sua vida se ainda não percebeu. Agora, aos negócios.

Frank comia enquanto a avó lhe dava uma espécie de instrução militar. À luz do dia, sua pele estava tão translúcida que as veias pareciam brilhar. Sua respiração soava como uma sacola de papel celofane enchendo e esvaziando, mas sua voz era firme e clara.

Ela explicou que os ogros estavam cercando a casa havia três dias, esperando que Frank aparecesse.

— Eles querem cozinhar e comer você — disse ela, em um tom de desgosto —, o que é ridículo. Você deve ter um gosto horrível.

— Obrigado, vó.

Ela assentiu com a cabeça.

— Admito que fiquei um tanto satisfeita quando eles disseram que você ia voltar. Estou feliz de vê-lo uma última vez, mesmo que suas roupas estejam sujas e você precise cortar o cabelo. É assim que você representa sua família?

— Estive um pouco ocupado, vó.

— Não há desculpa para o relaxamento. Enfim, seus amigos dormiram e comeram. Estão fazendo o inventário das armas no sótão. Eu lhes disse que você logo se juntaria a eles, mas há ogros demais para que vocês os mantenham afastados por muito tempo. Precisamos falar de seu plano de fuga. Olhe em minha mesa de cabeceira.

Frank abriu a gaveta e puxou um envelope selado.

— Sabe o aeródromo no fim do parque? — perguntou a avó. — Você conseguiria encontrá-lo novamente?

Frank assentiu em silêncio. Ficava a uns cinco quilômetros ao norte, seguindo pela estrada principal ao longo do cânion. A avó o levara lá algumas vezes quando fretara aviões para trazer carregamentos especiais da China.

— Lá há um piloto de prontidão para partir a qualquer momento — disse a avó. — É um velho amigo da família. Tenho uma carta para ele nesse envelope, pedindo que leve você para o norte.

— Mas...

— Não discuta, garoto — murmurou ela. — Marte tem me visitado nestes últimos dias, feito companhia para mim. Ele me falou de sua missão. Encontre o deus da morte no Alasca e o liberte. Cumpra seu dever.

— Mas, se eu conseguir, você morre. Nunca mais vou vê-la.

— Isso é verdade — concordou a avó. — Mas vou morrer de qualquer jeito. Estou velha. Pensei que tivesse deixado isso claro. Agora, sua pretora lhe deu cartas de apresentação?

— Hum, sim, mas...

— Ótimo. Mostre-as ao piloto também. É um veterano da legião. Caso ele tenha alguma dúvida ou fique com medo, essas credenciais o obrigarão, em nome da honra, a ajudar vocês de todas as formas possíveis. Tudo o que precisam fazer é chegar ao aeródromo.

Um estrondo ecoou pela casa. Do lado de fora, uma bola de fogo explodiu no ar, iluminando o quarto inteiro.

— Os ogros estão ficando impacientes — disse a avó. — Precisamos nos apressar. Agora, em relação a seus poderes, espero que você os tenha descoberto.

— Hum...

A avó disparou algumas imprecações em mandarim.

— Deuses de seus ancestrais, garoto! Você não aprendeu nada?

— Sim! — Ele gaguejou os detalhes de sua conversa com Marte na noite anterior, mas sentia-se muito mais constrangido diante da avó. — O dom de Periclimeno... Acho, acho que ele era filho de Poseidon, quer dizer, de Netuno, quer dizer... — Frank estendeu as mãos. — O deus dos mares.

A avó assentiu, com má vontade.

— Ele era *neto* de Poseidon, mas já está bom. Como foi que seu brilhante intelecto chegou a este fato?

— Um vidente em Portland... Ele falou algo sobre meu bisavô, Shen Lun. Disse que ele tinha sido responsabilizado pelo terremoto de 1906 que destruiu São Francisco e a antiga localização do Acampamento Júpiter.

— Continue.

— No acampamento, eles disseram que um descendente de Netuno havia causado o desastre. Netuno é o deus dos terremotos. Mas... mas não acho que meu bisavô tenha sido de fato o responsável. Causar terremotos não é nosso dom.

— Não — concordou a avó. — Mas, sim, ele foi responsabilizado. Era impopular, sendo descendente de Netuno. Era impopular porque seu verdadeiro dom era muito mais estranho que provocar terremotos. E era impopular porque era chinês. Nunca antes um garoto chinês havia alegado ter sangue romano. Uma verdade desagradável... mas não há como negá-la. Ele foi falsamente acusado, obrigado a sair em desonra.

— Então... se ele não fez nada de errado, por que você me mandou pedir desculpas por ele?

As maçãs do rosto da avó ficaram vermelhas.

— Porque se desculpar por algo que você não fez é melhor que morrer por isso! Eu não sabia se o acampamento iria responsabilizá-lo. Eu não sabia se o preconceito entre os romanos havia diminuído.

Frank engoliu seu café da manhã. Ele fora importunado na escola e nas ruas algumas vezes, mas não tanto, e nunca no Acampamento Júpiter. Ninguém no acampamento, nem uma única vez, zombara do fato de ele ser asiático. Ninguém se importava com isso. Só zombavam por ele ser desajeitado e lento. Ele não imaginava o que devia ter sido para o bisavô, acusado de destruir todo o acampamento, expulso da legião por algo que não tinha feito.

— E nosso dom verdadeiro? — perguntou a avó. — Você pelo menos descobriu qual é?

As antigas histórias da mãe de Frank se agitavam na cabeça do menino. *Lutando como um enxame de abelhas. Ele era o maior dragão de todos.* Lembrou-se da mãe aparecendo a seu lado no quintal, como se viesse voando do sótão. Lembrou-se dela saindo do bosque, dizendo que tinha dado informações à mamãe ursa.

— *Você pode ser qualquer coisa* — disse Frank. — Era isso o que ela sempre me falava.

A avó bufou.

— Finalmente, um pouco de luz entra nessa sua cabeça. Sim, Fai Zhang. Sua mãe não estava simplesmente elevando sua autoestima. Ela estava lhe dizendo a verdade *literal*.

— Mas... — Outra explosão sacudiu a casa. O gesso do teto caiu feito neve. Frank estava tão desnorteado que mal notou. — *Qualquer coisa?*

— Dentro do razoável — respondeu a avó. — Seres vivos. Ajuda se você conhecer bem a criatura. Também ajuda se estiver em uma situação de vida ou morte, como em um combate. Por que parece tão surpreso, Fai? Você sempre disse que não se sente à vontade no próprio corpo. *Todos* nós sentimos isso... todos nós que temos o sangue de Pilos. Esse dom só foi dado *uma vez* a uma família mortal. Somos únicos entre os semideuses. Poseidon devia estar se sentindo bastante generoso quando abençoou nosso antepassado... ou bastante rancoroso. O dom muitas vezes se revelou uma maldição. Ele não salvou sua mãe...

Fora da casa, os ogros gritavam vivas. Alguém berrou:

— Zhang! Zhang!

— Você precisa ir, garoto bobo — disse a avó. — Nosso tempo se esgotou.

— Mas... eu não sei como usar meu poder. Eu nunca... não posso...

— Você pode — disse a avó. — Ou você não sobreviverá para se dar conta de seu destino. Não gosto dessa Profecia dos Sete de que Marte me falou. Sete é um número agourento na China... Um número fantasma. Mas não há nada que possamos fazer a respeito disso. Agora, vá! Amanhã à noite é o Festival de Fortuna. Você não tem tempo a perder. Não se preocupe comigo. Vou morrer em meu próprio tempo, à minha própria maneira. Não tenho a menor intenção de ser devorada por aqueles ogros ridículos. Vá!

Na porta, Frank se virou. Tinha a sensação de que seu coração estava sendo espremido em uma centrífuga, mas curvou-se formalmente.

— Obrigado, vó — disse. — Eu a deixarei orgulhosa.

Ela respondeu alguma coisa baixinho. Frank quase pensou ter ouvido: *Já deixou.*

Ele a fitou, aturdido, mas a expressão da avó imediatamente azedou.

— Pare de ficar me encarando com esse ar abobalhado, garoto! Vá tomar um banho e se vestir! Penteie esse cabelo! Minha última imagem sua, e você me aparece com esse cabelo bagunçado?

Ele alisou o cabelo e tornou a se curvar.

Sua última imagem da avó foi ela olhando pela janela, como se pensasse na bronca que daria nos ogros quando eles invadissem sua casa.

XXXVI

FRANK

Frank tomou banho o mais rápido possível, vestiu as roupas que Hazel separara para ele — uma camisa verde-oliva com calça cargo bege, sério? —, e então apanhou seu arco e aljava reservas e seguiu em direção à escada do sótão.

O lugar estava cheio de armas. Sua família havia reunido armamentos antigos suficientes para suprir um exército. Escudos, lanças e aljavas com flechas pendiam ao longo de uma parede — quase tantas quantas havia no arsenal do Acampamento Júpiter. Na janela dos fundos uma besta do tipo escorpião estava montada e carregada, pronta para o uso. Na janela da frente havia algo que parecia uma metralhadora com um aglomerado de canos.

— Lançador de foguetes? — perguntou-se em voz alta.

— Não, não — disse uma voz, vinda do canto. — Batatas. Ella não gosta de batatas.

A harpia havia feito um ninho entre dois baús antigos. Estava sentada em um amontoado de pergaminhos chineses, lendo sete ou oito ao mesmo tempo.

— Ella — disse Frank —, cadê os outros?

— Telhado. — Ela olhou para cima e então voltou à leitura, alternando-se entre arrumar as penas e virar as páginas. — Telhado. Vigiando ogros. Ella não gosta de ogros. Batatas.

— Batatas? — Frank não entendeu até virar a metralhadora. Seus oito canos estavam carregados com batatas. Na base da arma havia uma cesta repleta com mais munição comestível.

Ele olhou pela janela — a mesma de onde sua mãe o observara quando ele encontrara o urso. Lá embaixo no quintal os ogros perambulavam, empurrando-se uns aos outros, de vez em quando gritando na direção da casa e atirando balas de canhão de bronze que explodiam no ar.

— Eles têm balas de canhão — disse Frank. — E nós temos uma arma de batatas.

— Amido — observou Ella, pensativa. — Amido é ruim para ogros.

A casa sacudiu com outra explosão. Frank precisava chegar ao telhado e ver como Percy e Hazel estavam, mas sentia-se mal em deixar Ella sozinha.

Ajoelhou-se ao lado da harpia, tomando cuidado para não chegar perto demais.

— Ella, não é seguro aqui com os ogros. Vamos voar para o Alasca em breve. Você virá conosco?

Ella se contorceu, pouco à vontade.

— Alasca. Um milhão, seiscentos e vinte e dois mil quatrocentos e trinta e três quilômetros quadrados. Mamífero símbolo: alce.

De repente ela mudou para o latim, que Frank conseguia acompanhar com muito esforço graças às suas aulas no Acampamento Júpiter:

— *Para o norte, além dos deuses, a coroa da legião está. Caindo do gelo, o filho de Netuno se afogará...* — A harpia se deteve e coçou o cabelo vermelho desalinhado. — Hum. Queimado. O restante está queimado.

Frank mal podia respirar.

— Ella, isso... isso era uma profecia? Onde você leu isso?

— Alce — repetiu Ella, saboreando a palavra. — Alce. Alce. Alce.

A casa tornou a sacudir. Caía poeira das vigas. Do lado de fora, um ogro gritou:

— Frank Zhang! Apareça!

— Não — disse Ella. — Frank não deve. Não.

— Só... espere aqui, o.k.? — falou Frank. — Preciso ir ajudar Hazel e Percy.

Ele puxou a escada do telhado.

* * *

— Bom dia — disse Percy em um tom pesaroso. — Lindo dia, hein?

Ele usava as mesmas roupas do dia anterior — jeans, a camiseta roxa e o casaco de lã sintética —, mas eles obviamente haviam acabado de ser lavados. Percy segurava a espada em uma das mãos e uma mangueira de jardim na outra. Por que havia uma mangueira no telhado, Frank não sabia, mas sempre que os gigantes jogavam uma bala de canhão Percy evocava um jato d'água de alta potência e detonava a esfera em pleno ar. Então Frank se lembrou: *sua* família também descendia de Poseidon. A avó dissera que a casa havia sido atacada antes. Talvez tenham colocado a mangueira lá em cima justamente por essa razão.

Hazel patrulhava a plataforma entre os dois frontões do sótão. Ela estava tão bonita que Frank sentiu o peito doer. Usava jeans, um casaco creme e uma blusa branca que deixava sua pele parecer tão agradável quanto chocolate. Os cabelos encaracolados caíam-lhe nos ombros. Quando ela se aproximou, Frank sentiu o cheiro de xampu de jasmim.

Ela empunhava a espata. Quando viu Frank, seus olhos demonstraram preocupação.

— Você está bem? — perguntou ela. — Por que está sorrindo?

— Ah, hum, nada — conseguiu dizer. — Obrigado pelo café da manhã. E pelas roupas. E... por não me odiar.

Hazel pareceu desconcertada.

— Por que eu odiaria você?

O rosto de Frank queimou. Ele desejou ter ficado de boca fechada, mas agora era tarde demais. *Não a deixe escapar*, sua avó dissera. *Você precisa de mulheres fortes*.

— É só que... ontem à noite — gaguejou. — Quando convoquei o esqueleto. Pensei... pensei que você havia pensado... que eu era repugnante... ou algo assim.

Hazel ergueu as sobrancelhas e sacudiu a cabeça, transtornada.

— Frank, talvez eu tenha ficado surpresa. Talvez aquele negócio tenha sido assustador. Mas repugnante? A forma como você o comandou, tão confiante e tal... Tipo: *Ah, por falar nisso, pessoal, tenho esse* spartus *todo-poderoso que podemos usar*. Eu não pude acreditar. Não achei repugnante, Frank. Achei impressionante.

Frank não tinha certeza de que havia ouvido bem.

— Você ficou... impressionada... *comigo*?

Percy riu.

— Cara, aquilo *foi* muito incrível.

— Sério? — perguntou Frank.

— Sério — garantiu Hazel. — Mas neste momento temos outros problemas com que nos preocupar. Tudo bem?

Ela apontou para o exército de ogros, cada vez mais ousados, aproximando-se mais e mais da casa.

Percy preparou a mangueira.

— Tenho mais um truque na manga. Seu gramado tem um sistema de irrigação. Posso estourá-lo e causar alguma confusão lá embaixo, mas isso vai acabar com a pressão da água. Sem pressão, sem mangueira, e aquelas balas de canhão vão cair direto na casa.

O elogio de Hazel ainda ecoava nos ouvidos de Frank, fazendo com que ele tivesse dificuldade para pensar. Dezenas de ogros acampavam em seu gramado, esperando para despedaçá-lo, e Frank mal conseguia controlar a vontade de sorrir.

Hazel não o odiava. Ela estava impressionada.

Ele obrigou-se a se concentrar. Lembrou-se do que a avó lhe dissera sobre a natureza de seu dom, e que ele precisava deixá-la morrer aqui.

Você tem um papel a cumprir, dissera Marte.

Frank não podia acreditar que era a arma secreta de Juno ou que essa grande Profecia dos Sete dependesse dele. Mas Hazel e Percy contavam com sua ajuda. Frank tinha que dar o melhor de si.

Ele pensou naquele estranho trecho de profecia que Ella havia recitado no sótão, sobre o filho de Netuno se afogar.

Vocês não entendem o verdadeiro valor dela, dissera-lhes Fineu em Portland. O velho cego havia pensado que controlar Ella faria dele um rei.

Todas essas peças de quebra-cabeça rodopiavam na mente de Frank. Ele tinha a sensação de que, quando finalmente se unissem, criariam um quadro do qual ele não gostaria.

— Pessoal, tenho um plano de fuga. — Ele contou aos amigos sobre o avião que os aguardava no aeródromo e o bilhete da avó para o piloto. — Ele é um veterano da legião. Vai nos ajudar.

— Mas Arion não voltou — disse Hazel. — E quanto à sua avó? Não podemos simplesmente deixá-la aqui.

Frank reprimiu um soluço.

— Talvez... talvez Arion nos encontre. Quanto à minha avó... ela foi bastante clara. Disse que vai ficar bem.

Essa não era exatamente a verdade, no entanto era o máximo que ele conseguia dizer.

— Tem outro problema — observou Percy. — Não sou muito bom com viagens aéreas. É perigoso para um filho de Netuno.

— Você vai ter que correr o risco... assim como eu — afirmou Frank. — Por falar nisso, somos parentes.

Percy quase rolou do telhado.

— O quê?

Frank lhes deu a versão resumida:

— Periclimeno. Ancestral pelo lado materno. Argonauta. Neto de Poseidon.

A boca de Hazel se escancarou.

— Você é um... um descendente de Netuno? Frank, isso é...

— Louco? É. E há essa pequena habilidade que supostamente minha família possui. Mas não sei como usá-la. Se eu não conseguir descobrir...

Os lestrigões berraram outro viva ruidoso. Frank se deu conta de que todos olhavam para ele, apontando, acenando e rindo. Tinham avistado o café da manhã.

— Zhang! — gritavam. — Zhang!

Hazel aproximou-se de Frank.

— Eles ficam fazendo isso. Por que estão gritando seu nome?

— Deixe para lá — disse Frank. — Ouçam, temos que proteger Ella, levá-la conosco.

— É claro — respondeu Hazel. — A pobrezinha precisa de nossa ajuda.

— Não — falou Frank. — Quer dizer, sim, mas não é só isso. Ela recitou uma profecia lá embaixo. Acho... acho que era sobre *esta* missão.

Ele não queria dar a Percy a notícia ruim, sobre um filho de Netuno se afogar, mas repetiu os versos.

O maxilar de Percy se retesou.

— Não sei como um filho de Netuno pode se afogar. Posso respirar debaixo d'água. Mas a coroa da legião...

— Só pode ser a águia — concluiu Hazel.

Percy assentiu.

— E Ella recitou algo nesse gênero também, em Portland... Um verso da antiga Grande Profecia.

— A antiga o quê? — perguntou Frank.

— Eu conto mais tarde.

Percy voltou à mangueira e acertou outra bala de canhão no ar.

Ela explodiu em uma bola de fogo laranja. Os ogros bateram palmas, satisfeitos, e gritaram:

— Lindo! Lindo!

— A questão — disse Frank — é que Ella se lembra de tudo que lê. Ela disse algo sobre a página estar queimada, como se tivesse lido um texto de profecias danificado.

Hazel arregalou os olhos.

— Livros de profecia queimados? Você não acha... Mas isso é impossível!

— Os livros que Octavian queria, lá no acampamento? — deduziu Percy.

Hazel deixou escapar um assovio baixinho.

— Os livros sibilinos perdidos que delineiam todo o destino de Roma. Se Ella de fato leu um exemplar e o memorizou...

— Então ela é a harpia mais valiosa do mundo — completou Frank. — Não é de admirar que Fineu quisesse capturá-la.

— Frank Zhang! — gritou um ogro lá de baixo. Ele era maior que os outros, usando uma capa de leão, como se fosse um porta-estandarte romano, e um babador de plástico com a imagem de uma lagosta. — Desça, filho de Marte! Estamos à sua espera. Venha, seja nosso convidado de honra!

Hazel agarrou o braço de Frank.

— Por que tenho a impressão de que "convidado de honra" significa o mesmo que "jantar"?

Frank desejou que Marte ainda estivesse lá. Seria útil ter alguém que estalasse os dedos e fizesse seu nervosismo de batalha desaparecer.

Hazel acredita em mim, pensou. *Eu consigo*.

Ele olhou para Percy.

— Você sabe dirigir?

— Sim. Por quê?

— O carro de minha avó está na garagem. É um Cadillac antigo. É como um tanque de guerra. Se você puder ir ligando o motor...

— Ainda teremos que passar por uma barreira de ogros — observou Hazel.

— O sistema de irrigação — lembrou Percy. — Eu o uso como uma distração?

— Exatamente — respondeu Frank. — Vou ganhar o máximo de tempo que puder. Peguem Ella e entrem no carro. Vou tentar encontrá-los na garagem, mas não esperem por mim.

Percy franziu a testa.

— Frank...

— Dê logo sua resposta, Frank Zhang! — gritou o ogro. — Desça e pouparemos os outros... seus amigos e sua pobre e velha vovó. Só queremos você!

— Eles estão mentindo — murmurou Percy.

— É, percebi — concordou Frank. — Vão!

Seus amigos correram para a escada.

Frank tentou controlar as batidas de seu coração. Ele sorriu e gritou:

— Ei, vocês aí! Tem alguém com fome?

Os ogros deram vivas quando Frank desfilou pela plataforma no telhado e acenou como um astro do rock.

Frank tentou invocar o poder de sua família. Imaginou-se como um dragão cuspidor de fogo. Retesou todos os músculos, cerrou os punhos e pensou com tanta força em dragões que gotas de suor surgiram em sua testa. Ele queria se lançar sobre os inimigos e destruí-los. Isso seria extremamente legal. Mas nada aconteceu. Ele não tinha a menor ideia de como se transformar. Nunca vira um dragão de verdade. Durante um momento de pânico, Frank se perguntou se a avó não tinha feito uma piada cruel. Talvez ele tivesse se enganado em relação ao dom. Talvez fosse o único da família que não o tivesse herdado. Isso seria típico da sorte dele.

Os ogros começaram a ficar inquietos. Os gritos de vivas se transformaram em vaias. Alguns lestrigões ergueram suas balas de canhão.

— Esperem! — gritou Frank. — Vocês não vão querer me torrar, não é? Eu não vou ficar tão saboroso.

— Desça daí! — gritaram. — Fome!

Hora do Plano B. Como Frank queria ter um.

— Vocês prometem poupar meus amigos? — perguntou. — Juram pelo Rio Estige?

Os ogros riram. Um deles atirou uma bala de canhão que descreveu um arco acima da cabeça de Frank e explodiu a chaminé. Por um milagre Frank não foi atingido por estilhaços.

— Vou entender isso como um *não* — murmurou ele. Então gritou lá para baixo: — Certo, muito bem! Vocês venceram! Vou descer já. Esperem aí!

Os ogros comemoraram, mas o líder com a capa de pele de leão franziu a testa, desconfiado. Frank não teria muito tempo. Desceu a escada para o sótão. Ella não estava mais lá. Ele torceu para que isso fosse um bom sinal. Talvez os três tivessem chegado ao Cadillac. Frank pegou uma aljava cheia extra com a etiqueta SORTIDAS escrita na letra caprichosa de sua mãe. E então correu para a metralhadora.

Ele girou o cano, mirou no líder dos ogros e apertou o gatilho. Oito batatas de alta potência atingiram o gigante no peito, lançando-o para trás com tamanha força que ele se chocou contra uma pilha de balas de canhão de bronze, que imediatamente explodiram, deixando uma cratera fumegante no quintal.

Aparentemente, amido *era* ruim para ogros.

Enquanto os outros monstros corriam de um lado para o outro, confusos, Frank puxou o arco e lançou uma chuva de flechas neles. Alguns dos mísseis detonaram no impacto. Outros se estilhaçaram como chumbo grosso, deixando os gigantes com algumas tatuagens novas e doloridas. Uma flecha atingiu um ogro e instantaneamente o transformou em uma roseira de vaso.

Infelizmente, os ogros se recuperaram rapidamente. Começaram a lançar balas de canhão, dezenas de uma só vez. A casa inteira gemeu com o impacto. Frank correu para a escada. O sótão desintegrou-se atrás dele. Fogo e fumaça se espalharam pelo corredor do segundo andar.

— Vó! — gritou Frank, mas o calor era tão intenso que ele não conseguiu chegar ao quarto dela. Então disparou para o térreo, agarrando-se ao corrimão enquanto a casa se sacudia e pedaços imensos do teto despencavam.

A base da escada era uma cratera fumegante. Frank saltou por cima dela e atravessou a cozinha aos tropeços. Sufocando com as cinzas e a fuligem, ele chegou à garagem. Os faróis do Cadillac tinham sido acesos. O motor estava ligado e a porta da garagem ia se abrindo.

— Entre! — gritou Percy.

Frank mergulhou no banco traseiro ao lado de Hazel. Ella estava encolhida no banco da frente, com a cabeça enfiada embaixo das asas, murmurando:

— Opa! Opa! Opa!

Percy pisou fundo. O carro saiu da garagem em disparada antes que a porta fosse totalmente aberta, formando um buraco no formato de um Cadillac na madeira estilhaçada.

Os ogros correram para interceptá-los, mas Percy gritou a plenos pulmões e o sistema de irrigação explodiu. Uma centena de gêiseres disparou em direção ao céu levando junto torrões de terra, pedaços de cano e peças bastante pesadas de metal.

O Cadillac estava a uns sessenta quilômetros por hora quando atingiu o primeiro ogro, que se desintegrou com o impacto. Quando os outros monstros se recuperaram do caos, o Cadillac já tinha corrido quase um quilômetro pela estrada. Balas de canhão chamejantes explodiam atrás deles.

Frank olhou para trás e viu a mansão de sua família incendiada, as paredes desabando e a fumaça subindo para o céu. Ele avistou uma grande mancha negra — talvez um gavião — saindo do meio do fogo para o céu. Podia ser a imaginação de Frank, mas ele pensou tê-lo visto voar da janela no segundo andar.

— Vó? — murmurou ele.

Parecia impossível, mas ela havia prometido que morreria à sua própria maneira, não nas mãos dos ogros. Frank esperava que ela estivesse certa.

Eles atravessaram o bosque e foram para o norte.

— São uns cinco quilômetros! — disse Frank. — Não tem como errar!

Atrás deles, mais explosões se espalhavam pela floresta. A fumaça subia para o céu.

— Os lestrigões correm rápido? — perguntou Hazel.

— Sugiro não tentarmos descobrir — disse Percy.

Os portões do aeródromo surgiram diante dela, a algumas centenas de metros de distância. Um jato particular se encontrava parado na pista. A escada estava abaixada.

O Cadillac passou em um buraco e subiu no ar. Frank bateu com a cabeça no teto. Quando as rodas tocaram o chão, Percy pisou fundo no freio, e eles deram um cavalo de pau e pararam logo após os portões.

Frank saltou e puxou o arco.

— Vão para o jato! Eles estão vindo!

Os lestrigões se aproximavam em uma velocidade alarmante. A primeira fileira de ogros saiu de repente do bosque e correu na direção do aeródromo — quinhentos metros de distância, quatrocentos metros...

Percy e Hazel conseguiram tirar Ella do Cadillac, mas, assim que viu o avião, a harpia começou a gritar.

— N-n-não! — protestou. — Voar com as asas! N-n-nada de aviões.

— Está tudo bem — garantiu Hazel. — Vamos proteger você!

Ella emitiu um uivo horrível, doloroso, como se estivesse sendo queimada.

Percy ergueu as mãos, exasperado.

— O que fazemos? Não podemos forçá-la.

— Não — concordou Frank. Os ogros estavam a trezentos metros de distância.

— Ela é valiosa demais para ser deixada para trás — falou Hazel, e então fez uma careta com as próprias palavras. — Deuses, me desculpe, Ella. Pareço tão ruim quanto Fineu. Você é um ser vivo, não um tesouro.

— Nada de aviões. N-n-nada de aviões. — Ella estava hiperventilando.

Os ogros estavam quase a uma distância em que poderiam arremessar.

Os olhos de Percy se iluminaram.

— Tenho uma ideia. Ella, você pode se esconder no bosque? Vai ficar a salvo dos ogros?

— Esconder — concordou ela. — Seguro. Esconder é bom para harpias. Ella é ágil. E pequena. E rápida.

— O.k. — disse Percy. — Mas fique aqui nesta região. Posso mandar um amigo encontrá-la e levá-la para o Acampamento Júpiter.

Frank tirou o arco do ombro e encaixou uma flecha.

— Um amigo?

Percy fez com a mão um gesto de *depois eu explico*.

— Ella, você gostaria disso? Gostaria que meu amigo a levasse para o Acampamento Júpiter e lhe mostrasse nossa casa?

— Acampamento — murmurou Ella. Em seguida, em latim: — "*A filha da sabedoria caminha solitária, a Marca de Atena por toda a Roma é incendiária.*"

— Hum, certo — falou Percy. — Isso parece importante, mas podemos conversar mais tarde. Você vai ficar segura no acampamento. Todos os livros e toda a comida que quiser.

— Nada de avião — insistiu Ella.

— Nada de avião — concordou Percy.

— Ella agora vai se esconder.

E de repente ela se foi, um risco vermelho desaparecendo na floresta.

— Vou sentir falta dela — disse Hazel, triste.

— Vamos voltar a vê-la — prometeu Percy, mas ele franziu a testa, preocupado, como se tivesse ficado mesmo perturbado com aquela última parte da profecia, a história de Atena.

Uma explosão mandou o portão do aeródromo pelos ares.

Frank jogou a carta da avó para Percy.

— Mostre isso ao piloto! Mostre também a carta de Reyna! Temos que decolar *agora*.

Percy assentiu. Ele e Hazel correram para o avião.

Frank protegeu-se atrás do Cadillac e começou a disparar contra os ogros. Ele mirou no grupo maior de inimigos e atirou uma flecha com o formato de uma tulipa. Tal como esperara, era uma hidra. Cordas se abriram como tentáculos de lula e toda a fileira de ogros que vinha à frente caiu de cara no chão.

Frank ouviu a rotação dos motores do avião.

Ele disparou outras três flechas o mais rápido que pôde, abrindo enormes crateras na formação dos ogros. Os sobreviventes estavam a menos de cem metros de distância, e alguns dos mais espertos pararam aos tropeços, percebendo que agora seus arremessos podiam alcançar o alvo.

— Frank! — berrou Hazel. — Venha!

Uma bala de canhão em chamas foi arremessada na direção dele em um arco lento. Frank soube imediatamente que ela atingiria o avião. Ele encaixou uma flecha no arco. *Eu consigo*, pensou. E soltou a flecha. Ela interceptou a bala de canhão em pleno ar, detonando uma imensa bola de fogo.

Outras duas balas vinham em sua direção. Frank correu.

Atrás dele, o metal gemeu quando o Cadillac explodiu. Frank saltou para dentro do avião no momento em que a escada começava a subir.

O piloto devia ter compreendido perfeitamente a situação. Não houve anúncios de segurança, bebida servida antes da decolagem nem espera pela autorização de partida. Ele empurrou o manete, e o avião disparou. Outra explosão rachou a pista atrás deles, mas eles já estavam no ar.

Frank olhou para baixo e viu-a repleta de crateras, parecendo um pedaço de queijo suíço incendiado. Trechos do Lynn Canyon Park pegavam fogo. Alguns quilômetros ao sul, chamas e fumaça negra espiralando em direção ao céu era tudo o que restava da mansão da família Zhang.

Tudo isso por Frank ser impressionante. Ele não conseguira salvar a avó. Não conseguira usar seus poderes. Nem sequer salvara sua amiga harpia. Quando Vancouver desapareceu nas nuvens abaixo deles, Frank enterrou a cabeça nas mãos e começou a chorar.

O avião inclinou-se para a esquerda.

Pelo comunicador, a voz do piloto soou:

— *Senatus Populusque Romanus*, meus amigos. Bem-vindos a bordo. Próxima parada: Anchorage, Alasca.

XXXVII

PERCY

Aviões ou canibais? Fácil.

Percy teria preferido ir dirigindo o Cadillac da avó Zhang até o Alasca com ogros e bolas de fogo em seu encalço a viajar em um jatinho de luxo.

Ele voara antes. Os detalhes eram confusos, mas ele se lembrava de um pégaso chamado Blackjack. Até já estivera dentro de um avião uma ou duas vezes. Mas o lugar de um filho de Netuno (Poseidon, que seja) não era no céu. Cada vez que a aeronave passava por uma zona de turbulência, o coração de Percy disparava, e ele tinha certeza de que Júpiter os sacudia.

Percy tentou se concentrar enquanto Frank e Hazel conversavam. Hazel tranquilizava Frank, assegurando-o de que ele fizera todo o possível pela avó. Frank os salvara dos lestrigões e os tirara de Vancouver. Tinha sido incrivelmente corajoso.

Frank mantinha a cabeça baixa, como se tivesse vergonha por ter chorado, mas Percy não o culpava. O coitado acabara de perder a avó e ver a própria casa incendiada. Na opinião de Percy, derramar algumas lágrimas por algo assim não o tornava menos homem, especialmente depois de resistir a um exército de ogros que queria comê-lo no café da manhã.

Percy ainda não conseguia assimilar o fato de que Frank era um parente distante. Frank seria seu... o quê? Tatata-vezes-mil sobrinho? Esquisito demais para descrever em palavras.

Frank se recusou a explicar qual era exatamente o "dom da família", mas, enquanto voavam para o norte, ele *falou* da conversa que tivera com Marte na noite anterior. Explicou a profecia que Juno anunciara quando ele era bebê: sobre sua vida estar atrelada a um pedaço de lenha, e ele ter pedido a Hazel que guardasse consigo o graveto.

Percy já deduzira parte da história. Era óbvio que Hazel e Frank haviam compartilhado algumas experiências malucas quando tiveram o blecaute juntos e que tinham feito alguma espécie de pacto. Também explicava por que mesmo agora, por força do hábito, Frank continuava apalpando o bolso do casaco, e por que ficava tão nervoso perto de fogo. Ainda assim, Percy não conseguia imaginar a coragem que fora necessária para Frank embarcar em uma missão, sabendo que uma simples chama poderia extinguir sua vida.

— Frank — disse Percy. — Tenho orgulho de ser seu parente.

As orelhas de Frank ficaram vermelhas. Com a cabeça baixa, o corte de cabelo estilo militar dele parecia uma seta pontuda preta apontando para baixo.

— Juno tem algum plano para nós, em relação à Profecia dos Sete.

— É — resmungou Percy. — Eu não gostava dela como Hera. E não a acho nem um pouco melhor como Juno.

Hazel sentou-se em cima dos pés. Ela observou Percy com olhos dourados luminescentes, e Percy se perguntou como a menina podia estar tão calma. Era a mais jovem naquela missão, mas sempre era quem os mantinha juntos e os consolava. Agora eles voavam para o Alasca, onde Hazel morrera antes. Tentariam libertar Tânatos, que poderia levá-la de volta ao Mundo Inferior. E mesmo assim Hazel não demonstrava temor algum. Isso fez Percy se sentir bobo por estar com medo de voo com turbulência.

— Você é filho de Poseidon, não é? — perguntou. — Você *é* um semideus grego.

Percy segurou o colar de couro.

— Comecei a me lembrar em Portland, depois do sangue da górgona. Minha memória vem voltando aos poucos desde então. Existe outro acampamento. Acampamento Meio-Sangue.

Só de falar aquele nome Percy teve uma sensação agradável. Foi tomado por boas lembranças: o aroma dos campos de morango sob o sol quente de verão, fogos de artifício iluminando a praia nas comemorações do Quatro de Julho, sátiros tocando flautas à noite ao redor da fogueira e um beijo no fundo do lago.

Hazel e Frank olhavam para ele como se Percy tivesse começado a falar uma língua diferente.

— Outro acampamento — repetiu Hazel. — Um acampamento *grego*? Meus deuses, se Octavian descobrisse...

— Declararia guerra — completou Frank. — Octavian sempre teve certeza de que havia gregos por aí, conspirando contra nós. Ele achava que Percy era um espião.

— Foi por isso que Juno me enviou — disse Percy. — Hum, quer dizer, não para espionar. Acho que foi um tipo de troca. Seu amigo Jason... acho que ele foi mandado para *meu* acampamento. Em meus sonhos, vi um semideus que talvez fosse ele. Trabalhava com outros semideuses em um navio de guerra voador. Acho que estão indo para o Acampamento Júpiter para ajudar.

Frank dava tapinhas nervosos no encosto do assento.

— Marte disse que Juno pretende unir gregos e romanos para combater Gaia. Mas, puxa... gregos e romanos têm um longo histórico de hostilidades.

Hazel respirou fundo.

— Provavelmente é por isso que os deuses nos mantiveram separados esse tempo todo. Se um navio de guerra grego aparecesse no céu acima do Acampamento Júpiter e Reyna não soubesse que era amistoso...

— É — concordou Percy. — Temos que tomar cuidado ao explicar isso quando voltarmos.

— *Se* voltarmos — disse Frank.

Percy assentiu com a cabeça, relutante.

— Quer dizer, eu confio em vocês. Espero que confiem em mim. Eu me sinto... bem, me sinto tão ligado a vocês quanto a meus velhos amigos do Acampamento Meio-Sangue. Mas com os outros semideuses, em ambos os acampamentos... haverá muita desconfiança.

Hazel fez algo inesperado. Ela inclinou-se para a frente e lhe deu um beijo na bochecha. Foi um beijo totalmente fraterno. Mas a menina sorriu com tanta afeição que encheu Percy de energias positivas.

— É lógico que confiamos em você — disse ela. — Somos uma família agora. Não é, Frank?

— Claro — respondeu ele. — Eu ganho um beijo?

Hazel riu, mas com algum nervosismo.

— Enfim, o que fazemos agora?

Percy respirou fundo. O tempo ia se esgotando. Eles já estavam quase na metade do dia 23 de junho e o Festival de Fortuna seria no dia seguinte.

— Preciso entrar em contato com um amigo... para cumprir a promessa que fiz a Ella.

— Como? — perguntou Frank. — Uma daquelas mensagens de Íris?

— Ainda não está funcionando — lamentou Percy. — Tentei ontem à noite na casa de sua avó. Não tive sorte. Talvez seja porque minhas lembranças ainda estão embaralhadas. Ou os deuses não estão permitindo uma conexão. Tenho esperança de conseguir contactar meu amigo em meus sonhos.

Outro solavanco causado pela turbulência fez Percy se agarrar ao assento. Abaixo deles, montanhas nevadas surgiram em meio a um tapete de nuvens.

— Não sei se vou conseguir dormir — disse Percy. — Mas preciso tentar. Não podemos deixar Ella sozinha perto daqueles ogros.

— É mesmo — concordou Frank. — Ainda temos algumas horas de voo. Vá para o sofá, cara.

Percy fez que sim com a cabeça. Sentia-se afortunado por ter Hazel e Frank olhando por ele. O que lhes dissera era verdade: ele confiava nos dois. Em meio à experiência estranha, aterrorizante e desagradável de perder a memória e ser arrancado de sua antiga vida, Hazel e Frank eram os pontos positivos.

Ele se espreguiçou, fechou os olhos e sonhou que estava caindo de uma montanha de gelo em direção a um mar de águas frias.

O cenário do sonho mudou. Percy estava de volta a Vancouver, em frente às ruínas da mansão Zhang. Os lestrigões tinham ido embora. A mansão fora reduzida a uma carcaça incinerada. Havia uma equipe de bombeiros guardando seus equipamentos, preparando-se para partir. O gramado parecia uma zona de guerra, com crateras fumegantes e trincheiras criadas pela explosão dos canos de irrigação.

À margem da floresta, um cão negro peludo e gigante ia de um lado para o outro, farejando as árvores. Os bombeiros o ignoraram totalmente.

Ajoelhado ao lado de uma das crateras havia um ciclope de calça jeans folgada, botas e uma camisa enorme de flanela. Os cabelos castanhos desgrenhados estavam salpicados de chuva e lama. Quando ele levantou a cabeça, o grande olho castanho estava vermelho de tanto chorar.

— Por pouco! — lamentou-se. — Por tão pouco, mas se foi!

Para Percy, foi de partir o coração sentir a agonia e a preocupação na voz do grandão, mas ele sabia que tinham apenas alguns segundos para conversar. As bordas da visão já se dissipavam. Se o Alasca era a terra além do alcance dos deuses, Percy presumiu que, quanto mais ao norte eles fossem, mais difícil seria se comunicar com seus amigos, até mesmo em sonho.

— Tyson! — chamou Percy.

O ciclope olhou em volta freneticamente.

— Percy? Irmão?

— Tyson, estou bem. Estou aqui... bem, não exatamente aqui.

Tyson estendia a mão no ar como se tentasse pegar borboletas.

— Não consigo ver você! Onde está meu irmão?

— Tyson, estou voando para o Alasca. Estou bem. Vou voltar. Encontre Ella. É uma harpia com penas vermelhas. Está escondida no bosque ao redor da casa.

— Achar uma harpia? Uma harpia vermelha?

— É! Proteja-a, está bem? Ela é minha amiga. Leve-a para a Califórnia. Há um acampamento de semideuses em Oakland Hills... Acampamento Júpiter. Encontre-me em cima do túnel Caldecott.

— Oakland Hills... Califórnia... Túnel Caldecott. — Ele gritou para o cão: — Sra. O'Leary! Temos que achar uma harpia!

— AU! — respondeu o cão.

O rosto de Tyson começou a se dissolver.

— Meu irmão está bem? Meu irmão vai voltar? Estou com saudades!

— Eu também. — Percy tentou evitar que a voz embargasse. — Verei você em breve. Tome cuidado! O exército de um gigante está marchando para o sul. Diga a Annabeth...

O sonho mudou.

Percy se viu no topo das colinas ao norte do Acampamento Júpiter, voltado para o Campo de Marte e para Nova Roma. No forte da legião, soavam as trombetas. Os campistas corriam para se reunir.

O exército do gigante estava em formação à esquerda e à direita de Percy: centauros com chifres de touro, os gegenes de seis braços e ciclopes malignos com armaduras feitas de sucata de metal. A torre de cerco dos ciclopes fazia sombra nos pés do gigante Polibotes, que sorria ao olhar para o acampamento romano abaixo. Ele caminhava pela colina animado, soltando cobras de seus *dreadlocks* verdes, pisando em árvores pequenas com suas pernas de dragão. Em sua armadura verde-água, os olhos dos monstros decorativos famintos pareciam piscar nas sombras.

— Sim — disse ele, rindo e fincando o tridente no chão. — Soem suas trombetinhas, romanos. Vim destruir todos vocês! Esteno!

A górgona saiu correndo do meio dos arbustos. O cabelo de víboras verde-limão e o colete do Bargain Mart contrastavam de forma horrível com o esquema de cores do gigante.

— Sim, mestre! — disse ela. — Gostaria de provar um Cachorrinho-quente?

Ela estendeu uma bandeja de amostras grátis.

— Hum! — Polibotes disse. — Que tipo de cachorrinho?

— Ah, não são cachorrinhos de verdade. São enroladinhos de salsicha feitos com *croissants*, mas estão em promoção esta semana...

— Ah! Deixe para lá, então! Nossas forças estão prontas para atacar?

— Ah... — Esteno deu um passo para trás rapidamente para evitar ser achatada pelo pé do gigante. — Quase, grandioso. Ma Gasket e metade de seus ciclopes pararam em Napa. Algo a ver com um passeio por uma vinícola. Eles prometeram chegar aqui até amanhã à noite.

— O quê? — O gigante olhou em volta, como se só naquele momento reparasse que faltava uma grande parte de seu exército. — Ah! Vou acabar com uma úlcera por causa daquela ciclope. *Passeio por uma vinícola?*

— Acho que havia queijos e biscoitos também — contou Esteno, prestativa. — Embora o Bargain Mart esteja com uma promoção muito melhor.

Polibotes arrancou um carvalho do solo e o atirou no vale.

— Ciclopes! Vou lhe dizer, Esteno, assim que eu destruir Netuno e conquistar os oceanos, vamos renegociar o contrato de trabalho dos ciclopes. Ma Gasket vai aprender qual é o lugar dela! Bem, temos alguma notícia do norte?

— Os semideuses partiram para o Alasca — respondeu Esteno. — Estão voando ao encontro da morte. Ah, quer dizer, a *morte* mesmo. Não o deus da morte, nosso prisioneiro. No entanto, acho que estão voando ao encontro dele também.

Polibotes rosnou.

— É melhor Alcioneu poupar o filho de Netuno, como me prometeu. Quero aquele lá acorrentado a meus pés, para que eu possa matá-lo quando chegar a hora certa. O sangue dele vai banhar as pedras do Monte Olimpo e acordar a Mãe Terra! Alguma notícia das amazonas?

— Só silêncio. Ainda não sabemos quem venceu o duelo de ontem à noite, mas é apenas uma questão de tempo até que Otrera triunfe e venha nos ajudar.

— Hum! — Polibotes coçou a cabeça, distraído, deixando caírem algumas víboras. — Então talvez seja melhor esperarmos mesmo. Amanhã, ao pôr do sol, é o Festival de Fortuna. Até lá, deveremos atacar, com ou sem as amazonas. Enquanto isso, instalem-se! Montaremos acampamento aqui, em terreno elevado.

— Sim, grandioso! — Esteno então anunciou para as tropas: — Cachorrinhos-quentes para todo mundo!

Os monstros comemoraram.

Polibotes estendeu as mãos diante de si, enquadrando o vale como uma foto panorâmica.

— Sim, soem suas trombetinhas, semideuses. Em breve o legado de Roma será destruído pela última vez!

O sonho se dissipou.

Percy acordou com um sobressalto enquanto o avião iniciava a manobra de aterrissagem.

Hazel apoiou a mão no ombro dele.

— Dormiu bem?

Percy sentou-se, meio grogue.

— Por quanto tempo eu apaguei?

Frank estava de pé no corredor, colocando a lança e o novo arco na bolsa para esquis.

— Algumas horas — respondeu ele. — Já estamos quase chegando.

Percy olhou pela janela do avião. Um pequeno braço de mar cintilante serpenteava em meio a montanhas nevadas. Ao longe, via-se uma cidade esculpida na paisagem, cercada de florestas verdes e exuberantes de um lado e praias geladas de areia escura do outro.

— Bem-vindos ao Alasca — disse Hazel. — Estamos além da ajuda dos deuses.

XXXVIII

PERCY

O piloto disse que o avião não poderia esperar por eles, mas Percy não viu problema nenhum nisso. Se sobrevivessem até o dia seguinte, ele tinha esperança de conseguir achar um jeito diferente de voltar — *qualquer coisa*, menos avião.

Percy deveria estar se sentindo deprimido. Encontrava-se preso no Alasca, território do gigante, sem contato com os velhos amigos logo quando começara a recuperar a memória. Vira uma imagem do exército de Polibotes prestes a invadir o Acampamento Júpiter. Descobrira que ele mesmo seria usado pelos gigantes em algum sacrifício de sangue para despertar Gaia. Além do mais, o Festival de Fortuna aconteceria na noite do dia seguinte. Ele, Frank e Hazel tinham uma tarefa impossível a cumprir antes disso. Na melhor das hipóteses, libertariam a Morte, que talvez levasse os dois amigos de Percy para o Mundo Inferior. Nenhum motivo para ficar ansioso.

Ainda assim, Percy se sentia estranhamente revigorado. O sonho com Tyson melhorara seu ânimo. Ele *se lembrava* de Tyson, seu irmão. Os dois tinham lutado juntos, comemorado vitórias, compartilhado momentos felizes no Acampamento Meio-Sangue. Ele se lembrava de seu lar, e isso lhe dava uma nova motivação para fazer tudo dar certo. Percy lutava por dois acampamentos agora — duas famílias.

Juno roubara sua memória e o enviara ao Acampamento Júpiter por um motivo. Ele entendia isso agora. Ainda sentia vontade de dar um soco naquele nariz divino, mas pelo menos compreendia o raciocínio. Se os dois acampamentos pudessem trabalhar juntos, teriam alguma chance de deter seus inimigos em comum. Separados, os acampamentos estavam condenados.

Havia outros motivos por que Percy queria salvar o Acampamento Júpiter. Motivos que ele não ousava colocar em palavras — pelo menos não por enquanto. De repente, Percy vislumbrava um futuro com Annabeth que ele nunca imaginara antes.

Quando os três pegaram um táxi para o centro de Anchorage, Percy contou o sonho para Frank e Hazel. Os dois pareceram ansiosos, mas não surpresos, quando ele lhes falou do exército do gigante se aproximando do acampamento.

Frank engasgou quando soube de Tyson.

— Você tem um meio-irmão ciclope?

— Tenho — respondeu Percy. — O que faz dele seu tatatatata...

— Por favor. — Frank tapou os ouvidos. — Já chega.

— Contanto que ele consiga levar Ella para o acampamento — disse Hazel. — Estou preocupada com ela.

Percy assentiu com a cabeça. Ainda pensava nos versos da profecia que a harpia recitara, sobre o filho de Netuno se afogando e a marca de Atena incendiando Roma. Não sabia ao certo o que a primeira parte significava, mas começava a ter uma ideia sobre a segunda. Tentou deixar a questão de lado. Tinha que sobreviver a *esta* missão primeiro.

O táxi virou na rodovia Um, que na opinião de Percy mais parecia uma rua pequena, e os levou para o norte em direção ao centro da cidade. Era fim de tarde, mas o sol ainda estava alto no céu.

— É impressionante como esse lugar cresceu — murmurou Hazel.

O motorista do táxi sorriu pelo espelho retrovisor.

— Faz muito tempo que não vem aqui, senhorita?

— Uns setenta anos — respondeu Hazel.

O motorista fechou a janelinha da divisória de vidro e continuou dirigindo em silêncio.

De acordo com Hazel, quase nenhum dos prédios estava igual, mas ela ressaltava características da paisagem: as vastas florestas circundando a cidade, as águas geladas e cinzentas da Enseada de Cook delineando o limite norte da cidade e as

Montanhas Chugach despontando ao longe com um tom azulado de cinza, cobertas de neve mesmo no verão.

Percy nunca respirara um ar tão puro quanto aquele. A cidade em si parecia deteriorada, com lojas fechadas, carros enferrujados e blocos de apartamentos com fachadas desgastadas margeando a rua, mas ainda assim era bonita. Lagos e vastas extensões de florestas a atravessavam. O céu ártico era uma combinação extraordinária de azul-turquesa e dourado.

E então havia os gigantes. Dezenas de homens de pele azul-clara, com dez metros de altura e cabelos cinza-gelo, perambulavam pelas florestas, pescavam na baía e caminhavam pelas montanhas. Os mortais pareciam não perceber a presença deles. O táxi passou a poucos metros de um que estava sentado à margem de um lago lavando os pés, mas o motorista não entrou em pânico.

— Hum... — Frank apontou para o cara azul.

— Hiperbóreos — disse Percy. Ele ficou surpreso por se lembrar daquele nome. — Gigantes do norte. Lutei com alguns deles quando Cronos invadiu Manhattan.

— Espere aí — disse Frank. — Quando *quem* fez *o quê*?

— É uma longa história. Mas esses caras parecem... sei lá, *pacíficos*.

— Normalmente são — concordou Hazel. — Eu me lembro bem deles. Estão em toda parte no Alasca, como ursos.

— Ursos? — repetiu Frank, nervoso.

— Os gigantes são invisíveis para os mortais — explicou Hazel. — Eles nunca me incomodaram, embora um quase tenha pisado em mim, sem querer, uma vez.

Aquilo parecia bem incômodo para Percy, mas o táxi seguiu em frente. Nenhum dos gigantes prestou a menor atenção neles. Um estava de pé no meio do cruzamento da estrada Northern Lights, com um pé de cada lado da pista, e o táxi passou por entre as pernas dele. O hiperbóreo embalava um totem indígena enrolado em mantas de pele, ninando-o como a um neném. Se o cara não fosse do tamanho de um prédio, a cena seria quase bonitinha.

O táxi atravessou o centro da cidade, passando por um grupo de lojas de suvenires vendendo peles, artesanato indígena e ouro. Percy torceu para que Hazel não ficasse agitada e explodisse as joalherias.

Quando o motorista fez a curva e seguiu em direção à praia, Hazel deu uma batidinha na divisória de vidro.

— Aqui está ótimo. Pode nos deixar aqui?

Eles pagaram ao motorista e saltaram do táxi na rua 4. Comparado a Vancouver, o centro de Anchorage era mínimo — parecia mais o *campus* de uma universidade que uma cidade, mas Hazel estava maravilhada.

— A cidade está *imensa* — comentou. — Ali... ali é onde ficava o Hotel Gitchell. Minha mãe e eu nos hospedamos nele durante nossa primeira semana no Alasca. E eles mudaram a Prefeitura de lugar. Costumava ficar ali.

Hazel os guiou, distraída, por alguns quarteirões. Eles não tinham de fato outro plano além de encontrar o caminho mais rápido para a Geleira Hubbard, mas Percy sentiu cheiro de comida vindo de algum lugar ali perto — linguiça, talvez? — e se deu conta de que não comia desde aquela manhã na casa de vovó Zhang.

— Comida — disse. — Vamos.

Os três acharam um café na beira da praia. Estava lotado, mas eles conseguiram uma mesa à janela e estudaram o cardápio.

Frank deu um grito de felicidade.

— Café da manhã vinte e quatro horas por dia!

— Agora é tipo a hora do jantar — respondeu Percy, embora não fosse possível saber ao certo só de olhar para fora. O sol estava tão alto que bem poderia ser meio-dia.

— Adoro café da manhã — falou Frank. — Se eu pudesse, minhas refeições seriam café da manhã, café da manhã e café da manhã. Embora, hum, com certeza a comida daqui não seja tão boa quanto a de Hazel.

Hazel deu uma cotovelada nele, mas abriu um sorriso brincalhão.

Vê-los assim alegrava Percy. Definitivamente, aqueles dois deveriam ficar juntos. Mas a imagem também o entristecia. Ele pensou em Annabeth e se perguntou se viveria para vê-la de novo.

Pense positivamente, disse a si mesmo.

— Querem saber? — falou. — Café da manhã parece uma ótima ideia.

Todos pediram pratos enormes com ovos, panquecas e linguiça de rena, embora Frank se sentisse um pouco preocupado por causa da rena.

— Você acha certo a gente comer uma das renas do Papai Noel?

— Cara — Percy disse —, eu poderia comer três. Estou *faminto.*

A comida estava uma delícia. Percy nunca vira alguém comer tão rápido quanto Frank. A rena não teve a menor chance.

Entre uma mordida e outra nas panquecas de mirtilo, Hazel desenhou no guardanapo uma curva irregular e um x.

— Então, minha ideia é a seguinte. Nós estamos aqui. — Ela colocou o dedo no x. — Anchorage.

— Parece a cara de uma gaivota — comentou Percy. — E nós somos o olho dela.

Hazel o fitou, séria.

— É um *mapa*, Percy. Anchorage fica no topo deste filete de oceano, a Enseada de Cook. Tem uma península grande abaixo de nós, e a cidade onde eu morava, Seward, fica na parte de baixo da península, *aqui.* — Ela desenhou outro x embaixo da garganta da gaivota. — É a cidade mais próxima da Geleira Hubbard. Poderíamos dar a volta pelo mar, eu acho, mas demoraria séculos. Não temos tanto tempo assim.

Frank engoliu o último resquício de rena.

— Mas ir por terra é perigoso — respondeu ele. — Terra quer dizer *Gaia.*

Hazel assentiu.

— Mas acho que não temos muita escolha. Poderíamos ter pedido ao piloto que nos deixasse lá, mas não sei... o avião dele talvez fosse grande demais para o pequeno aeroporto de Seward. E se fretássemos outro...

— Chega de aviões — pediu Percy. — Por favor.

Hazel levantou a mão em um gesto apaziguador.

— Tudo bem. Há um trem que vai daqui até Seward. Pode ser que consigamos pegar um hoje à noite. São apenas umas poucas horas.

Ela desenhou uma linha pontilhada entre os dois xis.

— Você acabou de decepar a gaivota — observou Percy.

Hazel suspirou.

— É a ferrovia. Olhem, a partir de Seward, a Geleira Hubbard fica por aqui em algum lugar. — Ela indicou o canto inferior direito do guardanapo. — É onde Alcioneu está.

— Mas você não sabe direito a que distância? — perguntou Frank.

Hazel franziu a testa e balançou a cabeça.

— Tenho quase certeza de que só dá para chegar lá de barco ou avião.

— Barco — falou Percy imediatamente.

— Está bem — concordou Hazel. — Não deve ser muito longe de Seward. *Se* conseguirmos chegar a Seward em segurança.

Percy olhou pela janela. Tanto a ser feito e eles só tinham vinte e quatro horas. O Festival de Fortuna começaria àquela mesma hora no dia seguinte. A menos que eles desencadeassem a Morte e conseguissem voltar ao acampamento, o exército do gigante tomaria o vale. Os romanos seriam o prato principal em um jantar de monstros.

Do outro lado da rua, uma praia gelada de areia escura levava ao mar, que era liso como aço. Ali o oceano parecia diferente: ainda poderoso, mas congelante, lento e primitivo. Nenhum deus controlava aquela água, pelo menos nenhum que Percy conhecesse. Netuno não poderia protegê-lo. Percy se perguntou se seria capaz sequer de dominar a água ali ou de respirar debaixo dela.

Um gigante hiperbóreo atravessou a rua lentamente. Ninguém no café reparou. Ele colocou os pés na baía, quebrando o gelo com as sandálias, e mergulhou as mãos na água. Tirou de lá uma baleia assassina em uma das mãos fechadas. Aparentemente não era o que o gigante queria, pois ele lançou a baleia de volta na água e continuou andando.

— Bom café da manhã — disse Frank. — Quem está pronto para andar de trem?

A estação não ficava longe. Chegaram bem a tempo de comprar passagens para o último trem que seguia para o sul. Quando seus amigos embarcaram, Percy disse:

— Encontro vocês num instante. — E voltou para a estação.

Arranjou troco na loja de suvenires e parou em frente a um telefone público.

Percy nunca havia usado telefones públicos. Para ele, aquilo era uma antiguidade estranha, como o toca-discos da mãe ou as fitas cassete de Frank Sinatra de seu professor Quíron. Ele não sabia de quantas moedas precisaria, ou se conseguiria completar a ligação, se é que ele se lembrava do número certo.

Sally Jackson, pensou.

Era o nome de sua mãe. E ele tinha um padrasto... Paul.

O que será que eles achavam que havia acontecido com Percy? Talvez já tivessem realizado uma cerimônia fúnebre. Pelos seus cálculos, ele tinha perdido *sete meses* de sua vida. Claro, a maior parte desse tempo se passara durante o ano letivo, mas ainda assim... não foi *nada* legal.

Ele pegou o fone e digitou um número de Nova York, o da casa da mãe.

Secretária eletrônica. Percy devia ter imaginado. Era provavelmente meia-noite em Nova York. Eles não reconheceriam aquele número. O som da voz de Paul na gravação mexeu com Percy de tal forma que ele quase não conseguiu falar após o bipe.

— Mãe — disse ele. — Oi, estou vivo. Hera me colocou para dormir por um tempo, e depois apagou minha memória, e... — Sua voz falhou. Como ele poderia explicar aquilo tudo? — Enfim, estou bem. Sinto muito. Estou em uma missão... — Ele fez uma careta. Não devia ter dito aquilo. Sua mãe conhecia bem essas missões, e agora ficaria preocupada. — Vou voltar para casa. Prometo. Amo você.

Percy colocou o fone no gancho. Ficou olhando para o aparelho, com esperança de que ele tocasse. O apito do trem soou. O maquinista gritou:

— Todos a bordo.

Percy saiu correndo. Alcançou o trem bem na hora em que a escada era recolhida, e então subiu até o segundo andar do vagão e ocupou seu assento.

Hazel franziu o cenho.

— Tudo bem?

— Sim — resmungou ele. — Só... dei um telefonema.

Ela e Frank pareceram ter entendido. Não pediram detalhes.

Logo seguiam em direção ao sul pela costa, observando a paisagem passar. Percy tentou pensar na missão, mas, para alguém com TDAH como ele, um trem não era o lugar mais fácil para se concentrar.

Várias coisas legais aconteciam do lado de fora do trem. Águias-de-cabeça-branca voavam no céu. O trem atravessava pontes e corria ao longo de penhascos de onde cascatas glaciais despencavam por centenas de metros montanha abaixo. Eles passaram por florestas recobertas de neve, por peças grandes de artilharia (que serviam para provocar pequenas avalanches e evitar outras incontroláveis, explicou Hazel) e por lagos de águas tão claras que refletiam as montanhas como se fossem espelhos, fazendo parecer que o mundo estava de cabeça para baixo.

Ursos-pardos andavam lentamente pelas campinas. Gigantes hiperbóreos continuavam aparecendo nos lugares mais inusitados. Um deles descansava dentro de um lago como se estivesse em uma banheira de água quente. Outro usava um pinheiro como palito de dentes. Um terceiro estava sentado em um monte de neve, brincando com dois alces vivos como se fossem bonecos. O trem estava cheio de turistas fazendo ah, oh e tirando fotos, mas Percy lamentou que eles não pudessem ver os hiperbóreos. Estavam perdendo as melhores fotos.

Enquanto isso, Frank analisava um mapa do Alasca que ele encontrara no bolso do assento. Localizou a Geleira Hubbard, que parecia desanimadoramente longe de Seward. Ele acompanhava com o dedo a linha que demarcava o litoral, a testa franzida de tanta concentração.

— No que está pensando? — perguntou Percy.

— Só... possibilidades — respondeu Frank.

Percy não entendeu o que aquilo queria dizer, mas deixou para lá.

Depois de mais ou menos uma hora, ele começou a relaxar. O trio comprou chocolate quente no vagão-restaurante. Os assentos eram quentes e confortáveis, e Percy pensou em tirar um cochilo.

E então uma sombra passou por cima do trem. Os turistas murmuraram empolgados e começaram a tirar fotos.

— Águia! — gritou um.

— Águia? — perguntou outro.

— Águia enorme — observou um terceiro.

— Isso não é uma águia — disse Frank.

Percy olhou para cima bem a tempo de ver a criatura passando pela segunda vez. Com certeza era maior que uma águia, com um corpo negro lustroso do tamanho de um labrador. A envergadura das asas era de pelo menos três metros de uma ponta à outra.

— Tem mais uma ali! — Frank apontou. — Correção. Três, quatro. É, estamos encrencados.

As criaturas voavam em círculos acima do trem como urubus para encanto dos turistas. Percy não estava encantado. Os monstros tinham olhos vermelhos reluzentes, bicos pontudos e garras cruéis.

Ele pôs a mão na caneta em seu bolso.

— Aqueles bichos me parecem familiares...

— Seattle — disse Hazel. — As amazonas tinham um desses engaiolado. São...

Então várias coisas aconteceram ao mesmo tempo. O freio de emergência berrou, lançando-os para a frente. Turistas gritaram e caíram pelos corredores. Os monstros desceram, quebrando o teto de vidro do vagão, e o trem inteiro tombou para fora dos trilhos.

XXXIX

PERCY

Percy sentiu-se sem peso.

Sua visão ficou borrada. Garras o pegaram pelos braços e o ergueram no ar. Abaixo dele, as rodas do trem guinchavam e o metal se retorcia. Vidros se quebravam. Passageiros gritavam.

Quando a visão clareou, Percy enxergou o animal que o carregava para o alto. Tinha o corpo de uma pantera — lustroso, preto e felino — com asas e cabeça de águia. Os olhos brilhavam com um tom vermelho-sangue.

Percy se contorceu. As garras dianteiras do monstro prendiam seus braços como pulseiras de aço. Ele não conseguia se soltar nem pegar a espada. Subia cada vez mais no vento gelado. Nem imaginava para onde o monstro o levava, mas tinha bastante certeza de que não iria gostar do lugar quando chegasse lá.

Ele gritou — sobretudo de frustração. E então algo passou assoviando por seu ouvido. Uma flecha surgiu no pescoço do monstro. A criatura gritou e o soltou.

Percy caiu, batendo em galhos de árvores, até tombar em um monte de neve. Ele gemeu, olhando para um pinheiro enorme que ele havia acabado de arrebentar.

Conseguiu se levantar. Não parecia ter quebrado nenhum osso. Frank, à sua esquerda, abatia as criaturas o mais rápido possível. Hazel estava atrás dele, golpeando com a espata qualquer monstro que se aproximasse, mas havia muitos cercando-os — pelo menos uma dúzia.

Percy sacou Contracorrente. Cortou a asa de um monstro, fazendo-o voar em espiral direto para uma árvore, e depois acertou outro, que se desfez em pó. Mas os abatidos começaram a se reconstituir imediatamente.

— O que são essas coisas? — gritou ele.

— Grifos! — respondeu Hazel. — Temos que afastá-los do trem!

Percy entendeu o que ela queria dizer. Os vagões tinham tombado, e os tetos, se estilhaçado. Os turistas cambaleavam de um lado para o outro, em estado de choque. Percy não avistou ninguém seriamente ferido, mas os grifos atacavam tudo que se mexia. A única coisa que os mantinha afastados dos mortais era um guerreiro cinzento de uniforme camuflado — o *spartus* de estimação de Frank.

Percy deu uma olhada em Frank e reparou que a lança dele havia desaparecido.

— Usou a última carga?

— É. — Frank abateu outro grifo no céu. — Tive que ajudar os mortais. A lança simplesmente se dissolveu.

Percy assentiu. Em parte estava aliviado. Não gostava do guerreiro-esqueleto. Mas também ficara decepcionado, pois agora dispunham de uma arma a menos. No entanto, não culpava o amigo. Frank fizera a coisa certa.

— Vamos levar a luta para outro lugar! — disse Percy. — Para longe dos trilhos!

Eles correram aos tropeços pela neve, batendo e cortando grifos que se recompunham sempre que eram mortos.

Percy nunca tivera uma experiência com grifos. Sempre os imaginara como animais grandes e nobres, como leões com asas, mas essas coisas mais pareciam animais cruéis que caçavam em bando — hienas voadoras.

A uns cinquenta metros dos trilhos, as árvores deram lugar a um terreno pantanoso descoberto. O solo era tão encharcado e frio que Percy tinha a impressão de que corria sobre plástico-bolha. As flechas de Frank estavam acabando. Hazel ofegava. Até os golpes de espada de Percy iam ficando mais lentos. Ele se deu conta de que só continuavam vivos porque os grifos não estavam *tentando* matá-los. Os monstros queriam pegá-los e carregá-los para algum lugar.

Talvez para seus ninhos, pensou Percy.

Então ele tropeçou em algo na grama alta: um círculo de sucata de metal do tamanho de um pneu de trator. Era um ninho de pássaro enorme — o ninho de um *grifo* —, com o fundo cheio de joias antigas, uma adaga de ouro imperial, um distintivo amassado de centurião e dois ovos do tamanho de abóboras que pareciam de ouro.

Percy pulou no ninho e encostou a ponta da espada em um dos ovos.

— Para trás ou eu quebro o ovo!

Os grifos grasnaram furiosos. Eles ficaram circulando o ninho e estalando o bico, mas não atacaram. Hazel e Frank juntaram-se a Percy, de costas uns para os outros, com armas em punho.

— Grifos reúnem ouro — disse Hazel. — São loucos por ouro. Vejam... há mais ninhos ali.

Frank encaixou a última flecha no arco.

— Então, se esses são os ninhos deles, para onde tentavam levar Percy? Aquela coisa estava carregando ele para longe daqui.

Os braços de Percy ainda latejavam por causa das garras do grifo.

— Alcioneu — presumiu. — Talvez estejam a serviço dele. Essas coisas têm inteligência suficiente para seguir ordens?

— Não sei — respondeu Hazel. — Nunca os enfrentei quando morava aqui. Só li a respeito deles no acampamento.

— Fraquezas? — perguntou Frank. — Por favor, diga que eles têm fraquezas.

Hazel fez uma careta.

— Cavalos. Eles odeiam cavalos... inimigos naturais, ou algo assim. Quem dera Arion estivesse aqui!

Os grifos gritaram e rodopiaram em volta do ninho com um brilho nos olhos vermelhos.

— Pessoal — disse Frank, nervoso. — Estou vendo relíquias da legião neste ninho.

— Eu sei — respondeu Percy.

— Isso significa que outros semideuses morreram aqui, ou...

— Frank, vai ficar tudo bem — prometeu Percy.

Um dos grifos mergulhou em direção a eles. Percy levantou a espada, pronto para cravá-la no ovo. O monstro recuou, mas os outros grifos estavam perdendo a paciência. Percy não conseguiria manter o impasse por muito mais tempo.

Ele deu uma olhada pelo terreno, tentando desesperadamente formular um plano. A uns quatrocentos metros dali, um gigante hiperbóreo estava sentando no pântano, usando um tronco de árvore quebrado para tirar calmamente a lama grudada entre os dedos do pé.

— Tenho uma ideia — falou Percy. — Hazel, esse ouro todo nos ninhos. Você acha que poderia criar uma distração com ele?

— A-acho que sim.

— Dê-nos algum tempo para que possamos nos adiantar. Quando eu disser *já*, corram até aquele gigante.

Frank o olhou boquiaberto.

— Você quer correr *na direção* de um gigante?

— Confie em mim — disse Percy. — Preparados? Já!

Hazel ergueu a mão. Objetos dourados de uma dúzia de ninhos espalhados pelo pântano foram lançados para o alto: joias, armas, moedas, pepitas de ouro e, mais importante que tudo, ovos de grifo. Os monstros gritaram e voaram atrás dos ovos, desesperados para salvá-los.

Percy e os amigos saíram correndo. Seus pés patinhavam pelo terreno pantanoso congelado. Percy corria a toda, mas podia ouvir os grifos se aproximando, e agora os monstros estavam *realmente* furiosos.

O gigante ainda não havia percebido a comoção. Olhara os dedos à procura de lama, com uma expressão sonolenta e pacífica no rosto e os bigodes brancos reluzindo com cristais de gelo. Em seu pescoço havia um colar de objetos achados — latas de lixo, portas de carro, chifres de alce, equipamentos de acampamento, até uma privada. Aparentemente, o gigante estivera fazendo uma faxina na natureza.

Percy odiava ter de incomodá-lo, principalmente porque isso significava que eles precisariam se abrigar sob as coxas do gigante, mas não havia muitas opções.

— Por baixo! — disse para os amigos. — Rastejem por baixo!

Eles se jogaram entre as pernas azuis imensas e deitaram na lama, rastejando o mais perto que podiam da tanga do gigante. Percy tentou respirar pela boca; aquele não era o esconderijo mais agradável do mundo.

— Qual é o plano? — cochichou Frank. — Sermos esmagados por um traseiro azul?

— Fiquem abaixados — ordenou Percy. — Só se mexam se necessário.

Os grifos chegaram em uma onda de garras, asas e bicos enraivecidos, enxameando em torno do gigante, tentando se enfiar por baixo das pernas dele.

O gigante ribombou surpreso e mudou de posição. Percy teve que rolar para não ser esmagado pelo enorme traseiro cabeludo dele. O hiperbóreo grunhiu, um pouco mais irritado. Tentou bater nos grifos, mas os monstros grasnaram, afrontados, e começaram a bicar as pernas e as mãos dele.

— Hã? — berrou o gigante. — Hã!

Ele respirou fundo e soltou um sopro de ar frio. Mesmo protegido embaixo das pernas do gigante, Percy pôde sentir a temperatura caindo. A gritaria dos grifos cessou de repente, substituída pelo *tum*, *tum*, *tum* de objetos pesados caindo na lama.

— Vamos — disse Percy aos amigos. — Com cuidado.

Eles se contorceram para sair de debaixo do gigante. Por todo o pântano, as árvores estavam cobertas de gelo. Uma enorme faixa do terreno tinha sido coberta por neve fresca. Havia grifos congelados enfiados no chão como picolés emplumados, com as asas ainda espalmadas, os bicos abertos, os olhos arregalados de surpresa.

Percy e seus amigos saíram às pressas, tentando evitar que o gigante os visse, mas o grandalhão estava ocupado demais para percebê-los. Ele tentava descobrir como amarrar um grifo congelado no colar.

— Percy... — disse Hazel, limpando o gelo e a lama do rosto. — Como você sabia que o gigante podia fazer aquilo?

— Uma vez eu quase fui atingido pelo sopro de um hiperbóreo — respondeu ele. — É melhor irmos andando. Os grifos não ficarão congelados para sempre.

XL

PERCY

Eles seguiram por terra durante cerca de uma hora, sempre de olho na ferrovia, mas permanecendo sob a cobertura das árvores o máximo possível. Em uma ocasião, ouviram um helicóptero voando na direção do trem acidentado. Em duas, ouviram grifos gritando, mas eles pareciam muito distantes.

Pelos cálculos de Percy, devia ser mais ou menos meia-noite quando o sol finalmente se pôs. O clima esfriou na floresta. O céu estava tão estrelado que Percy se sentiu tentado a parar e ficar olhando embasbacado para o alto. Então a aurora boreal pipocou. A visão lembrava o fogão a gás da mãe de Percy quando ela deixava o fogo baixo: ondas de chamas azuis fantasmagóricas se agitando de um lado para o outro.

— É incrível! — comentou Frank.

— Ursos — indicou Hazel. De fato, dois ursos-pardos caminhavam lentamente pela campina a algumas dezenas de metros deles, com o pelo espesso brilhando à luz das estrelas. — Eles não vão nos incomodar — garantiu Hazel. — Só precisamos deixá-los quietos.

Percy e Frank não discutiram.

Enquanto seguiam, Percy pensava sobre todos os lugares loucos que vira. Nenhum deles o deixara tão atônito quanto o Alasca. Ele entendia por que aquela era uma terra além do alcance dos deuses. Tudo ali era bruto e selvagem. Não havia regras, profecias, destinos, apenas a natureza crua e um monte de animais e monstros. Mortais e semideuses vinham aqui por sua própria conta e risco.

Percy se perguntou se era isso o que Gaia queria: que o mundo inteiro fosse assim. E perguntou-se também se isso seria tão ruim.

Então ele deixou o pensamento de lado. Gaia não era uma deusa bondosa. Percy ouvira o que ela pretendia fazer. Ela não era a Mãe Terra típica de um conto de fadas. Era violenta e vingativa. Se algum dia acordasse completamente, destruiria a civilização humana.

Depois de mais algumas horas, eles depararam com um minúsculo vilarejo entre a ferrovia e uma estrada de duas pistas. A placa no limite da cidade dizia: PASSAGEM DO ALCE. De pé ao lado da placa, havia um alce de verdade. Por um segundo Percy achou que fosse uma estátua usada para publicidade. Mas o animal saiu aos saltos para a floresta.

Os três passaram por algumas casas, um posto dos correios e alguns *trailers*. Tudo estava escuro e fechado. Do outro lado da cidadezinha, havia uma loja com uma mesa de armar e uma bomba antiga de gasolina na frente.

A loja exibia uma placa pintada à mão em que se lia: POSTO PASSAGEM DO ALCE.

Por um acordo tácito, os três se deixaram cair à mesa. Os pés de Percy pareciam blocos de gelo — blocos de gelo muito *doloridos*. Hazel apoiou a cabeça nas mãos e apagou, roncando. Frank pegou seus últimos refrigerantes e algumas barras de granola da viagem de trem e os dividiu com Percy.

Os dois comeram em silêncio, observando as estrelas, até que Frank disse:

— Aquela hora você falou sério mesmo?

Percy olhou para ele do outro lado da mesa.

— Sobre o quê?

À luz das estrelas, o rosto de Frank parecia de alabastro, como uma estátua romana antiga.

— Sobre... ter orgulho de sermos parentes.

Percy bateu sua barrinha de granola na mesa.

— Bem, vamos ver. Você sozinho liquidou três basiliscos enquanto eu bebia chá verde com gérmen de trigo. Segurou um exército de lestrigões para que nosso avião pudesse decolar em Vancouver. Salvou minha vida ao abater aquele grifo.

E abriu mão de sua última carga daquela lança mágica para ajudar alguns mortais indefesos. Você é, sem sombra de dúvida, o filho mais legal do deus da guerra que já conheci... talvez o *único* legal. Então, o que acha?

Frank ergueu os olhos para a aurora boreal, ainda acesa em fogo baixo pelas estrelas.

— É só que... eu deveria ser o encarregado desta missão, o centurião e tal. Mas tenho a sensação de que vocês tiveram que me carregar.

— Não é verdade — respondeu Percy.

— Eu supostamente tenho uns poderes que ainda não descobri como usar — desabafou Frank, com amargura. — Agora não tenho lança e estou quase sem flechas. E... estou com medo.

— Eu ficaria preocupado se você não estivesse. Todos nós estamos com medo.

— Mas o Festival de Fortuna é... — Frank pensou um pouco. — Já passa da meia-noite, não é? Isso significa que hoje é dia vinte e quatro de junho. O festival começa hoje depois do pôr do sol. Temos que chegar à Geleira Hubbard, vencer um gigante que é invencível no território dele e voltar para o Acampamento Júpiter antes que ele seja arrasado... tudo em menos de dezoito horas.

— E, quando libertarmos Tânatos — continuou Percy —, talvez ele reivindique sua vida. E a de Hazel. Acredite, tenho pensado nisso tudo.

Frank olhou para Hazel, ainda roncando de leve. O rosto dela estava enterrado sob uma massa de cabelos castanhos encaracolados.

— Ela é minha melhor amiga — falou Frank. — Perdi minha mãe, minha avó... Não posso perdê-la também.

Percy pensou em sua antiga vida: a mãe em Nova York, o Acampamento Meio-Sangue, Annabeth. Ele perdera tudo aquilo por oito meses. Mesmo agora, com a memória voltando... Percy nunca estivera tão longe de casa. Fora até o Mundo Inferior e voltara. Enfrentara a morte dezenas de vezes. Mas, sentado ali àquela mesa, a milhares de quilômetros de casa, além do alcance do poder do Olimpo, ele nunca estivera tão sozinho — exceto por Hazel e Frank.

— Não vou perder nenhum de vocês — prometeu. — Não vou deixar isso acontecer. E, Frank, você *é* um líder. Hazel diria o mesmo. Precisamos de você.

Frank baixou a cabeça. Parecia perdido em pensamentos. Finalmente, inclinou-se para a frente até bater com a cabeça na mesa de piquenique. E começou a roncar em compasso com Hazel.

Percy suspirou.

— Mais um discurso inspirador de Jackson — disse a si mesmo. — Descanse, Frank. Temos um dia cheio à nossa frente.

Ao amanhecer, a loja abriu. O proprietário ficou um pouco surpreso ao encontrar três adolescentes estatelados em sua mesa, mas, quando Percy explicou que eles haviam escapado do trem acidentado da noite anterior, o sujeito apiedou-se e lhes ofereceu o café da manhã. Ele ligou para um amigo, um nativo inuíte que tinha uma cabana perto de Seward. Logo o trio estava na estrada, em uma picape Ford barulhenta caindo aos pedaços que havia sido nova quando Hazel nasceu.

Hazel e Frank sentaram-se no banco traseiro. Percy foi na frente com o velho enrugado que cheirava a salmão defumado. Ele contou histórias sobre Urso e Corvo, os deuses inuítes, e tudo em que Percy conseguia pensar era que não queria encontrá-los. Tinha já inimigos suficientes.

A picape quebrou alguns quilômetros antes de chegarem a Seward. O motorista não pareceu surpreso, como se isso lhe acontecesse várias vezes por dia. Disse que podiam esperar até ele consertar o motor, mas, como Seward ficava a apenas uns poucos quilômetros, os três resolveram ir andando.

No meio da manhã eles subiram uma elevação na estrada e viram uma pequena baía cercada por montanhas. A cidade era um crescente estreito à margem direita, com píeres projetando-se para dentro da água e um navio de cruzeiro no porto.

Percy estremeceu. Tivera péssimas experiências com navios de cruzeiro.

— Seward — disse Hazel. Não parecia feliz em rever seu antigo lar.

Eles já haviam perdido muito tempo, e Percy não gostava da velocidade com que o sol subia. A estrada contornava a encosta do morro, mas parecia que eles podiam chegar à cidade mais rápido cruzando a campina.

Percy saiu da estrada.

— Vamos.

O chão era mole, mas ele não deu atenção a esse fato até Hazel gritar:

— Percy, não!

Seu passo seguinte atravessou o chão. Ele afundou como uma pedra até que a terra se fechou sobre sua cabeça — e o engoliu.

XLI

HAZEL

— SEU ARCO! — GRITOU HAZEL.

Frank não fez perguntas. Ele largou a mochila no chão e tirou o arco do ombro.

O coração de Hazel estava disparado. Ela não pensava naquele terreno pantanoso — *muskeg* — desde antes de sua morte. Agora, tarde demais, lembrou-se dos avisos urgentes que havia recebido dos moradores locais. Charco lodoso e plantas em decomposição faziam a superfície parecer completamente sólida, mas era ainda pior que areia movediça. Podia ter mais de seis metros de profundidade, e era impossível escapar dela.

Hazel tentou não pensar no que aconteceria se aquela área fosse mais profunda que o comprimento do arco.

— Segure uma ponta — disse ela a Frank. — Não solte.

Então agarrou a outra ponta, respirou fundo e pulou no charco. A terra se fechou sobre sua cabeça.

Instantaneamente, Hazel viu-se presa em uma lembrança.

Agora não!, ela queria gritar. *Ella disse que eu não teria mais blecautes!*

Ah, minha querida, disse a voz de Gaia, *mas este não é um de seus blecautes. Este é um presente meu.*

Hazel estava de volta a Nova Orleans. Ela e a mãe encontravam-se sentadas no parque perto do apartamento onde moravam, fazendo um piquenique no café da manhã. Ela lembrava-se desse dia. Tinha sete anos. A mãe acabara de vender a primeira pedra preciosa de Hazel: um pequeno diamante. Ainda não tinham se dado conta da maldição da menina.

Queen Marie estava de excelente humor. Havia comprado suco de laranja para Hazel e champanhe para si mesma, e pães doces com chocolate granulado e açúcar de confeiteiro. Ela havia comprado até mesmo uma caixa nova de lápis de cor e um bloco de desenho para Hazel. Estavam sentadas juntas, Queen Marie assoviando alegremente enquanto Hazel desenhava.

O bairro francês despertava à volta delas, pronto para o Mardi Gras. Bandas de jazz ensaiavam. Balsas eram decoradas com flores recém-colhidas. Crianças riam e corriam umas atrás das outras, enfeitadas com tantos colares coloridos que mal conseguiam andar. O nascer do sol deixava o céu dourado e vermelho, e o ar quente e úmido recendia a magnólias e rosas.

Tinha sido a manhã mais feliz da vida de Hazel.

— Você poderia ficar aqui — disse a mãe. Ela sorria, mas seus olhos eram totalmente brancos. A voz era de Gaia.

— Isto é falso — rebateu Hazel.

Ela tentou se levantar, mas a grama macia a deixava preguiçosa e sonolenta. O cheiro de pão fresco e chocolate derretido era intoxicante. Era uma manhã de Mardi Gras, e o mundo parecia cheio de possibilidades. Hazel podia quase acreditar que tinha um futuro maravilhoso.

— O que é real — perguntou Gaia, falando através do rosto de Queen Marie. — Sua segunda vida é *real*, Hazel? Você deveria estar morta. É *real* você estar afundando em um charco, sufocando?

— Deixe-me ajudar meu amigo!

Hazel tentou se obrigar a voltar à realidade. Ela podia imaginar sua mão agarrada na ponta do arco, mas até mesmo essa sensação começava a parecer distante. O aperto de sua mão estava relaxando. O cheiro de magnólias e rosas era irresistível.

Sua mãe lhe ofereceu um pão doce.

Não, Hazel pensou. Esta não é minha mãe. Esta é Gaia me enganando.

— Você quer sua antiga vida de volta — falou Gaia. — Posso lhe dar isso. Este momento pode durar anos. Você pode crescer em Nova Orleans e ser adorada por sua mãe. Nunca terá que lidar com o fardo de sua maldição. Pode ficar com Sammy...

— É uma ilusão! — disse Hazel, sufocando com o aroma doce das flores.

— *Você* é uma ilusão, Hazel Levesque. Só voltou à vida porque os deuses têm uma tarefa para você. Posso tê-la usado, mas Nico a usou *e* mentiu a respeito disso. Você deveria ficar feliz por eu tê-lo capturado.

— Capturado? — Uma sensação de pânico cresceu no peito de Hazel. — Como assim?

Gaia sorriu, bebericando seu champanhe.

— O garoto deveria ter pensado melhor antes de procurar as Portas. Mas não importa... não é mesmo problema seu. Quando você libertar Tânatos, será lançada de volta ao Mundo Inferior para apodrecer eternamente. Frank e Percy não vão impedir isso. Amigos *de verdade* pediriam que você abrisse mão de sua vida? Diga-me quem está mentindo e quem está falando a verdade.

Hazel começou a chorar. A amargura cresceu dentro dela. Já perdera a vida uma vez. Não queria morrer de novo.

— É isso mesmo — ronronou Gaia. — Você estava destinada a se casar com Sammy. Sabe o que aconteceu com ele depois que você morreu no Alasca? Ele cresceu e se mudou para o Texas. Casou-se e constituiu uma família. Mas nunca a esqueceu. Sempre se perguntou por que você desapareceu. Agora está morto... um ataque cardíaco na década de 1960. A vida que vocês poderiam ter tido juntos sempre o perseguiu.

— Pare! — gritou Hazel. — *Você* tirou isso de mim!

— E você pode ter tudo de novo — ofereceu Gaia. — Você está em meus braços, Hazel. Vai morrer de qualquer forma. Se desistir, pelo menos posso fazer com que seja agradável para você. Esqueça a ideia de salvar Percy Jackson. Ele me pertence. Vou mantê-lo em segurança na terra até estar pronta para usá-lo. Você pode ter uma vida inteira em seus momentos finais... pode crescer, casar-se com Sammy. Tudo o que precisa fazer é desistir.

Hazel apertou a mão em torno do arco. Abaixo dela, algo segurou seus tornozelos, mas ela não entrou em pânico. Ela *sabia* que era Percy, sufocando, agarrando-se desesperadamente a uma chance de viver.

Hazel fuzilou a deusa com o olhar.

— Nunca vou cooperar com você! DEIXE-NOS... IR!

O rosto de sua mãe se dissolveu. A manhã de Nova Orleans dissipou-se na escuridão. Hazel estava se afogando em lama, com uma das mãos segurando o arco e Percy agarrado a seus tornozelos, em uma escuridão profunda. Ela sacudiu a ponta do arco freneticamente. Frank a puxou para cima com tamanha força que Hazel quase deslocou o braço.

Quando abriu os olhos, estava deitada na grama, coberta de sujeira. Percy estava esparramado a seus pés, tossindo e cuspindo lama.

Frank andava em torno deles, gritando:

— Ah, meus deuses! Ah, meus deuses! Ah, meus deuses!

Ele puxou algumas roupas extras de sua mochila e começou a limpar o rosto de Hazel, mas não adiantou muita coisa. Então arrastou Percy para longe do *muskeg*.

— Vocês ficaram lá embaixo tanto tempo! — berrou Frank. — Achei que não... ah, meus deuses, *nunca* mais façam algo assim de novo!

Ele envolveu Hazel em um abraço de urso.

— Não consigo... respirar — disse ela, asfixiando.

— Desculpe!

Frank voltou a limpá-los e fazer um escarcéu. Finalmente conseguiu levá-los para o acostamento da estrada, onde os dois se sentaram, trêmulos, cuspindo torrões de lama.

Hazel não sentia as mãos. Não tinha certeza se era de frio ou choque, mas conseguiu explicar sobre o *muskeg* e a visão que tivera enquanto estava lá embaixo. Não a parte sobre Sammy — aquilo ainda era doloroso demais para dizer em voz alta —, mas contou-lhes sobre Gaia ter oferecido uma vida falsa e afirmado que capturara o irmão dela, Nico. Hazel não queria guardar aquilo para si. Temia ser dominada pelo desespero.

Percy esfregava os ombros. Seus lábios estavam azuis.

— Você... você me salvou, Hazel. Vamos descobrir o que aconteceu com Nico, prometo.

Hazel estreitou os olhos por causa do sol, que agora ia alto no céu. O calor era agradável, mas não a fazia parar de tremer.

— Não parece que Gaia nos deixou escapar fácil demais?

Percy arrancou um torrão de lama do cabelo.

— Talvez ela ainda queira nos usar como peões. Talvez só tenha falado coisas para confundir você.

— Ela sabia o que dizer — concordou Hazel. — Sabia como me atingir.

Frank pôs a jaqueta nos ombros dela.

— Esta vida *é* real. Você sabe disso, certo? Não vamos deixar você morrer de novo.

Seu tom era muito determinado. Hazel não queria discutir, mas não via como Frank poderia deter a Morte. Ela apertou o bolso do casaco, onde o pedaço de lenha semiqueimado de Frank continuava embrulhado em segurança. Ela se perguntou o que teria acontecido se ela houvesse ficado no fundo da lama para sempre. Talvez isso o salvasse. O fogo jamais poderia atingir a madeira lá embaixo.

Ela teria feito qualquer sacrifício para garantir a segurança de Frank. Talvez antes não sentisse isso com tanta força, mas Frank havia lhe confiado a própria vida. Ele acreditava nela. Hazel não podia suportar a ideia de que ele sofresse algum mal.

Ela olhou para o sol que subia no céu... O tempo estava se esgotando. Ela pensou em Hylla, a rainha das amazonas em Seattle. Àquela altura, Hylla já devia ter duelado com Otrera duas noites seguidas, considerando-se que houvesse sobrevivido. Ela contava com Hazel para libertar a Morte.

Hazel conseguiu se levantar. O vento que vinha da Baía Resurrection era tão frio quanto ela lembrava.

— É melhor irmos andando. Estamos perdendo tempo.

Percy olhou para a estrada. Seus lábios recuperavam a cor normal.

— Tem um hotel ou algo do tipo onde a gente possa se lavar? Quer dizer... Hotéis que aceitem gente coberta de lama?

— Não sei — admitiu Hazel.

Ela olhou a cidade lá embaixo e não pôde acreditar no quanto o lugar havia crescido desde 1942. O porto principal tinha se deslocado para leste à medida que a cidade se expandia. A maior parte dos edifícios era nova para Hazel, mas a disposição das ruas do centro parecia familiar. Ela achou que reconhecia alguns armazéns ao longo da margem.

— Talvez eu conheça um lugar onde poderemos nos limpar.

XLII

HAZEL

QUANDO ENTRARAM NA CIDADE, HAZEL seguiu a mesma rota que usara setenta anos antes — na última noite de sua vida, quando voltara das colinas e não encontrara a mãe.

Ela guiou os amigos pela Terceira Avenida. A estação ferroviária ainda se encontrava lá. O edifício grande e branco de dois andares do Seward Hotel ainda estava aberto, embora tivesse crescido e agora fosse duas vezes maior. Pensaram em parar ali, mas Hazel achou que não seria uma boa ideia perambular pelo saguão cobertos de lama; nem que o hotel daria um quarto para três menores de idade.

Em vez disso, eles se viraram na direção do mar. Hazel não podia acreditar, mas sua antiga casa continuava lá, inclinada na água, apoiada em estacas cobertas de cracas. O telhado estava vergado. As paredes tinham sido perfuradas pelo que pareciam tiros de chumbo grosso. A porta estava fechada por tábuas, e havia uma placa pintada à mão: ~~VAGAS — DEPÓSITO~~ — DISPONÍVEL.

— Venham — disse ela.

— Hum, tem certeza de que é seguro? — perguntou Frank.

Hazel encontrou uma janela aberta e entrou. Os amigos a seguiram. O lugar não era usado havia muito tempo. Os pés deles levantaram poeira que rodopiava nos feixes de luz que entravam pelos buracos de tiro. Havia caixas de papelão mofadas empilhadas ao longo das paredes. Suas etiquetas desbotadas diziam:

Cartões, Ocasiões Variadas. Hazel não imaginava por que havia centenas de caixas de cartões apodrecendo em um armazém no Alasca, mas aquilo parecia uma piada cruel: como se os cartões fossem por todos os feriados que ela nunca pôde celebrar — décadas de Natais, Páscoas, aniversários, Dias dos Namorados.

— Pelo menos está mais quente aqui dentro — observou Frank. — Acho que não tem água encanada, não é? Talvez eu possa ir comprar alguma coisa. Não estou tão sujo de lama quanto vocês dois. Poderia arrumar algumas roupas para nós.

Hazel só ouvia parte do que ele dizia.

Ela subiu em uma pilha de caixas no canto onde ficava seu colchão. Uma placa antiga estava encostada na parede: SUPRIMENTOS DE PROSPECÇÃO DE OURO. Hazel pensou que encontraria uma parede nua atrás da placa, mas quando a removeu, a maior parte de suas fotos e desenhos ainda se encontrava presa ali. A placa devia tê-los protegido da luz do sol e das variações do clima. Eles pareciam não ter envelhecido. Seus desenhos de giz de cera de Nova Orleans pareciam tão infantis! Ela havia feito aquilo mesmo? A mãe a encarava em uma das fotografias, sorrindo diante da placa comercial dela: TALISMÃS DE QUEEN MARIE — AMULETO COMPRADO, FUTURO NARRADO.

Ao lado dessa havia uma foto de Sammy na quermesse. Ele estava congelado no tempo, com seu sorriso louco, os cabelos pretos encaracolados e aqueles olhos lindos. Se Gaia estivesse falando a verdade, Sammy devia estar morto havia mais de quarenta anos. Será que ele se lembrara mesmo de Hazel todo aquele tempo? Ou teria se esquecido da garota estranha com quem costumava andar a cavalo — a garota que dividira um beijo e um bolinho de aniversário com ele antes de desaparecer para sempre?

Os dedos de Frank passaram em cima da foto.

— Quem...? — Ele viu que a menina chorava e engoliu a pergunta. — Desculpe, Hazel. Isso deve ser muito difícil. Você quer um tempo...

— Não — respondeu ela em voz baixa. — Não, está tudo bem.

— Essa é sua mãe? — Percy apontou para a foto de Queen Marie. — Ela se parece com você. É bonita.

Em seguida Percy analisou a foto de Sammy.

— Quem é este?

Hazel não entendeu por que ele parecia tão espantado.

— É... é Sammy. Ele era meu... hum... amigo de Nova Orleans.

Ela se forçou a não olhar para Frank.

— Eu já o vi antes — falou Percy.

— Impossível — replicou Hazel. — Isso foi em 1941. Ele... ele provavelmente já morreu.

Percy franziu a testa.

— É, acho que sim. Ainda assim...

Ele sacudiu a cabeça, como se a ideia fosse desagradável demais.

Frank pigarreou.

— Olhem, passamos por uma loja na última quadra. Ainda temos algum dinheiro. Talvez eu devesse ir comprar comida e roupas para vocês e... não sei... umas cem caixas de lenços umedecidos ou algo do tipo?

Hazel colocou a placa de prospecção de ouro de volta por cima de suas lembranças. Sentia-se culpada só de olhar para aquela foto velha de Sammy com Frank tentando ser tão gentil e compreensivo. Não adiantava nada pensar em sua antiga vida.

— Seria ótimo — concordou ela. — Você é um anjo, Frank.

As tábuas do assoalho rangeram sob os pés dele.

— Bem... sou único que não está completamente coberto de lama mesmo. Volto logo.

Depois que ele se foi, Percy e Hazel montaram um acampamento temporário. Tiraram os casacos e tentaram limpar a lama. Encontraram alguns cobertores velhos em um caixote e os usaram para se limpar. Descobriram que as caixas de cartões formavam lugares muito bons para descansar se fossem dispostos como colchões.

Percy pousou a espada no chão, onde ela brilhou com uma luz pálida cor de bronze. Ele então estendeu-se em uma cama de *Feliz Natal 1982*.

— Obrigado por me salvar — disse. — Eu devia ter falado isso antes.

Hazel deu de ombros.

— Você teria feito o mesmo por mim.

— É — concordou Percy. — Mas quando eu estava lá na lama, lembrei-me daquele verso da profecia de Ella... sobre o filho de Netuno se afogando. Eu pensei: "Era isso o que ela queria dizer. Estou me afogando na terra." Eu tinha certeza de que estava morto.

Sua voz falhou, como no primeiro dia dele no Acampamento Júpiter, quando Hazel lhe mostrara o templo de Netuno. Naquela ocasião ela havia se perguntado se Percy seria a solução para seus problemas: o descendente de Netuno que Plutão prometera que um dia suspenderia sua maldição. Percy parecera tão intimidador e poderoso, como um verdadeiro herói.

Só que agora ela sabia que Frank também era descendente de Netuno. Frank não era o herói de aparência mais impressionante do mundo, mas confiara a ela a própria vida. Esforçava-se muito para protegê-la. Mesmo sua falta de jeito era encantadora.

Hazel nunca se sentira tão confusa — e, como ela passara a vida inteira confusa, isso queria dizer muito.

— Percy — disse —, aquela profecia podia não estar completa. Frank achou que Ella estava se lembrando de uma página queimada. Talvez você afogue outra pessoa.

Ele a olhou com cautela.

— Você acha?

Hazel sentia-se estranha tranquilizando-o. Ele era tão mais velho, e mais controlado! No entanto, ela assentiu, confiante.

— Você vai conseguir voltar para casa. Vai ver sua namorada, Annabeth.

— Você também vai voltar, Hazel — insistiu ele. — Não vamos deixar que nada aconteça com você. É valiosa demais para mim, para o acampamento e especialmente para Frank.

Hazel apanhou um cartão antigo de Dia dos Namorados. O papel branco rendado se desfez em suas mãos.

— Eu não pertenço a este século. Nico só me trouxe de volta para que eu pudesse corrigir meus erros e talvez ir para o Elísio.

— Seu destino não é só isso — respondeu ele. — É para nós enfrentarmos Gaia juntos. Vou precisar de você a meu lado por mais tempo do que hoje. E Frank... dá para ver que o cara é louco por você. Vale a pena lutar por essa vida, Hazel.

Ela fechou os olhos.

— Por favor, não me dê esperanças. Eu não posso...

A janela se abriu com um rangido. Frank entrou, segurando triunfante algumas sacolas de compra.

— Sucesso!

Ele exibiu seus troféus. Em uma loja de caça, havia comprado uma nova aljava com flechas, um pouco de comida e um rolo de corda.

— Para a próxima vez em que encontrarmos *muskeg* — disse.

Em uma loja de suvenires, comprara três conjuntos de roupas novas, algumas toalhas, sabonete, água mineral e, sim, uma caixa imensa de lenços umedecidos. Não era exatamente um chuveiro quente, mas Hazel se abaixou atrás de uma parede de caixas de cartões para se limpar e trocar de roupa. Logo se sentia muito melhor.

Este é seu último dia, lembrou a si mesma. *Não se acomode.*

O Festival de Fortuna — supostamente, toda a sorte, ou azar, que eles tivessem nesse dia seria um presságio de todo o ano por vir. De uma maneira ou de outra, a missão terminaria naquela noite.

Hazel enfiou o pedaço de madeira no bolso do casaco novo. De alguma forma, ela precisaria garantir que aquilo permanecesse em segurança, independentemente do que acontecesse com ela. A menina podia suportar a própria morte contanto que os amigos sobrevivessem.

— Bem — disse ela. — Agora arranjamos um barco para a Geleira Hubbard.

Hazel tentou parecer confiante, mas não era fácil. Queria que Arion ainda estivesse com ela. Preferiria sair para a batalha montada naquele lindo cavalo. Desde que haviam deixado Vancouver, ela vinha chamando-o em seus pensamentos, na esperança de que ele a ouvisse e viesse a seu encontro, mas isso era só otimismo.

Frank deu tapinhas na própria barriga.

— Se vamos lutar até a morte, quero almoçar primeiro. Encontrei o lugar perfeito.

Frank os levou até um centro comercial perto do cais, onde um vagão antigo de trem fora transformado em restaurante. Hazel não se lembrava daquele lugar nos anos 1940, mas a comida tinha um cheiro incrível.

Enquanto Frank e Percy faziam o pedido, ela andou até o píer e fez algumas perguntas. Quando voltou, precisava de ânimo. Mas nem o *cheeseburger* com fritas ajudou.

— Temos problemas — declarou ela. — Tentei conseguir um barco. Mas... calculei mal.

— Não há barcos? — perguntou Frank.

— Ah, o barco eu posso conseguir — respondeu Hazel. — Mas a geleira é mais longe do que pensei. Mesmo à velocidade máxima, não chegaríamos lá antes de amanhã de manhã.

Percy empalideceu.

— Talvez eu possa fazer o barco ir mais rápido?

— Mesmo que você pudesse — disse Hazel —, pelo que os capitães me disseram, é perigoso... *icebergs*, labirintos de canais. Você teria que saber o caminho.

— Um avião? — perguntou Frank.

Hazel sacudiu a cabeça.

— Perguntei aos capitães dos barcos sobre isso. Eles disseram que podemos tentar, mas o aeródromo daqui é minúsculo. Seria preciso fretar o avião com duas ou três semanas de antecedência.

Depois disso, eles comeram em silêncio. O *cheeseburger* estava excelente, mas Hazel não conseguia se concentrar nele. Tinha dado umas três mordidas quando um corvo se empoleirou no poste de fios de telefone acima deles e começou a grasnar.

Hazel estremeceu. Temeu que ele fosse falar com ela como o outro corvo, tantos anos antes. *A última noite. Esta noite.* Ela se perguntou se corvos sempre apareciam para filhos de Plutão prestes a morrer. Esperava que Nico ainda estivesse vivo e que Gaia houvesse apenas mentido para perturbá-la. Mas Hazel tinha um mau pressentimento de que a deusa falara a verdade.

Nico lhe dissera que iria procurar as Portas da Morte pelo outro lado. Se tivesse sido capturado pelas forças de Gaia, Hazel talvez tivesse perdido a única família que lhe restava.

Ela fitou o *cheeseburger*.

De repente, o crocitar do corvo mudou para um grito estrangulado.

Frank levantou-se tão rápido que quase virou a mesa. Percy sacou a espada.

Hazel seguiu o olhar dos dois. Empoleirado no alto do poste, onde antes estivera o corvo, um grifo gordo e feio os encarava. Ele arrotou, e penas de corvo flutuaram de seu bico.

Hazel pôs-se de pé e desembainhou a espata.

Frank preparou uma flecha. Fez mira, mas o grifo gritou tão alto que o som ecoou nas montanhas. Frank se retraiu e a flecha passou longe.

— Acho que isso foi um pedido de ajuda — advertiu Percy. — Temos que dar o fora daqui.

Sem nenhum plano definido, eles correram para as docas. O grifo mergulhou atrás deles. Percy tentou golpeá-lo com a espada, mas o monstro recuou.

Eles subiram os degraus para o píer mais próximo e correram até o final. O grifo mergulhou na direção deles, com as garras dianteiras estendidas para o bote. Hazel ergueu a espata, mas uma parede gelada de água atingiu o grifo de lado e o atirou na baía. O monstro grasnou e bateu as asas. Conseguiu subir no píer, onde sacudiu o pelo negro como um cachorro molhado.

Frank grunhiu.

— Boa, Percy!

— É — respondeu ele. — Não sabia se ainda podia fazer isso no Alasca. Mas temos notícias ruins... olhem ali.

A menos de dois quilômetros de distância, acima das montanhas, uma nuvem negra se agitava: um bando inteiro de grifos, no mínimo dezenas. De forma alguma os três conseguiriam enfrentar tantos, e nenhum barco poderia levá-los dali rápido o bastante.

Frank encaixou outra flecha.

— Não vou ser derrotado sem lutar.

Percy ergueu Contracorrente.

— Estou com você.

Nesse momento Hazel ouviu um som ao longe — como o relincho de um cavalo. Ela devia estar imaginando, mas gritou, desesperada:

— Arion! Aqui!

Um borrão castanho veio rasgando a rua e subiu no píer. O garanhão materializou-se bem atrás do grifo, ergueu as patas dianteiras e esmagou o monstro, transformando-o em pó.

Hazel nunca sentira tamanha felicidade em toda a sua vida.

— Bom cavalo! *Muito* bom *mesmo!*

Frank recuou e quase caiu do píer.

— Como...?

— Ele me seguiu! — respondeu ela, radiante. — Porque ele é o melhor... cavalo... DO MUNDO! Agora, subam!

— Nós três? — perguntou Percy. — Será que ele consegue?

Arion relinchou, indignado.

— Está bem, não precisa ser grosseiro — disse Percy. — Vamos.

Eles subiram, Hazel à frente e Frank e Percy equilibrando-se precariamente atrás dela. Frank abraçou a cintura de Hazel, e ela pensou que, se esse fosse seu último dia na Terra, essa não era uma maneira tão ruim de partir.

— Corra, Arion! — gritou ela. — Para a Geleira Hubbard!

O cavalo disparou pela água, os cascos transformando a superfície do mar em vapor.

XLIII

HAZEL

Cavalgando Arion, Hazel se sentia poderosa, invencível, no controle absoluto — uma combinação perfeita de cavalo e ser humano. Ela ficou imaginando se seria assim a vida de um centauro.

Os capitães de barcos de Seward tinham alertado que a Geleira Hubbard ficava a trezentas milhas náuticas de distância, uma jornada difícil e perigosa, mas Arion não teve nenhum problema. Ele correu sobre a água à velocidade do som, aquecendo o ar em torno deles de modo que Hazel nem sentiu o frio. A pé, ela jamais teria se sentido tão corajosa. Montada, mal podia esperar para pular no meio da batalha.

Frank e Percy não pareciam tão felizes assim. Quando Hazel se virou para vê-los, os dois estavam com os dentes cerrados e os olhos esbugalhados quicando com a cabeça. As bochechas de Frank sacudiam com a velocidade. Percy era o último e se segurava com força, tentando desesperadamente não escorregar do traseiro do cavalo. Hazel torcia para que isso não acontecesse. Da maneira como Arion se movia, ela talvez levasse uns oitenta ou cem quilômetros até perceber que Percy não estava mais lá.

Eles correram por estreitos gelados, fiordes azuis e precipícios que lançavam cascatas no mar. Arion saltou por cima de uma baleia jubarte que rompia a superfície da água e continuou galopando, afugentando um bando de focas em um *iceberg*.

Parecia que haviam se passado apenas minutos quando eles entraram zunindo em uma baía estreita. A água ganhou a consistência de raspas de gelo em um xarope azul e viscoso. Arion parou em uma laje azul-turquesa congelada.

A uns oitocentos metros de distância encontrava-se a Geleira Hubbard. Nem mesmo Hazel, que já havia visto geleiras antes, conseguia processar muito bem o que via. Montanhas nevadas roxas se estendiam em ambas as direções, com nuvens flutuando à sua volta como se fossem cintos fofinhos. Em um vale imenso entre os dois picos maiores, uma parede irregular de gelo se elevava do mar, enchendo toda a garganta. A geleira era azul e branca com veios negros, de modo que parecia um monte de neve suja acumulada na calçada após a passagem de um limpa-neve, só que quatro milhões de vezes maior.

Assim que Arion parou, Hazel sentiu a temperatura cair. Aquele gelo todo lançava ondas de frio, transformando a baía na maior geladeira do mundo. O mais sinistro de tudo era um som semelhante a trovões que se espalhava pela água.

— O que *é* aquilo? — Frank olhou para as nuvens acima da geleira. — Uma tempestade?

— Não — respondeu Hazel. — É gelo rachando e mudando de lugar. Milhões de toneladas de gelo.

— Você está dizendo que aquilo ali está se quebrando? — perguntou Frank.

Como se tivesse sido combinado, uma camada de gelo silenciosamente desprendeu-se da lateral da geleira e despencou no mar, lançando água e estilhaços congelados a muitos metros de altura. Um milissegundo depois, o som os alcançou — um BUM quase tão estrondoso quanto Arion quebrando a barreira do som.

— Não podemos nos aproximar daquilo! — falou Frank.

— Precisamos — afirmou Percy. — O gigante está lá no topo.

Arion relinchou baixinho.

— Caramba, Hazel — disse Percy —, peça para esse seu cavalo maneirar a boca suja.

Hazel tentou não rir.

— O que foi que ele disse?

— Tirando os palavrões? Disse que pode nos levar até o topo.

Frank parecia incrédulo.

— Achei que o cavalo não podia voar!

Dessa vez Arion relinchou tão furioso que até Hazel pôde deduzir que ele praguejava.

— Cara — falou Percy ao cavalo —, já fui suspenso por falar menos que isso. Hazel, ele promete que você vai ver o que ele pode fazer assim que você der o sinal verde.

— Hum, segurem-se, então, rapazes — disse Hazel, nervosa. — Arion, avante!

Arion disparou na direção da geleira como um foguete desgovernado, galopando em alta velocidade pela neve parcialmente derretida como se estivesse desafiando a montanha de gelo a não sair da frente.

O ar ficou mais frio. O ruído do gelo se rachando ficou mais alto. À medida que Arion diminuía a distância, a geleira avultava-se tão imensa que Hazel sentiu vertigem só de tentar enxergá-la por inteiro. A lateral era coberta de fendas e cavernas, com arestas irregulares que pareciam lâminas de machado. Havia pedaços se desprendendo constantemente — alguns menores que bolas de neve, outros do tamanho de casas.

Quando estavam a uns cinquenta metros da base, um trovão chocalhou os ossos de Hazel, e uma cortina de gelo que teria coberto o Acampamento Júpiter se soltou e caiu na direção deles.

— Cuidado! — gritou Frank, o que Hazel achou um tanto desnecessário.

Arion estava vários passos à frente dele. Em um arranque de velocidade, o cavalo ziguezagueou em meio aos fragmentos, saltando por cima de pedaços de gelo e escalando a face da geleira.

Percy e Frank praguejaram como cavalos e se agarraram desesperadamente a Arion enquanto Hazel abraçava o pescoço do cavalo. De alguma maneira, eles conseguiram não cair enquanto o garanhão subia pelo despenhadeiro, saltando de apoio em apoio com velocidade e agilidade impossíveis. Era como cair de uma montanha, só que para cima.

E então acabou. Arion parou orgulhoso no topo de um espinhaço de gelo que se elevava acima do vazio. O mar agora estava a cem metros abaixo deles.

Arion relinchou um desafio que ecoou pelas montanhas. Percy não traduziu, mas Hazel tinha certeza de que ele gritava para quaisquer outros cavalos que pudessem estar na baía: *Segurem essa, seus manés!*

Então ele se virou e correu na direção do continente pelo topo da geleira, saltando um abismo de quinze metros.

— Ali! — Percy apontou.

O cavalo parou. Diante deles havia um acampamento romano congelado, como uma réplica espectral tamanho gigante do Acampamento Júpiter. As trincheiras estavam cheias de espigões de gelo. Os baluartes de tijolos de gelo cintilavam com um branco ofuscante. Pendendo das torres, estandartes de tecido azul congelado tremeluziam ao sol ártico.

Não havia qualquer sinal de vida. Os portões estavam totalmente abertos. Nenhuma sentinela percorria as muralhas. Ainda assim, Hazel tinha uma sensação incômoda no fundo do estômago. Lembrou-se da caverna na Baía Resurrection, onde ela havia trabalhado para erguer Alcioneu — a impressão opressiva de malignidade e o constante *bum*, *bum*, *bum*, como o batimento cardíaco de Gaia. Esse lugar passava a mesma sensação, como se a terra estivesse tentando despertar e consumir tudo — como se as montanhas de ambos os lados quisessem esmagar tanto eles como toda a geleira.

Arion trotava irrequieto.

— Frank — disse Percy —, que tal seguirmos a pé a partir daqui?

Frank suspirou com alívio.

— Pensei que você nunca daria essa ideia.

Eles desmontaram e deram alguns passos hesitantes. O gelo parecia estável, coberto com um fino tapete de neve, fazendo com que não fosse muito escorregadio.

Hazel incitou Arion adiante. Dos dois lados dele, Percy e Frank caminhavam com espada e arco em punho. O grupo se aproximou dos portões sem contestação. Hazel estava treinada para identificar buracos, laços, cordas esticadas e todo tipo de armadilha que as legiões romanas haviam enfrentado durante séculos em território inimigo, mas não viu nada — somente os portões de gelo escancarados e os estandartes congelados estalando ao vento.

Ela podia ver toda a extensão da Via Praetoria. No cruzamento, diante da *principia* de tijolos de gelo, uma figura alta, com um manto escuro, encontrava-se de pé, presa por correntes geladas.

— Tânatos — murmurou Hazel.

Ela teve a sensação de que sua alma estava sendo puxada adiante, atraída na direção da Morte como pó indo na direção de um aspirador. Sua visão escureceu. Ela quase caiu de Arion, mas Frank a segurou e a ajudou a se manter firme.

— Estamos com você — garantiu ele. — Ninguém vai tirá-la de nós.

Hazel agarrou a mão dele. Não queria soltá-la. Ele era tão *sólido*, tão tranquilizador, mas Frank não poderia protegê-la da Morte. Sua própria vida era frágil como um pedaço de madeira meio queimado.

— Eu estou bem — mentiu Hazel.

Percy olhou o entorno, apreensivo.

— Nenhum defensor? Nenhum gigante? Só pode ser uma armadilha.

— É óbvio — concordou Frank. — Mas acho que não temos escolha.

Antes que pudesse mudar de ideia, Hazel fez Arion passar pelos portões. A disposição do acampamento era tão familiar — alojamentos das coortes, termas, arsenal. Era uma réplica exata do Acampamento Júpiter, só que três vezes maior. Mesmo em cima do cavalo, Hazel sentiu-se minúscula e insignificante, como se eles estivessem atravessando uma cidade-modelo construída pelos deuses.

O grupo parou a três metros da figura de manto.

Agora que estava ali, Hazel sentia uma necessidade precipitada de terminar a missão. Ela sabia que corria mais perigo do que quando enfrentara as amazonas, afugentara os grifos ou escalara a geleira montada em Arion. Sabia por instinto que com um simples toque de Tânatos ela morreria.

Mas também tinha a impressão de que, se *não* completasse a missão, se não enfrentasse seu destino com bravura, ainda assim morreria — covarde e fracassada. Os juízes dos mortos não seriam indulgentes uma segunda vez.

Arion trotava de um lado para o outro, sentindo a perturbação dela.

— Olá? — Hazel forçou-se a falar. — Sr. Morte?

A figura encapuzada ergueu a cabeça.

No mesmo instante, todo o acampamento ganhou vida. Figuras em armaduras romanas emergiram dos alojamentos, da *principia*, do arsenal e do refeitório, mas não eram humanos. Eram sombras: os fantasmas tagarelas com quem Hazel havia convivido durante décadas nos Campos de Asfódelos. O corpo deles não passava de fiapos de vapor negro, mas eles conseguiam sustentar conjuntos de armaduras de escamas, grevas e elmos. Espadas cobertas de gelo tinham sido presas em sua cintura. Pilos e escudos amassados flutuavam em mãos enfumaçadas. As plumas nos elmos dos centuriões se encontravam congeladas e esfarrapadas. A maior parte das sombras estava a pé, mas dois soldados irromperam dos estábulos em uma biga dourada puxada por corcéis negros fantasmagóricos.

Quando Arion viu os cavalos, bateu os cascos no solo, indignado.

Frank segurou firme o arco.

— É, *aí* está a armadilha.

XLIV

HAZEL

Os fantasmas entraram em formação e cercaram o cruzamento. Havia cerca de cem ao todo — não uma legião inteira, porém mais que uma coorte. Alguns carregavam estandartes esfarrapados com o raio da Décima Segunda Legião, Quinta Coorte: a expedição condenada de Michael Varus, dos anos 1980. Outros carregavam estandartes e insígnias que Hazel não reconhecia, como se tivessem morrido em épocas diferentes, em missões diferentes — talvez nem mesmo do Acampamento Júpiter.

A maioria empunhava armas de ouro imperial — mais ouro do que toda a Décima Segunda Legião possuía. Hazel podia sentir a força combinada de todo aquele ouro zumbindo à sua volta, ainda mais assustador que os estalos da geleira. Ela se perguntou se poderia usar seu poder para controlar as armas, talvez desarmar os fantasmas, mas tinha medo de tentar. O ouro imperial não era apenas um metal precioso. Era mortal para semideuses e monstros. Tentar controlar toda aquela quantidade de uma só vez seria como tentar controlar plutônio em um reator. Se ela fracassasse, poderia apagar a Geleira Hubbard do mapa e matar seus amigos.

— Tânatos! — Hazel voltou-se para a figura de manto. — Estamos aqui para resgatá-lo. Se você controla essas sombras, diga-lhes...

A voz dela falhou. O capuz do deus deslizou para trás e o manto caiu quando ele abriu as asas, ficando apenas com uma túnica negra sem mangas presa na cintura. Era o homem mais bonito que Hazel já vira.

Sua pele era da cor de teca, escura e reluzente como a antiga mesa que Queen Marie usava em suas sessões de clarividência. Os olhos tinham o mesmo tom dourado do mel que os de Hazel. Ele era esguio e musculoso, com um rosto majestoso e cabelos negros caindo até os ombros. As asas cintilavam com tons de azul, preto e roxo.

Hazel lembrou-se de que precisava respirar.

Bonito era a palavra certa para Tânatos — não atraente, gato, nem nada assim. Ele era bonito como um anjo — atemporal, perfeito, remoto.

— Oh! — suspirou ela baixinho.

Os pulsos do deus estavam presos por algemas de gelo, com correntes que pareciam mergulhar no chão da geleira. Seus pés estavam descalços, com grilhões nos tornozelos, e também acorrentados.

— É Cupido — falou Frank.

— Um Cupido muito sarado — concordou Percy.

— Vocês me lisonjeiam — respondeu Tânatos. Sua voz era tão maravilhosa quanto sua aparência: grave e melodiosa. — Sou frequentemente confundido com o deus do amor. A Morte tem mais em comum com o Amor do que vocês imaginam. Mas eu sou a Morte. Eu lhes asseguro.

Hazel não questionava. Ela sentia como se fosse feita de cinzas. A qualquer segundo poderia se desintegrar e ser sugada para o aspirador de pó. Duvidava que Tânatos precisasse sequer tocá-la para matá-la. Ele poderia simplesmente mandá-la morrer. Ela tombaria na mesma hora, sua alma obedecendo àquela bela voz e àqueles olhos gentis.

— Estamos... estamos aqui para salvá-lo — Hazel conseguiu dizer. — Onde está Alcioneu?

— Salvar-me...? — Tânatos estreitou os olhos. — Você compreende o que está dizendo, Hazel Levesque? Compreende o que isso significará?

Percy deu um passo à frente.

— Estamos perdendo tempo.

Ele atacou as correntes do deus com sua espada. O bronze celestial retiniu no gelo, mas Contracorrente prendeu-se às correntes como cola. O gelo começou a subir pela lâmina. Percy puxou freneticamente. Frank correu para ajudá-lo. Juntos, conseguiram libertar a espada antes que o gelo alcançasse suas mãos.

— Isso não vai funcionar — avisou Tânatos, simplesmente. — Quanto ao gigante, ele está próximo. Estas sombras não são minhas. São dele.

Os olhos de Tânatos examinaram os soldados fantasmas. Eles se mexeram, pouco à vontade, como se um vento ártico soprasse em meio às fileiras.

— Então, como o libertamos? — perguntou Hazel.

Tânatos voltou sua atenção para ela.

— Filha de Plutão, descendente de meu mestre, você, mais que ninguém, não deveria querer que eu estivesse livre.

— Acha que não *sei* disso?

Os olhos de Hazel ardiam, mas ela estava cansada de sentir medo. Havia sido uma garotinha assustada setenta anos antes. Perdera a mãe porque agira tarde demais. Agora era um soldado de Roma. Não fracassaria de novo. Não decepcionaria seus amigos.

— Ouça, Morte. — Ela sacou a espada de cavalaria, e Arion empinou, desafiador. — Não voltei do Mundo Inferior e viajei milhares de quilômetros para ouvir que é idiotice minha libertá-lo. Se eu tiver que morrer, eu morro. Enfrentarei esse exército inteiro se necessário. Só nos diga como quebrar suas correntes.

Tânatos estudou-a por um brevíssimo instante.

— Interessante. Você compreende que estas sombras já foram semideuses como você. Eles lutaram por Roma. Morreram sem completar suas missões heroicas. Como você, foram enviados para os Campos de Asfódelos. Agora Gaia lhes prometeu uma segunda vida se lutarem por ela hoje. É claro que, se você me libertar e derrotá-los, eles terão que voltar para o Mundo Inferior, onde deviam estar. Por traição contra os deuses, enfrentarão a punição eterna. Eles não são tão diferentes de você, Hazel Levesque. Tem certeza de que quer me libertar e amaldiçoar essas almas por toda a eternidade?

Frank cerrou os punhos.

— Isso não é justo! Você quer ser libertado ou não?

— Justo... — ponderou o deus da morte. — Você ficaria impressionado com a frequência com que ouço essa palavra, Frank Zhang, e com o quanto ela é vã. É justo que sua vida vá queimar intensa e brevemente? Foi justo quando guiei sua mãe para o Mundo Inferior?

Frank cambaleou como se tivesse levado um soco.

— Não — falou o deus com tristeza. — Não foi justo. E, no entanto, era a hora dela. Não há justiça na Morte. Se vocês me libertarem, vou cumprir meu dever. Mas, naturalmente, essas sombras tentarão detê-los.

— Então, se o libertarmos — resumiu Percy —, seremos atacados por um bando de caras de vapor negro com espadas de ouro. Certo. Como quebramos essas correntes?

Tânatos sorriu.

— Somente o fogo da vida pode derreter as correntes da morte.

— Sem charadas, por favor — pediu Percy.

Frank inspirou, abalado.

— Não é uma charada.

— Frank, não — disse Hazel, com uma voz fraca. — Tem que haver outra forma.

Uma risada ecoou pela geleira. Uma voz estrondeante disse:

— Meus amigos. Esperei tanto tempo!

De pé nos portões do acampamento estava Alcioneu. Era ainda maior que o gigante Polibotes, que eles viram na Califórnia. Tinha a pele metálica dourada, uma armadura de elos de platina e um cajado de ferro do tamanho de um totem. Suas pernas de dragão, de um tom avermelhado de ferrugem, batiam pesadamente no gelo enquanto ele entrava no acampamento. Pedras preciosas cintilavam no cabelo ruivo trançado.

Hazel nunca o vira plenamente formado, mas o conhecia melhor que seus próprios pais. Ela o *fizera*. Durante meses ela havia extraído ouro e pedras preciosas da terra para criar esse monstro. Conhecia os diamantes que ele usava como coração. Conhecia o petróleo que corria em suas veias no lugar de sangue. Mais do que tudo, ela queria destruí-lo.

O gigante aproximou-se, sorrindo para ela com seus dentes de prata maciça.

— Ah, Hazel Levesque — disse ele —, você me custou caro! Se não fosse você, eu teria me erguido décadas atrás e este mundo já seria de Gaia. Mas não importa!

Ele estendeu as mãos, exibindo as fileiras de soldados fantasmagóricos.

— Bem-vindo, Percy Jackson! Bem-vindo, Frank Zhang! Eu sou Alcioneu, a ruína de Plutão, o *novo* mestre da Morte. E esta é sua nova legião.

XLV

FRANK

Não há justiça na Morte. Essas palavras ficaram reverberando na cabeça de Frank.

O gigante de ouro não o assustava. O exército de sombras não o assustava. Mas a ideia de libertar Tânatos fazia Frank querer se enroscar em posição fetal. Esse deus levara sua mãe.

Frank compreendeu o que precisava fazer para quebrar aquelas correntes. Marte o havia advertido. Ele explicara por que amava tanto Emily Zhang: *Ela sempre punha o dever em primeiro lugar, à frente de tudo o mais. Até mesmo da própria vida.*

Agora era a vez de Frank.

A medalha de sacrifício da mãe estava morna em seu bolso. Ele finalmente compreendeu a escolha dela, salvando os companheiros à custa da própria vida. Ele entendeu o que Marte estivera tentando lhe dizer: *Dever. Sacrifício. Eles significam algo.*

No peito de Frank, um nó apertado de raiva e ressentimento — um bolo de pesar que ele vinha carregando desde o enterro — finalmente começou a se dissolver. Ele compreendeu por que a mãe nunca voltou para casa. *Valia* a pena morrer por algumas coisas.

— Hazel. — Ele tentou manter a voz firme. — Aquele embrulho que você está guardando para mim? Preciso dele.

Hazel olhou-o, consternada. Montada em Arion, ela parecia uma rainha, linda e poderosa, com os cabelos castanhos caídos sobre os ombros e uma coroa de névoa gelada pairando em torno da cabeça.

— Frank, não. Tem que haver outra maneira.

— Por favor. Eu... eu sei o que estou fazendo.

Tânatos sorriu e ergueu os pulsos algemados.

— Você tem razão, Frank Zhang. É preciso fazer sacrifícios.

Ótimo. Se o deus da morte aprovava seu plano, Frank tinha bastante certeza de que os resultados não seriam agradáveis.

O gigante Alcioneu deu um passo à frente, os pés reptilianos fazendo o chão tremer.

— De que embrulho está falando, Frank Zhang? Trouxe um presente para mim?

— Nada para você, Menino Dourado — disse Frank. — Só um bocado de dor.

O gigante soltou uma gargalhada estrondosa.

— Falou como um filho de Marte! Pena que eu preciso matá-lo. E *esse* aí... Ora, ora, ora, quanto esperei para conhecer o famoso Percy Jackson.

O gigante sorriu. Seus dentes de prata faziam sua boca parecer uma grade de automóvel.

— Venho seguindo seu progresso, filho de Netuno — contou Alcioneu. — Sua luta com Cronos? Muito bem. Gaia odeia você mais que todos os outros... exceto talvez aquele pretensioso Jason Grace. Lamento não poder matar você imediatamente, mas meu irmão Polibotes quer mantê-lo como bichinho de estimação. Ele acha que vai ser divertido, quando destruir Netuno, ter o filho favorito do deus em uma coleira. Depois disso, claro, Gaia tem planos para você.

— É, estou lisonjeado. — Percy ergueu Contracorrente. — Mas, na verdade, sou o filho de Poseidon. Sou do Acampamento Meio-Sangue.

Os fantasmas se agitaram. Alguns sacaram espadas e ergueram escudos. Alcioneu levantou a mão, gesticulando para que esperassem.

— Grego, romano, não importa — continuou o gigante tranquilamente. — Vamos pisotear os dois acampamentos. Sabe, os titãs não pensaram *grande* o bastante. Eles planejaram destruir os deuses no lar novo deles, na América. Nós gigantes somos mais espertos! Para matar uma erva daninha, é preciso arrancar suas raízes. Agora mesmo, enquanto minhas forças destroem seu acampamentozinho romano, meu irmão Porfírio está se preparando para a verdadeira batalha nas terras antigas! Vamos destruir os deuses em sua origem.

Os fantasmas bateram as espadas nos escudos. O som ecoou pelas montanhas.

— Na origem? — perguntou Frank. — Você se refere à Grécia?

Alcioneu soltou uma risadinha.

— Não precisa se preocupar com isso, filho de Marte. Você não vai viver o bastante para ver nossa vitória definitiva. Vou substituir Plutão como senhor do Mundo Inferior. A Morte já está sob minha custódia. Com Hazel Levesque a meu serviço, terei todas as riquezas da terra também!

Hazel segurou sua espata com mais força.

— Eu não presto *serviço*.

— Ah, mas você me deu a vida! — falou Alcioneu. — Sim, tínhamos esperança de despertar Gaia durante a Segunda Guerra Mundial. Teria sido glorioso. Mas, sinceramente, o mundo agora está quase tão ruim quanto antes. Logo sua civilização será extinta. As Portas da Morte ficarão abertas. Aqueles que nos servem jamais perecerão. Vivos ou mortos, vocês três *irão* se juntar a meu exército.

Percy sacudiu a cabeça.

— Muito pouco provável, Menino Dourado. Você já era.

— Espere. — Hazel incitou seu cavalo na direção do gigante. — Eu ergui esse monstro da terra. Eu sou a filha de Plutão. Cabe a mim matá-lo.

— Ah, pequena Hazel. — Alcioneu plantou o cajado no gelo. Seu cabelo brilhava com milhões de dólares em pedras preciosas. — Tem certeza de que não vai se juntar a nós por vontade própria? Você poderia ser bastante... *preciosa* para nós. Por que morrer de novo?

Os olhos de Hazel cintilaram de raiva. Ela se virou para Frank e tirou do casaco o pedaço de madeira embrulhado.

— Tem certeza?

— Sim — respondeu ele.

Hazel apertou os lábios.

— Você é meu melhor amigo também, Frank. Eu devia ter falado isso. — Ela jogou o graveto para ele. — Faça o que tem que fazer. E, Percy... você pode protegê-lo?

Percy olhou para as fileiras de romanos fantasmagóricos.

— Contra um pequeno exército? Claro, sem problema.

— Então o Menino Dourado é meu — declarou Hazel.

E partiu para cima do gigante.

XLVI

FRANK

Frank desembrulhou o pedaço de lenha e ajoelhou-se aos pés de Tânatos.

Sabia que Percy estava perto dele, brandindo a espada e gritando, desafiador, enquanto os fantasmas se aproximavam. Ouviu o gigante gritar e Arion relinchar furioso, mas não se atrevia a olhar.

Com as mãos trêmulas, Frank segurou seu pedaço de lenha junto às correntes que prendiam a perna direita do deus da morte. Ele pensou em chamas, e instantaneamente a madeira pegou fogo.

Um calor horrível se espalhou por seu corpo. O metal gélido começou a derreter, a chama tão intensa que era mais ofuscante que o gelo.

— Bom — disse Tânatos. — Muito bom, Frank Zhang.

Frank tinha ouvido falar de pessoas que viam a própria vida passar diante dos olhos, mas agora ele vivenciava aquilo literalmente. Viu a mãe no dia em que ela partiu para o Afeganistão. Ela sorriu e o abraçou. Frank tentou inalar seu aroma de jasmim para nunca esquecê-lo.

Sempre terei orgulho de você, Frank, disse ela. *Um dia, você vai viajar ainda mais longe que eu. Você fechará o círculo para nossa família. Daqui a anos, nossos descendentes irão contar histórias do herói Frank Zhang, seu tatatata...* Ela o cutucou na barriga, como nos velhos tempos. Seria a última vez que Frank sorriria em meses.

Ele se viu no banco do posto na Passagem do Alce, observando as estrelas e a aurora boreal enquanto Hazel roncava suavemente a seu lado e Percy dizia: *Frank, você* é *um líder. Precisamos de você.*

Viu Percy desaparecendo no *muskeg* e Hazel mergulhando atrás dele. Frank lembrou-se do quanto se sentira só enquanto segurava o arco, o quanto se sentira totalmente impotente. Ele havia implorado aos deuses do Olimpo — até mesmo a Marte — que ajudassem seus amigos, mas sabia que estavam além do alcance dos deuses.

Com um estrépito, a primeira corrente se quebrou. Rapidamente, Frank enfiou o pedaço de madeira na corrente que prendia a outra perna do deus da morte.

Ele arriscou uma olhada para trás.

Percy lutava como um furacão. Na verdade... ele *era* um furacão. Um ciclone em miniatura feito de água e vapor gelado rodopiava à sua volta enquanto ele avançava por entre os inimigos, afastando fantasmas romanos, desviando flechas e lanças. Desde quando ele tinha *aquele* poder?

Percy atravessou as linhas inimigas e, embora parecesse que ele deixava Frank indefeso, o inimigo estava completamente concentrado nele. Frank não sabia por quê — e então viu o objetivo de Percy. Um dos fantasmas negros vaporosos usava a capa de pele de leão de um porta-estandarte e segurava um bastão com uma águia dourada, que tinha pingentes de gelo pendendo das asas.

O estandarte da legião.

Frank viu Percy abrir caminho através de uma linha de legionários, dispersando os escudos com seu ciclone pessoal. Ele derrubou o porta-estandarte e agarrou a águia.

— Vocês a querem de volta? — gritou para os fantasmas. — Então venham pegá-la!

Ele os atraiu para longe, e Frank não pôde deixar de admirar a estratégia ousada. Por mais que aquelas sombras quisessem manter Tânatos acorrentado, elas eram espíritos *romanos*. Suas mentes eram confusas, na melhor das hipóteses, como os fantasmas que Frank vira nos Campos de Asfódelos, mas uma coisa eles lembravam com clareza: deviam proteger sua águia.

No entanto, Percy não poderia enfrentar tantos inimigos para sempre. Sustentar uma tempestade como aquela devia ser difícil. Apesar do frio, o rosto dele já estava porejado de suor.

Frank procurou Hazel. Não conseguia ver a amiga nem o gigante.

— Cuidado com seu fogo, garoto — advertiu a Morte. — Você não pode desperdiçar.

Frank praguejou. Ficara tão distraído que não percebera que a segunda corrente já derretera.

Ele levou o fogo para a algema na mão direita do deus. O pedaço de madeira já havia se reduzido quase à metade. Frank começou a tremer. Mais imagens atravessaram sua mente. Ele viu Marte sentado à beira da cama de sua avó, olhando para Frank com aqueles olhos de explosões nuclear: *Você é a arma secreta de Juno. Já entendeu qual é seu dom?*

Ouviu a mãe dizer: *Você pode ser qualquer coisa.*

Então viu o rosto severo da avó, a pele fina como papel de arroz, o cabelo branco espalhado pelo travesseiro. *Sim, Fai Zhang. Sua mãe não estava simplesmente elevando sua autoestima. Ela estava lhe dizendo a verdade literal.*

Frank pensou no urso-cinzento que a mãe havia interceptado na margem do bosque. Pensou na grande ave negra voando acima das chamas na mansão da família.

A terceira corrente se rompeu. Frank pressionou a madeira contra a última algema. Seu corpo tinha sido dominado pela dor. Borrões amarelos dançavam diante de seus olhos.

Ele viu Percy no fim da Via Principalis, resistindo ao exército de fantasmas. Ele havia virado a biga e destruído vários edifícios, mas, sempre que derrubava uma onda de atacantes em seu furacão, os fantasmas simplesmente se levantavam e voltavam a atacar. Sempre que Percy abatia um deles com a espada, o fantasma se reconstituía imediatamente. Percy havia recuado quase o máximo possível. Atrás dele estava o portão lateral do acampamento, e uns sete metros depois ficava a borda da geleira.

Quanto a Hazel, ela e Alcioneu haviam conseguido destruir a maior parte dos alojamentos durante sua luta. Agora se confrontavam nos destroços no portão principal. Arion praticava um jogo perigoso de pega-pega, dando voltas no gigante, que os atacava com seu cajado e assim acabava derrubando paredes e abrindo imensas fendas no gelo. Somente a velocidade de Arion os mantinha vivos.

Finalmente, a última corrente do deus da morte se quebrou. Com um grito desesperado, Frank cravou seu pedaço de lenha em um monte de neve e extinguiu a chama. Sua dor passou. Ele ainda estava vivo. Mas, quando tirou o pedaço de madeira, viu que não passava de um toco, menor que uma barrinha de caramelo.

Tânatos ergueu os braços.

— Livre — declarou ele com satisfação.

— Ótimo. — Frank piscou para se livrar dos pontos em sua visão. — Agora faça algo!

Tânatos lhe dirigiu um sorriso calmo.

— Fazer algo? Claro. Vou assistir. Aqueles que morrerem nesta batalha permanecerão mortos.

— Obrigado — murmurou Frank, deslizando o pedacinho de lenha para dentro do casaco. — Muito útil.

— Não há de quê — disse Tânatos, afável.

— Percy! — gritou Frank. — Eles agora podem morrer!

Percy assentiu, compreendendo, mas parecia exausto. Seu furacão ia desacelerando. Seus golpes iam ficando mais lentos. Todo o exército fantasmagórico o havia cercado, forçando-o gradualmente na direção da borda da geleira.

Frank puxou o arco para ajudar. Mas então o largou. Flechas normais de uma loja de caça em Seward não iam adiantar nada. Frank teria que usar seu dom.

Ele pensou que finalmente compreendia seus poderes. Enquanto via o pedaço de lenha queimando, sentia o cheiro da fumaça acre de sua própria vida, algo o fizera se sentir estranhamente confiante.

É justo que sua vida queime tão intensa e brevemente?, o deus da morte lhe perguntara.

— Nada é justo — falou Frank para si mesmo. — Se vou queimar, que seja então intensamente.

Ele deu um passo na direção de Percy. Então, do outro lado do acampamento, Hazel deu um grito de dor. Arion berrou quando o gigante acertou um golpe. Seu cajado mandou cavalo e menina pelo gelo, batendo nos baluartes.

— Hazel! — Frank lançou um olhar para Percy, desejando ter sua lança. Se pudesse convocar Cinzento... mas não podia estar em dois lugares ao mesmo tempo.

— Vá ajudá-la! — gritou Percy, segurando a águia dourada no alto. — Eu seguro esses caras!

Percy *não* os seguraria. Frank sabia disso. O filho de Poseidon estava prestes a ser dominado, mas Frank correu para ajudar Hazel.

Ela estava parcialmente enterrada em um monte de tijolos de gelo caídos. Arion erguia-se acima dela, tentando protegê-la, empinando e escoiceando o gigante com os cascos dianteiros.

O gigante ria.

— Olá, poneizinho. Você quer brincar?

Alcioneu ergueu o cajado gélido.

Frank estava longe demais para ajudar... Mas se imaginou disparando à frente, seus pés deixando o solo.

Ser qualquer coisa.

Ele se lembrou das águias-de-cabeça-branca que os três tinham visto na viagem de trem. Seu corpo ficou menor e mais leve. Seus braços estenderam-se em asas, e sua visão tornou-se mil vezes mais aguçada. Ele voou muito alto, e então mergulhou, estendendo as garras afiadas como lâminas, arranhando os olhos do gigante.

Alcioneu berrou de dor. Cambaleou para trás enquanto Frank pousava diante de Hazel e voltava à sua forma normal.

— Frank... — Ela o fitava, perplexa, com uma cobertura de neve caindo de sua cabeça. — O que... Como foi que...?

— Tolo! — gritou Alcioneu. Seu rosto havia sido cortado, e de seus olhos escorria petróleo negro em vez de sangue, mas os ferimentos já começavam a cicatrizar. — Eu sou imortal em minha terra, Frank Zhang! E, graças à sua amiga Hazel, minha terra é o Alasca. Você *não pode* me matar aqui!

— Veremos — desafiou Frank. O poder corria por seus braços e pernas. — Hazel, volte para cima de seu cavalo.

O gigante atacou, e Frank correu a seu encontro. Ele se lembrou do urso que encontrara pessoalmente quando menino. Enquanto corria, seu corpo ficou mais pesado, mais denso, cheio de músculos. Frank se bateu com o gigante como um urso-cinzento adulto, quinhentos quilos de pura força. Ainda era pequeno em comparação com o gigante, mas o impacto foi tamanho que Alcioneu caiu em uma torre de gelo, que desabou em cima dele.

Frank correu até a cabeça do gigante. Um golpe de sua pata era como um lutador peso-pesado usando uma motosserra. Frank bateu várias vezes no rosto do gigante até as feições metálicas começarem a amassar.

— Urgg — gemeu o gigante em um estupor.

Frank voltou à sua forma normal. Ainda estava com sua mochila. Ele pegou a corda que comprara em Seward, fez um nó rapidamente e o prendeu no pé escamoso de dragão do gigante.

— Hazel, aqui! — Frank jogou para ela a outra extremidade da corda. — Tenho uma ideia, mas vamos precisar...

— Matar... uh... você... uh... — murmurou Alcioneu.

Frank correu até a cabeça do gigante, pegou o objeto pesado mais próximo — um escudo da legião — e o bateu com força no nariz do gigante.

— Urgg — gemeu o gigante.

Frank olhou para Hazel.

— Até onde Arion pode puxar este cara?

Hazel ficou olhando para ele.

— Você... você era uma ave. Depois um urso. E...

— Depois eu explico — interrompeu Frank. — Precisamos arrastar este cara para o continente o mais rápido e mais longe possível.

— Mas e Percy?! — lembrou Hazel.

Frank praguejou. Como podia ter esquecido?

Do outro lado das ruínas do acampamento, ele viu Percy de costas para a borda do precipício. Seu furacão havia desaparecido. Ele segurava Contracorrente em uma das mãos e a águia de ouro da legião na outra. O exército inteiro de sombras avançava, com as armas erguidas.

— Percy! — gritou Frank.

Percy olhou para ele. Viu o gigante caído e pareceu entender o que estava acontecendo. Gritou algo que se perdeu no vento, provavelmente: *Vão!*

Então cravou Contracorrente no gelo a seus pés. A geleira inteira estremeceu. Fantasmas caíram de joelho. Atrás de Percy, uma onda se ergueu da baía — uma parede de águas cinzentas ainda mais alta que a geleira. A água jorrava das fendas e fissuras no gelo. Quando a onda quebrou, a metade posterior do acampamento se desintegrou. A borda inteira da geleira se soltou, despencando no vazio — levando edifícios, fantasmas e Percy Jackson.

XLVII

FRANK

Frank ficou tão perplexo que Hazel precisou gritar seu nome uma dúzia de vezes até ele se dar conta de que Alcioneu se levantava outra vez.

Ele bateu o escudo no nariz do gigante até Alcioneu começar a roncar. Enquanto isso, a geleira continuava se desintegrando, a borda se aproximando cada vez mais.

Tânatos planou na direção deles com suas asas negras e a expressão serena.

— Ah, sim — disse ele com satisfação. — Lá se vão algumas almas. Afogando-se, afogando-se. É melhor se apressarem, meus amigos, ou irão se afogar também.

— Mas Percy... — Frank mal conseguia falar o nome do amigo. — Ele está...?

— Cedo demais para dizer. Quanto a *este* aí... — Tânatos olhou para Alcioneu com desprazer. — Vocês nunca irão matá-lo aqui. Sabem o que fazer?

Frank assentiu, entorpecido.

— Acho que sim.

— Então nosso assunto está terminado.

Frank e Hazel trocaram olhares nervosos.

— Hum... — Hazel hesitou. — Quer dizer que você não... Você não vai...

— Reivindicar sua vida? — perguntou Tânatos. — Bem, vamos ver...

Ele tirou um iPad preto do nada. O deus da morte bateu na tela algumas vezes, e tudo que Frank conseguia pensar era: por favor, que não haja um aplicativo para ceifar almas.

— Não vejo você na lista — informou Tânatos. — Plutão me dá ordens específicas para almas fugidas, sabe. Por alguma razão, ele não emitiu um mandado para a sua. Talvez ele sinta que sua vida ainda não está terminada, ou pode ter sido um descuido. Se você quiser que eu ligue e pergunte...

— Não! — gritou Hazel. — Está tudo bem.

— Tem certeza? — perguntou o deus da morte, solícito. — Tenho videoconferência habilitada. O endereço de Skype dele está aqui em algum lugar...

— De verdade, não. — Parecia que milhares de toneladas de preocupação tinham acabado de ser tirados dos ombros de Hazel. — Obrigada.

— Urgg — gemeu Alcioneu.

Frank acertou-lhe a cabeça outra vez.

O deus da morte ergueu os olhos.

— Quanto a você, Frank Zhang, também não é sua hora. Você ainda tem um pouco de combustível para queimar. Mas não creio que eu esteja fazendo um favor a nenhum dos dois. Vamos nos encontrar novamente em circunstâncias menos agradáveis.

O precipício continuava desmoronando, a borda agora a seis metros de distância. Arion relinchou, impaciente. Frank sabia que eles tinham que partir, mas precisava fazer mais uma pergunta.

— E quanto às Portas da Morte? — falou. — Onde elas ficam? Como podemos fechá-las?

— Ah, sim. — Uma expressão irritada passou rapidamente pelo rosto de Tânatos. — As Portas de Mim. Fechá-las seria bom, mas receio que isso esteja além de meu poder. Como *vocês* fariam isso, não tenho a menor ideia. Não posso lhes dizer exatamente onde ficam. A localização não é... bem, não é inteiramente um lugar *físico*. Elas devem ser localizadas por meio de uma busca. Posso lhes dizer para começarem a procura em Roma. A Roma *original*. Vocês precisarão de um guia especial. Somente um tipo de semideus pode ler os sinais que os levarão às Portas de Mim.

Rachaduras surgiram no gelo aos pés deles. Hazel dava tapinhas no pescoço de Arion para impedi-lo de sair em disparada.

— E quanto a meu irmão? — perguntou ela. — Nico está vivo?

Tânatos lhe dirigiu um olhar estranho — possivelmente de pena, embora essa não parecesse uma emoção que o deus da morte compreenderia.

— Você encontrará a resposta em Roma. E agora preciso voar para o sul, para seu Acampamento Júpiter. Tenho a sensação de que haverá muitas almas a ceifar, muito em breve. Adeus, semideuses, até a próxima.

Tânatos dissipou-se em fumaça negra.

As rachaduras alargaram-se no gelo aos pés de Frank.

— Depressa! — disse ele a Hazel. — Precisamos levar Alcioneu uns quinze quilômetros para o norte!

Ele subiu no peito do gigante e Arion partiu, correndo pelo gelo, arrastando Alcioneu como o trenó mais feio do mundo.

Foi uma viagem curta.

Arion cavalgou pela geleira como se fosse uma rodovia, zunindo pelo gelo, saltando fendas e deslizando por encostas que teriam feito os olhos de qualquer atleta de *snowboard* se iluminarem.

Frank não precisou nocautear Alcioneu muitas vezes, pois a cabeça do gigante quicava e batia no gelo o tempo todo. Enquanto corriam, o Menino Dourado semiconsciente murmurava uma melodia que parecia "Jingle Bells".

O próprio Frank sentia-se bastante atordoado. Ele havia acabado de se transformar em uma águia e um urso. Ainda podia sentir a energia fluida percorrendo seu corpo em ondas, como se estivesse em um estado intermediário entre o sólido e o líquido.

Não só isso: Hazel e ele haviam libertado o deus da morte, e ambos sobreviveram. E Percy... Frank engoliu o medo. Percy despencara pela borda da geleira para salvá-los.

O filho de Netuno irá afogar.

Não. Frank se recusava a acreditar que Percy estava morto. Eles não tinham percorrido aquele caminho todo só para perder o amigo. Frank o encontraria — mas primeiro tinham que cuidar de Alcioneu.

Ele visualizou o mapa que estudara no trem de Anchorage. Sabia mais ou menos aonde estavam indo, mas não havia placas ou pontos de referência na geleira. Ele simplesmente precisaria chutar.

Finalmente Arion passou rápido entre duas montanhas e chegou a um vale de gelo e pedras, que mais parecia uma tigela imensa de leite congelado com Nescau Balls. A pele dourada do gigante empalidecia como se estivesse se transformando em bronze. Frank sentiu uma vibração sutil no próprio corpo, como se alguém pressionasse seu esterno. Ele sabia que havia entrado em território amigo — território *natal*.

— Aqui! — gritou Frank.

Arion deu uma guinada de lado. Hazel cortou a corda e Alcioneu passou derrapando. Frank saltou logo antes de o gigante se chocar violentamente contra um pedregulho.

Imediatamente Alcioneu se levantou de um pulo.

— O quê? Onde? Quem?

Seu nariz estava torcido com um formato estranho. Seus ferimentos haviam sido curados, embora a pele dourada tivesse perdido parte do brilho. Ele olhou à sua volta, procurando o cajado de ferro, que continuava lá na Geleira Hubbard. Então desistiu e despedaçou o pedregulho mais próximo com um soco.

— Vocês *ousam* me levar para um passeio de trenó? — Ele se retesou e farejou o ar. — Esse cheiro... de almas mortas. Tânatos está livre, hein? Ah! Não importa. Gaia ainda tem o controle das Portas da Morte. Agora, por que me trouxe aqui, filho de Marte?

— Para matá-lo — respondeu Frank. — Próxima pergunta?

Os olhos do gigante se estreitaram.

— Nunca conheci um filho de Marte que pudesse mudar de forma, mas isso não significa que você pode me derrotar. Acha que seu pai, aquele soldado idiota, lhe deu força para me enfrentar sozinho?

Hazel sacou a espata.

— Que tal acompanhado?

O gigante rugiu e atacou Hazel, mas Arion afastou-se com agilidade. Hazel desferiu um golpe com a espata na panturrilha do gigante. Petróleo negro esguichou do corte.

Alcioneu cambaleou.

— Vocês não podem me matar, com ou sem Tânatos!

Hazel fez um gesto com a mão livre, como se agarrasse o ar. Uma força invisível puxou o cabelo incrustado de joias do gigante para trás. Hazel avançou e acertou a outra perna, afastando-se rapidamente antes que ele pudesse recuperar o equilíbrio.

— Parem com isso! — gritou Alcioneu. — Aqui é o Alasca. Sou imortal em minha terra!

— Na verdade — disse Frank —, tenho uma notícia ruim para você. Sabe, herdei de meu pai mais do que força.

O gigante rosnou.

— Do que está falando, seu fedelho da guerra?

— Tática — respondeu Frank. — Esse é o dom que Marte me deu. Uma batalha pode ser vencida antes mesmo de começar se você escolher o terreno certo. — Ele apontou para trás por cima do ombro. — Cruzamos a fronteira algumas centenas de metros atrás. Você não está mais no Alasca. Não está sentindo, Al? Se quer voltar para o Alasca, precisa passar por mim.

Lentamente, a compreensão surgiu nos olhos do gigante. Ele olhou, incrédulo, para suas pernas feridas. Petróleo ainda jorrava de suas panturrilhas, deixando o gelo negro.

— Impossível! — berrou o gigante. — Eu vou... Eu vou... Ah!

Ele se lançou contra Frank, determinado a alcançar a fronteira internacional. Por uma fração de segundo, Frank duvidou do próprio plano. Se não pudesse usar seu dom novamente, se ficasse paralisado, morreria. Mas então se lembrou das instruções de sua avó:

Ajuda se você conhecer bem a criatura. Confere.

Também ajuda se você estiver em uma situação de vida ou morte, como em um combate. Confere, confere.

O gigante continuava se aproximando. Vinte metros. Dez metros.

— Frank? — chamou Hazel, nervosa.

Frank manteve-se firme.

— Está tudo bem.

Logo antes de Alcioneu acertá-lo, Frank mudou. Ele sempre se sentira grande e desajeitado demais. Agora, aproveitou esse sentimento. Seu corpo cresceu para um tamanho imenso. Sua pele engrossou. Seus braços se tornaram pernas dianteiras robustas. Em sua boca cresceram presas, e o nariz se alongou. Ele se transformou no animal que mais conhecia — aquele ao qual ele dera cuidado, comida, banho e até mesmo indigestão no Acampamento Júpiter.

Alcioneu se chocou contra um elefante adulto de dez toneladas. O gigante cambaleou para um lado. Gritou de frustração e se jogou contra Frank outra vez, mas era de uma categoria de peso completamente inferior. Frank deu uma cabeçada com tanta força que Alcioneu voou para trás e aterrissou esparramado no gelo.

— Vocês... não podem... me matar — grunhiu Alcioneu. — Vocês não podem...

Frank voltou à sua forma normal. Andou até o gigante, cujos ferimentos oleosos fumegavam. As pedras preciosas caíam de seu cabelo e chiavam na neve. A pele dourada começou a se desfazer, soltando pedaços.

Hazel desmontou e parou ao lado de Frank, com a espata em punho.

— Posso?

Frank assentiu. Ele olhou nos olhos fervilhantes do gigante.

— Eis uma dica, Alcioneu. Da próxima vez que escolher montar seu lar no maior estado, não monte sua base na parte que tem pouco mais de quinze quilômetros de largura. Bem-vindo ao Canadá, idiota.

A espata de Hazel desceu no pescoço do gigante. Alcioneu dissolveu-se em um amontoado de pedras muito caras.

Por alguns instantes Hazel e Frank ficaram ali parados, observando os restos do gigante se derreterem no gelo. Frank apanhou sua corda.

— Um elefante? — perguntou Hazel.

Frank coçou o pescoço.

— É. Pareceu uma boa ideia.

Ele não conseguia entender a expressão dela. Temia finalmente ter feito algo tão esquisito que ela nunca mais iria querer ficar perto dele. Frank Zhang: grandalhão desastrado, filho de Marte, paquiderme por meio período.

Então ela o beijou — um beijo de verdade na boca, muito melhor que o tipo que ela dera em Percy no avião.

— Você é incrível — disse ela. — E um elefante muito bonito.

Frank se sentiu tão quente que pensou que suas botas fossem derreter o gelo e afundar. Antes que pudesse dizer qualquer coisa, uma voz ecoou pelo vale:

Vocês não venceram.

Frank olhou para o alto. Sombras se moviam pela montanha mais próxima, formando o rosto de uma mulher adormecida.

Vocês nunca voltarão para casa a tempo, zombou a voz de Gaia. *Neste exato momento, Tânatos está presenciando a morte do Acampamento Júpiter, a destruição final de seus amigos romanos.*

A montanha rugiu, como se toda a terra gargalhasse. As sombras desapareceram.

Hazel e Frank se entreolharam. Nenhum dos dois falou nada. Montaram em Arion e correram de volta à baía da geleira.

XLVIII

FRANK

PERCY ESTAVA ESPERANDO POR ELES. Parecia bravo.

De pé na borda da geleira, ele estava apoiado no bastão com a águia dourada, olhando para a ruína que havia provocado: alguns quilômetros quadrados de mar recém-aberto, pontilhado com *icebergs* e destroços do acampamento arruinado.

Os únicos restos na geleira eram os portões principais, que estavam tombados de lado, e um estandarte azul esfarrapado caído em cima de um monte de tijolos de gelo.

Quando Hazel e Frank correram até ele, Percy disse "Oi", como se os três estivessem se encontrando para o almoço ou algo do tipo.

— Você está vivo! — maravilhou-se Frank.

Percy franziu a testa.

— A queda? Aquilo não foi nada. Caí de uma altura duas vezes maior no Arco de St. Louis.

— Você fez *o quê*? — perguntou Hazel.

— Deixe para lá. O importante é que não me afoguei.

— Então a profecia *estava* incompleta! — Hazel sorriu. — Provavelmente dizia algo como: *O filho de Netuno vai afogar um monte de fantasmas*.

Percy deu de ombros. Ainda olhava para Frank com um ar ofendido.

— Temos algumas contas a acertar, Zhang. Você pode se transformar em águia? E em urso?

— E em elefante — completou Hazel, com orgulho.

— Elefante. — Percy sacudiu a cabeça, incrédulo. — É esse o dom de sua família? Você pode mudar de forma?

Frank arrastou os pés.

— Hum... sim. Periclimeno, meu antepassado, o argonauta, ele podia fazer isso. Transmitiu essa habilidade às gerações seguintes.

— E ele recebeu esse dom de Poseidon — falou Percy. — Isso é muito injusto. Eu não posso me transformar em animais.

Frank o encarou.

— Injusto? Você pode respirar debaixo d'água, explodir geleiras e convocar furacões... e é injusto que eu possa ser um elefante?

Percy ponderou.

— O.k. Acho que você tem razão. Mas da próxima vez que eu disser que você é um *animal*...

— Cale a boca — disse Frank. — Por favor.

Percy abriu um sorriso.

— Se vocês já terminaram — intrometeu-se Hazel —, precisamos ir. O Acampamento Júpiter está sendo atacado. Essa águia de ouro pode ajudá-los.

Percy assentiu.

— Mas, antes, uma coisa. Hazel, tem mais ou menos uma tonelada de armas e armaduras de ouro imperial no fundo da baía agora, além de uma biga muito bacana. Aposto que isso tudo pode ser bem útil...

Demorou muito tempo — tempo demais —, mas eles sabiam que aquelas armas poderiam representar a diferença entre a vitória e a derrota se as levassem de volta ao acampamento a tempo.

Hazel usou suas habilidades para fazer levitar alguns itens do fundo do mar. Percy mergulhou e trouxe outros. Inclusive Frank ajudou, transformando-se em foca, o que foi até legal, embora Percy alegasse que ele tinha bafo de peixe.

Para erguer a biga foi necessário o esforço dos três, mas eles finalmente conseguiram arrastar tudo para uma praia de areia negra perto da base da geleira.

Não conseguiram colocar tudo na biga, mas usaram a corda de Frank para amarrar a maior parte das armas de ouro e as melhores peças de armadura.

— Parece o trenó do Papai Noel — comentou Frank. — Será que Arion consegue puxar isso tudo?

Arion ofendeu-se.

— Hazel — disse Percy —, com certeza vou lavar a boca de seu cavalo com sabão. Ele diz que sim, pode puxar, mas que precisa de comida.

Hazel pegou uma velha adaga romana, um *pugio*. Estava amassado e cego, então não seria de muita ajuda em uma luta, mas parecia ouro imperial maciço.

— Aí está, Arion — ofereceu ela. — Combustível de alto desempenho.

O cavalo apanhou a adaga com os dentes e mastigou como se fosse uma maçã. Frank fez um juramento silencioso de nunca deixar a mão perto da boca daquele cavalo.

— Não estou duvidando da força de Arion — falou ele com cuidado —, mas será que a biga vai aguentar? A última...

— Esta tem rodas e eixo de ouro imperial — observou Percy. — Deve aguentar.

— Se não — disse Hazel —, esta vai ser uma viagem curta. Mas estamos sem tempo. Vamos!

Frank e Percy subiram na biga. Hazel montou Arion.

— Arre! — gritou ela.

O estrondo sônico do cavalo ecoou pela baía. Eles dispararam para o sul, avalanches rolando montanhas abaixo conforme eles passavam.

XLIX

PERCY

Quatro horas.

Foi o que o cavalo mais rápido do planeta levou para ir do Alasca à Baía de São Francisco, seguindo direto por cima da água ao longo da Costa Noroeste.

Foi também o tempo que levou para que a memória de Percy retornasse por completo. O processo havia começado em Portland, quando ele bebera o sangue de górgona, mas seu passado ainda havia permanecido enlouquecedoramente difuso. Agora, quando voltavam para o território dos deuses olimpianos, Percy lembrou-se de tudo: a guerra com Cronos, seu aniversário de dezesseis anos no Acampamento Meio-Sangue, seu instrutor, o centauro Quíron, seu melhor amigo, Grover, o irmão Tyson, e principalmente Annabeth — dois meses ótimos de namoro, e então *bum*. Ele fora abduzido pela alienígena conhecida como Hera. Ou Juno... Tanto faz.

Oito meses de sua vida roubados. Da próxima vez que Percy visse a Rainha do Olimpo, ele decididamente ia lhe dar um pescotapa divino.

Seus amigos e sua família deviam estar enlouquecidos. Se o Acampamento Júpiter encontrava-se em situação tão ruim, ele só podia imaginar o que o Acampamento Meio-Sangue devia estar enfrentando sem ele.

Pior ainda: salvar os dois acampamentos seria apenas o começo. Segundo Alcioneu, a guerra *verdadeira* aconteceria longe dali, na terra natal dos deuses.

Os gigantes pretendiam atacar o Monte Olimpo *original* e destruir os deuses para sempre.

Percy sabia que os gigantes só podiam morrer se deuses e semideuses os enfrentassem juntos. Nico tinha lhe revelado esse detalhe. Annabeth havia mencionado isso também, em agosto, quando especulara que os gigantes deveriam ser parte da nova Grande Profecia — o que os romanos chamavam de Profecia dos Sete (esse era o lado negativo de namorar a garota mais inteligente do acampamento: você aprendia coisas).

Ele compreendeu o plano de Juno: unir os semideuses romanos e gregos para criar uma equipe de elite de heróis, e então, de alguma forma, convencer os deuses a lutar do lado deles. Mas, primeiro, eles precisavam salvar o Acampamento Júpiter.

A paisagem da costa começou a parecer familiar. Eles passaram pelo farol de Mendocino. Pouco depois, o Monte Tam e o Cabo Marin surgiram na neblina. Arion passou direto por baixo da ponte Golden Gate, entrando na Baía de São Francisco.

Atravessaram Berkeley até Oakland Hills. Quando chegaram ao topo da colina acima do túnel Caldecott, Arion estremeceu como um carro quebrado e parou, o peito arfando.

Hazel acariciou amorosamente a lateral do corpo dele.

— Você foi ótimo, Arion.

O cavalo estava cansado demais até mesmo para xingar: *É claro que fui ótimo. O que você esperava?*

Percy e Frank saltaram da biga. Percy queria que aquilo tivesse assentos confortáveis e refeições de bordo. Suas pernas estavam molengas. As articulações tinham ficado tão rígidas que ele mal conseguia andar. Se entrasse em uma luta assim, o inimigo o chamaria de Velho Jackson.

Frank não parecia muito melhor. Ele subiu mancando até o topo da colina e olhou o acampamento abaixo.

— Gente... vocês precisam ver isto.

Quando Percy e Hazel juntaram-se a ele, Percy sentiu o coração apertar. A batalha já havia começado, e não estava indo bem. A Décima Segunda Legião estava disposta no Campo de Marte, tentando proteger a cidade. Balistas disparavam contra as fileiras de gegenes. O elefante Aníbal jogava monstros para a direita e para a esquerda, mas os defensores estavam em grande desvantagem numérica.

No pégaso Cipião, Reyna voava em torno do gigante Polibotes, tentando mantê-lo ocupado. Os Lares haviam formado fileiras roxas tremeluzentes para enfrentar uma multidão de sombras negras e vaporosas vestidas em armaduras antigas. Semideuses veteranos da cidade haviam se juntado à batalha, e empurravam sua parede de escudos contra um ataque de centauros selvagens. Águias gigantes voavam acima do campo de batalha, travando um combate aéreo com duas senhoras de cabelos de cobras vestidas com coletes verdes do Bargain Mart — Esteno e Euríale.

A legião propriamente dita enfrentava a força principal do ataque, mas estavam saindo de formação. Cada coorte era uma ilha em um mar de inimigos. A torre de sítio dos ciclopes disparava balas verdes de canhão que brilhavam e abriam crateras no fórum, reduzindo casas a ruínas. Enquanto Percy olhava, uma bala atingiu o Senado, e parte do domo desabou.

— Chegamos tarde demais — disse Hazel.

— Não — respondeu Percy. — Eles ainda estão lutando. Podemos conseguir.

— Onde está Lupa? — perguntou Frank, em tom de desespero. — Ela e os lobos... deviam estar aqui.

Percy pensou no tempo que passara com a deusa loba. Ele passara a respeitar seus ensinamentos, mas também aprendera que os lobos tinham limites. Eles não eram soldados da linha de frente. Só atacavam quando tinham grande vantagem numérica, e em geral ao abrigo da escuridão. Além disso, a primeira regra de Lupa era autossuficiência. Ela ajudaria seus filhos até onde pudesse, ela os treinaria a lutar — mas, no fim, eles eram predadores ou presa. Os romanos tinham que lutar por conta própria. Tinham que provar seu valor ou morrer. Assim era Lupa.

— Ela fez o que pôde — falou Percy. — Retardou os inimigos enquanto eles vinham para o sul. Agora é conosco. Temos que levar a águia de ouro e estas armas para a legião.

— Mas Arion está sem gás! — contestou Hazel. — Não podemos arrastar isso sozinhos.

— Talvez não seja preciso — respondeu Percy.

Ele passou o olhar pelas colinas. Se Tyson recebera a mensagem de seu sonho em Vancouver, talvez houvesse ajuda por perto.

Ele assoviou o mais alto que pôde — um bom assovio, suficiente para chamar um táxi em Nova York, e que teria sido ouvido da Times Square ao Central Park.

Sombras se agitaram nas árvores. Uma imensa forma negra surgiu saltando do nada: um mastim do tamanho de um SUV, com um ciclope e uma harpia nas costas.

— Cão infernal! — Frank recuou aos tropeços.

— Está tudo bem! — Percy sorriu. — Eles são amigos.

— Irmão! — Tyson desmontou e correu até Percy.

O menino tentou se preparar, mas não adiantou. Tyson se atirou sobre ele e lhe deu um abraço sufocante. Por alguns segundos Percy só conseguia ver pontos negros e muita flanela. Então Tyson o soltou e riu, encantado, examinando Percy com aquele imenso olho castanho de bebê.

— Você não está morto! — disse ele. — Eu gosto que você não esteja morto!

Ella voou para o chão e começou a arrumar as penas.

— Ella encontrou um cachorro — anunciou a harpia. — Um cachorro grande. E um ciclope.

Ela estava enrubescendo? Antes que Percy pudesse chegar a uma conclusão, o mastim negro saltou sobre ele, derrubando-o e latindo tão alto que até Arion recuou.

— Ei, sra. O'Leary — falou Percy. — É, eu também amo você, garota. Boa menina.

Hazel deu um gritinho.

— Você tem um cão infernal chamado sra. O'Leary?

— É uma longa história. — Percy conseguiu se levantar e enxugar a baba do cachorro. — Pode perguntar a seu irmão...

Sua voz vacilou quando ele viu a expressão de Hazel. Percy quase havia esquecido que Nico di Angelo estava desaparecido.

Hazel lhe contara o que Tânatos dissera sobre a busca pelas Portas da Morte em Roma, e Percy estava ansioso por suas próprias razões para encontrar Nico — para torcer o pescoço do garoto por fingir que não o conhecia quando Percy chegou ao acampamento. Ainda assim, ele era irmão de Hazel, e encontrá-lo era assunto para outro momento.

— Desculpe — disse Percy. — Mas, sim, este é meu cachorro, a sra. O'Leary. — Tyson... estes são meus amigos, Frank e Hazel.

Percy voltou-se para Ella, que contava todas as barbas em uma de suas penas.

— Você está bem? — perguntou ele. — Estávamos preocupados.

— Ella não é forte — respondeu ela. — Ciclopes são fortes. Tyson encontrou Ella. Tyson cuidou de Ella.

Percy ergueu as sobrancelhas. Ella *estava* enrubescendo.

— Tyson — disse ele —, seu grande conquistador.

Tyson ficou da mesma cor que a plumagem de Ella.

— Hum... não. — Ele se abaixou e sussurrou, nervoso, alto o bastante para que todos os outros ouvissem: — Ela é bonita.

Frank deu um tapa na própria cabeça, como se temesse que seu cérebro tivesse entrado em curto-circuito.

— Enfim, tem uma batalha acontecendo.

— Certo — concordou Percy. — Tyson, onde está Annabeth? Tem mais ajuda vindo?

Tyson fez beicinho. Seu grande olho castanho ficou enevoado.

— O navio grande não está pronto. Leo diz amanhã, talvez dois dias. Então eles virão.

— Não temos dois *minutos* — disse Percy. — O.k., o plano é o seguinte.

Ele indicou o mais rápido possível quem eram os bonzinhos e os malvados no campo de batalha. Tyson ficou alarmado ao saber que os ciclopes e os centauros maus estavam no exército do gigante.

— Eu tenho que acertar homens-pôneis?

— Basta afugentá-los — garantiu Percy.

— Hum, Percy? — Frank olhou para Tyson com temor. — Eu só... não quero que nosso amigo aqui se machuque. Tyson sabe lutar?

Percy sorriu.

— Se ele sabe lutar? Frank, você está olhando para o general Tyson, do exército dos ciclopes. E, por falar nisso, Tyson, Frank é descendente de Poseidon.

— Irmão! — Tyson esmagou Frank em um abraço.

Percy reprimiu uma risada.

— Na verdade, ele está mais para um tatata... Ah, deixe para lá. Sim, ele é seu irmão.

— Obrigado — murmurou Frank com a boca cheia de flanela. — Mas se a legião confundir Tyson com um inimigo...

— Já sei! — Hazel correu para a biga e pegou o maior capacete romano que conseguiu encontrar e um velho estandarte bordado com SPQR.

Ela os entregou a Tyson.

— Ponha isto, grandão. Então nossos amigos saberão que você é do nosso time.

— Eba! — comemorou Tyson. — Eu sou do seu time!

O elmo era ridiculamente pequeno, e ele vestiu a bandeira como uma capa, só que ao contrário, como um babador SPQR.

— Serve — disse Percy. — Ella, fique aqui. Fique em segurança.

— Segurança — repetiu Ella. — Ella gosta de segurança. Segurança em números. Cofres são seguros. Ella vai com Tyson.

— O quê? — perguntou Percy. — Ah... Tudo bem. Tanto faz. Só não se machuque. E sra. O'Leary...

— AU!

— O que acha de puxar uma biga?

L

PERCY

Eles eram, sem dúvida alguma, os reforços mais estranhos na história militar romana. Hazel cavalgava Arion, que se recuperara o bastante para carregar uma pessoa na velocidade normal de um cavalo, embora passasse o tempo todo colina abaixo praguejando por causa de seus cascos doloridos.

Frank transformou-se em uma águia-de-cabeça-branca — o que Percy ainda achava totalmente injusto — e voou nas alturas. Tyson desceu correndo a colina, brandindo sua clava e gritando "Homens-pôneis malvados! BUU!" enquanto Ella flutuava em torno dele, recitando fatos do *Old Farmer's Almanac*.

E Percy conduziu a sra. O'Leary para a batalha. Atrás dele, uma biga cheia de equipamento de ouro imperial retinindo e tilintando, e, acima da cabeça, o estandarte da águia de ouro da Décima Segunda Legião.

Eles contornaram o perímetro do acampamento e tomaram a ponte mais setentrional sobre o Pequeno Tibre, avançando para o Campo de Marte pela margem ocidental da batalha. Uma horda de ciclopes martelava sem parar os campistas da Quinta Coorte, que tentavam manter seus escudos firmes simplesmente para sobreviver.

Vendo-os em apuros, Percy sentiu uma onda de fúria protetora. Esses eram os garotos que o haviam acolhido. Essa era *sua* família.

— Quinta Coorte! — gritou ele, e se atirou sobre os ciclopes mais próximos. As últimas coisas que os pobres monstros viram foram os dentes da sra. O'Leary.

Depois que os ciclopes se desintegraram — e *permaneceram* desintegrados, graças ao deus da morte —, Percy saltou de seu cão infernal e desatou a atacar loucamente os outros monstros.

Tyson avançou contra a líder dos ciclopes, Ma Gasket, cujo vestido de cota de malha tinha respingos de lama e havia sido decorado com lanças quebradas.

Ela olhou embasbacada para Tyson e começou a dizer:

— Quem...?

Tyson a atingiu na cabeça com tanta força que ela rodopiou e caiu sentada.

— Mulher ciclope má! — berrou ele. — O general Tyson diz VÁ EMBORA!

Ele tornou a acertá-la, e Ma Gasket virou pó.

Enquanto isso, montada em Arion, Hazel rasgava um ciclope atrás do outro com sua espata, ao mesmo tempo em que Frank cegava os inimigos com suas garras.

Assim que cada ciclope em um raio de cinquenta metros havia sido reduzido a cinzas, Frank pousou diante de suas tropas e voltou à forma humana. A medalha de centurião e a Coroa Mural reluziam em seu casaco de inverno.

— Quinta Coorte! — berrou ele. — Peguem suas armas de ouro imperial aqui!

Os campistas se recuperaram do choque e cercaram a biga. Percy fez o melhor que pôde para distribuir o equipamento rapidamente.

— Vamos, vamos! — instava Dakota, sorrindo como um louco enquanto bebia Tang vermelho de seu cantil. — Nossos companheiros precisam de ajuda!

Logo a Quinta Coorte estava equipada com novas armas, escudos e elmos. Eles não estavam exatamente uniformizados. Na verdade, parecia que tinham feito compras em uma liquidação do rei Midas. Mas de repente se tornaram a coorte mais poderosa da legião.

— Sigam a águia! — ordenou Frank. — À batalha!

Os campistas comemoraram. Quando Percy e a sra. O'Leary avançaram, a coorte inteira os seguiu: quarenta guerreiros cobertos de ouro, extremamente reluzentes, clamando por sangue.

Eles se lançaram contra uma manada de centauros selvagens que atacavam a Terceira Coorte. Quando os campistas da Terceira viram o estandarte da águia, gritaram insanamente e lutaram com força renovada.

Os centauros não tiveram chance. As duas coortes os esmagaram como um torno. Logo nada restava além de montes de pó e uma variedade de cascos e chifres. Percy esperava que Quíron o perdoasse, mas esses centauros não eram como os pôneis de festa que ele encontrara antes. Eram de outra raça. Tinham que ser derrotados.

— Formem fileiras! — gritaram os centuriões.

As duas coortes se reuniram, obedecendo a seu treinamento militar. Com escudos travados, elas marcharam para enfrentar os gegenes.

— Pilos! — gritou Frank.

Cem lanças se ergueram. Quando Frank gritou "Fogo!", elas voaram pelo ar — uma onda de morte atravessando os monstros de seis braços. Os campistas sacaram espadas e avançaram rumo ao centro da batalha.

Na base do aqueduto, a Primeira e a Segunda Coortes tentavam cercar Polibotes, mas estavam levando uma surra. Os gegenes restantes os bombardeavam com pedra e lama. Os espíritos dos grãos *karpoi* — aquelas horríveis piranhazinhas-cupido — corriam pelo mato alto abduzindo campistas, tirando-os da linha de frente. O gigante fazia cair basiliscos de seus cabelos. Sempre que um caía no chão, os romanos entravam em pânico e corriam. A julgar pelos escudos corroídos e as plumas fumegantes de seus elmos, eles já haviam aprendido sobre o veneno e o fogo dos basiliscos.

Reyna voava acima do gigante, mergulhando com sua lança sempre que ele voltava a atenção para as tropas terrestres. Seu manto roxo se agitava ao vento. A armadura de ouro reluzia. Polibotes brandia o tridente e lançava a rede, mas Cipião era quase tão ágil quanto Arion.

Então Reyna percebeu a Quinta Coorte vindo em seu auxílio com a águia. Ela ficou tão perplexa que o gigante quase a acertou, mas Cipião se esquivou. Os olhos de Reyna encontraram os de Percy e ela deu um sorriso imenso.

— Romanos! — Sua voz retumbou pelos campos. — Reagrupem-se com a águia!

Tanto semideuses quanto monstros voltaram-se e olharam estupefatos enquanto Percy saltava adiante em seu cão infernal.

— O que é isso? — perguntou Polibotes. — *O que é isso?*

Percy sentiu uma onda de poder percorrer o bastão do estandarte. Ele ergueu a águia e gritou:

— Décima Segunda Legião Fulminata!

Trovões sacudiram o vale. A águia soltou um raio ofuscante, e mil dedos de relâmpagos explodiram de suas asas douradas, formando arcos diante de Percy como se fossem galhos de uma árvore enorme e mortal, conectando-se com os monstros mais próximos, saltando de um para o outro, ignorando completamente as forças romanas.

Quando os relâmpagos cessaram, a Primeira e a Segunda Coortes estavam diante de um gigante surpreso e várias centenas de montes fumegantes de cinzas. O centro das forças inimigas havia sido carbonizado.

A expressão no rosto de Octavian era impagável. O centurião encarou Percy com choque, depois indignação. Então, quando suas próprias tropas começaram a comemorar, ele não teve escolha a não ser juntar-se aos gritos:

— Roma! Roma!

O gigante Polibotes recuou, indeciso, mas Percy sabia que a batalha não havia terminado.

A Quarta Coorte ainda se encontrava cercada por ciclopes. Até Aníbal, o elefante, tinha dificuldade para avançar em meio a tantos monstros. Sua armadura preta de Kevlar estava rasgada, e a etiqueta dizia apenas ANTE.

Os veteranos e Lares no flanco oriental estavam sendo empurrados na direção da cidade. A torre de cerco dos monstros ainda lançava bolas de fogo verdes explosivas nas ruas. As górgonas haviam incapacitado as águias gigantes e agora voavam livremente acima do que restava dos centauros e gegenes do exército do gigante, tentando reagrupá-los.

— Resistam! — gritou Esteno. — Tenho amostras grátis!

Polibotes berrou. Uma dúzia de novos basiliscos caiu de seu cabelo, deixando a grama em um tom amarelo venenoso.

— Você acha que isso muda algo, Percy Jackson? Eu não posso ser destruído! Venha até mim, filho de Netuno. Eu o liquidarei!

Percy desmontou. Ele entregou o estandarte a Dakota.

— Você é o centurião sênior da coorte. Cuide disto.

Dakota piscou e então empertigou-se com orgulho. Ele deixou cair o cantil de Tang e pegou a águia.

— Eu a levarei com honra.

— Frank, Hazel, Tyson — disse Percy —, ajudem a Quarta Coorte. Tenho que matar um gigante.

Ele ergueu Contracorrente, mas antes que pudesse avançar, cornetas soaram nas colinas ao norte. Outro exército apareceu no cume: centenas de guerreiras em trajes de camuflagem preto e cinza, armadas com lanças e escudos. Intercaladas em suas fileiras havia uma dúzia de empilhadeiras de guerra, com garfos afiados cintilando ao pôr do sol e dardos chamejantes armados nas bestas.

— Amazonas — disse Frank. — Ótimo.

Polibotes riu.

— Estão vendo? Nossos reforços chegaram! Roma cairá hoje!

As amazonas baixaram as lanças e correram colina abaixo. As empilhadeiras avançaram velozes para a batalha. O exército do gigante comemorou — até que as amazonas mudaram de curso e seguiram direto para o flanco oriental intacto dos monstros.

— Amazonas, avante!

Na maior empilhadeira erguia-se uma garota que parecia uma versão mais velha de Reyna, em armadura negra, com um cinto dourado cintilante na cintura.

— Rainha Hylla! — exclamou Hazel. — Ela sobreviveu!

A rainha das amazonas gritou:

— Em auxílio de minha irmã! Destruam os monstros!

— Destruir! — O grito de suas tropas ecoou pelo vale.

Reyna virou seu pégaso na direção de Percy. Seus olhos brilhavam. Sua expressão dizia: *Eu poderia abraçar você agora mesmo*. Ela gritou:

— Romanos! Avancem!

O campo de batalha transformou-se no caos absoluto. Fileiras de amazonas e de romanos moveram-se na direção dos inimigos como se fossem as próprias Portas da Morte.

Mas Percy tinha um só objetivo. Ele apontou para o gigante.

— Você. Eu. Até o fim.

Eles se encontraram junto ao aqueduto, que de alguma forma conseguira resistir à batalha até então. Polibotes resolveu esse problema. Ele brandiu o tridente e destruiu o arco de tijolos mais próximo, desencadeando uma cachoeira.

— Vá em frente, então, filho de Netuno! — zombou Polibotes. — Deixe-me ver seu poder! A água obedece a suas ordens? Ela cura você? Mas eu nasci para me opor a Netuno.

O gigante colocou a mão embaixo da água. Ao passar entre seus dedos, a torrente se tornou verde-escura. Ele jogou um pouco em Percy, que instintivamente a desviou com sua força de vontade. O líquido respingou o chão à sua frente. Com um silvo horrível, a grama murchou e fumegou.

— Meu toque transforma água em veneno — contou Polibotes. — Vamos ver o que ele faz com seu sangue!

Ele lançou a rede em Percy, mas o menino pulou para sair do caminho e desviou a cascata direto para o rosto do gigante. Enquanto Polibotes estava temporariamente cego, Percy atacou. Ele cravou Contracorrente na barriga do inimigo, e então a retirou e se afastou com um salto, deixando o gigante rugindo de dor.

O golpe teria dissolvido qualquer monstro inferior, mas Polibotes apenas cambaleou e olhou para o icor dourado — o sangue dos imortais — que escorria de sua ferida. O corte já estava se fechando.

— Boa tentativa, semideus — rosnou ele. — Mas ainda assim vou liquidar você.

— Tem que me pegar primeiro — desafiou Percy.

Ele se virou e saiu correndo na direção da cidade.

— O quê? — gritou o gigante, incrédulo. — Está correndo, covarde? Fique aqui e morra!

Percy não tinha a menor intenção de fazer isso. Ele sabia que não conseguiria matar Polibotes sozinho. Mas tinha um plano.

Ele passou pela sra. O'Leary, que o olhou curiosa, com uma górgona se contorcendo na boca.

— Estou bem! — gritou Percy enquanto passava correndo, seguido por um gigante aos berros, sedento de sangue.

Ele saltou por cima de uma balista em chamas e se agachou quando Aníbal atirou um ciclope em seu caminho. Pelo canto do olho, viu Tyson esmagando um gegene no chão com sua clava. Ella voejava acima dele, desviando-se de mísseis e dando conselhos:

— A virilha. A virilha dos gegenes é sensível.

SMASH!

— Bom. Sim. Tyson encontrou a virilha dele.

— Percy precisa de ajuda? — gritou Tyson.

— Estou bem!

— Morra! — berrou Polibotes, aproximando-se rapidamente.

Percy continuou correndo.

Ao longe ele viu Hazel e Arion atravessando o campo de batalha a galope, derrubando centauros e *karpoi*. Um espírito dos grãos gritou "Trigo! Eu lhe darei trigo!", mas Arion o pisoteou, transformando-o em um monte de cereal matinal. A rainha Hylla e Reyna uniram forças, empilhadeira e pégaso seguindo juntos, dispersando as sombras escuras de guerreiros caídos. Frank transformou-se em elefante e atropelou alguns ciclopes, e Dakota segurava a águia de ouro no alto, descarregando relâmpagos em quaisquer monstros que ousassem desafiar a Quinta Coorte.

Tudo estava ótimo, mas Percy precisava de um tipo diferente de ajuda. Precisava de um deus.

Ele olhou para trás e viu que estava quase ao alcance do gigante. Para ganhar tempo, Percy escondeu-se atrás de uma das colunas do aqueduto. O gigante brandiu o tridente. Quando a coluna desmoronou, Percy usou a água liberada para guiar o colapso, derrubando várias toneladas de tijolos na cabeça do gigante.

Percy disparou na direção dos limites da cidade.

— Término! — gritou.

A estátua mais próxima do deus estava a uns vinte metros à frente. Seus olhos de pedra se abriram enquanto Percy corria em sua direção.

— Completamente inaceitável! — queixou-se ele. — Edifícios em chamas! Invasores! Leve-os embora daqui, Percy Jackson!

— Estou tentando — respondeu Percy. — Mas há um gigante, Polibotes.

— Sim, eu sei! Espere... Dê licença por um instante. — Término fechou os olhos, concentrado. Uma bala de canhão verde incandescente voou acima e de repente se vaporizou. — Não consigo deter *todos* os mísseis — queixou-se. — Por que eles não podem ser civilizados e atacar mais devagar? Eu sou um deus só.

— Ajude-me a matar o gigante — pediu Percy — e isso tudo vai acabar. Um deus e um semideus trabalhando juntos... É a única maneira de matá-lo.

Término fungou.

— Eu guardo fronteiras. Não mato gigantes. Isso não faz parte das atribuições de meu cargo.

— Término, por favor!

Percy deu outro passo à frente, e o deus gritou, indignado:

— Pare aí mesmo, jovem! Nenhuma arma dentro da Linha Pomeriana!

— Mas estamos sendo atacados.

— Eu não ligo! Regras são regras. Quando as pessoas não seguem as regras, eu fico muito, muito zangado.

Percy sorriu.

— Concentre-se nesse pensamento.

Ele correu de volta para o gigante.

— Ei, feioso!

— Rarrr!

Polibotes irrompeu do meio das ruínas do aqueduto. A água ainda caía nele, transformando-se em veneno e criando um pântano fumegante em torno de seus pés.

— Você... você vai morrer lentamente — prometeu o gigante. Ele apanhou o tridente, agora gotejando veneno verde.

À toda volta, a batalha ia se aplacando. Com os últimos monstros sendo liquidados, os amigos de Percy começavam a se reunir, formando um anel em torno do gigante.

— Vou fazê-lo prisioneiro, Percy Jackson — rosnou Polibotes. — Vou torturá-lo nas profundezas do mar. Todos os dias a água irá curá-lo, e todos os dias eu o deixarei mais próximo da morte.

— Essa é uma grande oferta — falou Percy. — Mas acho que, em vez disso, vou matá-lo.

Polibotes berrou enfurecido. Ele sacudiu a cabeça, e mais basiliscos voaram de seus cabelos.

— Para trás! — advertiu Frank.

Caos renovado espalhou-se pelas fileiras. Hazel esporeou Arion e colocou-se entre os basiliscos e os campistas. Frank mudou de forma — encolheu-se, transformando-se em algo esguio e peludo... Uma doninha? Percy pensou que Frank havia enlouquecido, mas, quando Frank atacou os basiliscos, os monstros ficaram desesperados. Fugiram serpenteando, perseguidos alucinadamente por Frank-doninha.

Polibotes apontou o tridente e correu para Percy. Quando o gigante alcançou a Linha Pomeriana, Percy saltou para um lado como um toureiro. Polibotes cruzou a toda os limites da cidade.

— JÁ CHEGA! — gritou Término. — Isso é CONTRA AS REGRAS!

Polibotes franziu a testa, obviamente confuso por estar levando bronca de uma estátua.

— O que é você? — grunhiu ele. — Cale a boca!

Ele tombou a estátua e se virou para Percy.

— Agora estou FURIOSO! — gritou Término. — Estou estrangulando você. Está sentindo? Essas são as minhas mãos em torno de seu pescoço, seu valentão. Venha cá! Vou lhe dar uma cabeçada tão forte...

— Já chega!

O gigante pisou na estátua e quebrou Término em três pedaços: pedestal, corpo e cabeça.

— Você NÃO FEZ ISSO! — berrou Término. — Percy Jackson, negócio fechado! Vamos matar esse pretensioso.

O gigante riu tanto que era tarde demais quando percebeu o ataque de Percy. O menino deu um salto, passando por cima do joelho do gigante, e cravou Contracorrente em uma das bocas metálicas do peitoral de Polibotes, afundando o bronze celestial até o cabo no peito dele. O gigante cambaleou para trás, tropeçando no pedestal de Término e desabando no chão. Enquanto tentava se levantar, agarrando a espada em seu peito, Percy ergueu a cabeça da estátua.

— Você nunca vencerá! — disse o gigante com um gemido. — Não pode me derrotar sozinho.

— Não estou sozinho. — Percy ergueu a cabeça de pedra diante do rosto do gigante. — Gostaria de lhe apresentar meu amigo, Término. Ele é um deus!

Tarde demais, compreensão e medo surgiram no rosto do gigante. Percy desceu a cabeça do deus com toda sua força no nariz de Polibotes, e o gigante se dissolveu, desintegrando-se em um amontoado fumegante de algas marinhas, pele de réptil e muco venenoso.

Percy afastou-se aos tropeços, completamente exausto.

— Ha! — disse a cabeça de Término. — Isso vai ensinar *o sujeito* a obedecer as regras de Roma.

Por um momento, o campo de batalha ficou silencioso, exceto por alguns focos de incêndio e uns monstros em pânico fugindo e gritando.

Um círculo irregular de romanos e amazonas formou-se em torno de Percy. Tyson, Ella e a sra. O'Leary estavam ali. Frank e Hazel sorriam para ele, cheios de orgulho. Arion mordiscava um escudo de ouro, feliz.

Os romanos começaram a entoar:

— Percy! Percy!

A multidão se aproximou e antes que Percy se desse conta, eles o ergueram sobre um escudo. O coro mudou para:

— Pretor! Pretor!

Entre os que gritavam estava a própria Reyna, que ergueu a mão e agarrou a de Percy, parabenizando-o. Então a multidão aclamadora de romanos o carregou ao longo da Linha Pomeriana, tomando o cuidado de evitar os limites de Término, e em seguida o escoltou de volta ao Acampamento Júpiter.

LI

PERCY

No Festival de Fortuna, campistas, amazonas e Lares lotaram o refeitório para um pródigo jantar. Até os faunos foram convidados, já que eles haviam ajudado ao enfaixar os feridos após a batalha. Espíritos do vento zuniam pela sala, levando pedidos de pizza, hambúrgueres, bifes, saladas, comida chinesa e *burritos*, todas voando em velocidade extrema.

Apesar da batalha exaustiva, estavam todos de bom humor. As baixas não tinham sido numerosas, e os poucos campistas que haviam morrido e voltado à vida anteriormente, como Gwen, não foram levados para o Mundo Inferior. Talvez Tânatos tivesse feito vista grossa para os acontecimentos. Ou talvez Plutão os tivesse liberado, como fizera com Hazel. Qualquer que fosse o caso, ninguém se queixou.

Estandartes coloridos das amazonas e dos romanos pendiam lado a lado nas vigas. A águia de ouro recuperada ocupava orgulhosa seu lugar atrás da mesa da pretora, e as paredes estavam decoradas com cornucópias — chifres mágicos de abundância que transbordavam com cascatas renováveis de frutas, chocolate e biscoitos fresquinhos.

As coortes se misturavam livremente com as amazonas, pulando à vontade de sofá em sofá, e enfim os soldados da Quinta eram bem-vindos em todo lugar. Percy trocou de mesa tantas vezes que se perdeu de seu jantar.

Havia muita paquera e queda de braço, o que pareciam ser sinônimos para as amazonas. Em uma ocasião, Percy foi encurralado por Kinzie, a amazona que o havia desarmado em Seattle. Ele teve que explicar que já tinha namorada. Felizmente, Kinzie aceitou bem. Ela lhe contou o que havia acontecido depois que eles deixaram Seattle — que Hylla havia derrotado a rival Otrera em dois duelos consecutivos até a morte, então as amazonas agora chamavam sua rainha de Hylla Duas Vezes Mortal.

— Otrera continuou morta da segunda vez — contou Kinzie, piscando. — Somos gratas a você por isso. Se algum dia precisar de uma namorada... Bem, acho que você ia ficar lindo com uma coleira de ferro e um macacão laranja.

Percy não sabia se ela estava brincando. Agradeceu educadamente e trocou de lugar.

Quando todos já haviam comido e os pratos pararam de voar, Reyna fez um breve discurso. Deu boas-vindas formais às amazonas, agradecendo-lhes a ajuda. Então abraçou a irmã, e todo mundo aplaudiu.

Reyna ergueu as mãos, pedindo silêncio.

— Minha irmã e eu nem sempre concordamos...

Hylla riu.

— Isso é um eufemismo.

— Ela se juntou às amazonas — continuou Reyna. — Eu vim para o Acampamento Júpiter. Mas, olhando este salão, acho que nós duas fizemos boas escolhas. Estranhamente, nossos destinos foram possíveis graças ao herói que vocês acabaram de elevar à posição de pretor no campo de batalha: Percy Jackson.

Mais vivas. As irmãs ergueram as taças para Percy e indicaram que ele se aproximasse.

Todos pediram um discurso, mas Percy não sabia o que dizer. Ele protestou, dizendo que realmente não era a melhor pessoa para o posto de pretor, mas os campistas abafaram suas palavras com aplausos. Reyna tirou a plaquinha de *probatio* dele. Octavian lançou-lhe um olhar venenoso, então virou-se para a multidão e sorriu, como se tudo aquilo fosse ideia dele. Ele eviscerou um ursinho de pelúcia e anunciou bons presságios para o ano vindouro — Fortuna iria abençoá-los! Ele passou a mão no braço de Percy e gritou:

— Percy Jackson, filho de Netuno, primeiro ano de serviço!

Os símbolos romanos queimaram no braço de Percy: um tridente, SPQR e uma divisa. Percy sentiu como se alguém pressionasse um ferro quente em sua pele, mas conseguiu não gritar.

Octavian o abraçou e sussurrou:

— Espero que tenha doído.

Então Reyna lhe deu uma medalha de águia e um manto roxo, símbolos do pretor.

— Você os mereceu, Percy.

A rainha Hylla bateu nas costas dele.

— E eu decidi não matar você.

— Hum, obrigado — falou Percy.

Ele deu mais uma volta pelo refeitório, porque todos os campistas o queriam à sua mesa. O Lar Vitellius o seguia, tropeçando na toga roxa bruxuleante e ajeitando a espada, dizendo a todos que previra a ascensão de Percy à grandeza.

— Exigi que ele ingressasse na Quinta Coorte! — disse o fantasma, orgulhoso. — Enxerguei seu talento imediatamente!

Don Fauno apareceu usando um chapéu de enfermeiro e segurando um punhado de biscoitos em cada mão.

— Cara, parabéns e tal! Incrível! Ei, você tem algum trocado sobrando?

Toda aquela atenção constrangia Percy, mas ele se sentia feliz ao ver como Hazel e Frank estavam sendo tratados. Todos os chamavam de salvadores de Roma, e eles mereciam. Falava-se até em reintegrar o bisavô de Frank, Shen Lun, ao rol de honra da legião. Aparentemente, ele não havia causado o terremoto de 1906, afinal.

Percy ficou algum tempo sentado com Tyson e Ella, que eram convidados de honra na mesa de Dakota. Tyson pedia a todo instante sanduíches de manteiga de amendoim, comendo-os tão rapidamente quanto as ninfas os entregavam. Ella, empoleirada no ombro dele no sofá, comia vorazmente pães doces com canela.

— Pães doces com canela são bons para harpias — disse ela. — Vinte e quatro de junho é um bom dia. Aniversário de Roy Disney, Festival de Fortuna e Dia da Independência em Zanzibar. E Tyson.

Ela olhou para Tyson, então corou e desviou os olhos.

* * *

Depois do jantar, a legião inteira ganhou a noite de folga. Percy e seus amigos passearam até a cidade, que ainda não estava totalmente recuperada da batalha. Mas os incêndios haviam sido apagados, a maior parte dos escombros fora removida e os cidadãos estavam determinados a celebrar.

Na Linha Pomeriana, a estátua de Término usava um chapéu de festa de papel.

— Bem-vindo, pretor! — exclamou ele. — Se precisar esmagar o rosto de mais algum gigante enquanto estiver na cidade, é só me falar.

— Obrigado, Término — respondeu Percy. — Vou me lembrar disso.

— Sim, ótimo. Sua capa de pretor está dois centímetros abaixo da posição à esquerda. Pronto... assim está melhor. Cadê minha assistente? Julia!

A garotinha saiu correndo de detrás do pedestal. Usava um vestido verde, o cabelo ainda em estilo maria-chiquinha. Quando ela sorriu, Percy viu que seus dentes da frente começavam a nascer. Ela estendeu uma caixa cheia de chapéus de festa.

Percy tentou recusar, mas Julia o encarou com os olhos grandes e adoráveis.

— Ah, claro — disse ele. — Fico com a coroa azul.

Ela ofereceu a Hazel um chapéu dourado de pirata.

— Quando crescer, vou ser Percy Jackson — contou ela a Hazel, solene.

Hazel sorriu e passou a mão em seu cabelo.

— É algo bom de ser, Julia.

— No entanto — falou Frank, escolhendo um chapéu com formato de cabeça de um urso polar —, Frank Zhang também seria bom.

— Frank! — exclamou Hazel.

Eles puseram os chapéus e seguiram até o fórum, que estava iluminado com lâmpadas multicoloridas. As fontes tinham um brilho roxo. Os cafés fervilhavam e músicos de rua enchiam o ar com os sons de violão, lira, flautas e ruídos feitos com a axila. (Percy não entendeu esse último. Talvez fosse uma antiga tradição musical romana.)

A deusa Íris também devia estar com espírito festivo. Quando Percy e os amigos passaram pelo Senado danificado, um arco-íris deslumbrante surgiu no céu noturno. Infelizmente, a deusa enviou ainda outra bênção — uma chuva suave de imitações de *cupcake* sem glúten da P.E.V.O.A.I., o que Percy imaginou que dificultaria a limpeza ou facilitaria a reconstrução. Os *cupcakes* dariam ótimos tijolos.

Percy ficou perambulando um pouco pelas ruas com Hazel e Frank, que esbarravam os ombros o tempo todo.

Por fim, ele disse:

— Estou um pouco cansado, pessoal. Vão em frente.

Hazel e Frank protestaram, mas Percy percebeu que eles queriam um tempo sozinhos.

Enquanto voltava para o acampamento, Percy viu a sra. O'Leary brincando com Aníbal no Campo de Marte. Ela finalmente encontrara um amigo com quem podia fazer algazarra de igual para igual. Eles corriam para lá e para cá, chocando-se um contra o outro, quebrando fortificações e se divertindo muito.

Nos portões do forte, Percy parou e olhou pelo vale. Parecia que muito tempo se passara desde que estivera ali com Hazel, vendo pela primeira vez toda a dimensão do acampamento. Agora ele estava mais interessado em ver o horizonte a leste.

No dia seguinte, talvez no posterior, seus amigos do Acampamento Meio-Sangue chegassem. Por mais que gostasse do Acampamento Júpiter, mal podia esperar para rever Annabeth. Percy ansiava por sua vida antiga — Nova York e o Acampamento Meio-Sangue —, mas algo lhe dizia que talvez ainda demorasse um pouco até ele voltar para casa. Gaia e os gigantes ainda não tinham parado de causar problemas — nem perto disso.

Reyna dera a Percy a casa do segundo pretor na Via Principalis, mas, assim que olhou o interior, Percy soube que não poderia ficar ali. O lugar era legal, mas ali estavam os pertences de Jason Grace. Percy já se sentia pouco à vontade tirando o título de pretor de Jason. Ele não queria ficar com a casa do cara também. A situação já seria bastante incômoda quando Jason voltasse — e Percy tinha certeza de que ele estaria naquele navio de guerra com cabeça de dragão.

Ele voltou para o alojamento da Quinta Coorte e subiu em seu beliche. Apagou instantaneamente.

Percy sonhou que atravessava o Pequeno Tibre levando Juno nos braços.

Ela estava disfarçada de mendiga velha e maluca, sorrindo e cantando uma canção de ninar em grego antigo enquanto suas mãos enrugadas e ásperas agarravam o pescoço de Percy.

— Você ainda quer me bater, querido? — perguntou ela.

Percy parou no meio do rio. Ele soltou a deusa na água.

No momento em que ela caiu, Juno sumiu e reapareceu na margem.

— Ah, puxa! — Ela riu. — Isso não foi muito heroico, nem mesmo em um sonho!

— Oito meses — falou Percy. — Você roubou oito meses de minha vida por uma missão que durou uma semana. Por quê?

Juno estalou a língua em desaprovação.

— Vocês mortais e suas vidas curtas. Oito meses não são nada, meu querido. Uma vez, perdi oito séculos, deixei passar a maior parte do Império Bizantino.

Percy convocou o poder do rio. A água girou a seu redor, um turbilhão de espuma.

— Ora, ora — disse Juno. — Não fique irritado. Se quisermos derrotar Gaia, nossos planos devem estar em perfeita sincronia. Primeiro, eu precisava de Jason e seus amigos para me libertar de minha prisão...

— Sua prisão? Você estava na prisão e eles a libertaram?

— Não fique tão surpreso, querido! Sou uma doce velhinha. De qualquer modo, você não era necessário no Acampamento Júpiter até *agora*, para salvar os romanos em seu momento de maior crise. Os oito meses de entretempo... bem, tenho outros planos em andamento, meu garoto. Resistir a Gaia, trabalhar pelas costas de Júpiter, proteger seus amigos... É trabalho em tempo integral! Se eu tivesse que protegê-lo dos monstros e esquemas de Gaia também e mantê-lo escondido de seus amigos no leste... não, muito melhor você tirar uma soneca segura. Você teria sido uma distração... uma bala perdida.

— Uma distração. — Percy sentiu a água subindo com sua raiva, girando mais rápido à sua volta. — Uma bala perdida.

— Exatamente. Fico feliz que compreenda.

Percy mandou uma onda para cima da velha, mas Juno simplesmente desapareceu e se materializou em outro ponto da margem.

— Puxa — disse ela —, você *está* de mau humor. Mas sabe que tenho razão. Sua chegada aqui foi na hora certa. Eles agora confiam em você. É um herói de Roma. E enquanto você dormia Jason Grace aprendeu a confiar nos gregos. Eles tiveram tempo de construir o *Argo II*. Juntos, você e Jason irão unir os acampamentos.

— Por que eu? — perguntou Percy. — Você e eu nunca nos demos bem. Por que você ia querer uma bala perdida em seu time?

— Por que eu *conheço* você, Percy Jackson. Em muitos aspectos, você é impulsivo, mas, quando se trata de seus amigos, é tão fiel quanto a agulha de uma bússola. Você é inabalavelmente leal, e inspira lealdade. É a cola que irá unir os sete.

— Ótimo — respondeu Percy. — Sempre sonhei em ser cola.

Juno entrelaçou os dedos tortos.

— Os heróis do Olimpo devem se unir! Após sua vitória sobre Cronos em Manhattan... bem, receio que aquilo tenha ferido a autoestima de Júpiter.

— Porque eu tinha razão — afirmou Percy. — E ele, não.

A velha deu de ombros.

— Ele devia estar acostumado a isso, após tantos séculos casado comigo, mas ai de mim! Meu orgulhoso e teimoso marido se recusa a pedir ajuda de novo a meros semideuses. Ele acredita que os gigantes possam ser combatidos sem vocês, e que Gaia possa ser forçada a dormir novamente. Eu sei que não. Mas vocês precisam provar seu valor. Somente navegando para as terras antigas e fechando as Portas da Morte vocês convencerão Júpiter de que são dignos de lutar lado a lado com os deuses. Essa será a maior das missões desde que Eneias partiu de Troia!

— E se falharmos? — perguntou Percy. — Se romanos e gregos não se derem bem?

— Então Gaia já venceu. Vou lhe dizer uma coisa, Percy Jackson. Quem vai lhe causar o maior problema será aquela que está mais próxima de você... aquela que mais me odeia.

— Annabeth? — Percy sentiu sua raiva crescer novamente. — Você nunca gostou dela. Agora a está chamando de problemática? Você não sabe nada a respeito dela. Annabeth é a pessoa em quem eu *mais* confiaria para cuidar de minha retaguarda.

A deusa deu um sorriso frio.

— Veremos, jovem herói. Ela tem uma árdua tarefa diante de si quando vocês chegarem a Roma. Se ela vai estar à altura... não sei.

Percy convocou um punho de água e o lançou na velha. Quando a água voltou, ela havia desaparecido.

O rio turbilhonou, fugindo ao controle de Percy. Ele afundou na escuridão do redemoinho.

LII

PERCY

Na manhã seguinte, Percy, Hazel e Frank tomaram café da manhã cedo e depois seguiram para a cidade antes do horário marcado para a sessão do Senado. Como Percy era agora pretor, podia ir aonde quisesse, quando quisesse.

No caminho, eles passaram pelos estábulos, onde Tyson e a sra. O'Leary dormiam. Tyson roncava em uma cama de feno perto dos unicórnios, com uma expressão de contentamento no rosto, como se estivesse sonhando com pôneis. A sra. O'Leary estava deitada de costas, cobrindo as orelhas com as patas. No telhado do estábulo, Ella se acomodara em um amontoado de antigos pergaminhos romanos, com a cabeça enfiada sob as asas.

Quando chegaram ao fórum, eles se sentaram perto das fontes e ficaram observando o sol subir. Os cidadãos já se encontravam ocupados varrendo imitações de *cupcakes*, confetes e chapéus de festa da celebração da noite anterior. O corpo de engenheiros trabalhava em um novo arco que comemoraria a vitória sobre Polibotes.

Hazel contou que até ouvira falarem de um *triunfo* formal para eles três — um desfile pela cidade, seguido por uma semana de jogos e festejos —, mas Percy sabia que isso nunca aconteceria. Eles não tinham tempo.

Percy contou-lhes sobre seu sonho com Juno.

Hazel franziu a testa.

— Os deuses estavam ocupados ontem à noite. Mostre a ele, Frank.

Frank levou a mão ao bolso do casaco. Percy pensou que ele fosse pegar seu pedaço de lenha, mas ele tirou um livro fino de capa mole e um bilhete escrito em papel de carta vermelho.

— Estavam em meu travesseiro hoje de manhã. — Ele os entregou a Percy. — Como se a Fada do Dente tivesse me visitado.

O livro era *A arte da guerra*, de Sun Tzu. Percy nunca ouvira falar dele, mas podia imaginar quem o havia mandado. A carta dizia: *Bom trabalho, garoto. A melhor arma de um homem de verdade é a mente. Este era o livro preferido de sua mãe. Dê uma lida. P.S.: Espero que seu amigo Percy tenha aprendido a me respeitar.*

— Uau! — Percy devolveu-lhe o livro. — Talvez Marte *seja* diferente de Ares. Não creio que Ares saiba ler.

Frank folheou o livro.

— Tem muita coisa aqui sobre sacrifício, sobre saber o preço da guerra. Lá em Vancouver, Marte me disse que eu teria que colocar o dever antes da minha vida, ou a guerra inteira iria descambar. Pensei que ele se referia a libertar Tânatos, mas agora... não sei. Ainda estou vivo, então talvez o pior ainda esteja por vir.

Ele lançou um olhar nervoso para Percy, que teve a sensação de que Frank não estava lhe contando tudo. O menino se perguntou se Marte teria dito alguma coisa sobre *ele*, mas não sabia se queria descobrir.

Além disso, Frank já dera o suficiente. Vira a casa de sua família ser incendiada. Perdera a mãe e a avó.

— Você arriscou sua vida — falou Percy. — Estava disposto a morrer para salvar a missão. Marte não pode esperar mais que isso.

— Talvez — disse Frank, incerto.

Hazel apertou a mão dele.

Os dois pareciam mais confortáveis um com o outro nessa manhã, não tão nervosos e sem jeito. Percy ficou imaginando se eles tinham começado a namorar. Esperava que sim, mas achou melhor não perguntar.

— Hazel, e quanto a você? — indagou Percy. — Alguma notícia de Plutão?

Ela baixou os olhos. Vários diamantes saltaram do chão a seus pés.

— Não — admitiu. — De certa forma, acho que ele mandou uma mensagem por meio de Tânatos. Meu nome não estava naquela lista de almas fugidas. Deveria estar.

— Acha que seu pai está liberando você? — perguntou Percy.

Hazel deu de ombros.

— Plutão não pode me visitar nem sequer falar comigo sem reconhecer que estou viva. Nesse caso ele teria que aplicar as leis da morte e fazer Tânatos me levar de volta ao Mundo Inferior. Acho que meu pai está fazendo vista grossa. Acho... acho que ele quer que eu encontre Nico.

Percy olhou para o sol nascente, esperando ver um navio de guerra descendo do céu. Até agora, nada.

— Vamos encontrar seu irmão — prometeu Percy. — Assim que o navio chegar aqui, vamos partir para Roma.

Hazel e Frank trocaram olhares inquietos, como se já tivessem conversado sobre isso.

— Percy... — começou Frank. — Se você quiser nossa companhia, estamos dentro. Mas tem certeza? Quer dizer... sabemos que você tem um monte de amigos no outro acampamento. E agora você pode escolher qualquer um no Acampamento Júpiter. Se não formos parte dos sete, vamos compreender...

— Vocês estão brincando? — perguntou Percy. — Acham que eu deixaria minha equipe para trás? Depois de sobreviver ao germe de trigo de Fleecy, de fugir de canibais e de nos escondermos embaixo de traseiros gigantes azuis no Alasca? Nem pensar!

A tensão se desfez. Os três começaram a gargalhar, talvez um pouquinho demais, mas era um alívio estarem vivos, sob o calor do sol brilhante e sem se preocuparem — pelo menos por ora — com rostos sinistros aparecendo nas sombras das colinas.

Hazel respirou fundo.

— A profecia que Ella nos contou... sobre a filha da sabedoria, e a marca de Atena incendiando Roma... você sabe o que isso significa?

Percy lembrou-se do sonho. Juno o advertira de que Annabeth tinha uma tarefa difícil diante de si, e que ela causaria problemas para a missão. Ele não acreditava, mas ainda assim... isso o inquietava.

— Não sei — admitiu ele. — Acho que essa profecia tem mais informações. Talvez Ella consiga se lembrar do restante.

Frank guardou o livro no bolso.

— Precisamos levá-la conosco... Quer dizer, para a segurança dela. Se Octavian descobrir que Ella decorou os livros sibilinos...

Percy estremeceu. Octavian usava profecias para assegurar seu poder no acampamento. Agora que Percy havia tirado sua chance de ser pretor, Octavian buscaria outras formas de exercer influência. Se pusesse as mãos em Ella...

— Você tem razão — concordou Percy. — Temos que protegê-la. Só espero que consigamos convencê-la...

— Percy!

Tyson passou correndo pelo fórum, e Ella voava atrás dele trazendo um pergaminho nas garras. Quando chegaram à fonte, Ella deixou cair o pergaminho no colo de Percy.

— Entrega especial — anunciou ela. — De uma das *aurae*. Um espírito do vento. Sim, Ella tem uma entrega especial.

— Bom dia, irmãos! — Tyson estava com feno nos cabelos e manteiga de amendoim nos dentes. — O pergaminho é de Leo. Ele é engraçado e pequeno.

O rolo não parecia nada extraordinário, mas quando Percy o abriu no colo, um vídeo tremeluziu no pergaminho. Um garoto de armadura grega sorriu para eles. Tinha um rosto travesso, cabelos pretos encaracolados e olhos agitados, como se tivesse acabado de tomar várias xícaras de café. Estava sentado em uma sala escura com paredes de madeira, como uma cabine de navio. Lamparinas a óleo balançavam no teto.

Hazel abafou um grito.

— O que foi? — perguntou Frank. — Qual o problema?

Lentamente, Percy se deu conta de que o garoto de cabelos encaracolados parecia familiar — e não só de seus sonhos. Ele vira aquele rosto em uma foto antiga.

— Ei! — falou o garoto no vídeo. — Saudações de seus amigos do Acampamento Meio-Sangue etc. Aqui é Leo. Eu sou o... — Ele desviou o olhar da tela e gritou: — Qual é meu título? Sou almirante, comandante ou...

Uma voz de garota gritou de volta:

— Garoto da manutenção.

— Muito engraçado, Piper — resmungou Leo. Ele se voltou para a tela do pergaminho. — Então, é, eu sou... ah... comandante supremo do *Argo II*. É, gostei disso! Enfim, vamos chegar até vocês em cerca de, não sei, uma hora neste navio grande de guerra. Ficaríamos agradecidos se vocês, tipo, não nos abatessem no céu nem nada assim. Se puderem dizer isso aos romanos. Até daqui a pouco. Seu camarada de semideusice e coisa e tal. Paz e desligo.

O pergaminho se apagou.

— Não pode ser — disse Hazel.

— O quê? — perguntou Frank. — Você conhece aquele cara?

Hazel parecia ter visto um fantasma. Percy entendeu o porquê. Ele se lembrou da foto na casa abandonada de Hazel em Seward. O garoto no navio de guerra era idêntico ao antigo namorado de Hazel.

— É Sammy Valdez — falou ela. — Mas como... como...

— Não pode ser — rebateu Percy. — O nome desse cara é Leo. E já se passaram setenta e tantos anos. Tem que ser uma...

Ele queria dizer *uma coincidência*, mas não conseguia se obrigar a acreditar nisso. Ao longo dos últimos anos, Percy vira muitas coisas: destino, profecia, magia, monstros, sina. Mas até o momento não encontrara nenhuma coincidência.

Foram interrompidos por cornetas tocando ao longe. Os senadores entraram marchando no fórum, com Reyna na frente.

— Hora da reunião — anunciou Percy. — Vamos. Temos que avisá-los do navio.

— Por que deveríamos confiar nesses gregos? — dizia Octavian.

Ele andava de um lado para o outro no Senado havia cinco minutos, falando sem parar, tentando refutar o que Percy lhes dissera sobre o plano de Juno e a Profecia dos Sete.

Os senadores remexiam-se inquietos, mas a maioria tinha muito medo de interromper a empolgação de Octavian. Enquanto isso, o sol subia no céu, vazando luz pelo telhado quebrado do Senado e colocando Octavian sob um holofote natural.

O salão estava lotado. A rainha Hylla, Frank e Hazel sentavam-se na primeira fileira com os senadores. Veteranos e fantasmas enchiam as fileiras dos fundos. Até Tyson e Ella tiveram permissão para se sentar lá atrás. Tyson ficava acenando e sorrindo para Percy.

Percy e Reyna ocupavam cadeiras iguais de pretor no tablado, o que fazia ele se sentir constrangido. Não era fácil parecer digno usando um lençol e uma capa roxa.

— O acampamento está em segurança — continuou Octavian. — Faço questão de parabenizar nossos heróis por trazerem de volta a águia da legião e todo esse ouro imperial! Fomos verdadeiramente abençoados com a boa fortuna. Mas por que fazer mais? Por que tentar o destino?

— Que bom que perguntou. — Percy se levantou, tomando a pergunta como uma abertura.

Octavian gaguejou:

— Eu não...

— ...fez parte da missão — completou Percy. — Sim, eu sei. E você é sábio ao deixar que eu explique, já que eu fiz.

Alguns dos senadores riram. Octavian não teve outra saída senão se sentar e tentar não parecer constrangido.

— Gaia está acordando — falou Percy. — Derrotamos dois de seus gigantes, mas isso é só o começo. A verdadeira guerra acontecerá na antiga terra dos deuses. A missão irá nos levar para Roma e, com o tempo, até a Grécia.

Uma onda de apreensão se espalhou pelo Senado.

— Eu sei, eu sei — continuou Percy. — Vocês sempre pensaram nos gregos como seus inimigos. E há uma boa razão para isso. Acho que os deuses mantiveram nossos acampamentos separados porque, sempre que nos encontramos, brigamos. Mas isso pode mudar. *Precisa* mudar se quisermos derrotar Gaia. É isso o que a Profecia dos Sete significa. Sete semideuses, gregos e romanos, terão que fechar as Portas da Morte juntos.

— Ah! — gritou um Lar na fileira mais ao fundo. — O último pretor que tentou interpretar a Profecia dos Sete foi Michael Varus, que perdeu nossa águia no Alasca! Por que deveríamos acreditar em você agora?

Octavian deu um sorriso presunçoso. Alguns de seus aliados no Senado começaram a concordar com a cabeça e a resmungar. Mesmo alguns dos veteranos pareciam em dúvida.

— Eu atravessei o Pequeno Tibre carregando Juno — lembrou Percy, falando com toda firmeza de que era capaz. — *Ela* me disse que a Profecia dos Sete está se aproximando. Marte também apareceu para vocês pessoalmente. Acham que dois de seus deuses mais importantes apareceriam no acampamento se a situação não fosse séria?

— Ele tem razão — apoiou Gwen da segunda fileira. — Eu, de minha parte, confio na palavra de Percy. Grego ou não, ele restaurou a honra da legião. Vocês o viram no campo de batalha ontem à noite. Alguém aqui diria que ele não é um verdadeiro herói de Roma?

Ninguém discutiu. Alguns assentiram, concordando.

Reyna se levantou. Percy a observou, ansioso. A opinião dela podia mudar tudo — para melhor ou para pior.

— Você alega que esta é uma missão conjunta — disse ela. — Alega que Juno pretende que trabalhemos com esse... esse outro grupo, o Acampamento Meio-Sangue. No entanto, os gregos são nossos inimigos há eras. Eles são famosos por seus ardis.

— Pode ser — concedeu Percy. — Mas inimigos podem se tornar amigos. Há uma semana, vocês pensariam que romanos e amazonas lutariam lado a lado?

A rainha Hylla riu.

— Boa observação.

— Os semideuses do Acampamento Meio-Sangue *já* têm trabalhado com o Acampamento Júpiter — continuou Percy. — Nós só não percebemos. Durante a Guerra dos Titãs, no verão passado, enquanto vocês atacavam o Monte Otris, nós defendíamos o Monte Olimpo em Manhattan. Eu mesmo lutei contra Cronos.

Reyna recuou, quase tropeçando na toga.

— Você... *o quê*?

— Sei que é difícil acreditar — disse Percy. — Mas acho que conquistei a confiança de vocês. Estou do seu lado. Hazel e Frank... tenho certeza de que eles estão destinados a ir comigo nessa missão. Os outros quatro estão vindo do Acampamento Meio-Sangue para cá agora mesmo. Um deles é Jason Grace, seu antigo pretor.

— Ah, por favor! — gritou Octavian. — Ele agora está inventando coisas.

Reyna franziu a testa.

— É muita informação para acreditar. Jason está voltando com um monte de semideuses gregos? Você está dizendo que eles vão aparecer no céu em um navio de guerra fortemente armado, mas que não devemos nos preocupar.

— Sim. — Percy olhou para as fileiras de espectadores nervosos e indecisos. — Deixem que eles pousem. Ouçam o que eles têm a dizer. Jason irá confirmar tudo que estou lhes dizendo. Juro por minha vida.

— Por sua vida? — Octavian lançou um olhar significativo para o Senado. — Nós vamos nos lembrar disso se esta história for um truque.

Bem na hora, um mensageiro entrou correndo no Senado, arquejante, como se tivesse corrido do acampamento até ali.

— Pretores! Lamento interromper, mas nossos batedores relatam...

— Navio! — disse Tyson, feliz, apontando o buraco no teto. — Eba!

De fato, um navio de guerra grego emergia das nuvens, a pouco menos de um quilômetro de distância, descendo na direção do Senado. À medida que se aproximava, Percy conseguia ver escudos de bronze reluzindo nas laterais, velas enfunadas e uma figura de proa familiar com o formato de um dragão de metal. No mastro mais alto, uma grande bandeira branca de trégua se agitava ao vento.

O *Argo II*. Era o navio mais incrível que ele já vira.

— Pretores! — gritou o mensageiro. — Quais são suas ordens?

Octavian pôs-se de pé de um salto.

— Você precisa perguntar? — Seu rosto estava vermelho de raiva. Ele estrangulava o ursinho de pelúcia. — Os presságios são *horríveis*! Isso é um truque, um ardil. Cuidado com gregos trazendo presentes!

Ele apontou um dedo para Percy.

— Os *amigos* dele estão atacando em um navio de guerra. Ele os *trouxe* até aqui. Devemos atacar!

— Não — reagiu Percy com firmeza. — Vocês todos me escolheram como pretor por uma razão. Lutarei com minha vida para defender este acampamento. Mas esses não são inimigos. Digo que fiquemos de prontidão, mas *não* ataquemos. Deixem que eles pousem. Deixem que eles falem. Se for um truque, então lutarei com vocês, como fizemos ontem à noite. Mas *não* é um truque.

Todos os olhos se voltaram para Reyna.

Ela estudou o navio que se aproximava. Sua expressão endureceu. Se ela vetasse as ordens de Percy... bem, ele não sabia o que aconteceria. Caos e confusão, no mínimo. O mais provável seria os romanos a seguirem. Ela havia sido líder deles por muito mais tempo que Percy.

— Não ataquem — ordenou Reyna. — Mas mantenham a legião a postos. Percy Jackson é pretor por escolha legítima. Acreditaremos em sua palavra...

A menos que tenhamos razão clara do contrário. Senadores, vamos nos encaminhar ao fórum e encontrar nossos... novos amigos.

Os senadores debandaram do auditório — Percy não tinha certeza se por entusiasmo ou pânico. Tyson correu atrás deles, gritando "Eba! Eba!", com Ella voando em torno de sua cabeça.

Octavian lançou um olhar de aversão para Percy, e então atirou no chão seu ursinho de pelúcia e seguiu a multidão.

Reyna permaneceu ao lado de Percy.

— Eu o apoio, Percy — disse ela. — Confio em seu julgamento. Mas, para nosso próprio bem, espero que possamos manter a paz entre nossos campistas e seus amigos gregos.

— Nós vamos — prometeu Percy. — Você vai ver.

Ela ergueu os olhos para o navio. Sua expressão ficou um pouco saudosa.

— Você diz que Jason está a bordo... espero que seja verdade. Sinto falta dele.

Ela então saiu, deixando Percy sozinho com Hazel e Frank.

— Eles vão descer bem no fórum — observou Frank, nervoso. — Término vai ter um ataque cardíaco.

— Percy — falou Hazel —, você jurou por sua vida. Os romanos levam isso a sério. Se algo acontecer, mesmo que por acidente, Octavian vai matá-lo. Você sabe disso, não é?

Percy sorriu. Ele sabia que havia muito em jogo. Sabia que nesse dia tudo poderia dar horrivelmente errado. Mas também sabia que Annabeth estava naquele navio. Se tudo corresse *bem*, esse seria o melhor dia de sua vida.

Ele passou um braço em torno de Hazel e outro em torno de Frank.

— Vamos — disse. — Quero apresentá-los à minha *outra* família.

Glossário

absurdus fora de lugar, em discordância

Alcioneu o mais velho dos gigantes nascidos de Gaia, destinado a combater Plutão

amazonas nação exclusivamente de mulheres guerreiras

Anaklusmos Contracorrente. Nome da espada de Percy Jackson

Aquiles o mais poderoso dos semideuses gregos, lutou na Guerra de Troia

argentum prata

argonautas grupo de heróis gregos que acompanharam Jasão em sua missão em busca do Velocino de Ouro. O nome vem do navio do grupo, o *Argo*, batizado em homenagem a seu construtor, Argos

augúrio sinal de algum porvir, presságio; prática de adivinhar o futuro

aurae espíritos do vento invisíveis

aurum ouro

balista escorpião arma de cerco romana de longo alcance, que arremessava grandes projéteis em um alvo distante

basilisco cobra, literalmente "pequena coroa"

Belerofonte semideus grego, filho de Poseidon, que cavalgava pégaso e derrotava monstros

Belona deusa romana da guerra

Bizâncio império oriental que durou ainda mil anos após a queda de Roma, sob influência grega

bronze celestial metal raro letal para monstros

Campos da Punição seção do Mundo Inferior onde almas malignas são eternamente torturadas

Campos de Asfódelos seção do Mundo Inferior onde descansam as almas de pessoas que tiveram vidas equilibradas entre o bem e o mal

Caronte barqueiro de Hades que leva as almas dos recém-falecidos pelos Rios Estige e Aqueronte, que separam o mundo dos vivos do mundo dos mortos

centauro raça de criaturas metade homem, metade cavalo

centurião oficial do exército romano

Cérbero cão de três cabeças que guarda os portões do Mundo Inferior

Ceres deusa romana da agricultura

ciclope membro de uma raça primordial de gigantes, que tem um único olho no meio da testa

cinto da rainha Hipólita Hipólita usava um cinto de ouro — presente de Ares, seu pai — que significava sua realeza dentre as amazonas e também lhe dava força

coorte unidade militar romana

denário a moeda mais comum no sistema monetário romano

dracma moeda de prata da Grécia Antiga

Elísio local de descanso final das almas dos heroicos e dos virtuosos no Mundo Inferior

Érebo lugar de escuridão entre a Terra e o Hades

Esculápio deus romano da medicina e da cura

espata espada de cavalaria

fauno deus romano da floresta, parte bode e parte homem. Forma grega: sátiro

ferro estígio como o bronze celestial e o ouro imperial, é um metal mágico capaz de matar monstros

Fineu filho de Poseidon, tinha o dom da profecia. Quando revelou muitos dos planos dos deuses, Zeus o puniu com a cegueira

Fortuna deusa romana da fortuna e da sorte

Fulminata armada com raios. Legião romana sob o comando de Júlio César, cujo emblema era um relâmpago (*fulmen*)

Gaia deusa da terra; mãe dos titãs, gigantes, ciclopes e outros monstros. Conhecida dentre os romanos como Terra

gegenes monstros nascidos da terra

gládio espada curta

górgonas três irmãs monstruosas (Esteno, Euríale e Medusa), que têm cabelos de serpentes vivas venenosas; os olhos de Medusa podem transformar em pedra aqueles que a encaram

graecus grego; inimigo; forasteiro

greva peça da armadura para a canela

Guerra de Troia guerra travada contra a cidade de Troia pelos gregos, depois que Páris de Troia roubou Helena de seu marido, Menelau, o rei de Esparta. Começou com uma disputa entre as deusas Atena, Hera e Afrodite

harpia criatura fêmea alada que apanha objetos

Hércules equivalente romano de Héracles; filho de Júpiter e Alcmena, nasceu com grande força

hiperbóreos gigantes pacíficos do norte

icor sangue dourado dos imortais

Íris deusa do arco-íris

Juno deusa romana das mulheres, do casamento e da fertilidade; irmã e esposa de Júpiter; mãe de Marte. Forma grega: Hera

Júpiter rei romano dos deuses; também chamado de Júpiter Optimus Maximus (o melhor e o maior). Forma grega: Zeus

karpoi espíritos dos grãos

Lar deus da casa, espírito ancestral

legião a principal unidade do exército romano, consistindo em tropas de infantaria e cavalaria

legionário membro de uma legião

lestrigões canibais altos do norte, possivelmente a origem da lenda do Sasquatch

Liberália festival romano que celebrava o rito de passagem de um menino à idade adulta

livros sibilinos conjunto de profecias em versos rimados escritos em grego. Tarquínio Soberbo, um rei de Roma, comprou-os de uma profetisa chamada Sibila e os consultava em épocas de grande perigo

Lupa loba romana sagrada que amamentou os gêmeos abandonados Rômulo e Remo

Marte deus romano da guerra; também chamado de Marte Ultor. Patrono do império; pai divino de Rômulo e Remo. Forma grega: Ares

Minerva deusa romana da sabedoria. Forma grega: Atena

Monte Otris base dos titãs durante a guerra de dez anos com os deuses olimpianos; quartel-general de Saturno

nebulae ninfas das nuvens

Netuno deus romano dos mares. Forma grega: Poseidon

Névoa força mágica que disfarça coisas aos olhos dos mortais

Otrera primeira rainha das amazonas, filha de Ares

ouro imperial metal raro letal para monstros, consagrado no Panteão; sua existência era um segredo muito bem-guardado dos imperadores

Panteão templo dedicado a todos os deuses da Roma Antiga

Pentesileia rainha das amazonas; filha de Ares e Otrera, outra rainha amazona

Periclimeno príncipe grego de Pilos e filho de Poseidon, que lhe deu a capacidade de mudar de forma. Era famoso por sua força e participou da viagem dos argonautas

pilo lança romana

Plutão deus romano da morte e das riquezas. Equivalente grego: Hades

Polibotes gigante filho de Gaia, a Mãe Terra

pretor pessoa eleita para magistrado e comandante do exército romano

Príamo rei de Troia durante a Guerra de Troia

principia quartel-general em um campo romano

probatio período de experiência para novos recrutas em uma legião

pugio uma adaga romana

reciário gladiador romano que lutava com uma rede e um tridente

revista inspeção militar formal

Rio Estige rio que forma a fronteira entre a Terra e o Mundo Inferior

Rio Tibre o terceiro maior rio em extensão da Itália. Roma foi fundada em suas margens. Na Roma Antiga, criminosos executados eram atirados no rio

Rômulo e Remo filhos gêmeos de Marte e da sacerdotisa Reia Sílvia que foram atirados no Rio Tibre por seu pai humano, Amúlio. Foram resgatados e criados por uma loba e, quando alcançaram a idade adulta, fundaram Roma

Saturno deus romano da agricultura, filho de Urano e Gaia e pai de Júpiter. Equivalente grego: Cronos

***Senatus Populusque Romanus* (SPQR)** "O Senado e o Povo de Roma"; refere-se ao governo da República Romana e é usado como emblema oficial de Roma

sombras espíritos

spartus guerreiro-esqueleto

Tânatos deus grego da morte. Equivalente romano: Letus

Tártaro marido de Gaia; espírito do abismo; pai dos gigantes; também a região mais profunda do mundo

Término deus romano das fronteiras e dos marcos

trirreme tipo de navio de guerra

triunfo cortejo cerimonial para generais romanos e suas tropas, em celebração a uma grande vitória militar intrinseca.com.br

@intrinseca

editoraintrinseca

@intrinseca

@editoraintrinseca

intrinsecaeditora

1ª edição	MAIO DE 2012
reimpressão	JUNHO DE 2025
impressão	LIS GRÁFICA
papel de miolo	PÓLEN NATURAL 70 G/M²
papel de capa	CARTÃO SUPREMO ALTA ALVURA 250G/M²
tipografia	ADOBE CASLON PRO